EL CÓNDOR
DE LA PLUMA DORADA

Blanca Miosi

bmiosi.com

Copyright © Blanca Miosi, 2013

Esta novela está basada en hechos de la vida real. Los nombres de los personajes son auténticos, pues forman parte de la historia del Tahuantinsuyo y de la conquista española.

ISBN-13: 978-1482372595
ISBN-10: 1482372592

Impreso en Estados Unidos de América

*Esta historia que voy a contar,
la transcribí de un viejo manuscrito
que encontré en manos de un vendedor
de libros usados en la ciudad del Cuzco.*

*A mi madre, que estoy segura
le hubiera gustado enterarse,
y a Henry que ya estaba enterado.*

*Mi profundo agradecimiento a:
Daniel De Cordova,
Jordi Díez y
Fernando Hidalgo.
Tres fieles amigos a quienes debo la
publicación de esta edición impresa.*

I

Hizo una seña imperceptible y, como si apareciera de la nada, un pequeño hombre descalzo se acercó y se postró ante él.

—Llama a Koullur —dijo el inca sin apenas mover un músculo de la cara.

—Como ordenes, señor.

El sirviente se retiró presto a cumplir las órdenes de su amo. Tenía suerte de haber sido designado como su servidor directo —un puesto inaccesible— gracias a su primo, el «chasqui Koullur», el más veloz y valiente de todos los chasquis, el preferido del inca.

Koullur pertenecía a la casa del inca desde muy joven. Hijo de un valiente guerrero que sacrificó su vida al cubrir con su cuerpo a Pachacútec en una batalla, y huérfano de madre, fue adoptado por el soberano como uno más de la familia, con las diferencias de clase que correspondían en esos casos. Supo ganar a pulso su posición de guerrero y, pese a que no pertenecía a la nobleza, actuaba bajo las órdenes directas del inca. Al igual que los runruyoc auquis observaba la férrea disciplina de éstos, soldados de elite conformados por los parientes más cercanos del inca, célebres por su fuerza y resistencia. El «chasqui Koullur», como se le conocía por ser el mensajero del inca en tiempos de paz, era recibido en los cuatro Suyos como un noble. La orden de atender sus necesidades de comida, albergue, ropa, chicha y mujeres existía hasta en las más alejadas provincias.

Pachacútec contemplaba las altas cumbres que frente a él se erguían recortando el cielo azul de los Andes. Las paredes de la cordillera andina, unas veces de áspera piedra y otras cubiertas de exuberante vegetación, rodeaban en un abrazo envolvente a Willka Picchu Pakasqa, su Sagrado Monte Escondido. Bajó la vista y su mirada se perdió entre los infinitos escalones de roca tallada que atravesaban los terraplenes, cuyos verdes andenes cultivados seguían el contorno del monte y se perdían en sus recovecos.

«El que transforma el mundo», lo llamaron sus guerreros después de haber derrotado a los chancas. Y él adoptó el nombre de Pachacútec, el sapa inca con más poder que todos sus antecesores. El territorio que abarcaba el Tahuantinsuyo era extenso, más de lo que su padre hubiera imaginado. De pie en la alta terraza de su ciudadela, contemplaba inmóvil el vuelo de los cóndores que se confundían con las nubes en una ceremonia milenaria, mientras los recuerdos se agolpaban en su mente. De estampa recia y duros rasgos curtidos por el viento, acentuados por su cabeza rapada, el inca tenía la apariencia de un monolito con los brazos cruzados.

Su esposa principal y medio hermana, la coya Mama Anahuarque, era la madre de su amado hijo Túpac. Matrimonios entre hermanos y parientes cercanos, costumbres inevitables para conservar la casta y el poder, lo llevaban a tener innumerables concubinas y esposas secundarias. La muerte de Thika Chasca, su concubina más querida, aún hacía mella en su corazón. La amó más que a ninguna, y Sumaq, producto de ese amor, era la única que lograba mitigar su dolor. Era tan parecida a su madre que al verla le parecía que Thika estuviera viva.

Sumaq era su orgullo, la más hermosa de las jóvenes de la corte, su amor por ella iba más allá del amor filial. Contaba ya dieciocho años y Pachacútec debía decidir su futuro, sin embargo, no deseaba casarla con alguno de sus hermanos. No quería que perteneciera a ningún hombre; una mezcla de celos y posesión paternal lo unía profundamente a ella. Observó el vuelo de un majestuoso cóndor que en ese momento parecía perderse en dirección al sol y lo tomó como una señal. La ofrendaría a Inti. Sería una de sus vírgenes, así ningún hombre podría tocarla jamás. Su hija sería la más hermosa virgen del Sol y su dios se sentiría satisfecho.

Avisado por un sirviente, el chasqui Koullur dejó la agradable tertulia que mantenía con algunos de los jóvenes runruyoc auquis que habían escoltado la comitiva real hasta la resguardada ciudadela y se encaminó hacia los aposentos del soberano. Subió los tres mil escalones con el paso ágil y veloz al que estaba acostumbrado, preguntándose por el motivo de su llamado porque, aparte de simples recados, últimamente había pocas encomiendas importantes. A la entrada de la estancia real, liberó sus pies de las *ushutas* y, al ser anunciado por su primo, se presentó ante su señor hincándose y esperó sus instrucciones.

—Álzate, Koullur.

—Estoy a tus órdenes, señor —respondió Koullur enderezándose con marcialidad frente al inca.

Era de estatura ligeramente más alta que el soberano; su musculatura indicaba el constante esfuerzo al que su cuerpo se veía sometido.

Pachacútec lo observó en silencio admirando una vez más su gallardía. Era un hombre bien parecido, más que su hijo, el príncipe heredero Túpac Yupanqui.

—Mañana partiré hacia los baños de Cajamarca, deseo que te ocupes de todos los preparativos para mi estadía allá.

—Tus órdenes serán cumplidas, señor.

—Viajaré con mi hija Sumaq y sus doncellas. Quiero que te encargues de su seguridad mientras estemos en los baños.

—Así se hará, señor. Para cuando amanezca habré organizado tu viaje. Pero, señor, creo que del cuidado de tu hija podría dedicarse un oficial de vigilancia con algunos runruyoc auquis como apoyo. Yo podría así ocuparme personalmente de tu seguridad.

—Sabes que Sumaq es importante para mí. No confío en nadie excepto en ti. Y te voy a contar un secreto: pronto será una *Ajllasga*. Por ese motivo nadie ha de acercársele, y menos varón alguno con intenciones que podrían torcer su destino.

—En ese caso... —Koullur no sabía qué responder ante la inesperada revelación.

—Ven. Siéntate, Koullur, tomemos chicha y conversemos un poco.

El joven se sintió abrumado. Empezaba a preocuparle que todo fuera una prueba para saber su reacción.

—No, mi señor, no es correcto que yo, un simple chasqui...

—¿Simple chasqui, dices? —interrumpió vivamente Pachacútec—. No creas que no estoy al tanto de lo que sucede en mi imperio. Cierto que es grande, pero debes saber que no hay rincón de él que me sea ajeno. No he olvidado lo que hiciste en la última incursión de los chancas en el Cuzco. Fuiste una pieza clave para la victoria. Los que quedan deben estar volviéndose a armar en algún lugar del Collasuyo, pero les daré un tiempo de tregua para ver si se suman a nuestro imperio como lo han hecho otros pueblos.

—Me temo que los chancas nunca se rendirán, señor. Debemos exterminarlos —dijo Koullur.

Pachacútec entornó los ojos y lo observó pensativo.

—No deseo hablar de conquistas ni de matanzas ahora. Precisamente deseo ir a los baños de Cajamarca para pasar unos días de tranquilidad.

—Sí, señor, se hará lo que tú digas —respondió Koullur, y agregó—: Tal vez consigas nueva esposa, hay muchas mujeres hermosas interesadas en ti, mi señor.

—Después de la madre de Sumaq, no deseo mujer. ¿Te conté alguna vez cómo la conocí?

Sin esperar respuesta, el inca siguió hablando. Era evidente que necesitaba hacerlo, el dolor por la muerte de Thika parecía aún horadarle el corazón. Koullur escuchó atento, con la satisfacción de saberse privilegiado por una conversación a la que él sabía que pocas veces tendría acceso.

—Fue en una incursión de cacería que hice en la ceja de la selva, internándome por los alrededores de Willka Picchu. Uno de mis guías era un machiguenga. Él siempre hablaba acerca de las lindas mujeres que ellos tenían en sus tribus, pero yo no le creía porque era muy hablador. Le gustaba jactarse diciendo que la gente de su pueblo olía a perfume y que nosotros, por supuesto exceptuándome, olíamos de manera extraña.

»Estábamos internándonos en un río que cada vez se hacía más ancho, cuando escuchamos voces femeninas, conversaban y reían sin percatarse de nosotros. Mi guía nos hizo un gesto y sigilosamente logramos verlas a través de la espesura de la selva. Lo que mis ojos vieron fue algo que nunca podré olvidar. Rodeada por otras mujeres también desnudas, se encontraba la más bella mujer que mis ojos hubieran visto. Era Thika, la que sería la madre de Sumaq. No creo que alguna vez hayas visto a una mujer semejante. Su cuerpo era delgado y tenía la figura y movimientos de una culebra, sus pechos colgaban como grandes aguacates, ¿conoces ese fruto? Y cuando ella volvió el rostro, me enamoré en ese instante y mandé a mis hombres a atrapar a todos los pobladores de su tribu. Hice un trato con el jefe y, a cambio de Thika, les prometí no volver a atacarlos jamás. Es por eso que nunca he intentado conquistar esa parte de la selva. Yo cumplo mis promesas.

—Eso lo sé, mi señor. Y es verdad que yo nunca he visto una mujer con esas características.

—Y su cuerpo despedía un perfume a flores y frutas. Mi guía había dicho la verdad.

—Yo creo que es porque esos pueblos viven casi en el agua —arguyó Koullur—. Su clima es muy caliente y sus casas están sobre los ríos.

—Por lo que fuera. Aunque, a decir verdad, yo también empecé a acostumbrarme a tomar los baños que Thika me preparaba. Le encantaba jugar con el agua. Esos gustos los heredó mi hija Sumaq. Por eso iré con ella a los baños que, además, son medicinales y tal vez calmen mis tristes pensamientos.

El inca volvió a llenar los keros con chicha y de un solo trago apuró el contenido del suyo. Koullur hizo lo propio, mientras admiraba el grabado del vaso engalanado con hermosas piedras preciosas. Después de un largo silencio, el joven consideró oportuno retirarse y se despidió del soberano con una profunda reverencia, mientras éste, con la mirada perdida, poco caso hacía de Koullur en aquel momento; hizo un ligero ademán con la mano y volvió a ensimismarse en sus reflexiones y recuerdos.

Koullur calzó sus *ushutas*, bajó por las interminables escaleras de piedra hasta llegar al último terraplén y se dirigió al albergue destinado para él. No le agradaba demasiado tener que ocuparse de la hija de su señor pero, visto que no había más remedio que cumplir sus órdenes, empezó a trazar el plan para llevar a cabo toda la movilización que se requeriría para el traslado del soberano a los baños del Cajamarca. Era un largo viaje. El encargo de Pachacútec le estaba dando mayor rango del que había tenido hasta ese momento.

El joven chasqui no se equivocaba, Pachacútec deseaba convertirlo en inspector y, más adelante, en la mano derecha de su hijo Túpac. Sólo esperaba que las diferencias entre ellos se hubiesen disipado para entonces. Koullur era joven, tenía agallas y había demostrado su valentía en batalla y, al parecer, era lo suficientemente sanguinario para no importarle «exterminar» al enemigo, como él bien había dicho. Un hombre valiente... pero no más que su hijo Túpac, por supuesto. Con esos pensamientos, el soberano volvió a contemplar las cimas de las altas montañas que rodeaban su fortaleza, un lugar majestuoso edificado a costa de innumerables esfuerzos y pérdidas humanas.

Willka Picchu era uno de los secretos mejor guardados del imperio. En eso residía su poder, aquel que divulgara su ubicación se enfrentaba a la pena de muerte. Y eso contaba para todos, incluyendo los sirvientes, los runruyoc auquis, los chasquis y todos los que por algún motivo tenían acceso al lugar. Los alimentos eran preparados con el maíz y los frutos que se cultivaban en los andenes que rodeaban la ciudad y los que servían allí nunca más salían de la zona. En lo alto, pucarás con suficientes guardias la resguardaban, evitando el acercamiento de cualquier intruso. Un lugar reservado al entorno del inca, su familia, sus esposas, concubinas y demás miembros cercanos, los cuales también debían conservar en secreto la existencia de aquel recóndito lugar. Nunca algún invitado era llevado a la ciudadela, por más linaje que tuviera.

La única vía de acceso a Willka Picchu era un empinado y angosto sendero: «El camino del Inca» y, aun así, después de haber atravesado puentes colgantes y transitado bajo enormes piedras del tamaño de edificaciones enteras, suspendidas por encima de la estrecha senda, no era posible avizorar la majestuosa fortaleza. Únicamente al dar vuelta al final de un recodo, cuando parecía que el camino se había terminado, aparecía la monumental construcción hecha de enormes piedras megalíticas unidas sin necesidad de argamasa y con un fino acabado pulido en arena. Un conjunto de estructuras que se integraba en el paisaje, situado a dos mil setecientos metros sobre el nivel del mar, rodeado por otras montañas cubiertas en parte por exuberante verdor. Vista desde lo alto del Huayna Picchu, su ciudadela tenía la forma de un cóndor en vuelo.

Pachacútec dirigió la mirada hacia una de las aves que cruzaba el cielo, tan grande como las piedras que formaban los muros de su fortaleza. Sentía una admiración especial por los cóndores. Se preguntaba qué se sentiría al volar. Por momentos envidiaba a aquellos pájaros gigantes que sabían resguardar sus secretos tan bien que era imposible saber dónde anidaban o cómo vivían. Algo parecido a lo que representaba su fortaleza. Su padre, el inca Huiracocha, le había enseñado desde pequeño a admirarlos, decía que eran los reyes de las aves, enviados por el dios Huiracocha.

Aunque en el imperio incaico el Inti era adorado como deidad principal, en privado los incas sentían predilección por el dios Huiracocha, un culto familiar y secreto porque, según ellos mismos decían, al dios Sol le pedían, pero al dios Huiracocha le suplicaban, ya que era el creador de todo lo existente, incluyendo el Sol. Sin embargo, Pachacútec había adoptado como deidad oficial al Sol, el Inti, en beneficio de la unificación del imperio.

Hatun Túpac, su padre, al acceder al trono, cambió su nombre por el de Huiracocha, adoptando el nombre del dios. Sin embargo huyó a las montañas cuando los chancas tomaron el Cuzco; Pachacútec enfrentó al enemigo y asumió el poder después de la victoria, convirtiéndose así en un soberano más importante, temido y venerado que todos sus antecesores.

La jerarquía de mando del Tahuantinsuyo organizada por Pachacútec era rígida y vertical. Era el sapa inca quien tomaba las decisiones, secundado por cuatro *suyuyoc-apu*, uno por cada Suyo: Antisuyu, Chinchaisuyu, Contisuyu y Collasuyu. Otros consejeros lo asesoraban en materia judicial, militar o religiosa, además de un grupo de funcionarios que, en calidad de veedores generales del imperio, se desplazaban por todo el territorio informando al soberano de cuanto sucedía, a través de los chasquis.

Pachacútec, además de ser un gran guerrero, poseía una inventiva poco común. Había creado y organizado el servicio de chasquis dotando a su reino de una red de caminos, el Cápac Ñan, que llegó a tener dieciocho mil kilómetros bajo su reinado; caminos casi rectilíneos con un ancho de cinco a diez metros, casi siempre empedrados, los cuales llegaban hasta los límites del imperio. En los desiertos la senda se marcaba con postes; en las regiones escarpadas, los caminos subían y bajaban constantemente por las laderas de las montañas. Ni los ríos ni los precipicios constituían un obstáculo, para salvarlos se construían puentes prosiguiendo con el trazado de la ruta. Llegaron a construirlos tan bien estructurados que por sus plataformas de estera y barro podían caminar tanto los hombres como las llamas que servían de animales de carga.

Los chasquis, hombres jóvenes con cualidades especiales, debían ser muy veloces, ya que eran los encargados de llevar los mensajes a lo largo del Cápac Ñan. Cada dos kilómetros tenían albergues situados sobre montículos para avizorar a los que traían mensajes. Al ir acercándose al albergue, el chasqui hacía sonar un caracol marino y el siguiente hombre debía estar preparado para aprender de memoria el mensaje oral. Se enviaba toda clase de objetos y encomiendas de un extremo a otro del imperio en muy corto tiempo. Si alguno olvidaba el mensaje era condenado a morir.

Roca, hermano de Pachacútec, vivía en el norte del imperio, en las tierras recién conquistadas a los antiguos chimús y mochicas, donde ejercía su mandato con mano recia, haciendo cumplir la mita, que era enviada religiosamente al Cuzco. Ejercía su poder como jerarca pero su importancia estaba por debajo de la del sapa inca. Era un feroz guerrero. Cuando no se encontraba en época de conquistas su principal interés consistía en acumular la mayor cantidad posible de riquezas para enviarlas al Cuzco. Hacía poco tiempo que había derrotado al último de los monarcas de la dinastía Chimú, Machancaman, poseedor de grandes cantidades de orfebrería en oro y piedras preciosas, avanzada agricultura y una fortaleza que abarcaba casi quince kilómetros cuadrados. Roca era muy aficionado a los adornos de oro. Mandaba hacer especialmente para él unos macizos pendientes circulares que gustaba llevar cuando batallaba. Pronto los altos miembros del ejército también los usaron, aunque no siempre de oro; los había de cobre y bronce. De ahí provino el nombre de «runruyoc auqui» dado a los principales soldados de la nobleza imperial. Roca había obsequiado a Koullur un par de esas enormes orejeras y él los lucía con orgullo aunque no estuviera en batalla. Pachacútec había recibido un regalo muy especial de su hermano: una pluma de oro, un delicado trabajo hecho con la finura y arte que únicamente los moches sabían hacer y que él solía llevar en el centro de su mascaipacha, un tocado que consistía de una borla roja enmarcada en oro, adornada en la parte superior por un broche del que nacían vistosas plumas de una ave selvática llamada corequenque. Pachacútec sentía particular fascinación por su pluma de oro, la consideraba un talismán.

Ajena a los planes de su padre, Sumaq esperaba ansiosa el día en que él le escogiera esposo. Deseaba dejar de ser su acompañante y formar una familia. Sus armoniosas facciones, más finas que las que normalmente se veían en los rostros andinos, conjugaban con el cuerpo grácil y voluptuoso heredado de su madre. De Pachacútec tenía la mirada penetrante y su carácter, aunque se cuidaba de mostrarlo ante él. Prefería que la viera como una joven dulce y cariñosa. A la muerte de su madre, su padre deseaba tenerla cerca todo el tiempo; era tal su recelo que Sumaq había dejado de asistir a las reuniones familiares, porque a él le disgustaba que los hombres de la familia la mirasen o hablaran con ella. Una situación desesperante para una joven deseosa de mostrar su belleza y lucir las suaves túnicas de lana de vicuña bordadas en oro y piedras preciosas que confeccionaban para ella las mujeres de los *acllahuasis*. Ella no encontraba sentido tener que usarlas únicamente para solaz del Inca.

Camino a Cajamarca, Sumaq era llevada con la comitiva imperial en una litera cargada por seis fuertes rucanas; su padre la había mandado construir especialmente para ella con cortinajes que dejaban pasar la luz pero no permitían ver el interior. Uno más de los cuidados del inca para mantener resguardada su belleza, justamente lo que Sumaq no deseaba. Ella sólo podía vislumbrar cuanto ocurría alrededor a través del entramado del delgado lienzo. No veía la hora de llegar para corretear con sus doncellas.

II

Hundido en las calientes aguas, Pachacútec contemplaba indiferente las pozas vecinas, donde parientes y miembros de la nobleza retozaban alegremente. Sus pensamientos, lejos de allí, volaban hacia su querida Thika fallecida hacía nueve meses. Los baños de Cajamarca acentuaban sus recuerdos, haciéndole sentir que tal vez había sido una equivocación ir justo allí, para encontrar cura a su mal de amores. Mientras observaba con indolencia el vapor que exudaba aquella agua oscura mezclada con minerales y se esparcía en finas volutas que desaparecían en el ambiente frío de la zona, el inca pensaba que esas aguas medicinales vivificarían su cuerpo, pero no curarían su alma.

Su cuñado Chaclla se acercó y se puso en cuclillas para hablarle al oído.

—Cuñado, me gustaría que vieras una mujer que he traído del norte. —Señaló una de las pozas vecinas con la mirada.

—¿Te refieres a esa *pampayruna*? —preguntó Pachacútec con desdén, adelantando la barbilla.

La joven chapoteaba en la poza contigua, rodeada por varios hombres. A través de su túnica mojada se podía entrever sus carnes prietas.

—Cuñado, nadie aquí la ha tocado.

—Sabes que no acostumbro estar con *pampayrunas*.

—Es muy joven, es de la zona de los moches... Sé que no tienes deseos de mujer, sólo permíteme mostrártela, no te arrepentirás.

El inca se zambulló y luego salió de la poza, sin decir nada. Se encaminó a una fuente de agua cristalina para quitarse el barro sulfuroso adherido al cuerpo. Un sirviente le alcanzó un lienzo de algodón con el cual se envolvió y se dirigió a una habitación reservada para él. Se sentó en una de las amplias sillas de piedra, cubierta por gruesos tejidos policromos de lana de vicuña. Conocía la fama de los moches, en especial de sus mujeres. Chaclla había despertado su curiosidad.

Minutos después regresó Chaclla acompañado de la muchacha, la obligó a hincarse delante del inca y se retiró.

—Levántate —ordenó Pachacútec. La mujer se incorporó y quedó de pie con la mirada baja. Era mucho más joven de lo que Pachacútec había supuesto. Llevaba como única vestimenta una larga túnica de fino tejido de algodón que dejaba entrever las curvas de su cuerpo. Las sombras de sus grandes aureolas traslucían provocativas. —Puedes mirarme— agregó.

La muchacha levantó el rostro y miró a Pachacútec. Sus grandes ojos, cándidos como los de una vicuña asustada, se posaron en los suyos. El inca reprimió un respingo. Tenían un extraño color dorado, como el oro de Inti, que contrastaba con el tono bronceado de su tez. Una sonrisa forzada por el temor se dibujó en el rostro de la joven, al tiempo que trataba de evitar el temblor que le recorría el cuerpo.

—Acércate, no temas —invitó Pachacútec en voz baja—, ¿cómo te llamas?

—Kapulí, mi señor —contestó ella, acercándose, obediente.

El inca la observó con detenimiento, le tocó la piel con el dorso de su mano, sintiendo la suavidad de su cutis, mientras Kapulí permanecía quieta. Sus facciones casi adolescentes en un cuerpo de curvas armoniosas de mujer despertaron en Pachacútec su sexo adormecido y la llevó hacia el lecho mientras la despojaba de su escasa vestimenta.

Aquel día, el inca dejó a un lado el luto guardado por Thika. Estuvo con ella ese y los diez días siguientes. Dio órdenes expresas de que no fuesen molestados. El único que tenía acceso a ellos era su leal sirviente Chihue, quien le alcanzaba sus alimentos, la chicha y le servía en sus baños. Pachacútec se entregó con desenfreno a los placeres que Kapulí complaciente le regalaba, conocedora de los más finos secretos en el arte de amar provenientes de su pueblo, y Pachacútec durante aquellos días dejó de pensar en su querida hija y en el cuidado de preservarla de las miradas de propios y extraños, situación que la princesa Sumaq aprovechó para caminar por los alrededores, a pesar de la constante vigilancia a la que era sometida, en especial por un joven chasqui que parecía ser su sombra y que, a su modo de ver, lo único que hacía era estorbarla.

Koullur, que había recibido el encargo expreso de su

soberano de cuidar con su vida la seguridad de Sumaq, nunca pensó que fuese una misión tan difícil. No había manera de controlarla. Impedido de acudir al inca o amenazar a la princesa con decirle algo a su padre, la joven hacía prácticamente lo que le venía en gana. Para su desesperación, tres noches después de la llegada de la *pampayruna*, Sumaq escapó de la mirada de sus doncellas y luego de envolverse en una manta que ocultaba parte de su rostro salió a caminar, feliz de poder hacerlo sola, como cualquier mujer libre. Sus doncellas no se percataron de su ausencia hasta pasado largo rato. Al ser avisado, Koullur partió en su búsqueda; no deseaba que se hiciera del conocimiento de todos que la princesa había desaparecido.

Agradecía que fuera noche de luna llena, al menos podía ver por dónde caminaba. Se preguntaba cuál sería la senda que habría tomado la princesa. Intuyó que lo más probable era que se hubiese dirigido al lugar donde se encontraban los jóvenes runruyoc auquis y, en efecto, fue en ruta hacia allá que vio su fina silueta caminar ligera como la brisa de la noche. Sigiloso, le dio alcance y la tomó fuertemente con una de sus manos para que no escapara, mientras con la otra tapaba su boca para evitar que gritase. Pasado el sobresalto y después de recriminarle haber escapado del cuidado de su personal, la llevó casi a rastras hasta el albergue preparado expresamente para ella y su comitiva y, bruscamente, ya que no había otra manera de hacerlo, la empujó y la entregó a la mamacona.

Sumaq sintió algo extraño en el pecho. Era la primera vez que había sido tocada por un varón y, a pesar de su rudeza, había sido placentero. Después de dejarla, Koullur sintió su mano húmeda; pasó los dedos y probó el líquido. Era su propia sangre, brotaba del mordisco que le había dado Sumaq. Con algo de remordimiento recordó a la muchacha pataleando para no ser devuelta a su aposento. Tenía razón el inca al ocultarla de la vista de los demás. Era hermosa, la mujer más bella que Koullur hubiera visto jamás. Y olía muy bien. Lástima que su padre tomara la decisión de ofrendarla al dios Inti como virgen del Sol, pensó.

Sumaq no intentó volver a escapar, buscaba con la mirada a Koullur. Admiraba su apostura, su fuerza; le parecía que era el hombre más gallardo que hubiera visto. Y había visto muchos, pero a través de velos y cortinas. Soldados, nobles, cuidadores, sirvientes y parientes, y nadie le había parecido tan atractivo y varonil como aquel chasqui, el preferido de su padre. Tampoco habían tocado su piel y, al ver en la penumbra el fuego de sus ojos, cuando lo tuvo a un suspiro de su rostro, no supo explicarse si había sido pasión o dolor lo que sintió en su vientre.

Koullur tampoco era indiferente a sus miradas; sabía que ella deseaba hablarle, y él... ¡cómo deseaba tocarla! Aún sentía el tacto de su suave piel en sus manos, el olor que despedía, sus labios llenos, que hacían un mohín de niña consentida. No sólo la sentía en las manos, la sentía en todo el cuerpo, cada parte de sí mismo latía esperando tocarla y sin embargo... Había dado su palabra al inca y ésta era sagrada. Las palabras de su señor martillaban su cerebro: «No deseo que mi hija conozca hombre». Y a pesar de amar y de respetar a su soberano, algo más fuerte se había alojado en su corazón. No hacía más que pensar en Sumaq; no veía la hora de que amaneciera para correr a la puerta de sus habitaciones y verla salir, sabiendo que ella también lo quería. Lo sabía. Era un sentimiento tan fuerte que por momentos creía que no podría respirar, la deseaba, deseaba estar a su lado y enseñarle a amar, suspiraba y vivía por ella como si tuviera una venda amarrada en los ojos con su imagen. Koullur pasaba las horas ideando la manera de liberarla de los deseos del inca, sentía que no era justo que fuera sacrificada a una vida de castidad. Había jurado cuidarla con su vida, pero no podía preservarla de sus propios deseos.

Pero Sumaq, que no había hecho juramento alguno y que no sabía las intenciones de su padre, consideraba natural coquetear con Koullur. Pensaba que, ya que su padre sentía predilección por él, tal vez accediese a un futuro matrimonio entre ellos. Pero mientras para ella el amor de Koullur significaba felicidad, para él significaba la muerte. Nadie se atrevía a desobedecer las órdenes del soberano, y menos un hombre como Koullur, que había sido depositario de su total confianza.

Dos días después de aquella noche, Sumaq le dirigió la

palabra. Ya no era la niña consentida del Inca, ni la caprichosa que daba órdenes inútiles. Pidió con gentileza ir a lo alto del monte para observar desde allí las pozas. En el camino, Koullur cogió una hermosa orquídea que crecía enredada en un árbol bajo los helechos y después de un rato de juguetear con ella se atrevió a obsequiársela.

—Gracias, Koullur —dijo ella, complacida—. Es hermosa.

—Muy hermosa —afirmó él, mirándola a los ojos.

—¿Nunca sonríes, Koullur?

—Lo hago cuando tengo motivos.

—Este es un motivo. No se regala una flor a una mujer sin una sonrisa.

El comentario hizo sonreír al chasqui. Sumaq se emocionó al ver cómo se transformaba su rostro, siempre serio, como si estuviese todo el tiempo preparado para la batalla.

—Mi padre confía mucho en ti, ¿verdad?

—Sí —dijo con pesadumbre Koullur. Antes le hubiera significado orgullo; ahora no estaba tan seguro.

—También eres un guerrero, supongo... —dijo Sumaq, observando sus orejas.

—Cuando se requiere mi presencia. Por ahora sirvo de niñera.

—¿Tienes mujer? —preguntó ella, sin hacer caso de la ironía.

—No he tenido tiempo de casarme. Voy con tu padre a donde él vaya.

Sumaq estaba más que complacida. Había encontrado al hombre de su vida. Estar cerca de él la hacía feliz; puso una mano en un brazo de Koullur para sujetarse mientras se sentaba en la hierba. Era un pretexto, deseaba tocarlo. Él se quedó tieso, de pie, como si estuviese haciendo guardia.

—No es necesario que adoptes esa postura, Koullur, no estamos en guerra, aquí no hay peligro. Ven, siéntate a mi lado.

—Prefiero permanecer de pie, si no te incomoda. Revisaré los alrededores para ver si todo está en orden.

—Déjate de tonterías y siéntate a mi lado. ¿Tienes miedo de que nos ataquen los chancas? —se burló ella.

Koullur se sentó, tratando de no acercarse demasiado. De

pronto sentía que toda su gallardía se derrumbaba, que el nerviosismo lo invadía, una inseguridad desconocida. Sumaq miraba hacia abajo; la gente en las pozas chapoteaba y el bullicio de sus risas se escuchaba a lo lejos. Los aposentos de su padre permanecían cerrados. Está con la *pampayruna*, pensó.

La reciedumbre del chasqui fue trastocándose en una especie de amistad, las constantes preguntas de Sumaq le hicieron hablar de sí mismo, de su niñez, de sus sueños: deseaba llegar a ser un guerrero reconocido, un oficial. Le confió que, aunque se sentía honrado por cuidar de la hija del Inca, no consideraba que fuera una tarea propia de un guerrero. Y poco a poco se dio cuenta de que le gustaba mucho conversar con ella. Sumaq era una chiquilla graciosa, encantadora y, ante todo, una mujer. Una que lo miraba con deseo y que cada vez que podía se acercaba demasiado, tomaba su mano con naturalidad y él no sabía cómo reaccionar. El segundo día ella lo besó en la mejilla mientras conversaban sentados en el lugar de costumbre. Después se lo quedó mirando con sus enormes ojos y él no pudo reprimir por más tiempo las ganas de tenerla en sus brazos. Así empezó todo. Los labios de Sumaq, los ojos de Sumaq, el olor de Sumaq lo volvían loco. Cada día esperaba impaciente a que amaneciera para tenerla cerca y tomar su mano. Se había vuelto imprescindible en su vida. La costumbre de salir en su compañía se había convertido en necesidad.

Un atardecer Sumaq quiso salir a dar una vuelta. La gente festejaba algún evento y todos estaban saturados de chicha. Desde la cima donde se encontraban recostados, veían abajo las luces de las antorchas que empezaban a encenderse y que se reflejaban en el agua de las pozas. Un árbol de jacarandá cuyas flores moradas cubrían la yerba, les servía de cobijo. Desde allí no podían ser vistos; altos matorrales y peñascos lo impedían.

—Quiero ser tuya, Koullur...

—Tu padre amó a tu madre más que a cualquier otra mujer, por eso te cuida tanto. No desea que sufras desengaños.

—¿No me quieres?

Koullur se puso de pie y le dio la espalda. Sabía que si la

seguía mirando caería rendido a sus encantos. Respiró hondo y trató de recuperar la cordura. No podía faltar a su palabra. Ya bastante había hecho con besarla.

Sumaq se incorporó y lo abrazó por la espalda, dejándole sentir su calor a través de las ropas. Sometido al cruel sacrificio, Koullur podía sentir cada parte de su cuerpo pero permaneció impasible. Ella lo tomó de la mano y la guió por debajo de su túnica, haciéndole sentir su piel suave, tersa, y lo atrajo obligándolo a girar hacia ella mientras se recostaba en la hierba.

—Sí. Te amo, te amo, Sumaq, como jamás amé a nadie... Pero no; no puedo —murmuró Koullur, mientras sentía que sus deseos empezaban a horadar su voluntad.

Ella empezó a despojarse de la ropa mostrando su desnudez mirándole a los ojos, insinuando los candentes deseos que bullían en su vientre, mientras sus pechos desnudos, espléndidos bajo la luz rojiza del atardecer, invitaban a las caricias.

—Entonces... ¿por qué? —su pregunta quedó en el aire, conteniendo los deseos de llorar, no comprendía, no sabía que condenaba a Koullur a la muerte.

Él trató de no mirar, bajó la vista, quiso poner fin a todo aquello, pero algo se lo impedía. Sabía cuál sería su destino si cedía. Al mismo tiempo, sabía que si decía que había jurado al inca respetarla con su vida, ella tal vez jamás sería suya. ¡Oh Huiracocha! ¿Qué hacer?... Koullur quedó en silencio. Levantó la vista y la vio desnuda sobre la hierba. Fue más fuerte que su voluntad. Sus sentidos se inundaron de Sumaq, sintió que su olor lo enloquecía, entraba en su mente, en su pecho, en su vientre, sentía que su sexo estaba a punto de reventar, la tomó por los hombros y la besó con furia, con rabia por sentirse débil y al mismo tiempo con un placer desconocido hasta entonces y, como los insectos que van directo al fuego, cayó rendido ante lo inevitable. Supo en ese momento que su destino estaba marcado, pero ya no importaba nada, sólo ella: Sumaq. La mujer prohibida.

La cubrió con su cuerpo, haciéndole conocer el amor, aspirando su aroma de frutas y flores, aquel perfume del que el inca le había hablado, y se olvidó de sus promesas y de la palabra dada. Sus gemidos de placer fueron apagados por los aullidos de unos perros en la distancia y las horas se hicieron más cortas que cuando dormía solitario sobre las mantas del albergue. Koullur supo que, aunque aquello significara su muerte, había valido la pena. Había amado a la mujer, había sentido su calor, y eso nadie se lo quitaría.

—Sumaq, mi amor, recuérdame siempre... —Acarició el tronco del jacarandá, alargó el brazo y cogió una flor morada—. Cuando veas un árbol como este piensa que eres el amor de mi vida.

—¿Por qué me hablas así? Jamás nos separaremos, hablaré con mi padre...

Koullur selló sus labios con un beso y le entregó la flor.

—Prométeme que no dirás nada. Sólo eso. Deja que sea yo quien hable.

Aquella noche ambos se juraron amor eterno.

III

Mientras Pachacútec yacía sobre el suave manto que cubría los acolchados de algodón que le servían de lecho, Kapulí, en una habitación adyacente, orgullosa de haber satisfecho al inca durante aquellos días, se alistaba para partir, en tanto que observaba pensativa los valiosos regalos con los que el inca indicaba que había quedado contento, a pesar de que hubo momentos en los que sintió su lejanía, como si tenerla en sus brazos le hiciera recordar a alguien. Le habían contado del dolor que lo embargaba tras la muerte de una de sus concubinas, según decían la preferida por él. También se sabía en todo el imperio que había sido muy hermosa, que tenía una hija muy parecida a ella, que era la niña de sus ojos. Kapulí había pensado que tendría que recurrir a todas sus argucias femeninas para mantenerlo interesado, para demostrarle que había valido la pena dejar el duelo por la esposa muerta pero, para su sorpresa, el inca resultó ser un amante insaciable y apasionado, a pesar de no ser ya tan joven.

Kapulí se había iniciado en el oficio después de la muerte de su marido. Su fama se había regado por el norte del imperio debido a su belleza y, según los que acostumbraban frecuentarla, tenía dones especiales para complacer a los hombres, cualidad bastante difundida entre las descendientes de los moches, a quienes los incas consideraban un pueblo bárbaro entregado en grado sumo a los placeres. Los moches carecían de tabúes al respecto, evidencia de ello eran las cerámicas con motivos sexuales de sus viviendas. Los incaicos habían tratado de eliminar aquellas costumbres implantando sus normas sin llegar a la excesiva moralización, inculcándoles más ahínco por el trabajo, pero los moches lo llevaban en la sangre.

El inca no demostró ningún interés en conservar a Kapulí. Simplemente se limitó a obsequiarle su magnánima sonrisa y regalarle personalmente una pequeña bolsa con adornos hechos en oro, además de ricas telas que eran muy apreciadas por la gente del imperio. Era el décimo día y, tal como lo había previsto, la despidió y se sumergió una vez más en las aguas de su poza; le devolverían algo del vigor perdido. Su cuñado Chaclla, deseoso de congraciarse con él, tampoco hizo gesto alguno de retenerla, pues sabía que no sería del agrado del Inca; se limitó a indicar a un sirviente que preparase algunos obsequios y comestibles para su viaje, y un acompañante para su regreso a la tierra de los moches, pues no se permitía que la gente viajara sin permiso. El hombre tenía orden de hablar con el curaca para que se hiciera cargo de la vivienda que ocuparía Kapulí como protegida del gran Pachacútec.

Kapulí se retiró desilusionada, había creído que podría convertirse en la favorita de su señor, a pesar de ser una mujer pública, pero lo único que su soberano había deseado de ella era pasar unos días de entretenimiento, al igual que los demás ¿Y por qué habría de ser diferente?, se preguntó. Recogió los obsequios y salió cabizbaja de los aposentos del Inca. Kapulí pensaba que aún tenía mucho que aprender de los hombres; le había parecido percibir ternura en él aunque tal vez estuviera equivocada.

Pero no se había equivocado. A Pachacútec, aquella *pampayruna* no sólo lo había satisfecho sexualmente; hubo momentos en los que sintió que lo atraía demasiado. Fue gentil, y hasta cariñoso, pero él no podía permitirse tener de concubina a una mujer de esa clase. Le había sorprendido lo joven que era, casi de la misma edad que su hija. Por lo que ella había contado, su marido había sido un *pina,* prisionero de guerra obligado a prestar servicio en los cocales, donde murió de alguna enfermedad extraña. Pachacútec sabía en qué circunstancias se laboraba en los cocales. Los *pinas* no duraban demasiado, era una selva caliente y el trabajo, inhumano. El inca sintió compasión por Kapulí, comprendió que las causas que la llevaron a prostituirse eran casi justificables y, a pesar de haber mostrado indiferencia ante su partida, le dio indicaciones a su sirviente Chihue para que se encargara de que en adelante a aquella mujer no le faltara nada. En el futuro vería qué hacer con ella.

De regreso a la poza donde se encontraba Pachacútec, Chaclla se sentó a su lado.

—Veo que te sientes mejor que cuando llegamos... —dijo, observando su rostro.

—Es cierto. Y te agradezco haber conseguido a la mujer, no es que sea mejor que Thika —objetó refiriéndose a la difunta— pero fue muy agradable.

—Como Thika, nadie. Eso lo sabemos, pero tienes el consuelo de tener a tu lado a Sumaq, que es casi su vivo retrato. A propósito... ¿cuándo piensas conseguirle esposo? Está en toda la edad de...

—No es mi deseo conseguirle esposo —cortó Pachacútec, con sequedad.

—¿Cómo? No comprendo...

—No tienes nada que entender. Mi hija no pertenecerá a ningún hombre. Únicamente a Inti, nuestro dios Sol.

—Si tú lo dices... pero creo que es un poco tarde para eso.

—¿Qué quieres decir? –preguntó con extrañeza Pachacútec.

—Creo que existe cierto interés en ella por tu más preciado chasqui —dejó entrever Chaclla con ironía. Siempre había sentido antipatía por Koullur.

—Explícame eso —dijo Pachacútec.

—Parece que los han visto juntos en varias ocasiones...

—¡Ah!, no hay peligro alguno. Koullur ha jurado dar su vida por la seguridad de mi hija. Es normal que se encargue directamente de su cuidado.

—En ese caso, no dije nada. Disculpa mi intromisión.

Chaclla guardó silencio. Sabía que había sembrado la duda en el corazón de su cuñado y eso era suficiente para sus deseos. Observó que su rostro se había ensombrecido, una profunda arruga surcaba su frente y tenía los ojos entrecerrados, tratando de evitar que se notara su inquietud.

El sobrino preferido de Chaclla, el joven príncipe Túpac Yupanqui, estaba locamente enamorado de su hermanastra Sumaq. Deseaba casarse con ella y había encargado a su tío que le facilitara el camino. Era uno de los cuñados en los que el inca confiaba más. Pero no habían contado con la constante presencia de Koullur en su vida y en la de Sumaq. Tampoco con las intenciones del inca.

—Iré a visitar a mi hija. No des aviso, deseo llegar de sorpresa.

—Como tú digas —respondió Chaclla.

Pachacútec se enjuagó los barros termales y vistiendo su

acostumbrado atuendo, una túnica corta ceñida por un cinturón de cuero con incrustaciones de oro, se colocó la vincha alrededor de la frente y se dirigió al encuentro de su hija.

Sumaq, al lado de su mamacona, tenía la mente en Koullur. ¡Deseaba tanto que su padre lo supiera! Estaba segura de que se sentiría feliz. Era su chasqui preferido, siempre hablaba de él y, a pesar de haber prometido a su amado no decir nada, al ver llegar a su padre se animó, creyendo firmemente que era una señal de Inti.

Al abrazar tiernamente a su hija, los temores de Pachacútec se diluyeron como por encanto. Pasó un brazo por sus hombros y fueron caminando hacia los jardines.

—Sumaq, tengo algo que decirte y es bueno que te lo diga ahora.

—Yo también tengo algo que decirte, taita —dijo Sumaq.

—Adelante, dime lo que tengas que decir —condescendió Pachacútec.

—No, dime tú primero lo que me querías decir, después te contaré lo mío.

—Está bien —accedió el inca mirando, el rostro arrebolado de su hija—. Cuando regresemos al Cuzco, es mi deseo que hagamos una ceremonia especial, porque serás la *Ajllasga* de las vírgenes del Sol en la tierra. Es una distinción que crearé especialmente para ti. Sólo tengo que arreglar algunos detalles con los sacerdotes para que todo esté preparado adecuadamente. Nuestro dios Inti se sentirá honrado de tener una virgen como tú. Es la sorpresa que quería darte.

—Padre, ¿por qué debo ser una virgen del Sol? Yo no deseo tal distinción. Yo deseo casarme y darte nietos... ¿Acaso hice algún mal para ser castigada de esa forma?

—No lo consideres un castigo. Es el mayor honor que se puede otorgar a una mujer y, además, te evitará sufrimientos, hija, tú no sabes cómo puede hacer sufrir el amor. Deseo resguardarte de desilusiones —aclaró Pachacútec, sorprendido.

—No, padre, yo creo que eres egoísta. Tengo derecho a vivir, a conocer el amor; por favor, te suplico que lo pienses y recapacites.

—Mi decisión ya está tomada, hijita, no me harás cambiar de opinión —dijo Pachacútec, mientras observaba con atención a Sumaq. Su comportamiento le parecía extraño, ella siempre había sido dulce y sumisa.

—Padre, te lo suplico... —Se hincó de rodillas y lloró implorante.

—¿No te he dado siempre lo que has deseado? Siempre fui un buen padre para ti. Me debes respeto y agradecimiento. Te he cuidado como a mi joya más valiosa, puse a tu disposición al hombre más honorable y leal que tengo para que cuidara de ti como yo mismo lo hubiera hecho. Se lo hice prometer por su vida. Levántate y deja de llorar, deberías estar feliz por mi decisión.

—Taita, por favor, no me hagas eso...

—Ahora dime, ¿qué tenías que contarme?

—Padre, yo... —Sumaq iba a empezar a decirle lo que deseaba que supiera, pero se detuvo—. Ya no importa padre. No era nada.

Sumaq estaba aterrada. Por las palabras que acababa de escuchar comprendía que Koullur estaría condenado. Se sintió culpable por haber insistido en que la poseyera. El terror se apoderó de ella. Debía encontrar la manera de huir con él, pero ¿adónde? Se sentía perdida, impotente, ¿qué pasaría con ella? Ya no era virgen, y al dios Inti no se le podía engañar. De pronto, una idea ensombreció su alma. ¿Y si estuviera esperando un hijo? Durante aquellos días había guardado la esperanza de quedar embarazada pero ahora, la posibilidad de estarlo significaba la muerte de Koullur. Su padre jamás aceptaría esa relación.

Pachacútec miraba a su hija y notaba algo en ella que parecía salir a la superficie, algo indefinible pero que no escapaba a su mirada sagaz y conocedora. Le parecía verla más plena, más mujer, como cuando su madre y él se amaban. Pensó que eran ideas suyas, que tal vez su hija estuviera madurando y ciertamente la veía distinta que hacía tan sólo diez días. La insinuación que le hiciera su cuñado cruzó como un nubarrón por su cerebro.

—Dime, Sumaq, ¿estuviste acompañada por Koullur algunas veces?

—¿Koullur? ¿Te refieres al molesto oficial que me pusiste de custodio?

—Sí, a él.

—Por supuesto. Nunca pude ir más allá de donde él me lo permitiera —contestó Sumaq.

Su padre sonrió complacido, había hecho bien en confiar en Koullur. Le premiaría adecuadamente.

Durante el almuerzo aprovechó para agradecer al chasqui delante de todos los comensales la labor cumplida mientras Chaclla, pensativo, observaba la situación. Estaba seguro de que muy pronto, más de lo que él había calculado, su sobrino Túpac sería esposo de Sumaq. Siempre le había parecido que sería lo justo. Era un joven valiente, descendiente directo del Inca. En la corte se acostumbraba que el matrimonio se efectuase entre hermanos para preservar el linaje y el poder. Sumaq era hija de una concubina. Su sobrino sabía que era imposible que Sumaq llegase a ser su esposa principal, mucho menos, una coya. Pero no le importaba.

Por otro lado —cavilaba Chaclla—, no era común que una hija bastarda del inca fuese virgen del Sol; muchas jóvenes nobles lo eran pero nunca una hija habida con una concubina. Observaba con disimulo las miradas que se cruzaban Koullur y Sumaq y comprobó que no se equivocaba. Aparentemente entre ella y el chasqui existía algo más de lo que debía haber entre una joven y su cuidador. Su sirviente los había visto tomados de la mano en el monte.

También percibía temor.

Mientras el inca brindaba alegre después de mucho tiempo de duelo y su conversación volvía a ser agradable como en los viejos tiempos, notaba que Koullur a duras penas podía disimular lo mal que se sentía al estar sentado a la derecha del Inca, como su invitado preferido.

—Querido Koullur —dijo Pachacútec—, deseo hacer un brindis especial por una buena nueva: de ahora en adelante no serás más un mensajero oficial. Te nombro *tukuiricuk* de las ricas tierras del norte, el Chinchaisuyo; donde Roca, mi hermano, es mi representante.

Pachacútec se puso de pie y Koullur se arrodilló ante él, mientras el Inca, magnánimo, ponía una mano sobre su hombro. Le obsequió una túnica confeccionada en la más fina lana de alpaca teñida en hermosos colores y unos adornos de oro, mayores que los que el chasqui ya cargaba en las orejas. Koullur, abrumado por tantas muestras de afecto, no encontraba palabras para agradecer a su monarca. Únicamente se arrodilló y le besó los pies.

—¡Oh, sapa inca!, no soy merecedor de tantos honores... —atinó a decir.

—Sí lo eres, me has demostrado tu lealtad y valentía. Mereces mi mayor confianza y desde ahora serás tratado como un noble. Pronto te daré en matrimonio a la mujer más hermosa de mis acllahuasis, una mujer sana y preparada con toda la sabiduría para ser tu compañera.

—Mi señor, no es necesario... todavía —respondió con apuro Koullur.

—¿Por qué dices eso? —preguntó extrañado el inca. Luego comprensivamente inquirió—: ¿Deseas algo diferente? ¿Algún joven tal vez? Puedes escoger el que tú desees.

En el imperio no era anormal que un hombre prefiriera una pareja de su propio sexo. Pero como se le daba importancia vital a la descendencia, era necesario que se casara con una mujer. Koullur, cuyas preferencias eran heterosexuales, sonrió ante la ocurrencia del inca.

—Me refería a que no deseo casarme, por el momento —dijo.

—Eso no depende de ti. Soy yo quien te buscará esposa y estoy seguro que estarás satisfecho con ella. Además, tienes edad más que suficiente.

El inca volvió a sentarse y prosiguió con la cena, sin percatarse de que Koullur estaba atravesando por los momentos más difíciles de su vida. Sumaq había presenciado todo en silencio. Ella, quien normalmente no era presentada en público a pesar de que le encantaba estar rodeada de gente, especialmente de varones, aquel día deseaba estar encerrada en su cuarto.

El tío Chaclla observaba a uno y a otro sucesivamente y se convencía de que entre ellos existían unos lazos más fuertes que los que él mismo había pensado en un principio. Empezó a sentir lástima de ellos. Se amaban, sólo había que mirarlos para notarlo. La reunión se volvía más bulliciosa a medida que los jarros de chicha iban y venían. Sumaq pidió permiso a su padre para retirarse y éste, complacido por sus buenos modales, le indicó con una venia que podía hacerlo, sintiéndose a sus anchas para proseguir con el jolgorio. Mandó llamar a unas cortesanas para que les hicieran compañía y eligió una joven bastante atractiva para que Koullur pasara un buen rato. El inca estaba feliz después de mucho tiempo y, a pesar de guardar un profundo amor por su difunta Thika, comprendía que la vida debía seguir su curso. Lamentó haber despedido a Kapulí ese día temprano, pero pronto encontró una atractiva muchacha con la cual compartió algunas horas de agradable compañía.

Koullur mientras tanto no veía el momento de zafarse de la joven que tenía por compañera; todos sus sentidos estaban puestos en la manera de salir de aquel atolladero. No sabía cuál sería su futuro, un futuro incierto, en el que Sumaq era lo más importante, ¿Y si estaba encinta? Él estaría condenado a una muerte segura. Y si no lo estaba, también, porque no podría vivir sin ella.

Una vez terminada la celebración, todos se retiraron a descansar. Al día siguiente partirían para el Cuzco. A Koullur se le había otorgado un sirviente para su servicio personal. Habían empezado a tratarlo como a un noble y él se sentía infeliz por todos aquellos obsequios inmerecidos. Se sentía vil, cobarde por no enfrentar la situación, deshonesto por la palabra incumplida y ruin por haber aceptado las dádivas de su soberano.

Los preparativos para el traslado de Koullur al Chinchaisuyo se hicieron aceleradamente, por lo menos él los sentía así. Había podido ver a Sumaq de lejos en muy contadas ocasiones; las cosas ya no eran igual que antes, cuando él era un simple chasqui o mensajero especial del inca. En el Cuzco él ahora ocupaba una vivienda un poco más lejos, la capital del imperio era muy grande y su posición no le permitía andar merodeando como antes lo hiciera, sin levantar sospechas. La única forma de saber de Sumaq era a través de su primo, el sirviente personal del inca, pero el temor de éste era tal que evitaba llevarle los mensajes para no tener que enfrentar la ira de su soberano. Por otro lado, Koullur no se atrevía a contarle todo lo que había sucedido pues sabía que sería ponerlo en peligro. Era preferible que no supiera nada. Sólo había enviado saludos a la princesa en un par de ocasiones.

Ocasionalmente, Pachacútec mandaba llamar a Koullur para discutir acerca de algunos puntos que le interesaban; muy pronto sería gobernador de una de las provincias más importantes de su imperio, conquistadas hacía relativamente poco tiempo. Tenía especial interés por integrar a los jefes conquistados porque podrían convertirse en peligrosos reductos de levantamientos en su contra, una de las más delicadas encomiendas que le asignaría. Además, después de lo que le relatara Kapulí, caía en la cuenta de que había sido muy egoísta con los parientes de los prisioneros. Sus hijos y sus mujeres no tenían por qué pagar las consecuencias de las guerras y conquistas.

Un mes después, Koullur aún no se había posesionado del nuevo cargo debido a que la vivienda que se le había mandado construir en el norte no estaba terminada, pero debía partir por orden del inca para conversar con Roca. En esos días, Sumaq supo que estaba embarazada. Aunque su cuerpo externamente no daba aún señales de ello, estaba esperando un hijo suyo y no tenía cómo comunicárselo. Además, aunque pudiera hacerlo, sabía que no serviría de nada. A medida que transcurrían los días, su padre llevaba adelante la ceremonia del Inti Raymi, fecha prevista por él para anunciar su consagración como virgen del Sol. Pachacútec se sentía orgulloso de la decisión que había tomado, estaba seguro de obtener grandes bendiciones por ello. Y Sumaq, cada día que pasaba sentía los efectos del embarazo; no podía disimularlos. La mamacona encargada de su cuidado observó que ese mes ella no había menstruado y que en cambio se la veía delgada, sin apetito y con un malestar matutino que la hizo sospechar. Ella había cuidado a Sumaq desde su nacimiento y la amaba, pero el terror que sentía por la ira del inca era más fuerte. Una mañana en la que Sumaq vomitó, enfrentó la situación directamente.

—Sumaq, hijita, ¿qué es lo que has hecho? Cuéntame, confía

en mí.

—No sé que me sucede, mamita, sólo sé que me siento muy cansada y débil. Creo que estoy enferma.

—Yo creo que algo más grave te está sucediendo. Tienes todos los síntomas de estar esperando un hijo —dijo la mujer, mirándola con seriedad.

—Yo... No puede ser. Creo que estoy así porque mi padre sigue con la idea de consagrarme al dios Inti, y yo no quiero. Me quiero morir. ¡Soy tan infeliz!

—Sumaq, escúchame bien, esto no es un juego, es muy grave. ¿De quién es el hijo? —preguntó, aunque en el fondo sabía la respuesta.

—Antawara, por favor, no digas nada. No deseo que mi padre se entere, te lo suplico...

—De todos modos se enterará, una barriga no se puede ocultar, ahora no se nota pero en unos meses...

—Lo sé... Sólo dime qué puedo hacer...

—Creo que deberías hablar con tu padre.

—Él no comprenderá. ¡Koullur será condenado a morir...! —exclamó Sumaq.

—No me equivoqué. Se trata del joven ascendido a gobernador... ¿Cómo pudiste? ¿Qué creías que estabas haciendo? Y él..., ¿por qué lo hizo? ¿Acaso no sabía las consecuencias?

—Yo lo convencí. Pensé que mi padre después de enterarse de mi embarazo cambiaría de idea, pero ahora comprendo que no será así, creo que me equivoqué. Mamita... por el gran amor que le tuviste a mi madre, no se lo digas, ayúdame, te lo suplico.

—Hija, ¿y qué puedo hacer yo? ¡Todas seremos castigadas! —exclamó aterrorizada Antawara.

—Algo debemos hacer... Piensa, por favor, perdóname. Tú no sabes cuánto amo a Koullur, él no sabe nada aún. Temo por él...

—Creo que hablaré con tu tío Chaclla. Tal vez nos quiera ayudar.

—Ve, ve y habla con él —dijo Sumaq, abatida.

Tras unos momentos de indecisión, Antawara salió presurosa en busca del tío Chaclla. Rezaba a sus dioses para que todo tuviera solución, sabía que pagaría con su vida haber dejado que aquello ocurriera. Cuando se encontró frente al cuñado del inca, se arrodilló frente a él y en tono lastimero empezó a contar lo que ocurría.

Después de escuchar, Chaclla meneó la cabeza. Las cosas habían llegado muy lejos.

—Antawara, ve tranquila, no temas que no le contaré nada a mi cuñado. Déjame pensar.

Chaclla decidió hablar cuanto antes con Túpac, sabía que él estaba enamorado de Sumaq, tal vez si... Lo que se le acababa de ocurrir era arriesgado pero era la única salida. Rápidamente fue en su busca y lo encontró en sus aposentos. En aquellos momentos se encontraba contemplando unos finos tejidos traídos especialmente para él: su atuendo para la fiesta del Inti Raymi.

—Sobrino, deseo hablarte de algo importante.

—Dime lo que tengas que decir, tío —dijo Túpac.

—Lo que tengo que decirte es privado —aclaró Chaclla mirando a la gente que acompañaba a su sobrino.

Con un gesto, Túpac hizo salir a todos mientras miraba un manto entretejido con hilos de oro y pequeñas plumas que tenía en las manos.

—¿Te gusta? —preguntó como al descuido.

—Sobrino, ¿aún estás interesado en Sumaq?

El rostro de Túpac cambió al escuchar las palabras de su tío. Dejó a un lado el manto y se le acercó.

—No sólo interesado, tío, tú sabes que estoy enamorado de ella... Pero mi padre ya tiene su destino marcado.

—Me asombras, Túpac, yo pensé que serías capaz de todo por ella. Una vez lo dijiste.

—Sí, lo dije, soy capaz de luchar por ella y enfrentarme a cualquier adversario pero no se trata de eso.

—¿Aceptarías a Sumaq si supieras que ella desea casarse contigo?

—¿De qué estás hablando? —preguntó Túpac extrañado.

—Te diré algo: ella no desea ser una virgen del Sol. Y creo que quiere casarse contigo.

—¿Conmigo? —preguntó Túpac. Su hermanastra nunca le había demostrado el más leve interés.

—Sí, contigo. Pero primero que nada, deseo saber si de verdad estás enamorado de ella como para aceptarla con lo que venga.

—No te comprendo, tío... Desearía que fueses más claro. Sabes que por ella soy capaz de todo, no puedo dejar de sentir este amor que me quema como fuego las entrañas... Si tan sólo supiera que Sumaq me ama, sería el hombre más feliz del imperio.

—Bueno, tal vez pueda llegar a amarte, lo importante es que te cases con ella. Pero hay algo que debes saber y deseo ser sincero contigo.

—Dime, no me tengas en esta incertidumbre —demandó Túpac con ansiedad.

—Sumaq está esperando un hijo —dijo Challa bajando la voz.

Túpac miró a Chaclla con infinito asombro. No pudo articular palabra.

—Sí, sobrino, ella está pasando por un momento muy difícil y tú eres el único que puedes ayudarla y al mismo tiempo salir beneficiado.

—Primero dime quién es el padre de... ¡Dime quién es el desgraciado que la preñó! —masculló Túpac.

—Koullur.

—Me lo imaginaba. El predilecto de mi padre... ¡Maldito!, aprovechó la situación, pero lo que le espera no es otra cosa que la muerte. Yo mismo me encargaré de que así sea. —El odio reflejado en su rostro transformó sus facciones usualmente apacibles.

—De su muerte te encargarás más adelante. Puedes sacar ventaja, debes decirle a tu padre que ese hijo es tuyo. Que ustedes se aman y que preñaste a Sumaq antes de saber que sería una virgen del Sol.

—¿Estás loco? ¿Pretendes que mi padre me mate?

—Por lo menos puedes intentarlo. Si no resulta, aún puedes decir la verdad, entonces el condenado sería Koullur.

—¿Sumaq está de acuerdo? ¿Ella te lo pidió?

—Sí —mintió Chaclla.

Túpac sintió que su pecho latía con fuerza. Sólo de imaginar que ella le pudiera pertenecer... Pero de pronto un pensamiento ensombreció su rostro.

—El amor que siente por Koullur debe de ser tan grande que prefiere casarse conmigo para salvarle la vida. Está muy equivocada si cree que ese hombre se saldrá con la suya.

—Eso lo podrás arreglar después, recuerda que serás inca muy pronto. Tu padre no es eterno y a pesar de que conserva su fuerza, no es tan joven.

—Lo sé. Pero no deseo usurpar el poder —puntualizó Túpac, mirando a su tío.

—Por supuesto, Túpac, sólo quería recordártelo —aclaró Chaclla. Ahora debes hablar con tu padre. Yo le diré a Sumaq que estás de acuerdo.

—Hablaré con él. Ojalá todo salga como lo planeamos.

—Creo que todo saldrá bien. Tu padre no puede oponerse a una boda entre ustedes.

Esa misma tarde, Chaclla se dirigió a los aposentos de Sumaq. Antawara le facilitó la entrada y la joven se presentó ante él.

—Tío, ya sabes lo que me sucede...

—Sobrina, sólo hay una manera de poder ayudarte. Tendrás que aceptar si deseas salvar la vida de Koullur.

—Dime qué debo hacer y lo haré —dijo la joven con determinación.

Chaclla miró a su sobrina y una vez más admiró su hermosura, a pesar de lo demacrada que estaba. Comprendió a Túpac. Y también que un hombre leal como Koullur hubiera preferido correr todos los riesgos para estar con ella. Su belleza impresionaba. Más que la de su madre. Sus grandes ojos negros lo miraban, esperando ansiosamente a que él hablara.

—Has de casarte con Túpac. Ya hablé con él y está de acuerdo. Sabe toda la verdad, le dirá al inca que es el padre de la criatura.

Sumaq se sentó, incapaz de mantenerse en pie. Sabía que debía aceptar, era la única salida. Con una humildad que sorprendió a Chaclla, bajó los ojos y dijo:

—Está bien, tío, te lo agradezco. Haré lo que Túpac desee.

—Entonces todo está arreglado. Él hablará con tu padre y esperemos que todo resulte bien.

Pachacútec se encontraba en una junta con sus militares. Había decidido ampliar el territorio hacia el sur. Tenía pensado conquistar la meseta del Collao en Arequipa y anexar a los chinchas al imperio. Apenas terminara la ceremonia del Inti Raymi, que duraba un mes, empezaría la expansión. También debía dejar organizado el norte, porque tenía noticias de levantamientos en esa zona; precisamente Koullur había viajado para ir adelantando los planes con su hermano Roca. Le extrañaba que Túpac no hubiese llegado aún a la reunión.

Pachacútec era considerado una divinidad desde que derrotó a los chancas tras la huida de su padre, el inca Huiracocha. Cuando aún era el general Yupanqui, se decía que Pachacútec había implorado ayuda a Inti. El dios había convertido las piedras que rodeaban la ciudad en soldados que resultaron cruciales para la gran victoria. Después del triunfo el pueblo lo aclamó como su nuevo Inca. La realidad era diferente pero a él le gustaba que su pueblo creyese esas historias; le daban un halo de deidad. Koullur, en aquel tiempo un niño, significó la diferencia. Nadie sospechaba que fuese el contacto entre los diferentes regimientos del Inca. El pequeño se arriesgó a cruzar entre el fuego enemigo sin despertar suspicacia y a partir de allí Pachacútec lo tuvo a su lado.

El inca siempre supo la rivalidad que existía entre Túpac y Koullur, que contaba ya veinticinco años. Pero, más que rivalidad, eran celos de parte de su hijo. No le agradaba que él sintiera tanta simpatía por Koullur, pero era algo que Pachacútec no podía evitar. Su hijo era un joven inteligente, fuerte y preparado para ser inca cuando le llegara su turno. Conocía el carácter de Tupac y estaba seguro de que lo haría bien, se sentía orgulloso de él. Sabía hablar casi todos los idiomas de los pueblos conquistados y había estudiado matemáticas con los amautas. Pero Koullur... tenía un gran aprecio por aquel joven. Al sentir que todos los presentes adoptaban posición de firmes, Pachacútec dejó de meditar.

Se dio vuelta y vio a Túpac entrando al salón donde estaban reunidos. Su presencia marcial siempre se sentía y causaba respeto, al igual que sucedía con él. Aquello le gustaba, su hijo lucía imponente y, a pesar de sus diecisiete años, tenía un innegable don de mando. Lo había acompañado en algunas incursiones y demostrado su inteligencia como estratega. Puso una mano en su hombro para hacerle partícipe de las conversaciones que hasta ese momento se habían llevado a cabo.

—Perdona mi tardanza, padre —dijo Túpac.

El inca captó de inmediato su desasosiego.

—No te has perdido mucho. Estaba diciendo que cuando finalice la ceremonia del Inti Raymi empezaremos con nuestros planes de expansión. Estableceremos una buena red de comunicación con nuestros hombres más calificados. Es vital.

—¿Y qué hay de tu chasqui Koullur? ¡Ah!, olvidaba que ahora es un tukuiricuk...

—Y una pieza clave contra los levantamientos en el norte —añadió Pachacútec sin prestar atención al sarcasmo.

—Sí, sé que es importante —dijo Túpac por todo comentario—. Padre, desearía hablar contigo a solas.

El inca pidió a los demás que se retirasen. No se había equivocado, algo preocupaba a Túpac.

—Te escucho.

—Padre, Sumaq y yo estamos enamorados. Deseamos casarnos; ella está esperando un hijo mío.

—¿Qué has dicho?

—Deseamos tu consentimiento para casarnos. Yo sé que tú has tomado una decisión respecto a...

—¿Tú crees que puedes venir aquí y decirme lo que debo hacer? —interrumpió airado el inca— ¿Acaso tú no sabías que yo no deseo que ella se case? ¡Cómo pudiste...!

—Perdóname, padre, pero yo no sabía tu decisión. Ni ella tampoco; fue algo que nació entre nosotros hace... un tiempo.

Por momentos Túpac sentía deseos de decirle la verdad a su padre pero se la jugaría hasta el final. A pesar de todo, le temía. Sabía de lo que era capaz y al ver su rostro iracundo prefirió bajar la vista. Se hincó ante él y, con humildad, habló en voz baja.

—Padre, te he servido fielmente toda mi vida, he obedecido hasta el menor de tus deseos, sólo te suplico que no me impidas ser feliz. Sumaq es la mujer de mi vida, la amo desde que éramos niños, está esperando un hijo mío, tu nieto. Sólo dime que aceptas, no me niegues lo único que te he pedido.

—¿En qué momento ocurrió eso? Sumaq siempre estuvo bien resguardada, ¿cuánto tiempo de embarazo tiene? —preguntó Pachacútec suspicaz.

—Ocurrió justo antes de tu viaje a Cajamarca

Pachacútec mostraba el rostro sombrío. Pero luego de un interminable silencio miró fijamente a Túpac y, tomándolo por los hombros con ambas manos, lo levantó.

—Júrame que harás feliz a Sumaq. Ahora soy yo el que pide. ¡Júramelo!

—Lo juro, padre. Yo la amo. Tal vez igual o más de lo que tú amaste a su madre.

Aquellas palabras bastaron para que el inca se sintiera conmovido. El amor que aún sentía por su difunta Thika le hizo comprender que tal vez había hecho mal en resguardar a su hija del dolor que ocasionaba perder al ser amado. Lo único que quería en ese momento era que ellos se amasen tan profundamente como él lo había hecho. Puso una mano sobre la cabeza de su hijo. Túpac, agradecido y con el corazón henchido de felicidad, abrazó a su padre.

Al día siguiente, en la ceremonia del Inti Raymi, se anunció la boda de Túpac y Sumaq. Koullur no estuvo presente, debido a problemas en el norte que le impidieron su regreso hasta pasadas varias semanas. Y cuando lo hizo, justamente fue para ser invitado a la boda de Sumaq y el hijo del Inca. ¿Qué habría sucedido para que su soberano cambiase de opinión con respecto a lo que tenía planeado para Sumaq?, se preguntó. Intentó hablar con ella pero fue imposible. Acudió a su primo, el sirviente personal de Pachacútec, y con asombro escuchó sus palabras.

—Primo Koullur, ellos se casan porque Sumaq está esperando un hijo de Túpac. Por ese motivo, el inca apresuró el matrimonio. Además, tú sabes muy bien que el príncipe siempre estuvo enamorado de ella.

—Pero... no puede ser, yo sé que ella no lo ama... ¿Cómo pudo ocurrir algo así?

—Tal vez porque ella no deseaba ser una virgen del Sol... Pero... ¿cómo sabes que ella no lo ama?

—Porque me ama a mí.

—¿A ti? —preguntó Chihue con una sonrisa.

—Sí. Y yo la quiero a ella. Además, ese hijo que está esperando es mío, ¿comprendes? —se arriesgó a decir Koullur.

—No, no comprendo. Entonces... ¿por qué se casará con su hermano?

—No lo sé. Necesito hablar con ella... Primo Chihue, te suplico le des un mensaje, dile que deseo hablar con ella, que trate de verme esta noche, la estaré esperando detrás del palacio de Casana, sé que ella encontrará la manera de salir.

—Yo no puedo hacer eso, si llegan a enterarse de que fui yo quien llevó el mensaje me matarán, lo sabes.

—No seas cobarde, primo. ¿Olvidas que yo te conseguí el cargo que tienes? Algo me debes.

—Está bien, pero no será culpa mía si ella no accede a verse contigo —dijo Chihue después de pensarlo.

—Sé que se presentará, sólo dale el mensaje.

Koullur no comprendía nada. Se preguntaba: si el inca supiera que el hijo era suyo, ¿le habría permitido casarse con Sumaq? Por supuesto que no. Entonces, ¿qué podía él esperar de Sumaq? Absolutamente nada. A no ser que simplemente hubiera sido un capricho para ella. O tal vez hubiera sido un plan bien trazado para impedir que fuera ofrendada a Inti. Pero ella no lo sabía aún cuando estuvo con él en Cajamarca... La mente le bullía con toda clase de ideas y suposiciones y no lograba concretar una salida, lo único que sabía era que sin Sumaq la vida no valía la pena. No concebía que perteneciera a otro hombre y menos a Túpac. Pero si hacía algo para impedir ese matrimonio, podría poner en peligro a Sumaq. Koullur estaba desolado.

Aquella noche, Koullur esperó hasta muy tarde su llegada. Pero ella nunca se presentó. Ya de madrugada, su primo Chihue le dio alcance y le entregó un pequeño envoltorio.

—¿Qué es esto?

—Es la prueba de que hablé con ella. Me dijo que te la entregara, que no puede hacer nada para evitar el casamiento. Me dijo que te amaba y que por ese motivo lo hacía. Tenías razón, primo, ella estaba llorando, se veía muy triste. También me dijo que más adelante tal vez podrían encontrarse. Ahora está siendo vigilada estrictamente, es por eso que apenas pude venir, para evitar sospechas. La gente de Túpac me vio cuando fui a hablar con ella.

—Gracias primo. No esperaba menos de ti.

Koullur se quedó en el sitio, no quería moverse de ahí, quería creer que si se quedaba aún podría verla llegar, sonriendo y corriendo a sus brazos, pero a medida que el pálido sol hizo su aparición sus inútiles esperanzas se esfumaron. Todo había terminado para ellos. Abrió la pequeña bolsa que tenía sujetada con fuerza en un puño y sacó de su interior un mechón de cabello. Supo que era de ella. Inhaló el perfume que emanaba de aquella pequeña muestra de la existencia de su amada y recordó las palabras de su primo: *Me dijo que te amaba y que por ese motivo lo hacía. También me dijo que más adelante tal vez podrían encontrarse...* Un delgado hilo de esperanza empezaba a albergar su corazón, y con ese único consuelo se retiró del lugar, caminando pesadamente con la espalda encorvada, como si le hubieran caído todos los años encima de un solo golpe. Sólo faltaban unas horas para el matrimonio y a medida que los minutos transcurrían, Koullur estaba cada vez más convencido de que estaba actuando como un cobarde. No podía permitir que Túpac se casara con Sumaq, estaba dejando que ella asumiera todo el sacrificio de tener que vivir al lado de un hombre al que odiaba. Tomó la decisión de contarle toda la verdad al inca y asumir las consecuencias. Prefería morir que ver a Sumaq convertida en esposa de Túpac, además, honraría su palabra. Ya no le importaba nada, si perdía a Sumaq no quería seguir viviendo.

IV

Triste y solitario como semanas atrás, cuando en Willka Picchu recordaba a su querida Thika, se encontraba Pachacútec en Casana, su palacio en el Cuzco. Parecía que el tiempo se hubiese detenido, y hubiera preferido que así fuera porque en ese momento todo había cambiado; los planes que entonces le parecieron tan claros, ahora se veían rodeados por un halo de misterio. ¿Cómo era posible que Sumaq estuviese enamorada de Túpac?, se preguntaba. Y ahora ese asunto de estar preñada de él... Salió de su abstracción al escuchar a Chihue. Decía que Koullur deseaba verlo.

Gratamente sorprendido al ver a Koullur tan temprano, se adelantó hacia él.

—Álzate, querido Koullur, qué agradable sorpresa... ¿Qué te trae tan temprano hoy? ¿Sabes que dentro de unas horas se casan Sumaq y Túpac?

—Es el motivo de mi visita —dijo Koullur sin incorporarse. Su tono de voz indicaba una determinación que llamó poderosamente la atención del inca.

—Recuerda que ya no estás a cargo de su seguridad, ahora eres un noble —dijo Pachacútec en un intento de desviar la conversación. Presentía que se iba a enterar de algo que no deseaba saber.

—Lo sé, señor, y todo gracias a tu infinita benevolencia. Pero no soy digno de ti ni de todo lo que me has otorgado. Yo... falté a mi palabra, yo...

—No digas nada, Koullur, si cometiste un error, prefiero no saberlo. —La voz de Pachacútec se oía angustiada.

Miró a Koullur, observó la gracia y majestad que se desprendía de él de manera natural. Sus varoniles facciones parecían guardar algo terrible. Pachacútec amaba a Koullur, había algo en aquel joven que le producía un cariño que iba más allá de una simple simpatía o preferencia amistosa. En ese momento, el inca se dio cuenta de que Koullur no era para él como cualquier otro. Lo había visto crecer y, cuando a los catorce años le juró fidelidad absoluta en la ceremonia del taparrabo, su corazón se había enternecido con aquel joven tan diferente de los demás. De ahí en adelante siempre había tenido un lugar especial para él.

—No, señor, debo hablar, de lo contrario quedaría marcado para toda la vida como el hombre más cobarde y poco digno de tu imperio.

—Por favor, Koullur, lo que sea que tengas que decirme puede esperar... Piénsalo, eres todavía muy joven y tienes todo el tiempo por delante.

—Ya no tengo tiempo. Señor, escúchame: tú sabes mejor que nadie que siempre te fui fiel, cumplí con todas tus órdenes y aún más. Me hiciste jurar que cuidaría de tu amada hija Sumaq y te di mi palabra de que así sería. Pero no cumplí. Me enamoré de ella, ¡y ¿cómo no hacerlo?! Para mí era imposible mirarla y no sentir que mi pecho reventaba de felicidad. Pero eso no es todo: te desafié al acostarme con ella, sabiendo tus deseos de preservarla virgen para el dios Inti. El hijo que ella espera es mío, no de Túpac. Sé que al decirte esto estoy sentenciado a morir, señor... pero no me importa. Prefiero morir que vivir sin ella —dijo Koullur sin apartar la vista del suelo de piedra.

El inca guardó silencio. Dejó de mirar a Koullur y le dio la espalda, no deseaba que viera el profundo dolor que lo embargaba. Koullur, el hombre que él amaba, enamorado de su hija, de su Sumaq... Algo dentro de él se revolvía. Koullur había caído estrepitosamente del pedestal donde lo había colocado; podría perdonarlo... pero no debía. Estaba librando una batalla interna por la decisión que debía tomar. No hacerlo significaría sentar un peligroso precedente, algo que él no se podía permitir. Todos sabían la orden que le había dado y todos esperaban que lo que el inca ordenaba se cumpliera. Miró el cielo azul a través de la ventana trapezoidal y, una vez más, deseó ser libre como el cóndor que en esos momentos cruzaba los cielos. ¡Oh, sagrado Inti!, ¿por qué permitiste que todo sucediera así?, preguntó Pachacútec en muda plegaria. Con el pecho traspasado por el dolor, dio vuelta y miró a Koullur, que aún permanecía hincado esperando su sentencia.

—No sigas, Koullur, no digas nada más. Haré como que no dijiste nada —La voz del inca parecía una súplica.

—No, mi señor. Soy indigno de tu confianza, no merezco

vivir. Violé la palabra que te di, no pido que me perdones.

Pachacútec lo miró entornando los ojos. Era evidente que Koullur deseaba la muerte. Amaba a su hija y no le importaba lo que él pudiera ofrecerle. ¿Cómo romper la promesa a Túpac?

—¡Álzate de una vez, por Inti y mírame a los ojos, Koullur! Tú, el más querido de todos mis oficiales, el que yo consideré el más noble y honesto, justamente tú, deshonraste tu palabra. Al desatender mi mandato has causado lo que más temí para Sumaq: su desdicha. Sé que ella te ama y por ese motivo acepta casarse con Túpac. Todo está claro para mí ahora. ¿Cómo puedo evitar su sufrimiento? Ya es muy tarde. ¿Cómo evitar el sufrimiento de Túpac? Debo cumplir mi palabra, eso significa que no puedo dejarte vivir aunque ello cause el dolor de Sumaq... y el mío. ¿Por qué tuviste que hacerlo? —preguntó el inca mirándolo fijamente. De sus ojos parecían salir chispas de fuego; una mirada que Koullur devolvió, inmutable.

—Respóndeme, te lo ordeno. —De la aflicción, el inca había pasado a la indignación, y luego a una ira que parecía incapaz de controlar.

—Enamorarnos no fue algo que nosotros planeáramos. Cometí un error, lo reconozco y sé que merezco morir. No te pido clemencia, haz lo que tengas que hacer y te estaré agradecido —respondió Koullur.

—Hagamos como que nada ha sucedido. Sólo nosotros lo sabemos, no asistas a la ceremonia y ve al norte.

—No, señor. Si dejas que viva no me quedaré tranquilo sabiendo que Sumaq pertenece a otro hombre.

Pachacútec vio la determinación en los ojos de Koullur, un brillo desafiante que sólo podía significar futuros desastres. Sabía que debía tomar la decisión que intentaba evitar, no había otro camino.

—Con tu muerte no evitaré el sufrimiento de Sumaq. Pero no hay otra salida. Koullur, querido hijo, abrázame por última vez, sabes que te amo.

Pachacútec le dio una mano para acercarlo a él y, sin ocultar las lágrimas que pugnaban por brotar de sus ojos, dejó que éstas corrieran por su rostro curtido que sólo había conocido las que había derramado por la muerte de su esposa. Ambos hombres se abrazaron con fuerza, sabiendo que era una despedida. Pachacútec separó el rostro de Koullur y lo observó como si quisiera retenerlo en la retina para siempre. El sufrimiento acentuaba la belleza de las nobles facciones del joven, sus ojos brillaban, su boca aguantaba un grito de dolor. Pachacútec lo besó en la mejilla largamente sintiendo el sabor salobre de sus lágrimas.

—Perdóname Koullur...

—Perdóname tú a mí, señor... —musitó Koullur con pesadumbre.

Pachacútec llamó a sus guardias. Ordenó que lo llevaran a un calabozo. Koullur lo miró a los ojos por última vez antes de salir.

Aquel día, durante la ceremonia de casamiento de sus hijos Túpac y Sumaq, Pachacútec no mostró la alegría de los últimos tiempos. Todos notaron su semblante oscuro, como si una nube negra se hubiese posado sobre él. Tampoco estuvo mucho tiempo en la celebración. Temprano, dejó la fiesta y se retiró a su silencioso palacio.

Después de los festejos, Túpac llevó a Sumaq a los aposentos que le correspondían dentro de los muros de piedra del mismo palacio, en un ala muy alejada de la de su padre. Su corazón latía descontroladamente por la emoción que le embargaba. Al fin podría tener a Sumaq y sería únicamente suya. Ambos eran ajenos a lo ocurrido con Koullur.

Era la primera vez que Túpac tenía a Sumaq tan cerca como para percibir su respiración, y hasta sus latidos. Sumisa, resignada, ella tenía los ojos cerrados esperando que él tomase la iniciativa. Aquella noche, Sumaq supo la diferencia entre ser amada por el hombre de su vida y ser poseída por un extraño. Y Túpac supo que ella jamás lo desearía como él a ella. Aun así, se solazó con su cuerpo perfecto, su rostro de grandes ojos y un aroma, hasta ese momento desconocido por él, que penetró hasta llegar a lo más recóndito de su ser y que dejaría una huella imborrable a lo largo de toda su vida. Flores y frutas... era el olor de su amada, la mujer más hermosa del imperio y la única que no lo deseaba.

Pachacútec quería evitar que el matrimonio de su hija se viera perturbado por la muerte de Koullur y postergó el asunto. Hizo guardar silencio al respecto. Nunca se acercó a verlo ni quiso saber de él, parecía que a partir del momento en que Koullur se perdió de vista hubiera desaparecido de su vida y de no haber sido por Chihue, su primo, hubiese muerto, porque era el único que se preocupaba por llevarle alimentos. La intención de Pachacútec era mantenerlo preso hasta el nacimiento de su nieto. Mientras tanto, la vida en el imperio seguía su curso como si Koullur nunca hubiera existido, todos temían hablar de él y los que sabían dónde se encontraba tenían terror de decirlo porque era un condenado a muerte.

El inca empezó la expansión tal como lo había planeado y junto a Túpac logró consolidar la anexión de los chinchas fácilmente. Luego fueron al sur y arrasaron a los pueblos de la meseta del Collao y Arequipa. Koullur fue trasladado a Willka Picchu y custodiado día y noche, atado de una mano y un pie a una roca en un calabozo en el barrio de las prisiones. Estaba prohibido dirigirle la palabra; le llevaba algo de comida un hombre viejo, mudo y sordo.

Pachacútec se entregó de lleno a la guerra, deseaba olvidar lo acaecido. Túpac se resarcía de su infelicidad con el enemigo, adquiriendo fama de hombre implacable. Ambos evitaban hablar de temas personales. El inca sabía de sobra que sus hijos no eran felices, así que ¿para qué preguntar?, se decía. Y Túpac pasaba las horas ideando la manera en que algún día se vengaría de Koullur, sin saber que su suerte ya estaba echada.

Tras las victorias, regresaron al Cuzco poco antes del nacimiento del hijo de Sumaq. Días después del parto, Koullur fue llevado al Cuzco y, tras la acusación de desobediencia al Inca, se le condenó a morir a garrotazos en la plaza principal. A pesar de los ruegos y lágrimas de Sumaq, Pachacútec no dio marcha atrás y siguió con los preparativos. El propósito era dar ejemplo.

—Padre, tu siempre supiste la verdad... Perdóname por haber mentido —dijo Túpac, días antes de que todo sucediera.

—Lo hiciste por una buena causa pero ¿valió la pena? ¿Sumaq te ama tanto como amó a Koullur? —dijo Pachacútec sin miramientos—. Ese es tu peor castigo. Ya no ejerceré mi poder sobre tu vida. Tú la escogiste.

—Creo que sí valió la pena. Yo amo a Sumaq, mi enemigo

morirá y no tendrá la dicha de ver crecer a su hijo. Ese hijo es mío y prevalecerá sobre todo.

—Tienes razón, aunque no comparto la idea que tienes acerca de la felicidad.

Pachacútec quiso que el niño se llamara Huayna, en honor al monte que él admiraba tanto.

Túpac sabía que Sumaq no lo amaba, y con la muerte de Koullur sería peor, pero por lo menos podría disponer de ella a su antojo, aunque había tenido pocas oportunidades de hacerlo debido a las últimas conquistas en el sur, y después por el nacimiento del niño. Pero tenía paciencia y la esperanza de que en el futuro las cosas cambiasen.

Koullur también tenía esperanzas, pero de otra clase. Aún deseaba poder ver una vez más a Sumaq y dentro del delirio que hacía un tiempo lo acompañaba, producto de la soledad en las largas noches sobre la fría roca, recordaba las palabras que ella le hiciera conocer por medio de Chihue: *Más adelante tal vez podrían encontrarse...* Era lo que había mantenido el hilo de luz en el profundo túnel de oscuridad en el que se hallaba, esperando el momento en que vislumbrara el lóbrego horizonte de su vida. Pero la única luz que vio fue el sol matutino del día en el que conocería la muerte.

Desde que ocurrieran los hechos, Pachacútec había tenido pocas veces a Sumaq en su presencia. Las cosas nunca habían sido igual que antes, cuando era su niña mimada y su constante presencia le alegraba la vida. En la mañana del día fatídico, Sumaq pidió permiso a Túpac para hablar con su padre. Él accedió, pues deseaba que ella supiera que no tuvo nada que ver con la pena de muerte de Koullur; además, sabía que su padre no daría marcha atrás. La responsabilidad era toda del Inca.

—Padre..., deseo que me escuches. Nunca te expliqué lo que sucedió en Cajamarca. Escúchame antes de que lo maten, por favor...

—Sumaq, hace tiempo dejaste de ser aquella niña que yo cuidé con tanto esmero, justamente desde aquel viaje a Cajamarca dejaste de ser niña. ¿A qué viene ahora una explicación?

—Sé que no darás marcha atrás, pero debes saber la verdad.

Yo obligué a Koullur a hacerme mujer. Él no fue quien tomó la iniciativa.

—Y ¿cómo se puede hacer tal cosa? ¿Le pusiste un arma en el pecho?

—No sabía que te había jurado no tocarme.

—Parece que no has comprendido por qué morirá Koullur. Es por no cumplir con la palabra que le dio al inca. Me prometió cuidar de ti. Desgraciadamente, debo reconocer que aunque es un magnífico hombre no tiene fuerza de carácter.

—Yo urdí un plan para que pudiéramos casarnos... yo...

—No sigas Sumaq, ya no hay remedio.

—Padre, si lo matas yo también moriré.

—Vivirás, así como lo hice yo sin tu madre, a quien amé sin engañar a nadie.

—No, padre, yo no viviré. Sin Koullur, ¿de qué sirve el sacrificio de estar casada con Túpac?

—¿Sacrificio? ¡Deberías estar orgullosa de ser su esposa...! Él te merece más que Koullur, y no porque sea mi hijo, sino porque actuó con valentía y asumió una responsabilidad que no le correspondía. Merece tu respeto... cuando menos.

—Me mataré, padre. Lo haré.

—¿Y tu hijo?, el hijo de Koullur. Piensas abandonarlo, supongo.

Sumaq guardó silencio. Sabía que era inútil seguir hablando. Hizo una ligera reverencia y se retiró. Pachacútec mandó llamar a Túpac.

—Dime, padre —dijo Túpac, ansioso de enterarse de lo conversado con Sumaq.

—Te sugiero que tengas cuidado con tu mujer, no vaya a cometer alguna tontería. —El inca no deseaba que su hijo supiera que Sumaq prefería morir a tener que vivir con él.

—Padre, no es necesario que me ocultes cuánto me odia Sumaq. Pondré vigilancia para que no cometa alguna torpeza. Y gracias por preocuparte por mí. Pero soy fuerte y sabré sobreponerme a lo que venga —respondió Túpac con tristeza.

El día señalado, ataron las manos de Koullur hacia atrás, colocaron una gran piedra en su espalda como símbolo de culpabilidad y fue obligado a caminar por las calles del Cuzco hasta Auscaypata, la plaza principal. Expuesto al escarnio del pueblo por haber desobedecido y traicionado al inca, aunque nadie sabía a ciencia cierta cuál había sido el motivo, los hatunrunas veían en él a un criminal. El dolor que sentía el chasqui era más fuerte que su temor a la muerte, a la que veía como salvadora de todas las penas y miserias sufridas durante casi un año. La piedra a sus espaldas cada vez doblaba más su cuerpo pero él, a pesar de su aspecto sucio, desarrapado, y extremadamente débil, conservaba un halo de dignidad que poco a poco fue acallando las voces del pueblo. Al llegar a la plaza, antes de subir el primer peldaño hacia donde sería amarrado a un poste, tropezó. Sintió que alguien lo tomaba del brazo evitando que cayera, ordenó que desatasen la piedra de su espalda y lo ayudó a subir.

Soportando el dolor que le recorría la columna vertebral, Koullur se enderezó muy despacio hasta quedar a la altura de Túpac.

—¡Que se arrodille! ¡No puede mirar al hijo del inca a la cara! —clamó alguien. Otros le siguieron.

—No lo hagas, Koullur —dijo Túpac acercándose a su oído para dejarse oír entre el griterío. —Quiero que sepas que no te odio. Nunca quise esto para ti; quería venganza, pero de otra clase.

—Cuida de mi hijo, Túpac —murmuró Koullur a duras penas.

Túpac Yupanqui asintió con la cabeza. No le salían las palabras. Dio vuelta y bajó para dirigirse al anda que lo esperaba para llevarlo a palacio. No deseaba quedarse a presenciar la masacre. Era espectáculo para el pueblo.

Koullur cerró los ojos y con pasividad dejó que lo amarraran al poste. Con la mente puesta en Sumaq, levantó la barbilla desafiante ante la multitud y permaneció inmóvil. De pronto sintió una sacudida en un costado, apretó lo dientes soportando el dolor con fiereza, luego vino otro, y otro golpe. Empezó a ver todo rojo. La porra de piedra golpeaba implacable haciendo crujir sus huesos, hasta que dejó de sentir dolor. Le invadió un pesado sopor y un apremiante deseo de dormir. Los porrazos se escuchaban lejanos... Finalmente el golpe de gracia. Su cabeza quedó destrozada, el silencio reinó en la plaza. Y el verdugo descansó.

Los que lo conocían lloraban en silencio; exteriorizar su pena hubiera significado estar en contra del inca. Muchos sentían alivio de que todo hubiera acabado. Unos cuantos, los más cercanos al inca, aplaudían, pero todos guardaban un profundo respeto por aquel joven condenado que, sin emitir un grito de dolor, había soportado estoicamente la muerte. Su cuerpo no fue retirado hasta el día siguiente, para que sirviera de ejemplo a quienes no habían presenciado la ejecución. Después, desde uno de los picos de los Andes, lo arrojaron por un acantilado para que fuese comida de carroñeros. Ese fue el fin de Koullur.

V

A partir de aquel día, Sumaq no volvió a sonreír, ni siquiera su pequeño Huayna la hacía feliz a pesar de ser el hijo de Koullur. Un profundo odio por su padre empezó a germinar en su corazón. Por Túpac únicamente sentía indiferencia. No lo odiaba porque sabía que él no tenía nada que ver con la muerte de Koullur. Cada día estaba más lejana, no comía, ni hablaba, había perdido las ganas de vivir. Ella no podía ni quería olvidar a Koullur. Lo había amado, había sido suya y el placer de tenerlo junto a su cuerpo no se podía comparar al ser poseída por Túpac, un joven imberbe que no hacía más que temblar a su lado y mirarla con adoración. Él, que la amaba calladamente con la esperanza de que algún día olvidase a Koullur, recibía su indiferencia como un castigo.

Pensando que tal vez un cambio de aires haría bien a su salud, Túpac la llevó a la hermosa y tranquila Willka Picchu. Días después el inca les daría encuentro. En lo más alto de la ciudadela estaban los aposentos del inca. Muy cerca, los de Túpac. Su alcoba daba a una gran terraza desde donde se divisaba el espectacular monte Huayna Picchu. La terraza no tenía salida, una similar había en los aposentos del inca, desde donde él acostumbraba divisar los cóndores y los altos y escarpados picos de enfrente. Hacia abajo, lo único que se podía ver era un escalofriante precipicio de casi ochocientos metros.

Al día siguiente de haber llegado su padre, Sumaq envió un sirviente con el mensaje de invitarlo para conversar en la terraza de su alcoba. Pachacútec se animó y asistió llevando obsequios para ella y su nieto. Cuando estuvieron reunidos, Sumaq subió al muro de la terraza y empezó a caminar. Los gritos de advertencia del inca solo hicieron que ella lo mirase con una extraña sonrisa. Abrió los brazos como si fuese un pájaro y se lanzó al vacío, mientras el grito del inca se convertía en un eco lejano. En su mente retumbaba la promesa que le había hecho a Koullur: *Tal vez más adelante podamos encontrarnos...* Era esa su intención, y mientras se lanzaba al precipicio sentía a su amado cada vez más cerca murmurándole al oído: *Te amo, Sumaq, te estoy esperando...*

Túpac gritaba su nombre como si de esa forma ella pudiera volar a su lado de regreso, mientras la veía transformarse en un punto cada vez más lejano que se perdía entre las piedras del fondo del acantilado y el inca Pachacútec, arrodillado con la frente pegada al piso, derramaba las lágrimas más amargas de su vida. El único que parecía no darse cuenta de nada era el pequeño Huayna; su cuidadora, asustada, lo retiró del lugar, resguardándose en uno de los cuartos que daba a un patio.

Pachacútec se tendió en el piso boca abajo con las manos extendidas. No tenía deseos de moverse. Túpac no podía apartar los ojos de un punto borroso sobre las piedras, abajo, muy al fondo. Como un autómata, salió del recinto y a toda velocidad bajó los tres mil escalones que lo separaban del escarpado camino que debía tomar para llegar a donde se hallaba el cuerpo de Sumaq. Tomó el estrecho y peligroso borde del acantilado y siguió bajando hasta llegar a un corte del monte donde no había forma de continuar. El lugar era inaccesible, por lo menos por donde él había ido. Volvió sobre sus pasos y apreció desde unos matorrales la entrada de una cueva. En su desesperación intentó buscar algún camino que lo llevase hacia abajo, donde había caído Sumaq. A medida que caminaba, la cueva se hacía más grande, como una gran caverna; él jamás había estado por esos lugares, de manera que todo le parecía extraño y en el estado en el que se hallaba, poco o nada le importaba encontrarse en persona con algunos de sus dioses merodeando por el interior de las montañas. Sin detenerse a pensar, siguió el camino que trazaba la cueva dentro del monte; guiado por su intuición y por el fresco viento que indicaba que debía haber alguna salida al final del trayecto. Y la había, pero casi insalvable: una pared vertical, pulida como si hubiera sido lijada con arena igual que las construcciones incaicas, excepto por un grueso árbol que inexplicablemente salía de entre la pared de roca, como si fuera posible que sus raíces obtuvieran alguna clase de humedad de aquella piedra sólida. Túpac, temerariamente, trepó al grueso tronco cuyas ramas, cubiertas con unas hojas que él no había conocido antes, le brindaban un arriesgado apoyo. Siguió el tronco principal y logró llegar a una hendidura en la roca que inesperadamente lo encaminó a una especie de trocha que bajaba serpenteando, oculta por otra enorme roca colgante que hacía imposible divisar el camino desde arriba. La siguió durante unos cien metros y encontró un riachuelo, posiblemente algún afluente del río Urubamba. A unos treinta pasos pudo divisar el cuerpo de Sumaq. Estaba al lado de un frondoso jacarandá. Parecía una de las muñecas de trapo con las que había visto jugar a algunas de sus parientas. Con paso vacilante se acercó.

En esos momentos Túpac, el guerrero, el heredero del más poderoso imperio, temblaba, y su corazón lloraba por el dolor de saber que la mujer a la que él había amado hasta límites insospechados había preferido la muerte antes que pertenecerle. Se sintió agradecido por encontrarse en aquel lugar perdido, lejos de cualquier testigo, y al hallarse frente a Sumaq no pudo resistir más y se arrodilló sobre su cuerpo, sollozando como si fuera un niño. Su hermoso rostro estaba terriblemente golpeado en un lado y vuelto hacia atrás. Su cuerpo, dislocado, informe, cubierto parcialmente de sangre. Túpac la abrazó y lloró descargando la emoción que llevaba contenida en su pecho a lo largo de tantos años, desde que eran niños, en los que había sufrido su indiferencia en silencio y al hacerlo, advertía que nunca, jamás, a pesar de haberle pertenecido, había sido suya. Levantó los ojos al cielo y preguntó: ¿Por qué permitiste que todo esto sucediera? ¿Acaso no te he rendido culto y sacrificio suficientes? ¡Oh, mi dios Huiracocha, compadécete de mí y haz que deje de sufrir! Te lo suplico...

Después de muchas horas, viendo que sería imposible sacarla de ahí, Túpac cavó un hoyo con sus manos, ayudado de algunos troncos a manera de palas. Depositó a Sumaq en él y colocó en su pecho una estrella de oro que acostumbraba llevar colgada del cuello. Luego la cubrió con tierra para evitar que las aves de rapiña profanasen su cuerpo. Sobre la tumba colocó tres piedras, dándoles la representación del dios Inti, Huiracocha y él mismo, como futuro inca. Después volvió sobre sus pasos retomando el camino. Al volver el rostro por última vez, vio que la tumba empezaba a cubrirse con las flores moradas caídas del jacarandá.

Pachacútec, sentado en su trono de piedra, también se hacía las mismas preguntas: ¿por qué?, ¿en qué había fallado? Al ver llegar a Túpac con el rostro pálido y arrastrando los pies con pasos cansados se acercó a él y lo abrazó. Le procuró asiento mientras le acercaba un kero de chicha. Túpac lo vació de un solo trago.

—Perdóname, hijo, nunca quise hacerte sufrir de esta manera. Precisamente yo quería evitar sufrimientos y, ya ves, todo salió mal. Mi corazón está deshecho, tomé decisiones duras, mandé ajusticiar a Koullur sin pensar que condenaba a muerte a mi propia hija. De haber sabido que todo terminaría así...

—Padre... ya no tiene remedio. Enterré a Sumaq allá abajo, era imposible traerla; además, es mejor que quede en el olvido, tal vez ahora sea feliz. Si algún día su cuerpo es hallado, nunca se sabrá quién fue. Huayna deberá figurar como hijo mío y de mi futura esposa, debo casarme cuanto antes —dijo Túpac con voz pausada. La muerte de Sumaq parecía haber obrado una transformación en él.

—Nunca podré olvidar a Sumaq, como tampoco olvido a su madre, y la muerte de Koullur también pesa sobre mi corazón —contestó apesadumbrado el Inca—. Pero tienes razón: lo pasado, que el el pasado quede. En cuanto a ti, eres muy joven aún. Hay muchas mujeres a lo largo y ancho del imperio entre las que puedes escoger las que desees.

—Pero ninguna igual a Sumaq...

—Cierto, ninguna —respondió el inca con tristeza, mientras recordaba a su adorada Thika. Dio un corto suspiro—. Es hora de pensar en el imperio. Pero antes debo expiar mi culpa ante el dios Inti. Ordenaré que a lo largo y ancho de los cuatro Suyos se erijan templos en su nombre; el Korikancha será reconstruido y todo su interior cubierto de oro, tal vez así algún día logre su perdón.

—Él comprenderá que no fue tu culpa, padre. Nadie es culpable por amar demasiado.

Túpac volvió el rostro para disimular sus lágrimas.

—Es mi deseo que, a partir de este momento, Willka Picchu Pakasqa sea una ciudad prohibida. No volveré a poner pie en este lugar y aquel que lo hiciere será condenado a muerte. El nombre de Sumaq jamás será evocado en mi presencia y su cuerpo quedará donde fue sepultado de manera impropia. Jamás se sabrá lo que ocurrió. La mamacona de Huayna debe ser sacrificada —sentenció Pachacútec.

Pero, como los secretos nunca llegan a serlo, algo debió colarse por algún resquicio del tiempo y se tejieron historias que relacionaban a la desaparecida princesa Sumaq con la muerte de un famoso chasqui llamado Koullur, historias que se murmuraban en privado; el inca jamás se enteró de ellas mientras vivió.

VI

Entre sus hermanastras, Túpac escogió por esposa a Ocllo, una joven robusta de rostro rubicundo. La cualidad que inclinó la balanza a su favor fue su afición por los niños. Sin embargo ella, que había amado en silencio a Túpac desde siempre, nunca pudo ver al pequeño Huayna como a un hijo. Sus agradables facciones le recordaban a Sumaq, la mujer que tanto había hecho sufrir a su marido. El niño fue criado por Ocllo con indiferencia, pero quien lo amó sin restricciones fue su abuelo Pachacútec.

A partir de la ceremonia de casamiento, Ocllo se convirtió en «coya», título otorgado a la esposa principal del inca, que le otorgaba poder en la casa de su esposo. Después de tener su primer hijo sería conocida como la «coya Mama Ocllo».

Ocllo, una mujer de carácter fuerte que sabía imponer su criterio y cuyo peor defecto eran los celos, aceptaba a regañadientes a las esposas y concubinas que por razones políticas debía tener Túpac, pues los jefes de los pueblos conquistados, para reforzar su importancia e integración en el imperio, cedían alguna de sus hijas al inca, en la mayoría de los casos mucho más apetecibles y agraciadas que la coya. Pero lo que Ocllo nunca pudo perdonar era saber que Túpac seguía atormentado por el amor de Sumaq a pesar de haber transcurrido más de un año desde su desaparición. Tenía por consuelo, sin embargo, su próximo alumbramiento, un heredero por línea paterna de la casa de los Yupanqui al trono del imperio.

El nacimiento coincidió con el nombramiento de Túpac como sucesor. Pachacútec lo escogió entre sus muchos hijos y a partir de entonces el príncipe ejerció las funciones de inca al lado de su padre. Pese a su juventud, supo llevar adelante las responsabilidades del poder: disciplina, voluntad y deseos de conquista formaron su carácter de manera indeleble. Aprendió de su padre a respetar a los pueblos que se unían al imperio incaico para conseguir cooperación en lugar de subversiones. Trató a los curacas conquistados con la consideración que merecían sus cargos, sin humillarlos ni someterlos a trabajos que rebajaran su dignidad. En la vida privada era un hombre sobrio y taciturno.

Túpac pasaba poco tiempo en el Cuzco, casi siempre estaba en campaña. Había partido de la capital con la intención de agrandar el imperio. Cuatro años después se encontraba inmerso en una guerra en la costa que parecía alargarse, tanto que mandó construir en las cercanías un cuartel general al que llamó Incawasi, para poder afianzar sus posiciones militares, dotándolo de una distribución parecida a la de la mayoría de sus fuertes: el Barrio Incaico, con calles, patios y habitaciones, en donde podían residir los oficiales; el Barrio Religioso; y en la parte más elevada, pegado a la ladera de un cerro, el palacio del Inca, con el estilo trapezoidal que les era característico y que, a pesar de no tener los lujos a los estaba acostumbrado en su palacio del Cuzco, contaba con las comodidades suficientes para albergarlo con el confort que merecía su rango.

La campaña no estaba siendo tan sencilla como la del señorío a orillas del río Lunahuaná, al que su ejército logró cercar sin que presentasen batalla. Con los guarco, el ejército incaico topó con una férrea resistencia.

El cacicazgo de los guarco era un valle defendido por varias fortalezas y una muralla envolvente que era complicado atacar. Tenían como curaca a una mujer, lo que daba unas connotaciones diferentes a la conquista.

Túpac organizó varias campañas en los inviernos para arrasarlos —los incas preferían el frío a tener que soportar el calor del verano— y los guarco aprovechaban las largas pausas veraniegas para rehacerse y consolidar sus posiciones, de manera que la estrategia de Túpac no estaba dando buenos resultados. La campaña así se eternizaba, lo que acabó irritando a Mama Ocllo, que dudaba si Túpac realmente no era capaz de terminar la conquista o mantenía una especie de jugueteo con la jefa guarco. En uno de sus viajes al Incawasi, la coya tomó cartas en el asunto.

—Túpac, mi señor, llevas mucho tiempo alejado del Cuzco, deja que yo arregle ese asunto con los guarco.

—¿Tú? —preguntó Túpac, intrigado.

—Conozco a las mujeres y sé cómo reaccionan. Déjalo en

mis manos.

—¿Crees poder triunfar allí donde mi ejército no ha podido? —preguntó Túpac siguiéndole el juego.

—Eso mismo. Sé cómo hacer para obtener su atención. Enviaré a nuestro querido tío Chaclla como embajador con muchos regalos valiosos que ella no podrá rehusar, sé que es una mujer vanidosa y no dejará pasar la oportunidad de ser agasajada como una reina.

—¿Qué lograrás con ello, además de satisfacer su vanidad?

—Unir sus territorios a los nuestros. Es lo que deseas, ¿verdad? Porque si hubieras querido acabar con ellos, estoy segura de que lo hubieras conseguido hace tiempo. Esta guerra te está ocupando ya casi cuatro años... —dijo Ocllo, y agregó con ironía—: A no ser que te guste guerrear contra una mujer...

—Sabes que yo podría tener a cualquier mujer que escogiera. Incluso a la curaca de los guarco. ¿Cómo pretendes engañarla?

—Lo único que le pediré, pero sólo para que no considere que tiene todo el poder en sus manos, es que a cambio de la buena fe que le demostramos, celebre una gran fiesta en honor de Mamacocha. Creo que no es mucho pedir, así ella no sentirá que estamos comprándola, es una especie de intercambio, ¿no te parece? Una vez que no se sienta amenazada aceptará conversar con nosotros y querrá formar parte del Tahuantinsuyo —explicó satisfecha la coya.

Túpac sabía que no sería tan sencillo, pero su mujer le había dado una buena idea. En ese momento supo lo que tenía que hacer. Era cierto que la curaca era hermosa y que ellos se habían mantenido jugando al gato y al ratón sin ocasionarse demasiados daños; también era cierto que él no había puesto suficiente empeño en arrasar de una vez a los guarco porque aquella mujer realmente le agradaba, admiraba su valentía. La había visto de lejos y pensaba que le hubiera gustado conocerla en otras circunstancias. Si llegaba a adueñarse de aquel pueblo sin una lucha feroz quizá aún pudiera... Con esto en mente, y a la vez dándole gusto a Ocllo, tomó la determinación de dejarla actuar.

—Creo que tu idea no es tan descabellada después de todo...

56

Está bien, se hará como tú quieres —respondió complaciente Túpac Yupanqui, mientras una leve sonrisa asomaba a su rostro.

Pasó un brazo por los hombros de la coya, y ésta se sintió más que complacida por ese gesto cariñoso de su marido.

Ocllo logró su cometido sin mayores contratiempos y la jefa de los guarco recibió con deleite las muestras de respeto y los regalos enviados en nombre del príncipe Túpac Yupanqui. Accedió a efectuar la ceremonia a Mamacocha. Todo el pueblo, incluyendo los guerreros y la cacique, se hizo a la mar en sus botes, llevando maíz y frutas para arrojarlos al agua entre cánticos y el sonido de las quenas y tambores; la ceremonia duró casi todo el día. Mientras tanto, Túpac Yupanqui y sus tropas entraron sigilosamente en la ciudad, que había quedado casi desguarnecida, y se apoderaron de ella. Cuando los guarco regresaron, se encontraron con la amarga sorpresa de haber sido engañados. La cacique fue apresada y llevada al Incawasi.

Túpac ordenó que desataran las cuerdas con las que tenía amarradas las muñecas y después de ofrecerle su mano la ayudó a levantarse del piso donde los guardias del inca la obligaban a permanecer postrada. La fiera mirada de la guarco daba cuenta de su cólera. Al mismo tiempo se sentía humillada por haber caído en una trampa tan burda. Mientras sostenía la mirada de Túpac, aguardó callada. Él no estaba muy seguro de cómo iniciar la conversación con una guerrera, nunca había estado antes en una situación similar. Después de mirarla un momento, la obsequió con una ligera sonrisa tratando de mostrarse amistoso. Hizo un gesto a uno de sus servidores y trajeron unos keros con chicha. No muy seguro de cómo reaccionaría ella al ser tratada como cualquier jefe guerrero, le adelantó el kero preguntándole:

—¿Aceptarías brindar por una buena amistad?

La mujer recibió el kero sin decir una palabra.

—Veo que aceptas... Entonces, brindemos por una buena amistad y por una hermosa mujer.

La guarco se llevó el kero a los labios y bebió de una sola vez su contenido. Parecía actuar como si creyera que su comportamiento debiera emular a su rango. Túpac lo entendió así.

—Hablas runa simi, supongo... —dijo el inca con delicadeza.

—¿Debo creer que me llevarás prisionera al Cuzco...? —preguntó la curaca en esa lengua.

—No. Lo que yo deseo es que aceptes formar parte de mi imperio, el Tahuantinsuyo. Todos saldremos beneficiados de ello. Prometo cuidar de tu pueblo y haré que nada les falte.

—Nosotros vivíamos muy bien sin tu ayuda, ¿por qué habría de aceptar?

—No hay nada que aceptar; lo hecho, hecho está —dijo Túpac, mirándola con severidad—. Simplemente te estoy informando que, a partir de ahora, el pueblo guarco forma parte del imperio y deberá adecuar sus costumbres a las nuestras. Dividiremos a tu pueblo en ayllus de trescientas familias y en cada uno de ellos nombraré a un curaca. Tú quedarás como gobernadora de todos los ayllus y reportarás al Cuzco la mita que se establecerá a partir de su organización. Todos sin excepción han de mandar al Cuzco los impuestos, incluyendo las mujeres y hombres hasta los sesenta años. Los que no trabajen la tierra pagarán su mita haciendo tejidos, sirviendo de chasquis, reparando caminos o fabricando cerámica. Todo será enviado a los lugares de recogida para su posterior distribución. Vuestros guerreros formarán parte del ejército del inca. Si no colaboras de buen grado me veré obligado a trasladar a toda tu gente a otro territorio y traer suficientes mitimaes para que ocupen tu cacicazgo. Tú perderías la oportunidad de ser gobernadora, serías tomada prisionera y llevada a algún lugar del imperio donde, como cualquier otra mujer, trabajarías para el inca...

—Veo que no tengo alternativa... De todos modos soy tu prisionera.

—No te consideres mi prisionera, eres libre, solo que ahora tu pueblo también es el mío. Se te tratará con el respeto que merece el cargo que te estoy otorgando. Es tu deber hablar con el resto de los guarco para que acepten sin reparos la anexión. Es un buen trato. ¿Cuál es tu nombre? —preguntó Túpac de pronto.

—Tintaya.

—¿Tintaya? Significa «deseada», en runa simi. Un nombre

muy apropiado— terminó diciendo con un tono de voz más relajado.

—Creo que no tengo otro camino sino el que tú ordenas— dio por toda respuesta Tintaya.

—Tintaya... —repitió Túpac entornando los ojos, como si no la hubiera escuchado— Eres muy hermosa, Tintaya, me traes recuerdos de alguien muy especial.

La piel de la mujer lucía un tono dorado por el sol y sus cabellos oscuros contenían reflejos claros debidos a la constante exposición al mar. Su figura quedaba acentuada por una faja ajustada a la cintura que redondeaba visiblemente sus caderas. Todo ello contrastaba con sus maneras bruscas. Túpac sentía curiosidad, más que atracción, y Tintaya, mujer al fin, quiso sacar partido de la aparente atención que le prestaba el príncipe.

—Entiendo, señor, que mi posición no es ventajosa pero ya que no me rebajas de rango, me gustaría seguir ejerciéndolo entre mi gente como siempre lo he hecho. Permíteme pues hablar con mi pueblo y ofrecerte un agasajo. —Su rostro de facciones duras cobró una suavidad inesperada al mostrar una sonrisa.

Túpac se quedó observándola un momento, trataba de vislumbrar alguna clase de trampa, pero se dio cuenta de que no tenía qué temer. Sus tropas tenían sitiado todo el señorío y sus soldados habían desarmado a los soldados guarco y los tenían bajo custodia.

—Habla con ellos, cuanto antes, mejor. Pero no has de ser tú quien me agasaje, seré yo quien dé una gran fiesta en nombre de nuestra alianza y serás la invitada de honor, Tintaya —dijo acercando su rostro al de ella.

Tintaya bajó los ojos turbada por la forma en que la miraba Túpac. La intempestiva entrada de la coya hizo que se apartara del inca y se inclinara ante ella en señal de respeto. Túpac no hizo el menor movimiento para disimular su postura. Estaba acostumbrado a estar rodeado de mujeres y la coya era consciente de que el inca podía tener las que él eligiese. El inca dio permiso a Tintaya para retirarse, mientras veía el rostro furibundo de Ocllo, una mujer ancha y cada vez más gruesa por los kilos acumulados como consecuencia de copiosas comidas.

Túpac contaba veintidós años y había dejado atrás su apariencia algo pueril. Su cuerpo musculoso contrastaba con la mirada triste y melancólica que de vez en cuando afloraba, acentuando la seducción que volvía locas a las mujeres y que incrementaba la furia de Ocllo.

—Te facilité las cosas, Túpac, y mira cómo me pagas.

—Estaba intentando ganarme al enemigo —explicó Túpac.

—Te vi coqueteando con la guarco.

—Se llama Tintaya. Y no estaba coqueteando, estaba *conversando*.

—Estoy segura de que la guarco piensa que estás interesado en ella.

—No me parece conveniente interesarme en estos momentos en ella. No es oportuno.

—Por supuesto que no. Ese tipo de acercamientos con el enemigo recién conquistado no es conveniente.

—Mañana ofreceré una fiesta en su honor, servirá para establecer una paz duradera. Encárgate de que no falte nada —dijo él, sin hacer mucho caso a las quejas de Ocllo.

—Túpac..., ten cuidado, no vayas a caer en sus redes. La guarco es hermosa, por eso mismo es peligrosa... —advirtió, aunque en realidad lo que la animaba a dar consejos era el deseo de verlo lejos de Tintaya—. Debes regresar al Cuzco, hace casi cuatro años que estás en esta guerra.

—Me quedaré un poco más, es necesario para dejar todo bajo supervisión. Espero que vengan los mitimaes que se harán cargo de la formación de los ayllus, del envío de la mita y de la implantación de las costumbres incaicas. Sabes que no me gusta dejar nada al azar. He enviado chasquis al Cuzco y también a Chincha para que envíen gente honrada y preparada para los cargos importantes. Además, he de conversar con la jefa guarco para dejar establecidas mis normas. Apenas termine el agasajo, partirás; el pequeño Huayna no debe estar mucho tiempo lejos de ti.

—Está con su abuelo Pachacútec.

—Te irás al Cuzco después del agasajo —sentenció Túpac.

Ocllo guardó silencio y se retiró a cumplir con sus obligaciones. Muy a su pesar, debía ordenar los preparativos para la fiesta.

Al principio Ocllo pensó que Túpac se olvidaría de Sumaq y acabaría enamorándose de ella pero con el paso de los años, y pronto se cumplirían cuatro, se había convencido de que nunca podría lograrlo y, por el contrario, sentía a Túpac cada día más lejano. El advenimiento de su segundo hijo tampoco había consolidado la unión familiar que tanto deseó al comienzo del matrimonio. Túpac los trataba con cariño, pero siempre el preferido era Huayna, la sombra de Sumaq... Quizá algún día eso cambiaría. Mama Ocllo tenía un plan para Huayna. De ningún modo permitiría que fuese el próximo inca, como en ocasiones había dejado entrever Pachacútec. Su hijo Titu Cusi tenía el derecho, era descendiente de la coya y por tanto el futuro inca del imperio, no el producto del cruce con una bastarda.

VII

Durante la fiesta que ofreció a la jefa de los guarco, Túpac no varió la costumbre de beber poco y mantenerse alerta, práctica adquirida desde la época en la que entrenaba para ser runruyoc auqui, mas su satisfacción al contemplar a Tintaya relajó un poco sus costumbres.

Ella llevaba puestos los atuendos que le regalara la coya y le dedicaba unas miradas que no ocultaban su deseo de atraerlo. Después de permanecer algunas horas en la fiesta, y ya un poco aburrido de sus coqueteos, Túpac se retiró a sus aposentos, mientras los demás siguieron festejando. En la soledad de aquella noche costeña, bajo el cielo cubierto de estrellas, permaneció en la oscuridad por largo rato y sin poder reprimir un suspiro entrecortado recordó a Sumaq. A pesar de todos sus esfuerzos no había podido olvidarla y cada vez que alguna mujer se le insinuaba, como había hecho Tintaya aquella noche, él inevitablemente traía a la memoria a aquella otra, a la única, porque aquel aciago día en el que su amada se lanzó al vacío una parte de su corazón había caído con ella.

Un sonido tenue a sus espaldas lo puso en guardia. Con un rápido movimiento sujetó el cuello de la persona que tenía detrás; con sorpresa vio que era Tintaya.

—¿Cómo burlaste a los guardias?

—Les dije que tú me esperabas —respondió ella buscando sus ojos con la mirada, tratando de encontrar en ellos a pesar de la oscuridad alguna señal que indicara que la deseaba.

—¡Ah! Tintaya... Eres una mujer de recursos... —comentó Túpac—, alguno habrá de pagar por ello. Saben que no recibo a nadie sin autorizarlo.

—¿Temes que pueda atentar contra tu vida? —preguntó ella con coquetería—. Me inspeccionaron antes de permitir mi entrada. No creo poder vencerte en una lucha cuerpo a cuerpo. ¿No te gusto, acaso?

Él entornó los párpados y la observó. Su actitud no le agradaba.

—Sabes que eres hermosa —afirmó, intuyendo que era eso

lo que ella deseaba escuchar.

—Pero parece que no para ti. ¿Por qué eres tan indiferente?

—Pensé que sólo era un juego de tu parte.

—No. Hay algo en ti que me hace pensar que estás muy lejos. ¿Estás enamorado de tu mujer? ¿Tienes muchas esposas?

—Haces demasiadas preguntas. No tengo «muchas esposas» —dijo Túpac, recalcándolo—. ¿Y tú? ¿Qué me dices de ti? ¿Tienes marido? —preguntó a su vez.

—Tengo los que quiero. No me contestaste. ¿Estás enamorado de tu esposa?

—Tintaya..., sólo tengo una esposa, por ahora... si deseas saberlo. Y sí, estoy enamorado. Lo estoy —respondió Túpac con ambigüedad.

—Y... ¿por qué no te casas con aquella otra? —preguntó Tintaya.

Era evidente que ella creía imposible que estuviese enamorado de Ocllo.

—Es un secreto. —Túpac pero prefirió no seguir hablando. Lo que menos le gustaba era responder preguntas. Tomó de la mano a Tintaya y se encaminó a su alcoba, pensando que después de todo, era eso lo que ella deseaba.

Sorpresivamente encontró cierta resistencia de su parte. Se detuvo para mirarla.

—¿No deseas venir conmigo? No te obligaré, aunque puedo hacerlo.

Su voz empezaba a escucharse impaciente.

—No es eso. Sabes bien que te deseo, pero me gustaría más si tu también me desearas —adujo Tintaya bajando los ojos.

Túpac se sintió enternecido por su actitud y puso un dedo bajo su barbilla, levantándole el rostro.

—Hermosa Tintaya, te deseo, ven, acompáñame esta noche y seamos felices...

Una larga noche sucedió a estas palabras, y Tintaya hizo feliz al inca.

Túpac descubrió que aquella fiera guerrera era cariñosa y dulce en el amor. Sabía acurrucarse a su lado como le hubiera gustado que Sumaq lo hiciera alguna vez. Sumaq... siempre ella. ¿Hasta cuándo, dios Huiracocha?, musitaba en una oración inaudible, deseando más que nunca dejar de sentir ese desgarro en el corazón cada vez que pensaba en ella, en tanto que Tintaya medio dormida se mantenía unida a él en un fuerte abrazo.

Unas habitaciones más lejos, Ocllo imaginaba a su marido en los brazos de la guarco y sentía que su ser se revolvía por dentro. Una inmensa desolación se apoderó de ella, pero era el precio que debía pagar por ser la esposa del inca. Con el pecho lacerado como si mil cuchillos traspasaran su piel, salió al patio envuelta en la penumbra del frío amanecer en busca de aire, pero en el silencio de la madrugada sólo escuchó los lejanos gemidos de Tintaya y los jadeos de su marido, a pesar de cubrirse los oídos con las manos. Dando tumbos entre las sombras regresó a la habitación que el inca le había designado, se arrebujó en su manta y lloró. Aún no se acostumbraba a compartir su marido y sabía que jamás lo conseguiría. Quizás Túpac pronto se cansaría de Tintaya... pero sería Sumaq la que seguiría ocupando su corazón. Y después de ella, otra, y después su hijo Huayna, el favorito de Pachacútec. Le revolvía pensar que el hijo de Sumaq fuese algún día el sucesor de Túpac, no lo consideraba justo. Tomó la decisión de ejecutar el plan tantas veces acariciado apenas llegase al Cuzco.

Muy temprano, la coya partió con su comitiva de servidores. Túpac había dado orden de que no lo molestaran. Únicamente su sirviente tenía acceso a él para cumplir con sus obligaciones y éste era un muro infranqueable. De manera que la esposa del príncipe heredero partió sin intentar despedirse, para no verse sometida a la humillación de ser rechazada por el criado. Parte de la comitiva se adelantaba medio día de camino para preparar la llegada a los tambos y otorgarle las comodidades propias de su rango y, sobre todo, para preparar las comidas a las que ella era tan afecta. El viaje hasta el Cuzco duraría varios días. Ocllo era llevada en andas por fornidos rucanas escogidos especialmente por su corpulencia. Después de conquistar las tierras de Apurímac, donde habitaban los rucanas y los soras, el inca Pachacútec les impuso como tributo ser los cargadores de las andas y literas en las que viajaban él y la nobleza.

Sentada en los jardines de palacio, ya de vuelta en el Cuzco,

Ocllo miraba al pequeño Titu tratando de dar sus primeros pasos para regocijo de sus hermanos. Huayna lo sujetaba y luego lo soltaba; era evidente que quería a Titu, desde su nacimiento había mostrado un cariño especial por él. A la coya no le satisfacía lo que pensaba hacer, pero consideraba que era justo, y si dejaba pasar más tiempo le sería cada vez más difícil. Hacía años había estudiado los poderes de las plantas, su mamacona le había enseñado que con ellas se podía curar. Y también matar.

Días después de la llegada de la coya, Huayna enfermó gravemente del estómago, vomitaba y tenía calentura, tanto los médicos como los sacerdotes de la corte no hallaban manera de mejorar su salud y lo achacaron al mal de ojo. Dedicaron sacrificios a Inti que no parecían dar resultado. Ocllo se limitaba a observar, sentía la íntima satisfacción de saber que el hijo de Sumaq dejaría finalmente el camino libre para la sucesión del trono; al mismo tiempo tenía pena por el niño, sabía que no tenía culpa de haber tenido esos padres. Al cuarto día de su enfermedad, la debilidad por la falta de alimentos y el fatídico efecto del veneno de las yerbas se intensificó. El pequeño Titu, que finalmente había logrado dar sus primeros pasos, los dirigió al lecho de Huayna y se acostó a su lado. La coya observó que Huayna en medio de su debilidad abrazó a su hermanito con cariño y le dio un beso en la frente, sonriendo débilmente. Ocllo no pudo evitar que las lágrimas rodaran por su rostro. La culpa y el remordimiento hicieron presa de ella y salió del recinto.

¿Cómo pudo atreverse a quitarle la vida a Huayna? Se preguntaba, mientras corría presurosa a preparar el antídoto. Oraba y pedía a Huiracocha que le diese tiempo para salvar su vida, moliendo con vehemencia las hojas hasta convertirlas en una espesa pasta. Luego de cocinarlas y agregar aceite de *inchic* y una hoja de coca, la planta sagrada, produjo una emulsión que estabilizó agitándola vigorosamente. Se acercó al lecho de Huayna y le dio a beber el antídoto, esperando anhelante su reacción. Masticó raíz de *cuchucho* y se lo dio a tragar, eso le aseguraría una suave digestión. El pequeño durmió casi dos días, su respiración se hizo muy lenta, pero la fiebre fue cediendo. Al abrir los ojos vio el rostro de la coya.

—¡Huayna! ¡Mi *güaga*! —exclamó ella abrazándolo contra su humanidad.

—Mamita... Soñé que un pájaro grande me llevaba lejos...

—Yo te cuidaré, pequeño... Te cuidaré... —Ocllo lloraba arrepentida. Ahora sabía que ella no era capaz de hacerlo. Con Huayna en sus brazos, elevó la mirada y agradeció a sus dioses.

Los médicos adjudicaron el restablecimiento del pequeño a la buena atención de Mama Ocllo; nunca sospecharon el envenenamiento y, si lo hicieron, guardaron silencio. Sabían del poder de la coya. La esposa del inca Túpac Yupanqui fue elevada a un rango casi sagrado. El reconocimiento mostrado por los doctores y sacerdotes, el agradecimiento de Pachacútec y la admiración de Túpac redundaron en un cambio radical en su posición. A partir del suceso la trataron con mayor respeto y ella gradualmente cambió su comportamiento. La melancolía que la invadía por largos períodos y que en ocasiones la llevaba a acudir a la chicha para mitigar sus penas dio paso a la tranquilidad de espíritu ocasionada por la nueva actitud asumida por Túpac, porque empezó a tratarla con respeto, otorgándole la importancia que se debía dar a una coya. No volvió a humillarla coqueteando con otras delante de ella, tampoco se permitió tener otras mujeres en palacio, a no ser sus esposas o concubinas oficiales y, aun así, siempre la más respetada y preferida ante las demás fue la coya Mama Ocllo. Aunque en la intimidad él gustara más de otras, jamás permitió que en su presencia alguna la mirase mal, o se burlase de ella y, si alguna de sus concubinas lo hacía, irremediablemente era apartada. Ocllo dejó que los dioses decidieran el futuro de sus hijos y se ganó el amor incondicional del pequeño Huayna.

La guarco Tintaya pasó a un lugar muy alejado de las prioridades de Túpac en cuanto éste se enteró de la grave enfermedad de su hijo. Camino al Cuzco no dejaba de pensar en las palabras de Koullur: cuida a mi hijo... Y ¿qué había hecho él? Cuando llegó a la capital ya el peligro había pasado, y todo gracias a la coya. Si en algún momento Tintaya se hizo ilusiones de convertirse en una de las esposas del inca, aquello quedó sólo en un sueño que Túpac se encargó de sepultar en el olvido. Él nunca volvió a mostrar interés en ella, sino como gobernadora de un importante señorío que pertenecía al incario.

La vida en el imperio siguió su curso y Pachacútec continuó vigorosamente la reconstrucción y engrandecimiento del Cuzco. Edificó Pisac y otras fortalezas. Para entonces ya existían casi veinte mil kilómetros de Cápac Ñan, así como grandes silos de almacenamiento ubicados a lo largo del camino.

Túpac Yupanqui, a quien su padre había otorgado el título de Hatun Auqui al nombrarlo su heredero, se perfiló como un guerrero de excepción, obteniendo por su valentía el cargo de *apusquipay*: jefe de los ejércitos imperiales, y al frente de ellos fue el más conquistador de los incas. Creció y se hizo hombre con la responsabilidad de suceder su padre, el gran inca Pachacútec.

Su educación supuso una serie de sacrificios y duras pruebas para demostrar que era el mejor, venciendo en las luchas cuerpo a cuerpo y en todo lo que llevase a cabo. Su padre se esmeró en proporcionarle la mejor educación porque sabía que en los tiempos que corrían no bastaba con ser sólo un temido guerrero; se requeriría también cultura, de modo que desde pequeño Túpac había aprendido a comunicarse en todas las lenguas que se hablaban en el incario: arawak, panacoteca, jaque, aymará, y otras, lo que facilitaba en gran medida la anexión pacífica de los pueblos conquistados. Durante sus años de estudio en el Yachayhuasi aprendió religión, el uso de los quipus, astronomía, matemáticas, historia y estrategia militar.

Túpac Yupanqui se había transformado en un digno sucesor y nadie se atrevía a cuestionar la escogencia de su padre.

Con su habitual espíritu batallador, se dedicó a las tácticas de guerra para nuevas incursiones. Reorganizó el ejército en escuadrones de acuerdo a sus etnias y logró así un mejor entendimiento entre ellos, ya que podían comunicarse en el mismo idioma y los agrupó de acuerdo a las armas que usaban: escuadrones de macanas, de hondas, porras o boleadoras, también de diestros portadores de haunas tipo tumi. Conformó escuadrones especiales de lanceros y de expertos en el arco y la flecha. Introdujo la música en el ejército, de manera que había quienes tocaban tambores, trompetas de caracoles marinos y quenas. Las vestimentas de los soldados correspondían a sus pueblos de procedencia. Algunas divisiones lucían penachos de plumas o adornos de plata o cobre, según su estilo y jerarquía. En otras regiones acostumbraban pintarse el rostro o todo el cuerpo, y al iniciar un ataque todos tenían orden de gritar y cantar. Muchas veces el ruido era tan descomunal que los pueblos se rendían a la vista de un ejército de hombres de tan diversa catadura. Túpac Yupanqui logró conformar un temible y disciplinado ejército. Sus hombres tenían prohibido tener relaciones sexuales mientras estuviesen en campaña y la orden era alimentarse con maíz crudo y charqui. Él era el primero en dar el ejemplo.

Los sacerdotes ceremoniales que acompañaban al ejército imperial actuaban al mismo tiempo como médicos, ya que el uso de porras, hondas y boleadoras ocasionaba muchas heridas y contusiones, especialmente en la cabeza, a pesar de llevar cascos de caña hueca. Los incas eran excelentes cirujanos y practicaban trepanaciones en las que perforaban el cráneo para aliviar la compresión causada por las contusiones. La mayoría de las veces eran exitosas.

Pachacútec animó a Túpac a expandir el Tahuantinsuyo hacia el norte, más allá de la tierra de los moches; sabía que era indispensable tener una ciudad de igual importancia que el Cuzco en el otro extremo del imperio por cuestiones estratégicas. La siguiente misión de Túpac fue fundar una ciudad con el nombre de una panaca real: Tumibamba.

Túpac Yupanqui emprendió la incursión al norte acompañado por sus inseparables sinchis, el tío Chaclla y su numeroso ejército, que iba engrosando con nuevas incorporaciones de los diferentes ayllus a lo largo del Cápac Ñan. Primero se dirigió al este, pocas veces explorado por los incas excepto en la ceja de selva donde se encontraban Choquequirao y Willka Picchu. También en esa zona, el Antisuyu, se proponía expandir sus territorios. Más de dos mil kilómetros debía recorrer hasta llegar al norteño Chinchaisuyu.

Un grupo de soldados de avanzada le enviaba informes

detallados de lo que encontraban en el camino: caseríos, pequeños pueblos o tribus esparcidas; los chasquis trabajaban sin descanso, llevando y trayendo mensajes, muestras de frutos o arbustos desconocidos por los incas, en algunos casos alfarería, o cualquier otro objeto que pudiera servir de información. En una de esas idas y venidas, un chasqui trajo un mensaje inesperado.

—Mi señor *auqui* Túpac Yupanqui, hemos detectado en la cordillera del noroeste, a una distancia de cinco noches de donde te encuentras, una zona bastante poblada, cuya capital se llama Kuélap. Es una enorme fortaleza con muros de más de veinte metros de altura. Está rodeada de selva y según investigamos, sus habitantes son los chachapoyas. Sus guerreros usan lanzas envenenadas.

—¿Hay forma de llegar allá sin que seamos detectados? — inquirió Túpac.

—No, mi señor, la fortaleza tiene altas torres, nosotros nos escabullimos entre la selva porque no somos muchos, pero con seguridad un ejército sería fácilmente detectado por ellos, si es que no lo han hecho ya.

—Chachapoyas...

—Sí, señor, también los llaman sachapuyos. Algunos pueblos están fuera de la ciudad amurallada, sus habitantes dicen que es muy difícil entrar en ella, pues sólo es posible por unos largos pasadizos que se van angostando; al final, sólo puede entrar una persona a la vez. Tiene tres entradas y las tres son así.

—Regresa allá y trata de conseguir más información. Quiero saber de qué se alimentan, cómo hacen para acopiar sus víveres, de dónde sacan el agua, dónde consiguen el veneno para sus lanzas. Todo detalle es importante. Anda, ve primero a que te den comida, descansa y regresa llevando una partida de chasquis con suficientes comestibles para que aguarden en sus puestos el tiempo que sea necesario.

Para Túpac era una sorpresa encontrar camino a Quito un pueblo tan importante. Nunca habían tenido noticias de su existencia, aunque tampoco antes habían penetrado en el oriente. La zona donde se encontraban era selva húmeda, el clima templado no era tan sofocante como las selvas bajas, donde de día abundaba la lluvia pero de noche el frío era parecido al de los Andes. Calculaba que se encontraban a más de dos mil y metros de altitud.

Se reunió con sus sinchis y decidieron esperar a tener más información. Dos días después llegó el primer mensajero.

—Mi señor Hatun Auqui, los chachas cultivan algunos de sus alimentos dentro de la fortaleza, pero fuera de ella tienen andenes como los nuestros, donde crecen papa, frijoles, achira, mashua, y maíz, entre otros cultivos que no conocemos. Al parecer su población es mucha, y tienen un ejército de casi cinco mil hombres. No tienen problemas para conseguir agua porque su fortaleza está cerca del río Uctubamba y en esa zona llueve casi todos los días.

—¿Sabes de dónde obtienen el veneno?

—De una planta, señor. Los lugareños nos enseñaron cómo extraer el jugo y empapar la punta de la lanza. Una vez seca, se guarda hasta cuando sea necesaria.

—¿Qué existe del otro lado de la fortaleza?

—Sólo precipicios, señor.

—Lleva este mensaje: necesito la mayor cantidad de la planta de donde se extrae el veneno. Que envíen toda la que puedan hallar. Toda.

—Sí, mi señor.

—Ve y ocupa tu puesto —ordenó Túpac—. Creo que ya sé lo que haremos —dijo a sus generales—, acamparemos a orillas del río Uctubamba.

—¿Frente a Kuélap? —preguntó incrédulo uno de ellos.

—Mostraremos nuestra fuerza. Somos veinte veces más numerosos que ellos y tenemos alimentos en grandes cantidades. Y si nos faltasen, podemos aprovisionarnos con rapidez. La pirhua más cercana siempre estará a nuestra disposición, mientras que ellos deben salir para cosechar sus alimentos. Su fortaleza será su perdición —sentenció Túpac.

—Tienen lanzas envenenadas... —le recordó Chaclla— y ellos están arriba.

—Así es. Y nosotros conseguiremos las nuestras. Y estaremos abajo. —Sonrió Túpac.

A orillas del río Uctubamba, unas semanas después, el ejército incaico desplegó su campamento. Banderines multicolores sobre sus tiendas ondeaban al viento indicando a qué región pertenecía cada batallón, un despliegue de ciento cincuenta mil hombres en un claro donde podían ser vistos por los chachapoyas; los tambores tocaron tan fuerte que hasta los animales de la selva salieron huyendo despavoridos. Del otro lado de la fortaleza también se escucharon gritos de guerra, y las famosas lanzas y flechas envenenadas no tardaron en aparecer, pero sin mayor éxito, porque los incas habían construidos barricadas de madera y las habían situado estratégicamente. Pronto quedaron adornadas con las lanzas de los chachapoyas.

Armado de paciencia, Túpac dio orden de tocar los tambores durante varias horas al día, su estrategia consistía en sitiar Kuélap. Ellos dependían de los cultivos externos para sobrevivir, incluyendo las plantas venenosas para sus armas, que en ese caso eran inútiles. La lluvia, aunque copiosa, no era suficiente para una gran población, y el río se encontraba frente a ellos, pero fuera de su alcance. Al cabo de cuarenta días, una comitiva enviada por el cacique de Kuélap se presentó ante Túpac Yupanqui.

—Señor Inca, mi rey envía un mensaje: está dispuesto a rendirse, nuestras madres no tienen alimentos para sus hijos, él desea saber cuáles son tus condiciones.

—Dile a tu rey que espero ansioso a que él venga a conversar conmigo. Nada ha de temer, y en muestra de mi buena disposición enviaré a tu gente un cargamento de granos, carne seca y toda el agua que puedan coger.

—Mi señor desea recibirte como el soberano que eres.

—No seré yo quien caiga en una trampa. Sé que los accesos a tu fortaleza lo son. Ve y dale mi mensaje de paz.

Ese mismo día el curaca de Kuélap conversó con Túpac, accedió al desarme de toda su fuerza guerrera y la anexión de su reino al imperio incaico. Túpac lo nombró gobernador de Kuélap con todos los honores y pompa acostumbrados, mandó traer mitimaes para que enseñasen las costumbres incaicas y dejó un contingente de soldados imperiales en la ciudad, haciéndose cargo de que se cumplieran las normas del Tahuantinsuyo. Entonces Túpac Yupanqui prosiguió su expedición a Quito.

El reino de Quito se había enterado de la conquista de los chachapoyas por el príncipe Túpac. Decididos a enfrentarlo, se alió con los cañaris, caranquis y todas las tribus circundantes que formaban la confederación quiteña, comandada por el shiry Caran. Los incaicos acamparon poco antes de llegar a la tierra de los cañaris y ese mismo día enfrentaron una cruel batalla. Los norteños atacaban por todos lados, una forma de combate diferente a la que Túpac estaba acostumbrado. Finalmente, lograron repelerlos y los cañaris se replegaron en los alrededores del volcán Pichincha, en cuyas faldas estaba situada la capital del reino de Quito.

El suelo retumbaba con la marcha acompasada de casi ciento cincuenta mil soldados imperiales comandados por el príncipe Túpac Yupanqui. El sonido de las quenas, los tambores de guerra y los aullidos se multiplicaba por los ecos de la zona montañosa, mientras la confederación quiteña aguardaba en silencio. A una orden de Túpac las legiones se dividieron en cuatro, envolviendo al ejército de los quitos. Túpac bajó el brazo y empezó el ataque. Fue una lucha dura, sangrienta, las tribus llegaban por oleadas y los incaicos los repelían con denuedo, causando estragos. Al final de la tarde, la legión de runruyoc auquis con Túpac a la cabeza terminó con el enemigo. Esa misma noche, tomó la ciudad de Quito apresando al shiry y demás caciques.

Nombró como gobernador de Quito a Chalco Mayta, un hombre de confianza, dejó la ciudad organizada de acuerdo con las costumbres incaicas y siguió la campaña. Regresó a la tierra cañar, un lugar llamado Surampalli, donde tuvo otro enfrentamiento con los cañaris que habían sobrevivido. Cuando logró someterlos, tomó posesión de la ciudad. Las altas montañas verdes que la rodeaban le hacían recordar a la fortaleza mejor resguardada del imperio incaico: Willka Picchu. Cumpliendo con los deseos de su padre, fundó allí Tumibamba y ordenó construir una ciudad bastante similar al Cuzco, con el objeto de tener el bastión norteño que su padre consideraba tan necesario. Túpac fijó en Tumibamba su residencia y cuartel general, y decidió quedarse en ella el tiempo que fuese necesario, guerreando contra los pueblos vecinos y anexándolos al imperio.

En medio de una paz relativa, ya que algunos cabecillas no terminaban de aceptar verse sometidos, Túpac trató de llevar una vida normal dentro de lo posible. Con el tiempo llegó sentirse muy a gusto pues el clima, los paisajes verdes y el ánimo de la gente de la zona, lo cautivaron. Los norteños eran de naturaleza amable, su manera de ser distaba mucho de la de los sureños, cuya única función parecía ser el trabajo, y hasta la música tenía aire melancólico. Túpac vio que el intercambio de costumbres favorecía el avance de las relaciones amistosas y quiso que ese intercambio se extendiera al sincretismo racial. Afianzó lazos con los quiteños efectuando matrimonios entre ellos y gente de la nobleza incaica. Al cabo de un tiempo empezaron a verse los resultados, uno de ellos fue el nacimiento del primer niño fruto de la unión entre un noble runruyuoc auqui y una quiteña de alcurnia; Chaclla aconsejó efectuar una gran fiesta para celebrar el importante acontecimiento.

Cercano a los sesenta años, más que un tío era un segundo padre para Túpac; lo conocía mejor que nadie. A pesar de nunca mencionarlo, llevaba sobre su conciencia la infelicidad de su sobrino. Si él no hubiese intervenido tal vez el daño hubiera sido menor, pensaba, rememorando los aciagos momentos de Willka Picchu. Recordó de pronto a la mujer llamada Kapulí con la que Pachacútec había pasado diez días en Cajamarca, ¿dónde encontrarla? Cierta vez su cuñado le había mencionado que Chihue cuidaba de todos sus asuntos, quizá él supiera algo. Lo averiguaría.

Kapulí se encontraba clasificando los tejidos que había terminado de hilar y se disponía a llevarlos al curaca local cuando vio aproximarse a la cerca de su casa a dos personajes que parecían forasteros. Dejó los tejidos a un lado y salió a su encuentro.

—¿Es esta la casa de Kapulí? —preguntó uno de los hombres.

—Yo soy Kapulí —respondió ella.

—Nos envía el embajador Chaclla Ocllo para escoltarte hasta Tumibamba... Nos sentiremos muy honrados si gustas acompañarnos. El señor Chaclla dispuso una litera para ti. —Señaló al artefacto y sus rucanas—, esperamos que sea de tu agrado.

Kapulí miró a uno y a otro. ¿Qué se traería Chaclla entre manos esta vez?, se preguntó.

—Debo entregar unos tejidos al curaca. En cuanto regrese, los acompañaré.

Uno de los hombres hizo un gesto a un yanacona.

—Si te parece bien, nosotros nos ocuparemos de eso; tú debes prepararte para el viaje. Una celebración se llevará a cabo este fin de semana.

¡Ah!, era eso, pensó la mujer. Chaclla requería sus servicios para una fiesta. La idea la halagó. Hizo pasar al yanacona que iba con ellos, le dio las indicaciones y le entregó el bulto con los tejidos.

—Les suplico que pasen a mi humilde vivienda, ¿puedo ofrecerles agua? O...

—No te preocupes, señora, esperaremos aquí a que estés preparada para partir —respondió con gesto pomposo uno de los enviados.

Kapulí evitó sonreír, recordando el comportamiento de los sirvientes de la nobleza.

—No tardaré.

—Nuestro señor Chaclla indicó que no llevases equipaje.

Volvió a entrar en la casa y al traspasar el umbral respiró hondo. La sola idea de volver a ver a Pachacútec hacía que su corazón empezara a latir apresuradamente.

Refrescó su rostro con agua, luego se vistió con una saya tejida de colores ocres con bordes rojos. Cubrió sus hombros con una hermosa *lliclla* y se arregló el cabello adornándolo con un bello *tupayauri*, que sujetaba su abundante melena. Se sabía hermosa pero no tenía una vestimenta apropiada para una fiesta donde era probable que estuviera el mismo sapa inca. Aunque estaba segura de que Chaclla habría pensado en ello. Sin más, se encaramó a la litera y el grupo se puso en marcha.

Tras cuatro días de camino en los que pernoctaron en los tambos imperiales, llegaron a la casa del embajador Chaclla.

—Kapulí, ¿me recuerdas? —preguntó Chaclla, una vez a solas.

—Por supuesto, mi señor —respondió ella con franqueza.

—Espero que recuerdes también a tu señor Pachacútec.

—¡Han pasado tantos años...!, pero ¡cómo olvidar a mi benefactor! ¿Se encuentra él aquí?

Chaclla observó complacido que Kapulí seguía siendo hermosa, tanto o más que antes. A pesar de su sencillo atuendo y de la gruesa saya que la cubría, su mirada experta podía adivinar las formas.

—Es cierto, Kapulí, han pasado muchos años; ocho, para ser exactos. Pero no, no es el inca Pachacútec quien se encuentra aquí. Es su hijo, el príncipe heredero Túpac Yupanqui.

Kapulí ensombreció sus facciones. No tenía muy buenas referencias de él.

—Su hijo... ¿Sabes por qué mi señor nunca más vino por aquí?

—Tuvo muchas complicaciones, su vida no es fácil, Kapulí. Pero deseo presentarte a su hijo. —Observó el rostro de Kapulí al mencionarlo y aclaró—: No creas todo lo que oigas, te lo digo yo que soy su tío y lo conozco mejor que nadie. Por otro lado, es joven y creo que le falta un poco de diversión. ¿Me comprendes?

—Me parece que no podré complacerte, señor. Yo pertenezco a mi señor Pachacútec. No puedo hacer lo que estás pensando.

—Kapulí..., ¿alguna vez mi cuñado Pachacútec te impidió que siguieras con tu vida o te obligó a guardarle fidelidad?

—No lo hizo, pero su sirviente, por órdenes suyas, mandó construir una casa para mí... Es mi obligación.

—Yo he hablado con él en algunas ocasiones y siempre se asombraba de que no te hubieras casado.

—¿Él te dijo eso? Ningún hombre en el pueblo se atreve a tocarme —musitó.

—Eso mismo. Pachacútec sabe que tú mandas tu mita al Cuzco y el estado te da lo que necesitas para vivir como hace con todos. No eres de su propiedad, tu vida es tuya —explicó Chaclla.

—¿Y por qué nadie me lo dijo antes? —dijo Kapulí. Parecía un reproche.

—Se supone que lo sabías.

—Entonces no veo para qué me llamas, señor. Sabes que no

soy una *pampayruna*, me ofendes al pensar que pueda servir de diversión al hijo de mi señor.

—Me debes un favor, ¿no es cierto? Gracias a mí cambiaste tu suerte.

Kapulí bajó los ojos y reconoció que el hombre tenía razón. Aunque su petición fuera humillante, ella estaba en deuda.

—¿Qué quieres que haga?

—Dentro de dos días celebrarán el nacimiento del hijo de un sinchi, el de más confianza de Túpac. Lo desposó con una noble quiteña y ahora viven aquí, en Tumibamba. Yo mismo organizaré la fiesta en palacio y tú irás como mi invitada. No pido que te presentes como una *pampayruna*. Eso ya quedó atrás. Te presentaré como la hija de un viejo amigo.

—No entiendo por qué debes presentar a tu señor a una mujer como yo. Hay muchas mujeres aquí en el norte, jóvenes y hermosas. Ya tengo veinticinco años, tal vez él no se fije en mí.

—¡Magnífico, tienen la misma edad! Kapulí, ya te dije que conozco a mi sobrino. Además, por lo que sé de ti estoy seguro de que llenarás de dicha a tu señor Túpac Yupanqui, próximo sapa inca del Tahuantinsuyo.

Kapulí lo miró, pensativa.

—De acuerdo, lo haré porque, como dices, te debo un favor.

—Sé que te han traído de muy lejos, así que unas doncellas se ocuparán de proporcionarte lo que necesites para vestir. ¡Ah!, se me olvidaba: te sugiero que tomes un baño con frutas y flores. Eso le encanta a Túpac.

—¿Frutas y flores…? Está bien, haré como pides.

Hizo una reverencia y se encaminó a la salida de la sala, donde la esperaban unas sirvientas que la condujeron a uno de los cuartos que abría a un gran patio central. Sin hacer preguntas la desnudaron y la sumergieron en una tina de piedra llena de agua. Las mujeres lavaron su hermosa cabellera negra que caía en una cascada de bucles, un tipo de pelo al que llamaban *chasca*, poco común en los andes, y admiraron sus ojos ambarinos. Le frotaron el cuerpo con pulpa de chirimoya y volvieron a sumergirla en las frescas aguas, después la masajearon con las aromáticas flores de la misma fruta, dejando la piel suave y con un delicioso perfume.

Kapulí sentía despertar sus instintos tanto tiempo dormidos y aquella manera de preparar su cuerpo la hacía desear que llegara el momento de conocer al hombre que tenía fama de frío y distante.

Aquella noche durmió en un manto de algodón acolchado y al día siguiente las doncellas repitieron el baño. Kapulí fue tratada como una mujer de la nobleza. La ayudaron a vestirse con una túnica de suave algodón blanco y ajustaron a su breve cintura una faja de piel con adornos de oro. Sus cabellos trenzados alrededor de la cabeza le daban un toque aristocrático y el pesado collar que cubría su pecho como una cota contrastaba con la fragilidad del fino cuello. Finalmente la calzaron con ushutas sujetas por trencillas de lana y oro.

Ya avanzada la tarde, cuando todos los invitados estaban reunidos en el salón, Chaclla fue en busca de Kapulí. Su regreso con ella causó tal revuelo que llamó la atención de Túpac. Su tío captó en seguida el interés por su pupila, pues no apartaba los ojos de ella. La llevó hasta su trono y Kapulí se hincó ante el príncipe.

—Querido sobrino, príncipe Túpac Yupanqui, ella es Kapulí, la hija de unos viejos amigos muy apreciados.

—¿No vinieron a la fiesta? —inquirió Túpac.

—El viaje es un poco largo, señor, y ellos no están muy bien de salud.

—Sé bienvenida, Kapulí.

Ella permanecía hincada, con la cabeza agachada. Sabía que estaba prohibido mirar al inca a los ojos.

Chaclla se retiró con discreción y trató de animar la reunión, que había enmudecido. Las risas continuaron y la fiesta prosiguió, mientras Chaclla, conocido por su agradable sentido del humor, contaba sus acostumbradas anécdotas.

—Puedes mirarme —dijo Túpac con suavidad. Ella elevó la mirada. —Tus ojos... Son como el oro del Inti. Dime, ¿dónde estuviste hasta ahora? Pero álzate, Kapulí.

Ella recordó las palabras de Pachacútec. Parecía vivir el mismo momento por segunda vez. Se puso de pie y vio en los ojos del hijo el mismo interés que había despertado en el padre ocho años atrás.

—Vivo al sur de aquí, en la zona de los moches.

—¿Con tu familia?

—No tengo familia. Ellos murieron hace mucho tiempo.

—¿Todos?

—Sí, cuando fuimos conquistados por tu imperio. Yo tenía quince años y mi esposo fue llevado como prisionero a los cocales de la ceja de selva. Allí murió.

—Lo lamento. Entonces... ¿vives sola?

Era evidente que su tío no había dicho la verdad. El bueno de Chaclla..., pensó con regocijo.

—Si, vivo sola desde entonces; no he vuelto a casarme.

—Siéntate a mi lado, Kapulí —invitó Túpac.

Percibió un olor a flores y frutas que casi había olvidado. La exótica Kapulí ejerció tal atracción en él que durante el resto de la celebración no se apartó de ella sino para cumplir con los rituales de la celebración.

Todos estaban en pleno jolgorio, la chicha corría a raudales y la mayoría de los invitados estaban demasiado ebrios para darse cuenta de nada. El único que observaba con atención era Chaclla, y lo alegraba que al fin Túpac tuviera interés en alguna mujer. Estaba seguro de que con Kapulí no tendría tiempo para aburrirse.

Cuando la fiesta estaba en su apogeo, Túpac enlazó con su poderosa diestra la mano de Kapulí, dejó el salón y la llevó a sus habitaciones privadas. Bajo la luz tenue de la antorcha que alumbraba la alcoba, no esperó más para buscar anhelante sus labios, y fue correspondido por Kapulí con la pasión tantos años contenida. Túpac desabrochó el cinturón, liberando la túnica, y deslizó la prenda por los hombros dejándola con el pesado collar de esmeraldas por todo vestido. Admiró su cuerpo y sus ojos dorados que relucían al reflejo de la luz de la antorcha, semejándola a una diosa. La visión de Sumaq pasó como un rápido destello por su mente, para quedar sepultada por la imagen desnuda que tenía delante y por primera vez no extrañó aquel recuerdo que, de tan lejano, se difuminaba hasta desaparecer. Retiró embelesado el collar, liberando de su peso a los portentosos senos de Kapulí. Y su perfume lo embriagó completamente.

Ella le demostró esa noche que llevaba en las venas sangre de sus ancestros moches, famosos por su sensualidad ajena a tabúes y pudores. Y, tal como hiciera con el inca Pachacútec, hizo del hijo un hombre tan colmado de placeres como para que no quisiera dejarla ir. Pasó con ella los próximos días; después de mucho tiempo, Túpac volvió a sentir el placer de vivir, su actitud distante quedó atrás, como sus recuerdos. Kapulí también dejó de pensar en su soberano Pachacútec. Tenía junto a ella una parte de él, algunos de sus gestos y la firmeza de su mirada lo recordaban, aunque eran hombres diferentes. Túpac era muy dulce y tierno en la intimidad, hambriento de cariño, no sólo de placeres sensuales. Kapulí sentía que su felicidad era total a su lado y no le importaba que él no considerara la idea de hacerla una de sus esposas, era algo que a ella la tenía sin cuidado, le bastaba con estar a su lado. Pero Túpac tenía otros planes, él sí la hizo su esposa, vivió con ella en el Mullucancha, su palacio en Tumibamba, disfrutando por primera vez de un amor correspondido. Sostenían largas conversaciones, ella le contaba su vida y él le hablaba del Cuzco, de cómo habían logrado edificar una ciudad tan importante, y que su deseo era hacer algo parecido en Tumibamba. Kapulí fue sincera con Túpac, y él la aceptó sabiendo lo que había sido en su pasado.

—Querida Kapulí, un día no muy lejano, te llevaré conmigo al Cuzco.

—Temo que no me quieran por allá.

—Nunca temas nada estando a mi lado, la coya es la esposa del inca pero ella no puede ni debe hacer nada en contra de ti.

—No pertenezco a familia noble, y si llegaran a enterarse que fui...

—Nadie lo sabrá. Y el que lo dijese estará muerto. No hay nada que temer, créeme.

—De todos modos, me gusta vivir aquí, en Tumibamba. Si deseas ir al Cuzco, yo esperaré tu regreso.

—No, Kapulí. Yo deseo que estés a mi lado, quiero que conozcas la grandeza del imperio. No es comparable a esta ciudad, a pesar de lo bella que es. ¿Sabías que en el Cuzco tenemos canales subterráneos que llevan el agua a cada una de las casas? ¿Y que todas las calles están empedradas? Allí no hay caminos de tierra y tenemos muchos palacios y templos. ¡Ah!, ¡cómo quisiera hacerte conocer lo grande que es el imperio! —decía Túpac, mientras sus recuerdos lo llevaban a sus queridos paisajes andinos.

VIII

A los primeros tiempos tumultuosos siguió un período de relativa paz. Túpac permaneció en Tumibamba al lado de Kapulí y el gran amorío llegó a oídos de la coya que, al igual que las otras esposas y concubinas que permanecían en el Cuzco, tuvo que conformarse con la esperanza de verlo regresar algún día. Mientras tanto, las concubinas enviadas en calidad de obsequio por los curacas de las tierras anexadas al imperio ni siquiera habían sido vistas por el inca y esperaban impacientes por conocer al hombre que, según decían, era un valiente guerrero muy bien parecido.

Túpac estaba entusiasmado con aquella zona norteña, con frecuencia bajaba desde Tumibamba a la costa y pasaba semanas junto al océano. Se sumergía sin temor en el mar y competía con sus oficiales más allegados en unos pequeños botes de totora confeccionados con las hojas de una planta acuática. Tiempos felices para Túpac, cuya la tranquilidad hubiera sido más duradera de no ser por un acontecimiento que le hizo tomar una decisión inesperada para todos.

Un buen día llegaron a Manta dos mercaderes provenientes del nordeste. Se adentraron hasta Tumibamba y su visita llegó a oídos de Túpac; traían consigo variada mercancía: collares de semillas, preciosas piedras verdes, así como perlas de colores, objetos que Túpac cambió por granos, charqui y papa seca. Los mercaderes eran hermanos, viajaban acompañados de un pequeño de apenas cuatro años, hijo de uno de ellos. Manifestaron que conocían unas islas llamadas Auachumbi y Ninachumbi, y relataban con entusiasmo que existían pueblos ricos y de diversas costumbres allende los mares. Decían que ellos habían hecho la travesía varias veces; también contaban que, yendo por tierra al nordeste, existían pueblos con diferentes usos y lenguas y que atravesando un estrecho de una selva densa y peligrosa en una tierra a la que llamaban Panamá, se podía llegar a un mar calmo y tibio, de aguas transparentes y arenas blancas. El más locuaz de los

81

hermanos era el padre del niño y las aventuras que relataba tenían un fiel escucha en Túpac, tanto, que para él se convirtieron en una obsesión las lejanas islas de arena dorada que estaban al otro lado del mar de Mamacocha.

Túpac se propuso emprender una campaña para conquistar las tierras al otro lado del mar, "donde pernoctaba el sol" según las propias palabras de los mercaderes. Ordenó construir cientos de balsas similares a las que tenían los mercaderes, con una madera muy liviana que mandó traer de la selva. Siguiendo las indicaciones de los viajeros, pusieron pasamanos como medida de seguridad, instalaron mástiles de madera de mangle y, como velas, gruesas telas de algodón. Las balsas tenían varias orzas ajustables que también servían de timón. Las embarcaciones medían treinta metros de largo. En el centro de cada una construyeron cuartos hechos de totora con techos a dos aguas; cada uno podía albergar hasta veinticinco hombres. En unas balsas irían los guerreros con toda clase de armas; en otras, víveres más que suficientes para una larga travesía. También llevarían gran cantidad de agua en calabazas y cañas huecas. Un buen día, a pesar de los ruegos de Kapulí y del tío Chaclla, Túpac se embarcó en una de las campañas más aventuradas que había emprendido hasta ese momento. Con ciento veinte balsas y tres mil hombres se hizo a la mar.

Desde la orilla, los que quedaban en tierra vieron consternados cómo poco a poco se perdía de vista aquel enorme contingente de balsas, que desaparecían en el horizonte como si el mar se las hubiera tragado. Uno de los mercaderes que quedó en tierra, pues el otro se había embarcado con la expedición, explicó que eso solía ocurrir y que no había de qué preocuparse, porque cuando ellos iban mar adentro también perdían de vista la orilla de la misma manera. Aquella explicación no los convenció del todo y, por si el asunto no fuera verdad, decidieron mantener encerrado en un calabozo al mercader junto a su pequeño sobrino hasta el regreso de Túpac. El hombre de buena gana accedió a ser su prisionero, con la seguridad de que la aventura tendría buen fin, pero se quejó del mal trato que recibía, alegando que no era justo que su pequeño sobrino también estuviera preso. Ello llegó a oídos de Chaclla, quien benévolamente dejó que tuviera mayor libertad, pero siempre dentro del perímetro de vigilancia de quienes los custodiaban. El mercader prisionero estaba amenazado de morir en medio de las peores torturas que pudiera imaginar en el caso de que el príncipe Túpac no regresara y los que le rodeaban se lo recordaban constantemente. El hombre rogaba a los dioses día y noche para que la expedición llegara a buen fin pero, a medida que el tiempo transcurría, el temor invadía su alma. Él sabía que en el mar podían ocurrir muchos imprevistos y también sabía que los incaicos no le perdonarían la vida aunque él no tuviera la culpa de las locuras del hijo del emperador Pachacútec. Por otro lado, temía por la suerte que correría su pequeño sobrino si él moría. Y todo gracias a su hermano, el parlanchín.

Chaclla también estaba seriamente preocupado, no tanto por considerar una aventura sin pies ni cabeza la que su sobrino predilecto había iniciado como por la ira de Pachacútec cuando lo supiera. Conocía muy bien a Túpac y sabía que él no era ningún demente ni irresponsable, por el contrario, conociéndole, siempre había admirado su fría manera de pensar y planear las cosas. Pero aquello no era algo fácil de informar. Hizo lo posible para demorar la noticia pero sabía que tarde o temprano su cuñado Pachacútec se enteraría por otras vías, de modo que decidió ser él mismo quien fuese a informarle personalmente. Después de dejar a buen recaudo al mercader prisionero y de prometer a Kapulí que volvería cuanto antes, se encaminó al Cuzco.

—¿Cómo permitiste esa aventura? —increpó Pachacútec a su cuñado.

—Sabes que él no obedece órdenes, es el Hatun Auqui.

—Necesito a mi hijo aquí, en el Cuzco, y él se lanza a un viaje sin destino. —El inca movía la cabeza con pesadumbre—. Topa Cápac ya debe saberlo, él tiene espías. Siempre ambicionó ocupar el lugar de su hermano, si Túpac...

—No sucederá nada, Pachacútec —aseguró Chaclla, tratando de dar convicción a sus palabras—, confío en tu hijo; sé que regresará pronto y nos mostrará las riquezas del pueblo conquistado.

—¡Huiracocha te escuche! —exclamó el Inca.

—Mientras tú permanezcas en el poder, nadie se atreverá a actuar en contra de tus deseos.

Pasados unos días, Chaclla regresó a Tumibamba. Seguía preocupado, pero trataba de disimularlo.

Las grandes y majestuosas obras que había iniciado Pachacútec estaban a punto de ser terminadas y la fortaleza de Sacsayhuamán lucía en todo su esplendor. Compuesta por enormes piedras monolíticas que encajaban una con otra de manera perfecta, la espléndida construcción brillaba con el acabado que los incas daban a sus ciclópeas construcciones. El templo en honor al dios Sol, el Koricancha, también había quedado imponente con la ancha franja de oro puro incrustada en la roca que rodeaba toda su estructura, y el Cuzco lucía más hermoso que nunca. Pachacútec se sentía satisfecho de su obra; esperaba impaciente el regreso de su hijo para enseñarle las nuevas construcciones y viajar con él a conocer la ciudad de Tumibamba. En sus momentos de descanso se retiraba a su gran palacio de Casana, en cuyos jardines había mandado construir una hermosa fuente donde acostumbraba tomar sus rituales baños diarios de purificación. En ocasiones se rodeaba de músicos y entonaba canciones que él mismo componía para beneplácito de la gente de la corte, que escuchaba complacida su hermosa voz de barítono. A Pachacútec también le gustaba gozar de la soledad, se trasladaba a lo más alto de los Andes para contemplar a su antojo el vuelo de los hermosos cóndores, mientras canturreaba dulces canciones dedicadas a su inolvidable esposa Thika Chasca. Aún conservaba clavada en el corazón como una espina la muerte de su hija y de Koullur, su entrañable chasqui. Cuando se encontraba en la inmensa soledad de los Andes y los escoltas se hallaban fuera del alcance de su vista, oraba a Huiracocha, suplicándole que le diera la oportunidad de pagar por sus terribles errores. A pesar de toda la grandeza que lo rodeaba, Pachacútec no era feliz; sólo su nieto Huayna le proporcionaba sinceras satisfacciones. Con espíritu guerrero, el pequeño comandaba sus propias fuerzas militares, que eran una caterva de chiquillos que lo tenían por líder. Titu, el hijo mayor de Túpac y Ocllo, contaba cuatro años y era un niño cariñoso y apegado a su abuelo Pachacútec. Y el preferido de Huayna.

En contra de lo que muchos deseaban, Pachacútec esperaba que algún día Huayna ocupase el lugar de su hijo Túpac Yupanqui. Veía en él los rasgos de un buen gobernante: era inteligente, despierto, bondadoso. Su mirada le traía recuerdos de Sumaq; su prestancia, a pesar de sus cortos nueve años, le recordaba a Koullur. Pachacútec, al observar que el tiempo había transcurrido y que eran muchas las batallas ganadas y las obras concluidas, caía en la cuenta de que era el momento apropiado para dejar el paso libre a Túpac. Pero la honda preocupación por su travesía marítima no lo dejaba dormir. Por primera vez en la vida sintió temor de perderlo.

−¡Oh, amado Huiracocha!, por favor, permite que mi hijo Túpac regrese con vida, te ofrezco lo que tú más quieras, estoy dispuesto al sacrificio que me pidas −clamó Pachacútec, esperando ser escuchado.

Desde el sitio donde se encontraba, Pachacútec miraba desde lejos a su prole con orgullo. Numerosos nietos e hijos de sus sobrinos y demás parentela se hallaban ese día retozando en los lugares donde antes lo habían hecho sus hijos. Tenía cerca de una decena de nietos; en ese sentido, Túpac se había portado a la altura.

Huayna llevaba el mando de la retahíla de chiquillos, pero siempre Titu era el consentido, el "segundo al mando" como decía Huayna. Pachacútec vio a los muchachos alejarse en dirección al acantilado mientras escuchaba la voz de su nieto mayor llamándolos al orden. De repente dejó de oír los gritos y el barullo de costumbre. El silencio llamó su atención. Rápidamente se acercó al lugar por donde se fueron los niños y vio que estaban contemplando el precipicio, mientras Huayna, sentado en el borde, trataba de incorporarse con esfuerzo.

−¿Qué sucedió? ¿Dónde está Titu? −preguntó Pachacútec, al percatarse de su ausencia.

Todos miraron hacia abajo. El inca se asomó y vio la mano del pequeño. Estaba montado en un tronco que sobresalía de la pared del terraplén, cuya tierra aún seguía deslizándose en algunos lugares. Su situación era precaria y el acceso era difícil. Apenas se veía su pequeña mano agitándose.

—Estaba persiguiendo una chinchilla, le dije que se alejara del borde pero resbaló —explicó angustiado Huayna. —Yo puedo sacarlo.

—No. Llamaré a los guardias. ¡Espera, Titu! ¡No te muevas! —gritó Pachacútec para que el niño escuchase. Hizo un gesto y aparecieron dos corpulentos rucanas.

—Taita, no será posible, ellos pesan demasiado, yo puedo bajar y arrastrarme hasta donde él está, Titu no alcanzará una cuerda, está debajo del saliente de la roca —rogó Huayna.

—¿Cómo fue que llegó hasta allí? —preguntó el inca estupefacto.

—Por aquí —señaló Huayna—, ahora el camino no existe porque la tierra cedió y Titu cayó, pero logró encaramarse al tronco. Yo puedo deslizarme hasta él y ayudarle a subir, creo que podrá soportarnos a los dos.

—No lo harás. Deja que uno de ellos lo haga —indicó Pachacútec.

Uno de los fornidos rucanas empezó a arrastrarse por el hueco dejado por el deslizamiento. Su cuerpo pesado removió más la tierra y otro hombre fue en su auxilio para que no cayera. La enorme piedra bajo la cual se encontraba Titu se estremeció débilmente. El terreno no era firme.

—¡Abuelo! ¡Titu puede caer! ¡Diles que no sigan o todo el terreno se deslizará!

Los hombres salieron del hueco a una orden del inca. Mandó retirarse a todos para evitar que la tierra siguiera desprendiéndose. La angustia reflejada en el rostro de Pachacútec marcaba aún más su rostro surcado por las huellas del tiempo, un rictus amargo se dibujó en su boca y la imagen de Sumaq lanzándose al vacío apareció en su mente. Huayna aprovechó la distracción de Pachacútec para deslizarse con agilidad por el hoyo cada vez más grande por donde podría llegar a Titu. Cuando el inca se dio cuenta ya era tarde.

—Arrástrate un poco hacia mí... —murmuró Huayna, como si los gritos pudieran debilitar más la tierra.

Confiado, Titu siguió las instrucciones de su hermano.

—Dame la mano, Titu, y pasa por encima de mí.

Huayna extendió su cuerpo boca abajo, tensándolo. Sus ojos vieron el fondo del barranco y los cerró. Sintió que su hermano cruzaba por encima de su espalda hasta alcanzar la tierra donde él tenía apoyados los pies.

—Sube, Titu, deprisa, ¡sube!, esto no aguanta más...

Huayna intentó echar su cuerpo hacia atrás pero, a pesar de que el tronco era grueso, estaba demasiado seco y se partió. Logró aferrarse a la parte que aún quedó sujeta a la tierra pero su peso actuó como en una palanca y antes de que alguien pudiera hacer nada la roca que sujetaba el tronco se desprendió arrastrándolo todo.

Titu había logrado llegar a la explanada y, de no ser por su abuelo que extendió su vigoroso brazo exponiéndose a ser arrastrado por el derrumbe, también hubiera caído. Pachacútec retrocedió rápidamente con Titu en brazos mientras veía que su pesadilla volvía a repetirse. Era inútil asomarse al enorme boquete. La tierra seguía estando suelta. Rápidamente fueron dando un rodeo camino abajo. Encontraron el cuerpo de Huayna aplastado por la roca, sólo se veía su cara con un gesto de estupor. Los hombres retiraron la enorme piedra y Pachacútec pudo dar el postrer abrazo a su querido nieto, último vestigio de la existencia de su inolvidable Thika, de su hija Sumaq y de Koullur. Con Huayna en brazos, Pachacútec elevó los ojos al cielo y encaró a sus dioses una vez más.

—Señor Huiracocha, ¡el sacrificio era mi vida, no la de mi nieto! ¡No era éste el sacrificio!

Titu sólo miraba a su hermano, no le salían palabras y empezó a llorar. Antes de retirarse con Huayna en brazos, Pachacútec se agachó hasta quedar a la altura de Titu.

—Ahora está con Inti, pequeño, debes ser valiente y no llorar.

Mientras aquello acontecía en el Cuzco, Túpac Yupanqui y su ejército, en medio del mar, no veían otra cosa que agua rodeándolos por todos lados, desde el alba hasta el anochecer. Con rumbo al sudoeste, fueron llevados por una corriente que por momentos se tornaba violenta. Muchos guerreros, mareados y enfermos por las agitadas aguas, vomitaban y maldecían sin ocultar su temor y desencanto. Bajo el sol inclemente del día y el frío de la noche, seguían la ruta indicada por el mercader, conocedor de la posición de las estrellas y que, según decía, había hecho el viaje más de una vez. Explicaba que simplemente se dejaban llevar por una corriente marina que iba hacia el sudoeste y luego los retornaría al norte. Túpac impaciente revisaba los quipus: dos lunas contaban los nudos del cordel rojo, veinte días los del cordel amarillo. También controlaba la cantidad de alimentos, agua y hombres, sanos y enfermos.

Durante días y noches, lo único que escuchaban era el ligero murmullo del agua, en un silencio tan solemne que parecía que la propia diosa del mar aparecería en cualquier momento. Mamacocha recibió numerosas oraciones y granos para que fuesen perdonados por navegar en sus dominios. Se toparon con enormes peces, tan grandes como sus embarcaciones, cuyos chorros de agua se elevaban varios metros en el aire. Por las noches, salían a la superficie extrañas criaturas que los miraban amenazantes con sus ojos relucientes, y largos y quejumbrosos aullidos llenaban el silencio, mientras los vientos alisios y la corriente marina los guiaba ineludiblemente hacia Occidente.

Pasadas cuatro lunas del inicio del viaje, Túpac mantenía pocas esperanzas de llegar a la famosa Auachumbi. Muchos de sus hombres se manifestaron en franca rebelión y tuvo que recurrir a su jerarquía, viéndose obligado a arrojar al mar a los sublevados para mantener el orden. A otros no tuvo necesidad de lanzarlos pues lo hicieron por cuenta propia, ya que la locura se había adueñado de sus mentes y prefirieron morir. Los nudos en el cordel negro de los quipus aumentaban. El mercader solía estudiar el cielo nocturno y Túpac lo veía señalando una que otra formación de estrellas que, según él, indicaban que estaban llegando a su destino.

Después de una larga calma en la que el velamen resultaba inútil pues las embarcaciones avanzaban sólo con la corriente marina, el mar empezó a mostrarse movido. Olas gigantes como paredes de agua azotaban las frágiles chalanas mientras el viento arrancaba las velas que los tripulantes trataban de recoger. Túpac buscó al mercader en la caseta donde éste acostumbraba esconderse cuando la situación se ponía difícil.

—¡Dijiste que nos guiarías a unas ricas islas! —increpó furioso Túpac mientras la balsa se bamboleaba de un lado a otro como una hoja a la deriva.

—¡Y es cierto, señor, sé que dentro de poco tiempo llegaremos! No falta mucho... —respondió el mercader, asustado.

—Eso vienes diciendo desde hace tiempo, ¿cuánto más debo esperar? —Túpac se acercó al hombre y le rodeó el cuello con una mano—. Sabes bien que puedo matarte ahora mismo.

—Mi señor, no te miento, falta poco, te digo la verdad... Cuando dejemos atrás estas enormes olas...

—Ya no te creo, hemos perdido muchos hombres y la gente está desesperada —interrumpió Túpac con brusquedad—. Estoy cansado de tus mentiras. —Y apretó la mano alrededor del cuello del mercader. Éste se debatía desesperado tratando de decir algo en su defensa cuando de pronto el mar empezó a calmarse.

Túpac levantó la vista y miró a través de la ventanilla de la caseta. Lo que vio le hizo soltar al mercader, que cayó sentado en el piso de la embarcación, y salir apresuradamente. Una hermosa costa verde se extendía frente a ellos. A pesar de los esfuerzos de sus hombres por acercar la nave a la orilla una fuerte corriente los alejaba de la playa. Desesperados y uniendo fuerzas, lograron controlar las grandes balsas y dirigirlas hacia una zona en calma, donde una segunda isla lucía como una joya verde rodeada de brillante arena dorada. Era ésta una gran isla, justo detrás de la primera que avistaron. En la playa, un grupo de hombres arremolinados parecía darles la bienvenida; algunos se acercaban ya en canoas gritando algo en lengua extranjera. El mercader, que conocía la lengua en que hablaban, explicó a Túpac Yupanqui que les daban la bienvenida.

Por fin habían arribado a la anhelada Auachumbi, que formaba parte de un gran archipiélago llamado Tuamotú. Después de ciento veinte días de travesía, Túpac Yupanqui había llegado a Oceanía.

Tras el desembarco, el que parecía ser el jefe de los indígenas se acercó a él y con una profunda reverencia señaló con el brazo extendido hacia el este:

—¡Takere-no-tehenua!

—«Reino poderoso, donde nace el sol» —tradujo con la

garganta dolorida el mercader.

Era indudable que aquel hombre había oído hablar del reino de los incas, quizá a los mismos mercaderes que habían frecuentado antes aquellas islas.

—El príncipe heredero Túpac Yupanqui, el resplandeciente, hijo del gran sapa inca Pachacútec emperador de los cuatro Suyos, de la tierra donde nace el Sol... —anunció teatralmente el mercader en idioma polinesio, haciendo alarde del título que aguardaba a Túpac para cuando sucediera a su padre.

—Mi nombre es Kourí. Soy el jefe de la tribu. Bienvenido seas, hijo de Pachacútec—. Se presentó el nativo, haciendo una reverencia.

Los demás nativos se arrodillaron en señal de respeto y se quedaron así hasta que Túpac, con el brazo en alto, ordenó en runa simi que se levantaran. El jefe se hizo a un lado y le cedió el paso a Túpac. Un grupo de sonrientes muchachas se acercaron curiosas y le colocaron alrededor del cuello collares de flores. A pesar del cansancio, el joven Túpac Yupanqui lucía su impresionante fortaleza física, cualidad por la que todos lo admiraban. Pero tantos días de navegación le producían algo de mareo, paradójicamente cuando al fin pisaba tierra. Haciendo un esfuerzo por tratar de dar seguridad a sus pasos se dejó conducir a una gran cabaña donde le ofrecieron un mueble que le encantó desde el primer momento. Sin pensarlo dos veces tomó posesión del mismo evitando lanzar un suspiro de alivio, algo inapropiado en aquellos momentos, al tomar asiento.

Agradeció al jefe Kourí el magnífico recibimiento y el hombre correspondió con amables palabras, mientras el mercader traducía.

—Debes de estar muy cansado por tan larga travesía, señor Tupa, estas jóvenes te acompañarán a darte un baño con agua dulce —invitó el gentil jefe con su peculiar manera de pronunciar los nombres incaicos.

Las mujeres en cuestión se acercaron a Túpac y lo llevaron hasta un lugar paradisíaco, un manantial donde manaba agua fresca desde lo alto, y lo ayudaron a refrescarse del agotador viaje. Llevaban por vestimenta sólo unas faldas hechas de algún vegetal de hojas finas, largas y secas, que dejaban traslucir su desnudez.   Se adornaban las orejas con unas hermosas flores llamadas tiaris, las mismas con las que estaban confeccionados los collares o «leis».

Al principio abochornado por la desnudez de las mujeres, Túpac se fue relajando, dejándose masajear con leche de coco. Ellas ofrecían sus atenciones por servirle, comprendió que no coqueteaban con él. Una agradable sensación de frescura renovó su ánimo cansado. De regreso a la cabaña, sus propios servidores le ayudaron a vestirse con las ropas traídas en enormes calabazas cuidadosamente cerradas para evitar la humedad. Se atavió con una corta túnica de algodón cuyos bordes adornaban pequeñas plumas tejidas con hilos de oro y se colocó la vincha, que desde tiempo atrás usaba como distintivo por ser el inca regente del imperio de su padre. Se puso sus enormes orejeras de oro puro y así, limpio y resplandeciente, con la piel más bronceada de lo habitual, apareció majestuoso ante la curiosa multitud de nativos que esperaban con gran expectación su presencia, que tampoco defraudó a las mujeres.

El jefe Kourí ordenó preparar un gran festín para agasajar a los recién llegados y grandes cantidades de comida y frutas fueron traídas desde otras de las islas, así como enormes cantidades de pescado, que aquella gente preparaba sobre brasas. Túpac obsequió al jefe con semillas de boniato y otros tubérculos, y mantas de los más finos tejidos de vicuña, que el hombre agradeció con su siempre amigable sonrisa.

Junto a una fogata, el jefe Kourí invitó a sentarse a Túpac, acompañado de sus más fieles sinchis. Pero las sorpresas no terminaban; durante la cena, bajo la luz de la luna y a orillas del mar, Túpac contempló las danzas más extraordinarias que hubiera imaginado en su vida. Hombres y mujeres bailaban al ritmo frenético de los tambores, que según el jefe eran llamados *tahu* y *toere;* una danza que, él explicaba, relataba historias acerca de sus ancestros. Túpac se guardó de comentar que aquellos vertiginosos movimientos de caderas con los senos al aire para él tenían gran contenido erótico.

Una bebida de coco fermentado hacía las veces de la chicha que se acostumbraba tomar en el imperio y Túpac, acostumbrado a tomar relativamente poco, aquella noche se pasó de tragos. Eran muchas las emociones y también el entusiasmo. Al cabo de un tiempo, Túpac, el jefe y el traductor se encontraban hablando cada uno por su lado y se entendían de maravilla. Al final, el cansancio pesó más y el hijo del Sol, cuidando de no desairar al jefe Kourí, hizo ademán de retirarse. Éste, comprensivamente lo acompañó a la gran cabaña que le habían asignado, dejándolo descansar tranquilo. Puso dos de sus servidores en la puerta por si necesitara de ellos y él también se retiró, mientras la fiesta seguía en la playa. Por su parte los guerreros incas, después de la tremenda comilona, sucumbieron al agotamiento y quedaron esparcidos por la playa de aquel paradisíaco lugar, en el que el clima era tan benigno que permitía dormir al aire libre.

IX

Al día siguiente el jefe Kourí se presentó con diez jóvenes en la puerta de la cabaña que ocupaba Túpac. Las muchachas lo miraban con curiosidad, les llamaba la atención su hermoso color cobrizo y sus lacios cabellos que le llegaban a los hombros.

—Rey Tupa, puedes escoger entre las más bellas mujeres de mis tierras —dijo con parsimonia el jefe Kourí, y quedó esperando que decidiera.

—Gracias, gran jefe Kourí —respondió Túpac sin entender muy bien lo que había oído, y haciendo un galante ademán hizo pasar a todas en fila a la gran cabaña.

El jefe Kourí, después de inclinarse, se alejó algo perplejo. La inesperada situación sorprendió gratamente a Túpac y al mismo tiempo lo ponía en un serio compromiso. El jefe parecía tener buenas intenciones y él no quería desairarlo pero ¿todas aquellas mujeres para él...? Ellas, que seguían alineadas, esperaban sonrientes que el extranjero hiciera su elección. Túpac se sentó en la silla y mandó buscar al mercader.

Al llegar, el hombre no pudo reprimir una sonrisa.

—Mi señor..., ¿puedo servirte en algo?

—¿Qué es lo que te causa tanta gracia? —increpó Túpac—. ¿Dónde te encontrabas? Te necesito siempre aquí, a mi lado.

—Perdón, mi señor Túpac, no volverá a ocurrir. ¿Hay algo que te inquiete?

—El jefe me obsequió con estas jóvenes. ¿Acaso debo probar mi virilidad con todas ellas?

—No, mi señor. En estas tierras se acostumbra dar a escoger al visitante entre las más bellas mujeres. Eres un personaje importante, por eso el jefe te las ha traído a la cabaña, para que elijas la que más te agrade. Sólo una...

—Entiendo —interrumpió Túpac—. Ahora comprendo su cara de asombro. Y yo las hice entrar a todas. No sé cómo deshacer el malentendido sin que nadie se ofenda...

—No te preocupes, señor, yo puedo explicarle la confusión. Escoge una y diré al resto de las muchachas que vuelvan a sus casas. Eso es, señor.

Túpac se puso de pie y examinó una a una a las mujeres; sus rostros de ojos expresivos y labios gruesos las hacían muy parecidas, así que escogió una al azar.

—Tú —dijo, señalando a una de ellas.

El mercader hizo una reverencia y salió del recinto a la cabeza de las otras nueve mujeres, que no paraban de reír.

Después de ese episodio, Túpac se cuidó mucho de no confundirse con el idioma polinesio. El jefe Kourí, que en un principio le había parecido un reyezuelo de poca importancia, en realidad era un hombre con mucho poder. Gobernaba un archipiélago formado por bastantes islas, todas ellas rodeadas de arrecifes coralinos. La isla principal, donde ellos habían desembarcado, era la más grande, con montañas de buena altura en el interior. El clima suave y la lluvia frecuente favorecían una frondosa vegetación. La forma de la isla era peculiar, casi un círculo perfecto, alrededor del cual la barrera de coral servía de rompeolas y al mismo tiempo formaba una laguna donde los nativos acostumbraban bucear y extraer gigantescas perlas blancas, negras y rosadas.

El cuerpo rechoncho y pequeño del jefe Kourí le daba un aspecto simpático. Siempre estaba alegre. Al paso de los días, Túpac comprendía cada vez mejor el idioma y podía entenderse con él sin necesidad de traductor. Aquellos días fueron muy relajantes, Túpac se sentía distendido y se dedicó a recorrer en compañía del jefe el resto del archipiélago.

La belleza natural de las playas era un denominador común, así como la hermosura de sus mujeres, con las que Túpac a menudo dio rienda suelta a los placeres del cuerpo. El comportamiento de las isleñas distaba mucho de las costumbres del Tahuantinsuyo. Aquellas mujeres actuaban con una simplicidad natural, no exhibían sus cuerpos desnudos como provocación sino por costumbre, ya que el clima de aquellos parajes lo permitía. Los hombres por su parte tampoco se sentían molestos por compartir sus mujeres con los recién llegados, al contrario, consideraban un honor que guerreros venidos de tierras lejanas pudieran disfrutar con ellas.

Pero pasadas pocas semanas Túpac empezó a hastiarse.

94

Estaba acostumbrado a las sutilezas amorosas de las mujeres de su tierra, que no mostraban su cuerpo si no era el momento, haciendo que verlas desnudas se volviera interesante. Las mujeres de Ahuachumbi no eran muy dadas a ese tipo de delicadezas. Efectuaban el acto amoroso con una naturalidad rayana en la simpleza, un ritual cuya única finalidad parecía consistir en la satisfacción del hombre o en la procreación. Túpac sabía por experiencia que el placer verdadero consistía en saberse deseado, en brindar placer y también en recibirlo. Por otro lado, con aquellas mujeres no podía cruzar palabra, no por no saber el idioma sino porque no tenía tema de conversación. Hasta las frenéticas danzas, las mismas que le parecieron tan eróticas la primera vez que las vio, empezaron a cansarlo y pensaba que Kourí debía de tener razón cuando decía que contaban historias de sus ancestros.

Se creó una de aquellas teatrales danzas en su honor y la llamaron «danza del Rey Tupa». También pusieron su nombre al estrecho entre las dos islas por donde el inca arribó: «Estrecho de Tupa» —*Te ava nui o Tupa*—. Otro de sus aportes fue el sistema de ayllus, que los nativos pronunciaban *aigus*, en el que el jefe se interesó mucho. Las demás costumbres incaicas le parecieron aberrantes, pues él no era partidario del trabajo en exceso. La organización del Tahuantinsuyo era demasiado rígida para su gusto. El boniato o camote tuvo mucho éxito en las islas, no así las semillas de papa, que requerían de climas de altura.

Varios días después tuvo lugar un acontecimiento en una isla cercana. Gran parte de la gente se dirigió hacia allá en canoas portando unas tablas planas. Luego de desembarcar, caminaron hacia el otro extremo de la isla, donde el mar abierto era absolutamente estruendoso. Olas de cuatro o cinco metros de alto rompían contra la orilla. Los hombres, nadando sobre las mencionadas tablas, fueron mar adentro hasta alcanzar la zona donde una nueva ola se elevaba, se pusieron de pie sobre las tablas y la remontaron, conservando el equilibrio. Se deslizaban a gran velocidad en el seno de la ola, en lo que parecía un enorme túnel de agua, dejando una estela de espuma tras ellos. El espectáculo maravilló a Túpac y cuando los jóvenes llegaron a la orilla él examinó una de las tablas con fascinación, curioso por saber cuál era la magia que contenía. El jefe Kourí le invitó a usarla y Túpac con sus hombres empezaron a chapotear con ellas, intentando emular a los nativos sin mucho éxito. Sólo lograron unos cuantos revolcones, tragar mucha agua y divertirse en grande mientras las carcajadas inundaban la playa tanto como las olas de aquella isla de ensueño.

A pesar de sentirse muy a gusto, Túpac sabía que debía regresar al Tahuantinsuyo. No estaba interesado en conquistar aquellas islas, empresa que le parecía inútil por su lejanía; se contentaba con que ellos conocieran la existencia de un gran imperio al otro lado del mar, y que su travesía no fuese olvidada. Sin embargo, el sentido histórico con el que había sido educado lo obligaba a dejar huella de su paso. Permitió que treinta de sus hombres se quedasen a vivir en el lugar, con el encargo de construir un templo a Inti. Los que escogieron quedarse en las islas lo hicieron por su propia voluntad, no dejaban mujeres ni hijos en el imperio. Era un rasgo común: los guerreros de Túpac lo acompañaban el tiempo que fuera necesario y muchas veces pasaban años sin regresar a sus lugares de origen. Los que guerreaban bajo su mando directo lo hacían a tiempo completo y con total lealtad.

El momento de la partida llegó y la despedida del hijo del Sol fue memorable. El jefe Kourí mandó atrapar kuaos, unos pájaros de color azul brillante y pico amarillo, cuya carne era una exquisitez reservada para festividades especiales. Los kuaos no volaban y su cacería era trabajo de expertos, pues el ave tenía una extraordinaria facilidad para escurrirse entre la maleza y el lodo. Después del suculento banquete y las consabidas danzas ceremoniales, Túpac y sus hombres partieron de aquellas acogedoras islas llevando consigo un esclavo melanesio, regalo de su amigo el jefe Kourí, que también quiso obsequiarle algunas mujeres, pero el inca no aceptó porque la travesía era larga y peligrosa.

Partieron con rumbo sudeste, siguiendo la ruta marcada por la misma corriente que los había llevado a Auachumbi. Cuando el archipiélago se perdió en el horizonte, de no haber sido por el negro melanesio que Túpac llevaba consigo, su paso por las islas le hubiese parecido un sueño.

De nuevo la navegación trajo momentos difíciles. A veces el mar estaba tan movido, con olas tan altas, que las frágiles embarcaciones parecían simples hojas en el agua. En esas ocasiones era necesario poner proa al oleaje, recoger velas y bajar las orzas para evitar que la nave volcara. Después de muchos días siguiendo la corriente marina, la expedición avistó la isla que los mercaderes llamaban Ninachumbi. Rodearon gran parte de ella hasta dar con una playa de arena blanca en la que sería posible desembarcar: la playa de Anakena.

Con cierto desencanto, Túpac se dirigió al mercader que le había hablado de las riquezas de aquellos lugares.

—Mercader, hasta ahora la única verdad que me has dicho es que existían estas islas. Lo demás fueron cuentos.

—¿No te agradó el tiempo que pasaste en Auachumbi, mi señor? —preguntó el hombre.

—Me gustó, sí. Pero no vi las riquezas que tú me contaste.

—Las perlas son valiosas, nosotros comerciamos con ellas en el norte, mi señor.

—¿Las perlas...? Tú no sabes lo que es riqueza. Deberías conocer el Cuzco...

—Nunca llegué tan lejos —respondió el mercader, con flema.

—Más lejos está Auachumbi. Aún no comprendo cómo fuiste capaz de encontrarla.

—Mi señor, conozco muchos lugares. Más al norte de tu reino hay un lugar donde abundan el oro y unas hermosas piedras verdes.

—No te creo.

—Está más allá de Quito, mucho más lejos, y el camino es por tierra.

—¿Y por qué no lo dijiste antes?

—Señor..., tú estabas entusiasmado por cruzar el mar...

Se oyó un ruido y Túpac pidió silencio con la mano a la vez que giraba aguzando la vista. Unos nativos los contemplaban escondidos tras la corta vegetación y las palmeras. No eran tan sociables como los auachumbis. Ellos jamás habían visto semejante cantidad de guerreros ni conocían gente con aquella apariencia extraña. El príncipe Túpac se acercó solo, con paso lento, saludando amistosamente en runa simi pero sólo lo entendió su propia gente. Los indígenas permanecieron ocultos e impasibles. Acudió una vez más al mercader. Éste, antes de que le dijera nada, se dirigió a los habitantes en la misma lengua polinesia de las islas Auachumbi pero tampoco obtuvo respuesta. Impaciente, Túpac decidió avanzar con toda su gente y desplegarse en filas de a tres, como si fueran a combate. Entonces un hombre salió de entre los arbustos seguido por un grupo de atemorizados nativos y se dirigió a Túpac. Era un anciano de piel muy clara y rasgos finos. Levantó un brazo y dijo algo en una lengua que ninguno de los recién llegados conocía.

Túpac no deseaba luchar, puesto que no le interesaba conquistar la isla. Quería ser tratado como un visitante pacífico. Quedó un rato pensativo y se le ocurrió una idea. Indicó a uno de sus hombres que trajeran al esclavo negro, tal vez él pudiera servir de ayuda. En efecto, el hombre entendía aquella lengua, una variante de la hablada en Auachumbi.

—*Iorana ariki koro* —dijo el esclavo negro, arrodillándose delante del anciano y poniendo la frente en tierra.

—*Iorana korua*, Rapa Nui —respondió con mucha dignidad el hombre—. ¿*Ko ai tu'u ingoa*? —añadió, señalando a Túpac.

—*Rey Tupa Takere-no-tehenua.*

El anciano puso una rodilla en la arena y agachó la cabeza. Respetuosamente, Túpac lo cogió con ambas manos ayudándolo a incorporarse por tratarse de un anciano.

—¿*Ko ai tu'u ingoa*? —preguntó en lengua polinesia, después de haber escuchado el parecido y esperando no equivocarse. Le había preguntado su nombre.

—Amiho Kahane —contestó el anciano, invitándolo con un ademán a ir con él.

—*Maururu* —agradeció Túpac, y siguió al hombre.

Como en todos los lugares a donde llegaba, el inca Túpac Yupanqui fue recibido con la veneración y muestras de respeto que la gran cantidad de guerreros que lo acompañaban merecía. Su intuición le hacía comportarse como sospechaba que los nativos esperaban, y se dirigía al rey Amiho Kahane y a todos en general, incluyendo a sus hombres, con gestos majestuosos.

Los condujeron al poblado donde nada más llegar les ofrecieron una bebida; algo ritual, pensó Túpac.

—*¡Manuía, paka Rapa Nui!* —brindó, y elevando un cazo lleno de algún brebaje espirituoso le deseó al rey Amiho, ya en runa simi, fortuna y muchos años de vida.

Los nativos de la pequeña isla llevaron a Túpac a conocer una gran laguna en la cima de uno de sus volcanes más altos: el Rano Kau. Más tarde Túpac advirtió que en las cimas de los demás volcanes existían también lagunas formadas por las constantes lluvias. La vegetación era escasa, pastos cortos y arbustos batidos por el viento inclemente, y no había en el lugar ninguna riqueza que interesara en particular a Túpac. Pero llamaron su atención unas inmensas moles talladas en roca volcánica con forma de cabeza de extraños rasgos alargados. Estaban dispuestas en grupos, frente al mar, como si lo observaran, algunas de ellas ataviadas con *chullos* rojos.

Los rapa nuis los llamaban *mohais*. Había muchos, unos mil seiscientos. Dentro del cráter del volcán llamado Ranu Raraku existía una descomunal estatua sin terminar, de más de veinte metros, tallada en la roca del mismo cráter. El rey Amiho le relató que los *mohais* fueron construidos por los primeros habitantes de la isla en tiempos inmemoriales. Cuando llegaron los antepasados, los encontraron tal cual estaban. Ellos no los habían tocado, pues los consideraban sagrados. Al hacer un recorrido por la isla, Túpac apreció que aquellos pobladores no tenían idea de arquitectura. Todas sus construcciones eran simples y frágiles, hechas con madera y cañas. Les enseñó a construir a la manera incaica, aprovechando la gran riqueza en piedra de la isla. Dejó empezado el gran templo de Vinapú, de indudable aspecto incaico por sus formas trapezoidales y el ensamblaje perfecto de las piedras, tal como se hacía en el incario.

Túpac pasó allí poco tiempo pero fue recordado por sus habitantes como Mahuna-te-Ra'a, o Hijo del Sol, el único personaje importante llegado a sus tierras. En su honor construyeron observatorios de piedra que llamaron tupa — que en su idioma significaba tortuga— porque las enormes balsas de la expedición con sus casetas en cubierta les recordaban a las tortugas, o sea, «las que llevan la casa consigo». Aquello quedó como un recordatorio permanente de su paso por Rapa Nui, así como el cultivo de la papa, de la cual los incaicos dejaron abundantes semillas. En agradecimiento, el rey Amiho obsequió a Túpac un esclavo negro, de los pocos que había en la isla, y que era indudable que pertenecía a la misma raza que el melanesio que le regalara el jefe Kourí en Auachumbi.

Túpac Yupanqui inició el retorno al Tahuantinsuyo pensando en cómo justificaría ante su padre tan largo tiempo de travesía. No tenía riquezas que mostrarle, aparte de los dos hombres negros que llevaba consigo, y dudaba mucho si debía calificarlos como «riquezas». En estas y otras cavilaciones se encontraba Túpac cuando la expedición fue sorprendida por una densa niebla, tan espesa que no se podía ver más allá de un par de pasos. De inmediato mandó llamar al mercader, quien explicó que se trataba de un fenómeno habitual en esa zona, y que no tardarían en dejarla atrás. La corriente que los llevaba hacia el norte de regreso era un verdadero río antártico que producía por evaporación la «Camanchaca», como Túpac llamó a la gran neblina blanca. A medida que avanzaban, la densa niebla fue desapareciendo para tranquilidad de todos. En la ruta tuvieron oportunidad de cazar algunos especímenes de animales que habitaban en islotes, de enormes ojos y gruesos bigotes. Conservaron sus pieles y cabezas disecadas como trofeos. Al menos tendré algo curioso que mostrar, pensaba Túpac.

Siguieron unos días de navegación tranquila, llevados por la corriente. Una noche, tras observar las estrellas como era habitual, el mercader aseguró que pronto alcanzarían la costa conocida. Y así fue, cuatro días más tarde divisaron tierra en el horizonte. Habían llegado al Tahuantinsuyo.

Túpac tomó la decisión de dirigirse a las costas del Gran Chimú, donde el desembarco causó revuelo entre sus habitantes. Una vez allí, mandó llamar a los más finos orfebres y, haciéndoles un dibujo en la arena, les dio indicaciones para que construyeran un artefacto parecido al que había visto en Auachumbi, que no era otra cosa que una silla. Pero una gran silla de madera con brazos, toda revestida en oro. Junto con otros pequeños objetos de oro que también encargó, los recogería más tarde. Y volvieron a hacerse a la mar en dirección a Manta.

Cuando los soldados que habían quedado en las costas de Manta a la espera de su llegada avistaron la flota de Túpac Yupanqui, de inmediato dieron a Chaclla la buena nueva. El mercader preso no cabía en sí de alegría. Durante el tiempo que duró la espera sostuvo muchas conversaciones con Chaclla, intentando convencerlo de que aquel viaje era muy largo pero seguro. Convicción que él mismo no tenía, preocupado como estaba porque la expedición se demoraba más de lo que él calculó en un principio. Durante su cautiverio trató de entretener a los guardias contándoles historias de sus viajes y las costumbres de algunos pueblos, con la esperanza de que el príncipe Túpac volviera antes de que su fértil imaginación se agotara. Su regreso fue un gran alivio.

El desembarco de Túpac y sus guerreros produjo un enorme regocijo y, aunque todos esperaban ver grandes tesoros y riquezas, tuvieron que contentarse con celebrar el regreso del príncipe.

—¡Sobrino! ¡Temí que jamás volvería a verte! —exclamó Chaclla. Dejando de lado el protocolo, lo abrazó con fuerza, con los ojos brillantes.

—Tío..., ¡cómo no iba a regresar!, parece que no me conocieras —respondió Túpac, correspondiendo a la efusividad de Chaclla.

—Tienes un color..., estás diferente. ¿Qué sucedió? —Todos habían vuelto casi tan oscuros como los dos esclavos negros que traían consigo.

—¡Ah, tío...! Tengo tanto que contarte...

—¿Y los tesoros?

—De eso también quería hablarte. —Túpac se acercó a los dos negros y dijo—: Este es mi botín de guerra. —Al ver la cara de su tío no pudo contener una carcajada.

Chaclla miró a los dos extraños hombres de piel negra y facciones diferentes a las que él había conocido hasta ese momento. Caminó rodeándolos mientras los observaba atentamente. Maravillado, les tocó el cabello; parecían llevar un casco de algún extraño tejido lanoso. Observó su fina complexión de movimientos gráciles, sus rostros de labios enormes, gruesos, y sus narices anchas y achatadas.

—Los tesoros los he dejado en Lambayeque para no cargarlos hasta aquí. Cuando regrese de camino al Cuzco los recogeré.

—Está bien... —respondió Chaclla un poco desilusionado.

En ese momento el mercader que viajó en la expedición se acercó al príncipe y adoptó una posición de respeto inclinándose ante él.

—Señor, ¿será posible que yo hable con mis parientes que quedaron bajo custodia?

—Por supuesto, mercader, ve y habla con ellos —concedió Túpac.

—Pero no sé dónde ni cómo están...

—No te preocupes. Tus parientes están bien, yo personalmente he cuidado de que así fuese —aclaró Chaclla, dando órdenes para que lo llevasen adonde se encontraban.

—Un momento. —Túpac sobresaltó al mercader—. Deseo que me acompañes al Cuzco en calidad de invitado. Después me llevarás a las tierras al nordeste de Quito.

—Gracias, señor, por la deferencia, pero de veras yo prefiero...

—No te he preguntado qué prefieres. Me acompañarás al Cuzco. ¿No deseas conocer riquezas?; yo te enseñaré lo que son tesoros. Y después me llevarás a esa tierra de la que tanto me has hablado.

—Sí, señor —aceptó el mercader, sabiendo que sería inútil cualquier resistencia.

—¿También sabe relatar historias? —inquirió Chaclla—. Su hermano nos tenía muy entretenidos con los cuentos de sus viajes.

—Espero que no sean cuentos... —dijo Túpac, mientras lanzaba al mercader una torva mirada.

—Claro que no, señor. Me siento muy agradecido por el honor que me haces. Sí, señor.

—¿Qué es eso de enseñarle verdaderos tesoros? —preguntó Chaclla con curiosidad.

—Tío..., tengo mucho que contarte... Pero ahora he de volver cuanto antes a Tumibamba. Deseo ver a Kapulí. ¿Cuidaste de ella?

—Por supuesto, sobrino. Se sentirá feliz al saber tu regreso. He enviado un chasqui con la noticia para que esté al tanto de tu llegada. Tu padre también se alegrará —afirmó Chaclla, mientras el pensamiento de la muerte de Huayna ensombrecía su rostro. Ya encontraría el momento apropiado para contar a su sobrino la mala noticia.

X

Anochecía. Alejado de su escolta, en la soledad de su lugar preferido donde el silencio era roto sólo por el sonido de una torrentera cercana, se encontraba Pachacútec, cabizbajo. Descendió por el lado opuesto a donde esperaban los soldados, para asegurarse de que no lo vieran; últimamente se sentía mejor estando a solas. Elevó los ojos al cielo buscando algún signo de su amado dios Huiracocha pero sólo vio a lo lejos unos cóndores volando en círculo. Exhaló un suspiro entrecortado y oró a su dios.

—Señor mío Huiracocha, te suplico me perdones por todos los errores que he cometido. Ahora comprendo que me dejé llevar por mi orgullo en los momentos en que debí pensar con el corazón... Mi boca se llena con tu nombre pero mis acciones te ofenden... ¡Oh, señor Huiracocha!, permite que pueda reparar mis errores... Sé que no me queda mucho por vivir, ya estoy viejo y cansado, sólo te suplico que me otorgues esa gracia. Tú, que me has dado tanto en esta vida, por lo que estoy agradecido, ¡escucha el ruego de mi dolido corazón...!

El sol terminó de ocultarse y Pachacútec, con pasos cansados, se dirigió a la tienda imperial. Había vuelto a la antigua costumbre de dormir lejos de palacio, como cuando preparaba la estrategia para la guerra buscando la inspiración de Inti y Huiracocha. Ya no planeaba guerras, ahora sólo buscaba consuelo para la angustia que sentía y no deseaba que su familia se percatase de ello. La firmeza del imperio era lo más importante y la sucesión, crucial. No debía mostrarse abatido.

No podría soportar otra pérdida, no tenía sentido que él, ya viejo y cansado, sobreviviera a sus seres queridos... Thika, Koullur, Sumaq, Huayna, ¿les seguiría Túpac? Por las noches, le parecía ver en sueños a su hija señalándolo con un dedo acusador. Túpac también había sido víctima indirecta de todo ello y, a pesar de que su hijo nunca lo mencionaba, el inca presentía que no la había olvidado. Y la trágica muerte de su nieto... ¿Cómo encajaría Túpac la noticia? Con ese peso en su conciencia, Pachacútec no encontraba paz ni sosiego a pesar de su aparente serenidad. Pero existía un temor aún mayor que lo perseguía desde aquellos infaustos momentos en Willka Picchu: haber incumplido la promesa que hiciera al dios Inti de hacer de su hija la más hermosa virgen del Sol. Tenía la certeza de que era el principal motivo de todas las desgracias que sobrevinieron después en la familia.

Un joven chasqui le dio alcance en la entrada de su tienda. Se arrodilló poniendo la frente en el suelo.

—Levántate y habla —ordenó Pachacútec con voz tensa.

—El Atum Auqui Túpac Yupanqui tiene un mensaje para ti, mi señor sapa inca Pachacútec: *Padre, he llegado a Tumibamba y te envío mis respetos. Espero estar en el Cuzco dentro de un mes. Iré por el Cápac Ñan de la costa y aprovecharé para inspeccionar los ayllus en mi ruta a la capital.*

Pachacútec no pudo ocultar la felicidad que lo embargaba, estaba tan emocionado por saber que su amado hijo había regresado que hizo algo inusual: tomó por los hombros al chasqui y dijo mirándole a los ojos:

—*Mi padre Inti ha escuchado mis ruegos, el Cuzco te recibirá con una gran celebración. Recibe mi cariño y no tardes, que tu padre te espera impaciente.*

Esas palabras serían repetidas por incontables chasquis a lo largo del camino hasta llegar a Túpac en pocas horas. Pachacútec se sintió vigoroso, enderezó la espalda y caminó con agilidad hasta donde se encontraba su litera.

—¡Vamos a Casana! ¡Esta noche dormiré en palacio! —ordenó con inusitada energía a sus guardias y rucanas.

Después de un cálido recibimiento en Tumibamba, Túpac Yupanqui reorganizó su ejército y, luego de unos días, tomó el camino de la costa, en dirección a Catacaos, Pacatnamú y el Gran Chimú, donde recogió los trabajos y los objetos de oro que había encargado anteriormente. Los expertos artesanos habían construido una hermosa silla con brazos, muy parecida al mueble que él había visto en Ninachumbi. Estaba cubierta por una lámina de oro bellamente labrado y en el asiento sobresalía un espacio forrado en cuero, idea del artesano que fabricó la silla. Túpac, satisfecho por el trabajo, llevó el mueble consigo para presentarlo como uno de los botines de guerra, al igual que los adornos, jarros, vasos y demás utensilios que ordenó fabricar con formas poco usuales en el imperio para el mismo propósito.

Recorrió diversos pueblos y caseríos hasta llegar a Pachacamac, donde tomó rumbo a Pariacaca y al valle de Hatunmayo. Al mismo tiempo, paralelamente, otro ejército recorría el camino de las serranías inspeccionando los pueblos y tribus adheridas al incario.

Túpac llevaba consigo a los dos esclavos negros, a quienes puso por nombre Fahatu y Bahatu. Éstos, nada acostumbrados a caminar largos recorridos, se cansaban pronto y tras pocos días de marcha se veían abatidos y con un aspecto deplorable, nada conveniente para los deseos del príncipe. Por su condición de esclavos no podían ir en andas y tratar de llevarlos sobre las llamas, como fardos, sólo empeoró las cosas. Todo ello retrasó en algunos días la llegada de Túpac al Cuzco.

El pueblo incaico tenía tres máximas: *Ama sua:* no robes; *Ama llulla:* no mientas; y *Ama kella:* no seas perezoso. Se consideraba una grave falta estar ocioso o dar muestras de ello. El imperio debía su organización y crecimiento a dicha orden, dada directamente por el inca. Pero Fahatu y Bahatu, no entendían por qué aquellos personajes cobrizos ponían tanto empeño en todo, especialmente el rey Tupa, a quien ellos conocían de otro modo, ya que mientras estuvo en sus islas él no se veía muy dispuesto para el trabajo, y tampoco sus guerreros y acompañantes. Los dos esclavos negros no tenían mayor interés en aprender el idioma oficial del imperio y pasaban el tiempo murmurando entre ellos en su idioma natal. Aquellas tierras les parecían demasiado áridas y frías, y las distancias, extremas; no estaban acostumbrados a tanto esfuerzo físico. Caminaban con lentitud, con paso cansado, y ello ocasionaba retraso general. Cada vez que Túpac era informado de que aquellos infelices no podían seguir caminando ardía de indignación y mandaba traerlos a su presencia, donde les arengaba en su propia lengua, pero ellos sólo mostraban sus enormes sonrisas. Túpac, exasperado, ordenaba entonces el avance del ejército aunque tuvieran que llevarlos a rastras.

Finalmente el día tan esperado llegó. En el Cuzco se podía sentir desde lejos retumbar el suelo por la acompasada marcha del ejército imperial que, al acercarse a la ciudad, a una orden del sinchi principal, cambió la marcha a ritmo de trote, precedido por la banda de música con el sonido de tambores, flautas, quenas. Con atuendos de guerra, los soldados llevaban chalecos de cuero acolchados de algodón, protectores de madera en la espalda, cascos de caña hueca, lanzas, porras, arcos, flechas y macanas. Sobre las filas de soldados ondeaban banderines multicolores.   Abrían la marcha los nobles, alineados en filas de a diez, cuyas orejeras de oro relucían al sol y sus ropas de gala con plumas de vistoso colorido correspondían a su linaje.   Inmediatamente después, el Apusquipay Túpac Yupanqui, llevado en andas de oro por dieciséis fornidos rucanas; detrás, caminando con agobio a pesar de las órdenes de Túpac, iban Fahatu y Bahatu. A continuación unas literas sin techo mostraban los tesoros traídos de tierras lejanas. La silla ocupaba un lugar principal. Las   pieles secas de focas y leones marinos causaban admiración. Por último, el resto del ejército a cargo de los sinchis. Al paso de Túpac la multitud de runas se hincaba de rodillas y ponía el rostro en el suelo, luego proseguía con sus gritos de júbilo y exclamaciones de asombro al ver la extraña apariencia de los negros.

El clamor de los vítores llegó a oídos de Pachacútec y supo que Túpac estaba próximo. Salió a la terraza de palacio y, en efecto, poco después su hijo hizo aparición. Escoltado por dos runruyoc auquis y seguido por Fahatu y Bahatu, se acercó al pie de la escalinata, miró a su padre, se arrodilló ante él y luego subió los peldaños con presteza para encontrarse con Pachacútec, que lo esperaba con los brazos extendidos. El sapa inca lo abrazó con fuerza, Túpac había vuelto, lo demás, no importaba.   Ambos se encaminaron al gran salón donde estaban reunidos los parientes, sus esposas y la coya Mama Ocllo, que no cabía en sí de felicidad.

Después de un rato de abrazos y bienvenidas por parte de todos, padre e hijo atravesaron el patio para entrar en otro salón.

—Háblame de tus conquistas, Túpac, estoy ansioso por

saber cómo son las nuevas tierras del imperio —dijo Pachacútec.

—No hay tales conquistas, padre.

—Y entonces ¿el botín que traes...? —El inca quedó sorprendido.

—Navegamos sin cesar durante cuatro lunas y atravesamos el mar con todos sus peligros. Cuando yo creía que nos hallábamos perdidos, nos topamos con un grupo de islas muy hermosas, pero no era la tierra rica y llena de tesoros que me habían dicho.

—¿No había gente, acaso? ¿Y esos extraños personajes que has traído? Son prisioneros de guerra, supongo.

—No, padre, son regalos de los caciques de aquellas tribus. Uno me lo regalaron en Auachumbi, que en verdad se llama Tuamotú, y el otro, en una pequeña isla perdida en medio del mar llamada Rapa Nui, que en un principio pensé que era Ninachumbi. Lo único realmente valioso que traje de aquellos lugares es esto. —Túpac le entregó un bolso de piel.

—Y... ¿esto qué es? —preguntó el inca cada vez más extrañado, examinando la gran cantidad de esferas brillantes que se escurrían entre sus dedos.

—Lo producen unas conchas marinas. Las llaman perlas. Se recogen del fondo del mar. Yo mismo saqué unas cuantas. Los nativos me enseñaron a sumergirme hasta el fondo, lo que ellos llaman bucear, y a decir verdad yo lo hacía mejor que ellos —terminó diciendo Túpac con una sonrisa.

Pachacútec miró a su hijo y vio que estaba alardeando. Volvió la vista hacia las esferas.

—¿Esperas que piense que fuiste al fondo del mar? Es imposible...

—Bueno, ese mar no era muy profundo... Todo consiste en nadar hacia abajo aguantando la respiración, eso es lo más importante. Cuando falta aire, se ha de subir. Pero tengo gran capacidad para aguantar la respiración, todos los que vivimos en los Andes la tenemos. Recuerda que los que vienen de la costa se cansan tan sólo al caminar. También los dos negros que traje se sienten enfermos, mandé que les dieran brebajes de coca. Aunque ellos siempre están cansados, enfermos o con sueño.

—De manera que no trajiste más que esto y esos dos negros —dijo Pachacútec examinando de nuevo las perlas.

—Fahatu y Bahatu.

—¿Cómo?

—Son los nombres que les di y son un obsequio para ti, padre. Lucirán muy bien en tu palacio.

—No, hijo, gracias, pero creo que ellos estarán mejor en tu ejército.

—Padre, no rechaces los únicos presentes que te traje. Además, si deseas que mi ejército siga teniendo éxito será mejor que se queden en el Cuzco. Tal vez te sirvan de músicos, son muy buenos con los tambores.

Pachacútec soltó una carcajada después de observar por largo rato las perlas. Y aún entre risas, dijo:

—¿De manera que desapareces durante casi un año para regresar con esto y esos dos negros flojos?

—Pues... viéndolo de ese modo, así es, padre —respondió Túpac gravemente.

—Y todos aquellos tesoros que mostraste antes, aquel hermoso mueble de oro y todos esos objetos de oro y plata, ¿de dónde los sacaste?

—Ah... te contaré. —Y explicó a su padre lo que había sucedido—. Pero lo hice pensando en el pueblo, porque sabía que ellos esperaban que yo me presentara con un gran botín de guerra, no podía enseñar únicamente unos pellejos, unos hombres negros y una bolsa con perlas de colores...

Pachacútec no podía controlar la risa imaginándose la entrada de Túpac con unos pellejos de animales raros y unos personajes de piel oscura que apenas podían tenerse en pie. ¿Qué clase de lucha podrían haber enfrentado? Túpac se unió a las carcajadas de su padre y el escándalo que formaron fue tan grande que del otro salón vinieron algunos parientes curiosos para ver qué sucedía. El tío Chaclla se hallaba entre ellos y supuso que su cuñado ya sabía toda la historia. A él también lo había divertido mucho enterarse de ello en Tumibamba. Nadie dio importancia a que Túpac hubiera descubierto Oceanía.

—Quiero ver a Huayna y a Titu. —dijo Túpac de improviso.

Del rostro de Pachacútec se borró la sonrisa y sus facciones se tornaron sombrías. La risa que momentos antes alegraba su cara se convirtió en un sollozo, que ahogó en su garganta. Túpac quedó en silencio mientras observaba la extraña reacción de su padre.

—Ven, Túpac, deseo seguir hablando a solas contigo —dijo con tristeza, haciendo esfuerzos por serenarse. Le pasó un brazo por los hombros y lo llevó a los jardines.

—¿Qué sucede, padre?

—Hijo, muchas cosas han sucedido desde que partiste al norte. Hace casi cinco años que te fuiste y...

—Padre, ¿hay algo que yo deba saber? Por favor, dime, ¿algún hermano se sublevó? ¿Tuviste que...?

—Huayna murió —espetó el inca sin rodeos.

Túpac quedó en silencio. Se esperaba todo menos eso. Se sentó lentamente en una de las gradas que daban acceso al jardín y elevó la vista hasta encontrar los ojos de su padre, que seguía en pie con la mirada extraviada en el horizonte.

—¿Cómo fue?

—Murió como un héroe. Salvó la vida de su hermano Titu. Después de varios días de continuas lluvias, la tierra de la ladera donde acostumbran jugar los niños no estaba muy firme. Tú mismo jugaste muchas veces allí, ¿recuerdas?, cerca de la explanada, donde estaba la gran piedra. Titu perseguía una chinchilla y se acercó al borde del acantilado, la tierra se desmoronó y el niño cayó con ella. Milagrosamente logró sujetarse a un tronco, debajo de la piedra grande, pero el lugar era inaccesible. Me descuidé por un momento y Huayna logró acercarse y poner su cuerpo como puente para que su hermano trepase a la ladera, pero la tierra no soportó más y se vino abajo llevándose la piedra y a mi amado nieto hasta el fondo.

Pachacútec tenía la voz quebrada. No pudo seguir hablando.

Túpac se sentía culpable de no haber conocido realmente al pequeño. Tantos años alejado, el niño se había criado ajeno al calor paternal. ¿Qué podría reprochar a nadie?, se preguntó. Era el hijo de Sumaq, el último rastro palpable de ella, ¡qué destino trágico! Hubiese querido que Huayna creciera a su lado, que aprendiese de él, pero la verdad era que él mismo no había puesto empeño en que así fuera. Siempre fue el abuelo quien ocupó la figura paterna y era evidente que lo había hecho por amor. A pesar del tiempo transcurrido, el recuerdo de Sumaq revivió en su corazón y quebró su pecho de dolor. Una lágrima rodó por su rostro.

—Era un magnífico niño. Salvó la vida de tu hijo. Ahora se ha reunido con su madre. —Lo consoló Pachacútec.

—Lo sé, padre, lo sé —murmuró Túpac con tristeza. Se incorporó y caminaron ambos en silencio de regreso al interior de palacio, cada uno sumido en sus propios remordimientos.

Las celebraciones por la llegada de Túpac duraron varios días y al término de éstas Pachacútec cayó enfermo. Según los sanadores no padecía ningún mal específico, simplemente había perdido el deseo de vivir. Satisfecho por haber sembrado la semilla de un imperio fuerte y poderoso, tenía la seguridad de que Túpac sería aún mejor inca que él. Sabía que su hijo era un hombre de bien, responsable y de buen corazón. El sentimiento de haber cumplido su misión fue acrecentando su deseo de marcharse; tantas veces había clamado a Huiracocha poder pagar por sus errores que esta vez tenía la certeza de haber sido escuchado.

Presintiendo la muerte cercana, llamó a sus hijos excepto al heredero. Repartió entre ellos todas sus joyas y dejó para sí su pluma de oro, la cual pidió que inhumasen junto a él. Hizo entregar un arado a cada uno, que simbólicamente significaba que debían comer del sudor de sus manos y ser vasallos de su hermano Túpac. También recibieron armas, para que recordaran que debían pelear a favor del imperio. Se despidió de ellos abrazándolos uno a uno y se recostó sobre su lecho. Llamó entonces a Túpac, que acudió presuroso a sentarse a su lado. El inca puso una mano sobre la suya y mirándole a los ojos dijo:

—Hijo..., sabes cuánto hemos luchado por este gran imperio. Espero que seas el hombre que pueda engrandecerlo. No permitas que nadie alce los ojos contra ti y permanezca vivo, aunque sea tu hermano. A éstos, tus parientes —dijo, señalando con un ademán a los nobles ancianos runruyoc auquis—, te dejo por padres para que te aconsejen; cuida de ellos y haz que te sirvan. Cuando me *haya ido, deseo que cures mi cuerpo y lo dejes en mis Casas de Patallacta. También deseo que hagas mi bulto de oro en la Casa del Sol. Y en todas las provincias sujetas a mí harás los sacrificios solemnes y la fiesta del Purucaya, para que pueda descansar con mi padre, el dios Huiracocha, y su hijo el Sol... Pasados quinientos años regresaré para glorificar el imperio, y éste perdurará por siempre.*

Túpac estaba tan conmovido que no atinó a decir palabra. Siempre había pensado en un padre inmortal y al tener la certeza de que moriría lo invadió una sensación de temor y desconsuelo. En ocasiones le había oído afirmar: «Cada quinientos años se produce un cambio importante». Su padre había dicho que en ese plazo regresaría transformado en un nuevo Pachacútec, pero Túpac no era hombre fácil de convencer. Esas palabras, sin embargo, en aquellos cruciales momentos lo impresionaron profundamente. De improviso, su padre empezó a cantar débilmente en tono triste con su hermosa voz de barítono:

Como lirio en el jardín, nací y fui criado así, y tal como vino la edad, envejecí y como había de morir, morí...

Acostado en su lecho, Pachacútec miraba con ojos cansados de tanto como habían visto. Parecía que todos los años le hubieran caído encima de una vez, de tan envejecido que estaba. Túpac comprendió que el inca jamás podría ser reemplazado, pero le tocaba a él tratar de emularlo, una tarea casi imposible. Y a medida que la luz de la vida se extinguía en los ojos de su padre, comprendió que se acababan sus años de libertad. Ahora sería esclavo del imperio, el mayor esclavo, y debía en adelante vivir para su grandeza, luchar para su gloria y dar su vida por preservar lo que su padre había conseguido.

Un silencio sepulcral reinó en la habitación; nadie se atrevió a hablar. Túpac lloraba en silencio mientras abrazaba el cuerpo inerme del compañero de batallas, maestro, amigo y cómplice de secretos bien guardados. Estaba desolado. Pero la vida tenía que continuar y, cumpliendo sus deseos, mandó curar su cuerpo y momificarlo como era la costumbre. Se montó guardia en torno a Pachacútec en la Casa del Sol, el templo Koricancha. Los más valientes guerreros cercaron el recinto y permanecieron allí por varias semanas.

Ese fue el final del gran inca Pachacútec, promotor de la expansión y creador del Tahuantinsuyo; un gran estadista, visionario y guerrero. Su reinado duró treinta y un años.

XI

Aunque Túpac se había preparado desde siempre para ser el sucesor, presentía que vendrían momentos duros y ya su padre no estaría a su lado para apoyarlo. Ahora él era el sapa inca, el hombre más poderoso del Tahuantinsuyo, y debía tener los arrestos suficientes para afrontar los problemas con la ecuanimidad y sabiduría que se esperaban de él.

A la salida del sol, acompañado de su guardia se encaminó al Koricancha, donde permanecería el cuerpo embalsamado de su padre hasta que empezaran las ceremonias del Purucaya. Su escolta quedó fuera y él entró. Túpac Yupanqui, el heredero, ya era considerado una divinidad, como lo fuera su padre. Como todas las mañanas, llevaba consigo la chicha y el maíz para cumplir con el ritual que el Huillac Uma realizaba ante el cuerpo embalsamado de Pachacútec. Apenas lo vio, el sumo sacerdote inclinó la frente hacia el suelo. Después recibió la chicha y el maíz y empezó la ceremonia.

Era extraño ver día tras día a su padre sentado como si aún estuviera vivo, con el rostro cubierto por una máscara de oro, custodiado por dos sinchis tan rígidos como la misma piedra del Koricancha. En cierta forma sentía que estaba con él, que los nexos seguían existiendo a pesar de la muerte. Y mientras el Huillac Uma susurraba su acostumbrado canturreo de palabras ininteligibles y lacónicas, efectuando la liturgia sagrada, derramaba la chicha en torno a Pachacútec y le hablaba como si éste pudiera oírlo, Túpac contemplaba la escena y se preguntaba si podría calzar sus ushutas.

Sobre una lasca al rojo vivo las mazorcas de maíz quemado desprendían su olor característico, llevando directamente a Inti las oraciones envueltas en las volutas de humo que se perdían en lo alto escapándose por las ventanas del templo junto al techo. El sumo sacerdote, con las pupilas dilatadas por los efectos de la coca y la ayahuasca, prosiguió en incansable letanía su conversación con los dioses hasta terminar exhausto, arrodillado en la piedra frente al príncipe Túpac, divino sucesor de su padre. Esperó unos momentos y elevó el rostro.

—Tu padre no está conforme. Quiere que sepas algo —dijo casi en un susurro. Hizo un imperceptible gesto con sus ojos saltones en dirección a los sinchis que a sus espaldas custodiaban al difunto y luego, con gesto abierto, le invitó a seguirlo.

Ambos abandonaron el recinto y caminaron por un oscuro pasillo hasta llegar a un gran patio empedrado. Bajaron por unas escaleras que conducían justo bajo el Koricancha y entraron en una minúscula habitación. El pequeño recinto sin ventanas estaba en penumbra, iluminado sólo por la luz mortecina de una antorcha apostada en el pasillo. Túpac apenas pudo distinguir la silueta de un hombre sentado en el suelo.

—Repite lo que te dijo la coca —indicó el Huillac Uma con voz grave.

—Túpac inca Yupanqui el Resplandeciente, hijo de Pachacútec inca Yupanqui el Transformador del mundo, nieto de Huiracocha, de Yahuar, de Roca, de Cápac..., ¿qué quieres saber, mi señor? —preguntó, mostrando su sonrisa desdentada.

Túpac se sentó frente al augur. Acostumbrados sus ojos a la oscuridad, pudo ver a un anciano de cabello blanco, cubiertos sus hombros por una gastada piel de vicuña.

—Pronto tendrá lugar mi coronación y deseo el momento más favorable.

—Eres un hombre sabio...

Lanzó sobre el suelo de piedra un puñado de hojas de coca, la planta sagrada.

El anciano permaneció en silencio largo rato. Tomó un trago de ayahuasca y siguió quieto, como si estuviera en trance. Túpac se impacientaba, pero se contuvo. Pudo entonces verle el rostro y los ojos llamaron su atención. Eran totalmente blancos y opacos. Pasó su mano varias veces por delante de ellos y el hombre no se inmutó. ¿Cómo veía las hojas?

—Al tercer Sol después de la gran Luna, el momento habrá llegado —dijo por fin con voz espectral. Mientras tanteaba las hojas de coca, sus manos se movían con agilidad, recorriendo sus formas y posiciones. Siguió otro largo silencio. Cuando

Túpac se alzaba del suelo con intención de salir, el viejo añadió—: Pero antes debes limpiar tu casa.

—¿Qué dices? —preguntó, sorprendido por tan extraño consejo. El anciano parecía estar ausente.

El Huillac Uma hizo una profunda reverencia ante Túpac.

—Salgamos, mi señor. Él no hablará más.

Durante la noche, Túpac no pudo dormir en paz. Las palabras del viejo sacerdote retumbaban en su cerebro: «Antes debes limpiar tu casa».

No todos en el Cuzco estaban conformes con la elección de Pachacútec. Sentimientos de envidia y ambición dieron origen a una conspiración que se venía fraguando desde tiempo atrás. Muy temprano, el tío Chaclla entró a los baños donde Túpac efectuaba sus abluciones diarias. Se sentó en el borde de la pileta y dijo con preocupación:

—Hay extraños movimientos de soldados, Túpac. Cuando venía hacia aquí vi que un batallón salía de la ciudad. Sé que el cabecilla es tu hermano Topa Cápac, él siempre quiso ser el sucesor —afirmó Chaclla—, todos tus hermanos están ahora reunidos en el salón del trono y un grupo de soldados que obedecen sus órdenes esperan acuartelados a las afueras del Cuzco. Esperan que el resto del ejército se les una.

—¿Topa? Le di el mando de las fuerzas de ataque... —comentó pensativo Túpac. Sabía que debía enfrentarse a la situación cuanto antes. Un sirviente le alcanzó un lienzo de algodón mientras salía del baño.

—Estuviste mucho tiempo en el norte, Túpac, y después ese viaje marino hizo pensar a muchos que no te ocupabas de tus deberes como era debido. Sabes que tu padre siempre te prefirió a ti, no lo ocultaba, y tus hermanos han esperado este momento para actuar.

Túpac permaneció en silencio mientras el sirviente terminaba de vestirlo; luego salió con su tío al jardín.

—El pueblo me ama como amó a mi padre. El ejército está conmigo —reflexionó en voz alta—, sé que las guarniciones cuzqueñas pudieran estar influidas por Topa pero confío en mis hombres. —Alzó la vista fijándose en la posición del sol. Se acuclilló y arrancó una pequeña rama seca de un arbusto. La clavó en la tierra para observar su sombra. Era un juego que había hecho muchas veces con su padre. Sonrió y se incorporó.

—¿A qué le encuentras gracia? La situación es muy seria, sobrino.

—Tío Chaclla, es el momento apropiado —respondió enigmático, y con paso rápido se dirigió a palacio seguido por Chaclla.

—No permitan que nadie entre o salga de Casana —ordenó a la guardia con energía—. Necesito un batallón para capturar a todos los rebeldes que están en las afueras del Cuzco —dijo al sinchi más cercano—. Ocúpate de que mis órdenes sean cumplidas.

Dejó su escolta personal custodiando la puerta del salón y entró donde sus hermanos se hallaban reunidos. Con pasos pausados y serenos, pues sabía la impresión que deseaba causar, caminó entre ellos mientras se acallaban los murmullos. Quedó de pie en el centro del grupo. Nadie se inclinó ante él como cuando su padre estaba vivo.

—¿Hay algo que yo deba saber? —preguntó mientras miraba a sus hermanos y hermanastros directamente a los ojos, uno a uno.

—Nuestro padre te eligió sin probar nuestra valía —dijo Topa Cápac.

Túpac giró despacio hasta quedar frente a él.

—¿Crees poder sustituirme? Agrandé el imperio hasta límites inimaginables. ¿Qué es lo que pretendes?, ¿un duelo?

—No dudo de tu valor, hermano. Sólo digo que la elección de nuestro padre no nos dio oportunidad de probar que también somos capaces.

—Lo que dice Topa es cierto... Pudimos haber hecho lo mismo, pero nuestro padre... —añadió otro de sus hermanos, dejando las palabras en el aire sin atreverse a continuar.

—Los deseos de nuestro padre eran órdenes. Yo no pedí ser elegido, sin embargo ocupé el cargo de Apusquipay. ¿No hubiera yo preferido llevar la vida que tuvieron aquí, en la comodidad de la corte cuzqueña, sin tener que enfrentar batallas?

—Batallas a las que algunos de nosotros también te acompañamos —recordó Topa—. Estuviste alejado del Cuzco mucho tiempo, el pueblo no te conoce.

—El Cuzco no es todo el imperio. Agrandé el Chinchaisuyo, cuyas riquezas vinieron a acrecentar el poder del incario. Veo que han estado tramando en contra de mí —dijo Túpac— pero hay una forma de dilucidar esto. ¿Quién está dispuesto a asumir el reto?

Túpac paseó despacio entre sus hermanos. Luego, con calma, se sentó en la hermosa silla que regaló a su padre, que había sustituido al antiguo trono. El chapado en oro de su alto respaldar semejaba los rayos de Inti. Su mirada era tranquila, se sentía seguro de sí mismo y, aunque hasta ese momento había asumido la actitud que todos conocían de hermano conciliador, el tono de las palabras que salieron de sus labios no daba lugar a equívoco:

—Quien se oponga a mí habrá de vencerme. Si lo logra, le cederé el trono. De lo contrario pagará con su vida. Que avance y acabemos de una vez.

En ese momento no parecía ser él quien hablara, ya no era el Túpac agradable, calmado, cariñoso. Su voz sonaba dura, recia; su mirada era fría y en sus ojos se reflejaba un vacío desconocido. Sin embargo, se mostraba sereno. Todos callaron, turbados. Parecían estar viendo al propio Pachacútec. Sabían que estaba dispuesto a lo que fuere y esa actitud les traía viejos recuerdos. El silencio recorrió el salón mientras Túpac esperaba respuesta.

Por una de las pequeñas ventanas situadas en lo alto de la pared del lado este del salón, se filtró la luz del sol que fue a dar justamente en el trono donde Túpac estaba sentado, como había previsto. Su figura vestida de blanco reflejaba los rayos del sol y los enormes círculos de oro en sus orejas resplandecían otorgando cualidades divinas a su imagen. Los rayos de oro del respaldo de la silla hicieron el resto. Pero Topa no se impresionó. Se adelantó y se enfrentó a Túpac.

—Está bien, hermano. ¡A muerte!

Túpac bajó los tres escalones y se despojó de sus adornos. Ambos empezaron a estudiarse como dos felinos, esperando del otro el primer golpe. Túpac era ligeramente más alto; su hermano, más corpulento. Topa arremetió con un golpe que su hermano esquivó con habilidad. Siguieron otros sin mayor éxito, pues Túpac tenía la agilidad de un felino. Su hermano arremetió de nuevo y esta vez lo tomó con sus poderosos brazos inmovilizándolo, pero sólo por unos segundos, pues Túpac se zafó girando el cuerpo, lo cogió del cuello y lo derribó pesadamente. Furioso, Topa se levantó con rapidez y arrancó la lanza a uno de sus hermanos. Otorongo arrojó la suya a las manos de Túpac.

En la lucha con lanzas Túpac no tenía rival, su rapidez y destreza eran legendarias. Aun así, sólo utilizó el arma para defenderse de los furiosos ataques de su hermano. En uno de los embates consiguió desarmarlo y la lanza de Topa fue a parar a una esquina del salón. Aprovechó la sorpresa para hacerlo caer de espaldas.

—¿Y quieres gobernar el imperio...? —preguntó apuntando con la lanza al cuello de su hermano. En su voz había más ironía que furia.

—Haz lo que tengas que hacer —dijo Topa con voz sombría.

—No empezaré mi reinado con las manos manchadas con la sangre de un hermano. Quiero que todos trabajemos juntos para conservar lo que hemos conquistado y defender el Tahuantinsuyo de los enemigos. Las luchas intestinas no traerán sino el debilitamiento del imperio —dijo Túpac, sin saber que sus palabras eran un presagio—. Levántate, hermano, te necesito y no deseo luchar contra ti.

—Túpac Yupanqui, te reconozco como nuestro sapa inca —dijo Topa de rodillas, con la frente en el piso.

Los demás hicieron lo mismo. Túpac dejó transcurrir unos segundos antes de permitir que se levantaran. Deseaba dejar claro quién tenía el poder.

—Prometo ser justo, cada uno tendrá una responsabilidad y servirá al imperio, que será aún mayor. Pero no permitiré traiciones. Todos los soldados que formaron parte de esta conspiración serán ejecutados. En estos momentos deben de ser prisioneros de mi ejército.

—Ellos sólo siguieron mis órdenes. No puedes matarlos, forman parte de tu ejército —protestó Topa.

—Puedo y debo hacerlo. No permito que los soldados actúen en contra de mí. La traición se paga con la muerte —dijo mirándolo fijamente—. Te perdono la vida porque eres mi hermano y me aceptas como sapa inca. Ahora debemos seguir con el Purucaya, dentro de unos días nuestro padre hará su viaje por Patallacta como fue su voluntad.

En una esquina del salón, Chaclla movía la cabeza en un gesto de desacuerdo.

Pocos días después empezaron los preparativos para la coronación. El día señalado por el anciano sacerdote, Túpac, por segunda vez, fue investido con las armas e insignias que lo acreditaban como el sapa inca Túpac el Resplandeciente, de la casa de Yupanqui. Y mientras en el Koricancha el difunto Pachacútec era resguardado por sus fieles soldados, en la plaza de Auscaypata su hijo era coronado por los sacerdotes con la mascaipacha real como el nuevo emperador del Tahuantinsuyo. Contrajo nupcias como era la tradición con la hija de una noble familia cuzqueña, aunque la coya Mama Ocllo seguiría siendo la esposa principal.

Ese día, el Cuzco se engalanó para recibir a gobernadores, caciques y representantes de los cuatro Suyos que, con un atado en la espalda en señal de sumisión, se acercaban al inca para besarle los pies y entregar sus obsequios. Una vez terminada la ceremonia, siguieron con el Purucaya y se aprestaron a recorrer los lugares sagrados, según la última voluntad del difunto sapa inca.

Pasado un año de duelo, con el imperio en calma y ya avanzada la construcción de su nuevo palacio real, el Calispuquio Huasi, Túpac se reunió con los altos runruyoc auquis de su ejército. Entraría otra vez en campaña. Avanzó primero por la ceja de la selva, evitando la zona de los machiguengas para respetar la promesa hecha por su padre, y aseguró el abastecimiento de coca, la planta sagrada, y de lianas de ayahuasca. Mejoró las condiciones de trabajo de los pinas —prisioneros de guerra—, dándoles más descanso y proporcionándoles mejores viviendas y comida. Era una manera de garantizar la productividad y al mismo tiempo humanizar la vida de aquellos desdichados. Lo hizo pensando en Kapulí. Prosiguió internándose en la selva baja, una región salvaje donde luchaban más contra las plagas y un calor al que no estaban acostumbrados que contra enemigos. Encontraron pequeñas tribus de campas que no ofrecieron resistencia ni les importaba pertenecer al incario, pero aun así fueron anexados y los hitos de piedra con los que los incas acostumbraban demarcar su territorio dejaron rastro de su paso por la zona.

En el Cuzco corría el rumor de que Túpac había muerto; la falsa noticia se extendió entre los habitantes del Collasuyo, que una vez más intentaban sublevarse, y no tardó en llegar a oídos del inca. Con cierto alivio, Túpac dejó el mando a uno de su más fieles hermanos, Otorongo, y salió de aquel infierno verde. Marchó contra los collas, sofocó los disturbios y, una vez en la región de los charcas, enfiló con su ejército hacia el desierto de Atacama, al sur, con la intención largamente acariciada de conquistar el reino de Chili. Se decía que los mapuches o aucas —como los incas llamaban a los araucanos— eran tribus feroces y de extrañas costumbres, como la de comer los cadáveres de sus enemigos, lo que atemorizaba a algunos de los soldados; otros ya estaban acostumbrados a ver prácticas insólitas como cuando, durante la guerra con los chachapoyas, selva adentro encontraron muchas cabezas humanas enterradas, todas reducidas a menos de la mitad de su tamaño normal. Les explicaron que eran obra de los shuar, pueblos bárbaros, salvajes sin ley ni orden. Y también, más al este, los chunchos y chiriguayos eran caníbales. Así que los rumores sobre los araucos y su fiereza no preocuparon mucho a Túpac ni a sus sinchis.

El territorio de los chilis era una larga franja de terreno árido y seco del que Túpac tenía escasas noticias, excepto que en aquellas inhóspitas tierras existían minas de oro, plata y en especial de cobre, al que ellos daban gran utilidad porque proporcionaba dureza a alearlo con los metales preciosos.

Tomaron el primer bastión en el valle del río Copayayu, una pequeña provincia que pasó a formar parte del imperio sin oponer resistencia. Se abastecieron de agua, que empezaba a escasear, y prepararon un pucará militar para aprovisionar a los guerreros incas que seguirían llegando. Tras los soldados, otro contingente de hombres prolongaba el Cápac Ñan, que contaba ya por entonces veintitrés mil kilómetros a lo largo y ancho del Tahuantinsuyo, dejando hitos de piedra con el símbolo incaico señalando el camino.

Tampoco fue necesario luchar para anexar al imperio la provincia de Cuquimpi cuyos habitantes, a la vista del poderoso ejército incaico, se avinieron pacíficamente a los deseos de conquista de Túpac. Por entonces su ejército estaba formado por cerca de veinte mil hombres, perfectamente organizados y pertrechados, en constante comunicación con el resto del imperio mediante el Cápac Ñan y el sistema de chasquis. Todo parecía fácil, las primeras conquistas habían sido un paseo militar, pero el inca sabía que pronto empezarían los problemas. Y así fue, cuando a medida que avanzaban hacia el sur se aproximaron a territorio araucano.

Las avanzadillas y espías enviados por Túpac dieron cuenta de que más adelante, en las cercanías del río Maule, se estaban organizando tribus poderosas para combatir al ejército incaico.

Chaclla, bordeando ya los setenta años, acompañaba a Túpac como embajador adonde quiera que él fuese. Túpac lo envió con una escolta a parlamentar con los mapuches tratando de evitar el enfrentamiento. Pero a veces Chaclla no era todo lo diplomático que el cargo requería y ésta fue una de esas ocasiones. Regresó de la misión airado y con malas noticias.

—Sobrino, creo que esta vez debemos tomar las armas —argumentó Chaclla.

—¿Qué sucedió?

—Los aucas son muy delicados, se ofenden pronto —explicó Chaclla, evasivo.

—¿Qué les dijiste?

Chaclla no acostumbraba mentir a Túpac, y menos tratándose de asuntos tan delicados, de manera que le contó literalmente lo que había ocasionado el malentendido:

—Les expliqué que ya debían dejar de ser unos purun pachas y anexarse al imperio de los gentiles del incario. Antes de que yo terminara fui interrumpido por un guerrero, creo que debe de ser su jefe, que me dijo que regresara por donde había llegado, que ellos no necesitaban ser insultados por extranjeros que ya habían invadido una parte de su territorio.

Túpac movía la cabeza a uno y otro lado mientras

escuchaba.

—¿Cómo se te ocurrió llamarlos purun pachas, tío? Los insultaste...

—Lo siento, Túpac, no me di cuenta hasta después de decirlo. Son guerreros de muy buena catadura, fuertes y bastante más corpulentos que muchos de nosotros, pero se comportan como salvajes sin orden ni ley, por eso lo dije.

Túpac estaba furioso.

—...fue eso lo que me parecieron cuando los vi... Se me escapó —añadió Chaclla.

—Mañana temprano irás otra vez y pedirás disculpas. Y les explicarás todas las ventajas que tendrán si se unen al imperio.

—Como tú digas, sobrino... señor —terminó de decir Chaclla al ver la acuciante mirada del inca.

Se retiró farfullando algunas palabras de preocupación. Túpac no confiaba en el resultado de la negociación, no ya por la torpeza de su tío sino por el carácter guerrero de los mapuches. Previendo que había llegado la hora de luchar, ordenó que le enviaran refuerzos. Esta vez habría que hacer uso de la fuerza si deseaba apropiarse las tierras más al sur.

Chaclla volvió al día siguiente al campamento mapache, donde fue recibido en son de paz aunque sin mucha cordialidad. Empezó su discurso en chiledengo para que no hubiese confusión.

—En nombre del Sol, la Luna y su padre Huiracocha, dioses del imperio incaico, del sapa inca Túpac Yupanqui el Resplandeciente, Hijo del Sol y señor del más grande imperio, apelo a su buen juicio para que comprendan que el derramamiento inútil de sangre no es necesario. El imperio incaico les otorgará una mejor vida sin quitarles sus tierras y haciendas, enseñándoles a vivir como hombres, siempre y cuando acaten al inca Túpac Yupanqui como su rey y señor.

—¡Otra vez nos insultas al decir que no somos hombres! Ve y dile a tu señor Hijo del Sol que no estamos dispuestos a seguir escuchado más palabrería. Dile que se prepare para vencer o morir y no nos envíe más gente con insultos ni cháchara vana —respondió un hombre grueso y musculoso, al parecer el jefe de los araucanos, un hombre nada diplomático según juzgó Chaclla.

—Que no se diga que no hice lo posible por evitar que corriera sangre...

—¡No más embustes!, pronto veremos quién es el más poderoso —interrumpió el araucano y dio vuelta, dejando a Chaclla con la palabra en la boca.

Túpac, preocupado, lo vio volver cabizbajo.

—Sobrino, creo que no hay más remedio que ir a la guerra. Ellos han unido fuerzas con los antallis, picunches, huilliches y cauquis y dicen que pronto los vencedores serán vencidos. Te juro que esta vez no les insulté, pero están muy susceptibles.

—Está bien, es todo lo que deseaba saber. Si no quieren nuestra paz, tendrán nuestra guerra —sentenció Túpac.

Mandó chasquis para apresurar la llegada de los refuerzos, aunque ya era imposible contar con ellos antes de la batalla, que parecía inminente.

Amaneció, tras una tensa noche de espera y, a la vista de los guerreros de Túpac, los araucanos, cuncos, picunches y huilliches en número de dieciocho a veinte mil guerreros se aprestaron para combatir.

Túpac dividió su ejército en legiones de mil hombres, disponiéndolos según el arma que portaban. A los lados estaban las bandas de música, también encargadas de provocar el enorme estruendo que intimidaría al enemigo durante la batalla, con los tambores de Bahatu y Fahatu en primera línea. Túpac quiso dejarlos en el Cuzco pero ellos no deseaban alejarse de él; aducían que eran sus esclavos de por vida y, aunque en el imperio no existía la esclavitud, tuvo que aceptar la responsabilidad de velar por aquel par de inútiles. En el fondo les tenía afecto. Por eso los había incluido en su ejército en calidad de músicos, con la esperanza de que alguna flecha o boleadora no acabara con ellos en batalla.

Se inició así una de las batallas más cruentas del ejército incaico. El suelo se remecía bajo el peso de la disciplinada marcha del ejército de Túpac Yupanqui. Los gritos y aullidos para amedrentar al enemigo, así como el retumbar de los cientos de tambores encabezados por Bahatu y Fahatu, incrementaban el ánimo guerrero. Un ejército impresionante. Los arqueros, formados en cien columnas de treinta hombres cada una, a una orden de Túpac lanzaron sus flechas, una fila tras otra tan coordinadamente que la lluvia de proyectiles sobre el enemigo era continua. A continuación los lanceros atacaron cuerpo a cuerpo con porras y macanas. Veinte mil soldados entregados a la lucha sin cuartel contra un enemigo no menos fuerte y que no se amilanaba.

Transcurrieron tres días de batallas sangrientas donde murieron muchos guerreros por ambos bandos. Túpac participaba en los combates junto a sus sinchis, dando ejemplo a sus hombres. Al cuarto día ambos ejércitos estaban tan maltrechos que nadie presentó batalla, dejando cada uno la iniciativa al lado contrario, que tampoco atacó. Durante cuatro días más se mantuvo esa tensa situación hasta que, en la mañana del quinto, como si se hubieran puesto de acuerdo, ambos bandos recogieron sus tiendas y se alejaron del lugar. Los araucanos regresaron a sus territorios contando su triunfo por haber conseguido detener al grandioso ejército incaico. Y Túpac desistió porque ya había hecho huir al enemigo y la conquista de aquellas tierras tan lejanas del Cuzco le parecía tan inútil como la de las islas a las que llegó en la travesía que hiciera mar adentro años antes. Así que recogieron las tiendas con sus banderines multicolores e iniciaron la retirada. La campaña ya había alcanzado suficientes éxitos para celebrar una gran victoria.

El imperio se extendió entonces por el sur hasta el río Maule, en lo que había sido el reino de los chilis. Señalaron sus fronteras colocando mojones de piedra y se ocuparon de mejorar la agricultura y la ganadería de las nuevas provincias, transformándolas en una comarca próspera y rica, bien defendida, a fin de mostrar a los mapuches lo que se habían perdido. También se iniciaron los trabajos de arquitectura para que el sello de la construcción incaica quedase en aquellos lugares. Luego, su ejército se dirigió al noreste, hasta Tucumán, venciendo a una serie de enclaves desperdigados entre las cordilleras, como Cachalqui y Catamarca, que también incorporaron al imperio, escaramuzas de poca importancia por tratarse de caseríos desunidos y desorganizados. Túpac, herido en la última batalla con los araucanos en el brazo izquierdo, no participó en estas luchas.

Cuando regresó al Cuzco, después de casi cuatro años de campaña, el recibimiento fue apoteósico. El inca se dedicó a pasar unos días de agradable descanso en su nuevo palacio ya terminado, el Calispuquio Huasi, cumplir con sus esposas y concubinas, y conocer a sus hijos nacidos mientras él estuvo fuera, pues había dejado a varias encintas.

La distribución de las calles del Cuzco era peculiar, con trazados longitudinales y transversales que organizaban el espacio en varios sectores. En el central se encontraban las construcciones importantes como los palacios de los incas, con grandes espacios abiertos en previsión de edificaciones posteriores. Las vías, completamente empedradas, partían de plazas centrales como la de Hauscaypata o la de Cusipata. El Cuzco, una ciudad de esplendor inigualable, contaba con un sistema de agua corriente subterránea, que llegaba a cada una de las casas.

Los mercaderes, que llevaban cuatro años confinados en la ciudad, recibieron con enorme alegría la noticia del regreso de Túpac. No deseaban quedarse más tiempo en la capital del imperio, donde se sentían siempre vigilados a pesar de tener libertar para moverse por donde quisieran. Tal como anunció el inca, allí pudieron ver con sus propios ojos la «verdadera riqueza». En algunos palacios existían jardines decorados con plantas, árboles, animales y flores hechos con láminas de oro puro, por no mencionar el cinturón de oro macizo que rodeaba el Templo del Sol: el Korikancha. Ellos nunca habían estado tanto tiempo en un mismo lugar y se sentían atrapados. De manera que al enterarse del regreso de Túpac Yupanqui trataron con empeño de ser recibidos por él, lo que consiguieron pasados unos cuantos días.

Túpac se encontraba en su palacio cuando un sirviente le anunció la llegada de unos hombres que decían ser mercaderes, acompañados de un niño. Al recordarlos, el inca ordenó que les permitieran entrar.

Los mercaderes entraron y se arrodillaron ante Túpac.

—Puedes mirarme, mercader. Ha pasado el tiempo —dijo Túpac, dirigiéndose al hombre con quien había viajado a Auachumbi—, veo que tu hijo ha crecido.

—Así es, señor, mi hijo Cuhuapachi es mayor y se siente

honrado de ser recibido por ti. Me preguntaba, señor, si sería posible que nos dieras permiso para marchar hacia el norte, pues nada tenemos aquí que hacer...

—¿No te gusta el Cuzco? ¿No te agradan sus riquezas?

—Sí, señor —respondió el hombre—, aquí todo es hermoso, pero nosotros somos hombres de aventura, mercaderes acostumbrados a viajar de un lado a otro. Te recuerdo que prometiste dejarnos libres si te enseñábamos el camino a Auachumbi...

—También recuerdo que prometiste llevarme a unas islas repletas de tesoros —replicó Túpac con ironía.

—Discúlpanos, señor, por no haber sabido explicarnos bien. Para nosotros las perlas son un tesoro. Además, la belleza de aquellos parajes por sí misma es una riqueza...

—Tienes razón. A cada cual, lo suyo. Ya ves, mercader, yo me veo obligado a cumplir mis deberes de sapa inca aunque hubiera preferido ser un aventurero como tú. Pero no te preocupes, que yo cumplo con mis promesas. Dentro de poco iniciaré una campaña al norte de Quito y espero que me seas de gran ayuda. ¿Recuerdas que me hablaste de un lugar donde abundaban el oro y hermosas piedras verdes?

—Ese lugar se llama Pasto, señor. Queda más allá de Quito, para llegar se debe atravesar una zona montañosa y volcánica —explicó el mercader.

—Me servirás de guía. Partiremos en cuanto esté preparado.

—Espero poder serte de ayuda. ¿Acaso no te sientes bien de salud, mi señor?

—¡Oh, sí, estoy perfectamente! Mis heridas ya sanaron pero debo cumplir con siete esposas y no sé cuántas concubinas. Eso da mucho quehacer y requiere algún tiempo—terminó diciendo el inca con un gesto que los mercaderes no supieron si indicaba tribulación o ironía.

—Comprendo, señor, es un trabajo delicado. Estaremos listos para partir en cuanto lo ordenes.

—Enviaré a Bahatu y Fahatu a avisarles cuando todo esté preparado.

Los hombres y el niño se retiraron dejando a Túpac pensativo. Debía empezar a planear la próxima campaña. También él era un aventurero, y debía serlo, de lo contrario no tendría razón de ser el inca. Si daba crédito a las palabras del mercader, la nueva empresa parecía interesante. Además, deseaba ir a Tumibamba; el palacio del Cuzco se había vuelto insoportable con todas sus mujeres siempre insatisfechas, reclamando ser las favoritas en su lecho. Dejaría preñadas a unas cuantas y se marcharía al norte. Estaba decidido.

XII

Antes de partir, Túpac se despidió de su tío Chaclla, que se quedaría en el Cuzco pues su salud se había debilitado y no le convenía el largo viaje.

—Quiero ver a Kapulí. Son muchos años ya... Después expandiré el Chinchaisuyo más allá de Quito. Esta vez deseo que permanezcas en el Cuzco, te necesito aquí, serás mis ojos y oídos. Me llevo a los mercaderes, que me servirán de guías e intérpretes.

—Como tú digas, sapa inca —respondió Chaclla inclinándose con excesiva ceremonia.

—No pareces estar muy conforme, ¿sucede algo?

—Querido sobrino, nombraste tukuiricuk a Topa Cápac. ¿Cómo puedes confiar en él?

—Descuida, tío. Durante estos años ha demostrado lealtad y eficiencia. Lo he colmado de honores, le di tierras y servidores; es lo que él necesitaba, obtener mayor rango y atención. No creo que vuelva a tramar nada en mi contra, tiene casi tanto poder como yo mismo.

—Pero no tiene tu corazón —afirmó Chaclla con vehemencia—. Lo tendré vigilado. No me inspira confianza.

—De acuerdo. No espero menos de ti. Ampliaré el Cápac Ñan para mantener la comunicación a medida que avance hacia el Pasto. Y a mi regreso traeré a Kapulí.

Dos semanas más tarde, Túpac Yupanqui emprendió una vez más camino al norte, acompañado de sus sinchis, entre los que se encontraba su hermano Otorongo. El ejército cuzqueño estaba otra vez en campaña. A medida que pasaban por los diferentes pueblos y ciudades a lo largo del Cápac Ñan se les unían tropas de cada ayllu, como de costumbre. Acompañaban a la comitiva los negros Bahatu y Fahatu, anunciando con sus tambores la llegada del inca a cada población. Los melanesios por fin lograban comunicarse con cierta precariedad en runa simi. Se habían convertido en personajes apreciados entre los guerreros incas y Túpac les había obsequiado unas pequeñas orejeras de oro por su coraje en la campaña del sur. Para él era imposible no sentir simpatía por aquellos extraños personajes y los demás, que entendían aquel aprecio, también los trataban con afecto.

Precedidos por la banda real de músicos, dieciséis fornidos y expertos rucanas llevaban las andas en las que el inca entraba en cada pueblo vistiendo los ropajes correspondientes a su etnia. Aquello agradaba mucho a sus runas, lo consideraban un honor. Túpac ponía mucho empeño en mantener en calma a los pueblos conquistados; tras él, su ejército, que cada vez se hacía más numeroso, caminaba en formación a lo largo del camino real.

El Cápac Ñan, uno de los mayores logros del imperio, cruzaba toda la cordillera andina hasta internarse en los alrededores del lago Titicaca, continuaba por el sudeste hasta la región de Salta para desviarse finalmente hacia el reino de los chilis y concluir en el río Maule. Por otro lado, el camino costero que se iniciaba en Manta, en el norte, avanzaba por la costa casi en línea recta hasta el territorio de los chilis en el sur. De ambas vías principales surgían cientos de caminos secundarios hacia valles y apartadas regiones. Prestaba un valioso servicio al ejército incaico. No sólo servía como medio de comunicación, también para el constante aprovisionamiento de las pirhuas donde las legiones imperiales se abastecían de vituallas y demás necesidades.

A medida que pasaba por los pueblos bajo su dominio, comprobaba la buena labor de los mitimaes propagando las costumbres incaicas, implantando el idioma y la organización, propósito fundamental en la unificación del imperio. El intercambio cultural resultaba beneficioso, no obstante las diferencias entres sus runas sureños y norteños; unos, circunspectos y de aire melancólico; los otros, alegres y dicharacheros. Lo lozanía del paisaje, cuyo verdor era producto de las constantes lluvias, lo contagió de buen humor, al punto de sentirse relajado, disfrutando de la música y la compañía de sus sinchis.

El encuentro con Kapulí después de varios años fue tal como lo había imaginado durante tantas noches, su cuerpo tenía necesidad de mujer, pero de una hembra sensual como ella, que con sus formas redondeadas supiera exactamente qué hacer para llevarlo al éxtasis. Sin embargo, bien porque con la madurez le había llegado el discernimiento —sabía que a un gesto suyo podría ser dueño de cualquier mujer que deseara— o porque tenía tendencia a sentirse nostálgico, para Túpac no era suficiente el placer sexual. Volvió a sentir el vacío que Sumaq había dejado en su corazón hacía tantos años, y su idealismo por lo inaccesible hizo que extrañara lo que nunca tuvo.

Antes de proseguir hacia el Pasto, Túpac aprovechó esos días para reorganizar su ejército y para que sus oficiales adiestraran a los reclutas en el uso de las armas.

—¿Te marchas otra vez, mi señor? —preguntó Kapulí, con un ligero tono de reproche.

—Más allá de Quito existen tierras ricas. Te prometo que será mi última expedición.

—Túpac, mi señor, no deseo que te separes tanto tiempo de mí... Fueron muchos los años que estuviste lejos —dijo Kapulí, mientras masajeaba con aceites la espalda del inca, marcada de cicatrices.

—Mujer, no empieces tú también a quejarte... Hago lo que debo hacer. Es mi deber que este imperio sea cada vez más poderoso y por eso es necesario conquistar nuevas tierras.

—Perdón, señor, pero te extrañé mucho.

—Yo también, Kapulí, no sabes cuánto deseé que estuvieras conmigo, pero no hay lugar para mujeres en mi ejército.

—Después de que conquistes a los pastos..., ¿volverás al Cuzco?

—Así debe ser. Ahora soy el sapa inca y no debo permanecer mucho tiempo fuera. Ya estuve demasiado durante la campaña en el sur. Afortunadamente tengo personas de confianza que me mantienen bien informado.

—¿Y volveré entonces a quedar sola?

—Te llevaré conmigo. No tendrás nada que temer.

—Pero si alguien se entera de que fui una...

—Nadie tiene por qué enterarse de nada —cortó bruscamente Túpac. Se volvió y se apoyó sobre uno de sus brazos. Trató de suavizar su actitud y, mirándola directamente a los ojos, añadió—: El único que lo sabe es Chaclla y él no dirá nada. Y si lo hiciera sería hombre muerto. Chihue, el sirviente de mi padre, se quitó la vida cuando él murió, así que no tienes de qué preocuparte.

—No sabré cómo comportarme con las otras mujeres...

—Ya aprenderás... He pensado que será mejor que vivas en el palacio que he mandado edificar en Chincheros. Allá estarás tranquila y nadie te molestará.

Túpac dio por terminada la conversación. Se incorporó y salió al terraplén desde el que se dominaba una maravillosa vista. El cielo limpio de aquella noche permitía ver titilar las estrellas, las mismas que miraba tiempo atrás, cuando únicamente pensaba en Sumaq. ¿Qué sentimientos hubiera despertado en ella saberlo poderoso, conquistador y admirado por tantas mujeres? En aquel tiempo él era un chiquillo que temblaba al sentir su piel, mientras Koullur era todo un hombre... No pudo evitar sentir un leve pinchazo en el corazón. ¡Ah Sumaq! Si me vieras ahora, quizá te hubieras enamorado de mí..., se dijo, y lanzando un profundo suspiro cerró los ojos para dejar de ver las estrellas.

A pesar de la aparente tranquilidad de Tumibamba y de que la Confederación Quiteña se había disuelto hacía años, Túpac presentía algo raro en el ambiente y su olfato nunca le había engañado. Estaba a la espera de noticias de sus confidentes. No pensaba partir hacia Pasto mientras no tuviese la certeza de que todo quedaba en orden. Y estaba en lo cierto: el príncipe Hualcopo conspiraba para recuperar sus tierras. La Confederación revivía gracias a hombres descontentos con las políticas incaicas; Hualcopo aprovechó la situación para unificarlos con una finalidad: vencer a Túpac Yupanqui. Le habían llegado noticias de que el inca se había ablandado. Decían que ya no era el fiero guerrero que tomó el reino de Quito, pues había perdonado la vida a uno de sus hermanos, Topa, cuando organizó un levantamiento en su contra en pleno Cuzco. El rumor se había esparcido por todo el imperio y lo que para unos era grandeza, otros interpretaban como debilidad.

—Señor, es necesario que hablemos —dijo Otorongo hincándose ante su hermano.

—Levántate, hermano, y dime qué sucede.

—El príncipe Hualcopo está reunificando la Confederación,

se le han unido los malacatos, paltas, hiancanbambas, ayapacas, quillacingas, saraguros y, por supuesto, los siempre descontentos cañaris. Pretenden recuperar Quito y Tumibamba y cuentan con gran cantidad de hombres dispuestos a todo.

—Sabía que tarde o temprano Hualcopo reaparecería. Debimos acabar con él.

—Lo sé, Túpac, pero él conoce la selva mejor que nosotros. Estuvo oculto en las montañas todo este tiempo. Nunca quiso aceptar prebendas ni obsequios. Es un hombre muy altivo.

—Y lo respeto por eso. Pero debemos hacer frente a esta situación. ¿Con cuántos hombres contamos?

—Cuarenta mil, preparados para combate. No creo que ellos lleguen a veinte mil, pero conocen el terreno.

—Tenemos hombres que también conocen el terreno. Les atacaremos por diferentes flancos hasta hacerlos salir de las montañas. Ordena a los sinchis que preparen las tropas, debemos tomarlos por sorpresa.

Dos días después, el ejército incaico se hallaba dividido en cuatro legiones. Atacarían por el norte, el sur y el oeste. La legión de los temibles runruyoc auquis avanzaría como siempre por el centro. Según sus espías, los hombres de Hualcopo se hallaban diseminados por la selva, así que primero envió un contingente de soldados conocedores de la zona para que los arrinconaran. Esta vez no intervino la banda de músicos; era una guerra diferente, que había que enfrentar con la misma estrategia del enemigo: el sigilo.

Fue una de las primeras guerras libradas de tal manera. La selva, sacudida por gritos y exclamaciones de dolor, fue cubriéndose de sangre. El ejército imperial obligó a la gente de Hualcopo a salir de la selva y enfrentarse a las numerosas legiones incaicas, con Túpac al frente dirigiendo el ataque. Fue una lucha sin cuartel pero, por segunda vez, no pudieron atrapar a Hualcopo, el cabecilla, que se internó en la selva de Imbabura con el remanente de su ejército. Despareció como si se lo hubiesen tragado las montañas.

Túpac ordenó que a los prisioneros se les cortase la lengua y fueran colgados en troncos en las calles de Quito y Tumibamba. Una orden de extremada crueldad poco usual en él, pero tenía la esperanza de que, a la vista de semejante castigo, Hualcopo se rindiera para el bien de su gente. Pero los sacrificados permanecieron atados en los troncos y Hualcopo no dio señales de vida. Fue una guerra donde, por primera vez, no hubo prisioneros. Sacrificaron al resto de cautivos cortándoles los brazos y soltándolos a la selva para que sirvieran de ejemplo a quienes osaran levantarse en su contra. De esa manera Túpac pensaba acallar los rumores de su pretendida debilidad.

Quito y Tumibamba olían a muerte ¡Y cómo hedía la muerte! Los mitimaes cuzqueños se arremolinaban al principio alrededor de los cuerpos clavados en los postes, los desgraciados aullaban para que les diesen muerte pero nadie escuchaba su súplica. En poco tiempo los prisioneros se convirtieron en cadáveres y estos en alimento para carroñeros. Por primera vez Túpac sintió en su corazón que era necesaria la crueldad para que la gente entendiera. Y bajo la pestilencia vio resurgir su poder y saboreó el terror que despertaba a su paso.

—¿Era necesaria tanta crueldad? —preguntó Kapulí. El hedor de la carne descompuesta impregnado en el aire hacía irrespirable el ambiente pero, más que eso, la sensación de fatalidad que intuía en Túpac trajo a Kapulí tristes sentimientos.

—No comprenderías, Kapulí. Para que el hombre respete la autoridad debe conocer la crueldad.

—Antes no pensabas así.

—He dado orden de que retiren los restos —se limitó a decir, dando por concluida la conversación.

Pasados unos días, Túpac mandó llamar al menor de los mercaderes, que acudió aterrorizado. Jamás había visto tanta masacre y empezaba a conocer la parte oscura del inca. Se acercó con el rostro demudado.

—Mercader, ha llegado el momento de dirigirnos hacia la tierra de los Pastos de la que tú me hablaste.

—Sí, señor... Es un camino difícil y arriesgado, los precipicios pondrán en peligro a tus hombres, señor.

—¿Conoces bien ese camino? ¿O... es otro de tus cuentos? —dijo Túpac mientras sus ojos se empequeñecían al mirarlo.

Temía que sus sospechas fueran ciertas y el desdichado no conociera la ruta a aquella fabulosa tierra.

—Lo conozco, sí, señor. Sólo quería que supieras que no será fácil. Hay otra ruta menos complicada, es más fácil llegar por la costa, ir por mar y desembarcar para adentrarnos en la sierra. Luego de unos cuatro días de camino podríamos llegar a Pasto —respondió apresuradamente el mercader—, el problema es que en esa ruta encontraremos a unos feroces guerreros: los chibchas.

Túpac lo observó en silencio antes de responder.

—Si vamos por mar, no podríamos llevar animales de carga con las provisiones y el equipo que necesitamos... Además, no deseo una nueva travesía marina. Iremos por tierra. Si es necesario enfrentaremos a los feroces guerreros —dijo Túpac con sarcasmo.

—Es vital llevar alimentos. Agua, no tanta; la hay en grandes cantidades, ya lo verás tú mismo, señor. Por tierra hemos de ir en dirección a los Andes. Pasto es un caserío enclavado entre las montañas andinas.

—Dime, mercader, ¿cómo fue que llegaste allí?

—Mis parientes y yo acostumbramos aventurarnos por pueblos y ciudades buscando hacer algún intercambio de mercancías, señor. Cambiamos perlas por alimentos, o por oro, llevamos algo de aquí, traemos algo de allá, así pasamos nuestra vida, conociendo un poco de todo.

—¿Viste reinos muy grandes en tu largo andar? No me cuentes cuentos. Dime la verdad.

—Vi cosas extraordinarias pero nunca ciudades tan ricas y poderosas como tu imperio, no, señor —respondió con sinceridad el hombre—. Hay pueblos que tienen mucho oro, tanto, que se cubren el cuerpo con polvo de oro y luego se sumergen en el agua para efectuar rituales religiosos. En la tierra de los pastos existen unas piedras verdes, que pulen para que queden brillantes y preciosas. Fundiendo el oro, hacen con ellas joyas de gran valor. Esas piedras son muy buscadas más al norte, donde hay tribus que las usan a su vez para intercambio. Son los chibchas, tienen un gobierno muy fuerte, algo similar a tu imperio, señor, pero menos extenso. Trabajan muy bien el metal y cuando llevamos oro y piedras verdes, ellos a cambio nos entregan grandes cantidades de granos, carne y nos permiten vivir en su ciudad el tiempo que nosotros deseemos.

—Esos guerreros... ¿tienen ejércitos como el mío? —preguntó Túpac con interés.

—Son bravos guerreros, sí, señor. Aunque su ejército no es tan grande, por lo menos no lo era hace... ¡Llevo tantos años en tu reino!, señor. Tal vez ahora sea diferente, hace tiempo que no los visito —terminó diciendo el mercader con nostalgia, mientras lanzaba un suspiro.

—Si lo que me dices es cierto y ellos tienen tantas riquezas, creo que valdrá la pena conocerlos. Tal vez quieran formar parte del Tahuantinsuyo.

—Lo dudo, señor, ellos también son fuertes. No son tribus pequeñas, son pueblos organizados, casi tanto como el tuyo.

—Conoces mucho de todo, mercader... Espero que recuerdes la ruta a través de los Andes porque hacia allá iremos. Prepárate, debemos estar listos para el camino y para dar la batalla.

—¿Yo, señor? —preguntó temeroso el hombre. Eso no entraba en sus planes.

—Sí, señor. Desde ahora te nombro embajador agregado a mi ejército —decidió Túpac con una sonrisa—. Sabes hablar su lengua, supongo,

—Por supuesto, señor, pero no creo poder ser embajador.

—Ya aprenderás. Tú sólo sigue mis instrucciones y todo saldrá bien.

—Pero ellos son mis amigos, no puedo batallar contra ellos. Además, yo no soy un guerrero, nosotros no somos...

—Mercader, ¿estás diciéndome que eres un cobarde?

—Sí, señor. No, señor, no quise decir eso. Yo soy pacífico, no acostumbro pelear, soy un negociante.

—Mejor aún, así podrás negociar con ellos a favor nuestro. No te preocupes, pronto aprenderás todo lo que hay que saber de la guerra —dijo Túpac bromeando. Él sabía muy bien que aquellos hombres no servían para la lucha.

—Sí, señor. Lo que tú digas —contestó el mercader bajando la mirada.

—Deberías estarme agradecido por la distinción del cargo

que te estoy otorgando. No es fácil llegar a ser el embajador del sapa inca.

—Te agradezco infinitamente, señor... Sólo deseo que, después de llegar allá, me dejes en libertad.

—Veo que eres un desagradecido, mercader, ¿acaso no te he tratado como mi invitado durante todos estos años? Pero, si así lo deseas, está bien. Te doy mi promesa de que cuando lleguemos a la tierra de los pastos podrás partir.

—¡Gracias! ¡Gracias, señor sapa inca...!

—Basta. Empieza a prepararte, calculo que en cinco días estaremos en camino.

—¿Me permites llevar a mis parientes? Porque una vez allá, podríamos retirarnos juntos...

—Está bien, siempre y cuando no estorben —concedió Túpac. Al mismo tiempo pensaba en los negros Fahatu y Bahatu. ¿Qué haría con ellos? Tal vez sería bueno llevarlos, les serviría para endurecerse.

—Gracias, señor...

Antes de que el hombre siguiera con su perorata, el inca hizo un ademán con la mano indicándole que podía retirarse. Su mente se hallaba ahora en los preparativos para aquella nueva expedición. Caminos peligrosos, abismos y precipicios, feroces guerreros había dicho el mercader pero ¿acaso no era eso a lo que él estaba acostumbrado? Por un momento pasó por su mente la idea de perder lo ya conquistado, pero sólo fue un instante. Regresó a él su acostumbrado tesón y ordenó a los sinchis que empezaran a preparar la marcha. Necesitaba con urgencia a Kapulí, parecía que cuanto más era su ansiedad, mayor su sensualidad.

XIII

Kapulí conocía bien ese sentimiento, una mezcla de pasión y deseos de dominación que se apoderaba de Túpac. Sabía que debía complacerlo y lo hacía no sólo por él; también para su propia satisfacción. Era como llenar un aríbalo hasta el borde, como si de ese modo pudiera conservar su contenido por más tiempo. Nunca estaba segura de cuándo lo volvería a ver una vez que partiera; quizá regresara directamente al Cuzco y pasaran otros tantos años. Era el poderoso sapa inca, hegemónico como su propio imperio, cada vez más parecido a su padre, y al mismo tiempo tan diferente. No había podido darle un hijo, ¿qué maldición pesaría sobre ella? Tal vez fuese un castigo de los dioses por haber sido una pampayruna. Se acarició el vientre estéril mientras el deseo volvía a apoderarse de ella y, como si Túpac lo supiese, sintió su poderosa mano en sus pechos. Ambos se entendían bien y aquella despedida de madrugada no pasó desapercibida a la guardia que siempre resguardaba la entrada a sus aposentos.

A la salida del sol Túpac ordenó a sus sinchis que preparasen todo para la marcha y aleccionó con energía a su sirviente sobre los últimos detalles. Los hombres de su ejército formaron frente al palacio de Tumibamba. El sonido de las porras contra los escudos se escuchaba acompasadamente, un sonido al que Túpac estaba acostumbrado; era la llamada que precedía a la marcha o al combate. Los soldados demostraban así que estaban listos y a la espera de que él apareciese.

Sin ocultar la ansiedad que aquella llamada lenta, intermitente y, para ella, macabra le producía, Kapulí miró a Túpac con los ojos empañados.

—Es la hora, debo partir —dijo él, besando con ternura a Kapulí.

Salió de palacio y el mar de hombres se hincó en silencio ante su presencia, por última vez en la expedición, pues durante la campaña él sería uno más de ellos. Se puso a la cabeza del ejército imperial y dio el primer paso hacia su ansiada conquista del Pasto. Kapulí permaneció inmóvil en la terraza de la habitación hasta que vio desaparecer al último soldado y cuando el sonido de las quenas y el retumbar de los tambores se perdieron en la lejanía, un profundo suspiro escapó de su pecho. La última campaña, le había prometido esa madrugada el hombre que amaba. Después irían a la capital del imperio, junto a la temida coya.

Ajeno a los sentimientos de Kapulí, Túpac tenía puesta toda su atención en su nueva aventura. Después de dejar atrás Quito, una patrulla guiada por el mercader se había adelantado para inspeccionar el terreno. Cada cierto tiempo llegaba un chasqui con noticias que se tornaron recurrentes. El camino estaba desguarnecido, no se divisaba a nadie. Caminaron durante días en constante ascenso, acampaban entre montes y precipicios. La avanzadilla de reconocimiento dejó de adelantarse y se sumó al grueso de la expedición que, abrigada con unkus de alpaca, soportó con estoicismo el frío. Una marcha que por momentos se debía hacer en fila, unos detrás de otros, porque la estrecha ruta natural no daba cabida para más.

Después de varios días, una abertura entre la densa niebla dejó ver por unos minutos una columna de humo que ascendía un tercio más alto que la montaña donde se encontraban. El viento traía intermitente el olor nauseabundo del azufre; se hallaban en las estribaciones de un volcán. La columna de humo se volvió negra y el hedor lo invadió todo. Los sacerdotes lo tomaron como un mal presagio, una señal de advertencia por invadir terrenos sagrados. Ante su insistencia, Túpac acordó arrojar dos llamas al precipicio como ofrenda a Pachamama, la diosa de la tierra, protectora de los rebaños. Apenas lo hicieron sobrevino una tormenta; los nubarrones oscuros subían, bajaban y giraban alrededor de la cumbre, formando extraños remolinos. El sonido silbante de las fuertes corrientes de aire rebotaba contra los recovecos de las paredes rocosas causando ecos ensordecedores. El humo negro descendió hasta el fondo de un valle que se divisaba lejos, abajo.

Entre las hendiduras de la roca dieron con una amplia cueva y bastantes de los soldados se guarecieron en ella. Junto al borde del precipicio, el resto de los hombres aguantó hasta que los vientos amainaron pero, cuando se disponían a reanudar la marcha, empezó una lluvia de granizo que golpeó inclemente todo lo que encontró a su paso. En cuclillas, pegados a las paredes del volcán como si fuesen extrañas esculturas, una interminable fila de bultos oscuros esperaba; resaltaban sobre el blanco grisáceo de las laderas del cráter, no podían hacer nada más que cubrir sus cabezas con los escudos. No se atrevían a moverse, mucho menos a caminar, por temor a resbalar con el granizo que cubría el precario sendero. La noche los alcanzó en esa posición y quedaron así hasta el amanecer.

A las primeras luces del alba el clima empezó a mejorar. La gente comenzó a incorporarse, tratando de dar movimiento a sus entumecidas extremidades y frotándose las manos para entrar en calor. Reanudaron la marcha para llegar al valle que avistaban desde hacía un par de días. No obstante, primero debían seguir ascendiendo hasta encontrar la ruta que, según el mercader, los conduciría hacia abajo. Túpac alentaba a su gente, los animaba con su ejemplo, mientras indagaba con el guía cuál era la ruta más adecuada para la gran cantidad de auquénidos que llevaba consigo.

El hombre conocía el camino pero advertía con preocupación que el entorno había cambiado. Al inca le pareció que no avanzaban, el valle estaba tan alejado como al comienzo. El trayecto se hacía interminable. Algunas llamas resbalaron en el fango y arrastraron al precipicio a los hombres que las guiaban. Finalmente, avistaron una planicie desde donde partía el camino que bajaba hasta el valle. Empezaron el peligroso descenso, lento, dificultado por los derrumbes provocados por las lluvias. Ya no caía granizo y durante el día el calor empezaba a hacerse insoportable. A medida que disminuía la altitud, los matorrales, al principio incipientes, se convirtieron en verdaderas junglas. Pronto dejaron atrás los precipicios y el suelo se volvió llano, un inmenso lodazal que se extendía varios centenares de metros frente a ellos.

Túpac remontó una pequeña loma para observar el terreno cuando un griterío desesperado llamó su atención. Acudió al lugar y no pudo dar crédito a lo que veía: el lodazal era una terrible trampa, no tenía fondo. Las primeras llamas que trataron de atravesarlo quedaron atrapadas y se hundieron con su carga sin remedio. Los hombres que las guiaban fueron rescatados con sogas.

—¿Dónde está el mercader? —preguntó Túpac, furioso.

Unos soldados lo trajeron.

—Mi señor, este lodo no era tan profundo cuando yo pasé antes por aquí. Ya te advertí de la abundancia de agua en esta zona —se apresuró a explicar, aterrorizado. Arrodillado ante el inca, tenía el rostro pegado al fango.

—Álzate y responde: ¿conoces otro camino? Todo aquí está cubierto de lodo, no hay manera de avanzar.

Túpac sabía que no podía culpar al mercader de las condiciones del clima pero su naturaleza pragmática le inducía a buscar una solución cuanto antes. La gente empezaba a inquietarse y los sacerdotes presagiaban que el dios Inti los estaba castigando por haber violado tierras sagradas.

—Podríamos ir hacia poniente. Es un camino boscoso, selvático, y la vegetación da consistencia al terreno. Los animales podrán atravesarlo sin dificultad.

La expedición cambió de rumbo; aunque significara un retraso, era inevitable. Al poco tiempo de internarse en la jungla fueron detenidos por otro tipo de barrera natural: enormes, monstruosos troncos de árboles de dos o tres metros de diámetro yacían sobre el suelo; tan pesados, que requerían la fuerza de treinta hombres para moverlos unos pocos metros, porque era imposible cortarlos. Los árboles habían arrastrado a otros en su caída, formando una barricada infranqueable. La jungla era tan espesa que no había espacio suficiente para el paso de los animales, obligándolos a desviarse un trecho casi tan largo como el que los había llevado hasta allí. Pero cuando pensaban que podían progresar, otros lodazales menores formados por las constantes lluvias volvían a impedirles el paso. Túpac comprobó que, en efecto, agua era lo que allí más abundaba. El barro les llegaba a las rodillas y tuvieron que dar un largo rodeo. Era la única forma de seguir, pues para las llamas era imposible transitar por aquel lodo pegajoso.

El mercader y sus parientes estaban asustados; años antes, cuando ellos cruzaron las montañas, la situación fue diferente. El hombre trataba de escabullirse entre la gran cantidad de gente que componía la expedición, aun a sabiendas de que en cualquier momento sería solicitado por el Inca. Tal como presentía, los melanesios lo encontraron y, con grandes sonrisas dibujadas en sus caras, le dijeron en su lengua polinesia que el inca reclamaba su presencia.

—Mercader... —empezó diciendo Túpac, sentado en la rama de un gigantesco tronco caído, mientras terminaba de desprender el grueso barro seco que tenía pegado a las piernas—, no me contaste todo esto. ¿Hay algo más que deba saber? —Su voz sonaba tranquila, pero el mercader, conociéndole, sabía que por dentro debía estar ardiendo como el volcán por cuya falda habían pasado.

—Señor..., te dije que el camino por mar era el más adecuado —murmuró el hombre con la boca pegada al barro del piso.— Ya falta poco, sí, señor.

—Nunca hablaste de volcanes, lodazales, troncos del tamaño de mi palacio en el Cuzco, ni de la plaga de mosquitos que está acabando con nosotros. Me dijiste que se podía tomar esta ruta, pero ¿acaso estos troncos te parecen ramas sobre las que se puedan caminar?

—Perdóname señor, te lo suplico, todo esto ha cambiado mucho desde la última vez que vine, señor. Hace diez años.

—Antes me dijiste cinco.

—Sí, mi señor taita, pero esa vez llegué a Pasto por mar.

El hombre estaba agotando la paciencia de Túpac.

—Lo único que necesito saber es cuánto tiempo más habremos de soportar esta travesía —preguntó Túpac, pensando que hubiera sido mejor enfrentar a los llamados chibchas por el lado del mar y no haber embarcado las llamas.

—Yo calculo que ya debe faltar muy poco, sí, señor, porque ya vamos bajando. En cuanto nos acerquemos al valle que vimos desde arriba todo será hermoso, ya verás que habrá valido la pena el trayecto —dijo el mercader. Las palabras le salían tan rápidas que se le atragantaban.

—Espero por tu bien que esta vez digas la verdad. —Fue la lacónica contestación de Túpac. En su voz se percibía una clara amenaza.

Tras dos días más de camino, y para fortuna del mercader, se desplegó una de las más hermosas escenas naturales vistas por ellos. Un valle a mil ochocientos metros de profundidad desde la altura donde ellos se encontraban. En una de las gargantas del monte nacía una cascada cuyo rocío formaba un espectacular arco iris. A medida que bajaban, el clima se volvía más agradable; el paisaje, multicolor. El maravilloso panorama que únicamente podía brindar una cordillera tan monumental como aquella los dejó extasiados. Todo era proporcionado: la forma, el tamaño de los contornos, la profundidad de sus valles, la altura de las caídas de sus aguas de sonido atronador, majestuoso. Los incaicos, a pesar de estar acostumbrados a sus escarpadas montañas andinas, se impresionaron con aquel espectáculo. A medida que se acercaban divisaron un río, trescientos metros más abajo. Túpac lo llamó Angasmayu. Provenía del gran lago formado por la cascada. El corto trecho fue salvado con premura, deseaban ansiosos acampar en un sitio seguro; todos estaban agotados.

Habían llegado a Pasto, según el mercader, pero no había nadie a la vista, parecía que nunca hubiera vivido un ser humano en aquellos territorios. Tomaron el lugar y montaron un enorme campamento. Unos hombres empezaron a ocuparse de preparar alimentos, mientras otros iban por leña y hojas secas para hacer fuego. Había abundancia de peces y también de cerdos salvajes. Túpac se encontraba un tanto perplejo por no encontrar resistencia de ningún tipo. Mandó por el mercader.

—Mercader, ¿es éste el sitio llamado Pasto? Aquí no hay nadie...

—Sí, señor, no te confíes. Cerca deben estar los pastos, quillacingas, tulcanes bracamoros y caranquis. Son tribus dispersas, no muy guerreras, pero ¡quién sabe...! Ha pasado tanto tiempo desde mi última visita a este lugar que tal vez los chibchas los hayan dominado —explicó el mercader.

—Los chibchas... Otorongo, debemos organizar patrullas armadas de reconocimiento —ordenó a su hermano, que estaba a su lado.

Dirigiéndose a otro sinchi ordenó fraccionar el ejército y ponerlo en alerta, por si había que entrar en combate en cualquier momento. Se dividieron en tres secciones, cada una situada a suficiente distancia de otra, resguardadas por la vegetación; no era conveniente que acampasen todos en un mismo lugar.

Túpac estaba en un territorio desconocido por ellos pero no era la primera vez que eso sucedía. Comprendía que aquellos pastos, quillacingas y demás, podrían estar observándolos. El despliegue de sus fuerzas sería suficiente para intimidarlos. Pero, si fueran los aguerridos chibchas los que estuvieran al acecho, habría que entrar en batalla. El único que sabía la lengua de los chibchas era el mercader; sólo esperaba que no hiciera de las suyas y se dejase llevar por su instinto mercantilista.

Al atardecer, un movimiento puso en alerta a todo el campamento. Un contingente de soldados que regresaba con el mercader traía consigo un grupo bastante nutrido de hombres y mujeres. Uno de los soldados separó a los hombres de las mujeres y los agrupó a uno y otro lado, a unos cuarenta pasos del Inca. Túpac observó a una pareja de jóvenes que, tomados de la mano, forcejeaban para no separarse. La mujer llamó su atención. A pesar de la distancia, le pareció reconocer un rostro familiar... Tan familiar que su corazón empezó a latir apresuradamente, y tan abstraído estaba en su contemplación que no se dio cuenta de la presencia del mercader que, arrodillado a su izquierda, pedía hablar con él. Su hermano Otorongo cubrió involuntariamente con su cuerpo el objeto de su atención.

—Túpac, señor..., es necesario que escuches lo que tiene que decir el mercader.

—Levántate y habla, mercader —ordenó Túpac, distraído.

—Señor, encontramos a esta gente escondida en una mina de oro que ellos llaman Juanambú. Casi todos pertenecen a tribus diferentes, la mayoría de ellos salieron huyendo de sus caseríos y se juntaron formando este grupo. Son trescientas cuarenta personas, entre hombres, mujeres y algunos niños.

—¿Quién es el jefe? —preguntó Túpac.

—No tienen jefe.

—No lo creo, tal vez estén preparando una emboscada. Esperemos a que regrese el resto de los soldados que fueron a explorar. ¿Cómo es su pueblo?

—No es propiamente un pueblo, señor. Son chozas mal construidas dispuestas en forma desordenada. Se alimentan de la caza, no cultivan la tierra porque dicen que por aquí no se da bien el maíz. Ni cultivan papa. Pero crecen silvestres el camote, la pituca y la mandioca.

—Aquí hay agua suficiente para regadío, en los Andes tenemos peores tierras y las cultivamos; tal vez ellos no sepan hacerlo. Debemos poner orden a esta situación. Busca al más anciano de ellos.

Después de su acostumbrada inclinación, el mercader caminó en dirección al grupo de gente y al cabo de un rato regresó con un hombre de avanzada edad. Lo obligó a arrodillarse ante el sapa inca al igual que él y esperó a que éste diera alguna orden.

—Álzate, anciano. ¿Qué lengua hablas?

—No conozco su lengua, pero puedo entenderme con él en chibcha, señor —intervino el mercader.

—Venimos huyendo de los chibchas, son gente mala, nos tenían esclavos y nos azotaban, agarraron a nuestras mujeres y mataron a las ancianas, de los mayores únicamente quedo yo. Los que estamos aquí somos los que pudimos escapar —explicó el hombre.

—¿A qué distancia se encuentran los chibchas?

—Hacia el levante, están como a tres lunas de camino. Nosotros escogimos esta región por ser de difícil acceso. Ellos temen al volcán.

—Anciano, yo cuidaré de ti y de tu pueblo. Les enseñaré una mejor vida, no les faltará nada, lo único que deben hacer es seguir nuestras costumbres y las reglas que les impongamos. He venido para hacer de ésta una región próspera y anexarla al Tahuantinsuyo —explicó Túpac despacio, mientras el mercader traducía a uno y otro.

—Gracias, señor, pero yo no soy el jefe, sólo soy uno más.

—¿Existen otros pueblos por los alrededores?

—Si los hay, no los hemos visto. Llevamos cinco lunas aquí y nadie ha venido.

—Puedes retirarte, anciano, ve y dile a toda esa gente lo que te he explicado.

Túpac dio por terminada la conversación.

—Señor..., si me permites, creo que los chibchas están muy lejos y no vendrán por estas tierras. ¿Recuerdas tu promesa?

—Sí, la recuerdo, pero antes de irte debes enseñarme el camino de la costa para regresar a Tumibamba. Iremos con un grupo de soldados para que construyan una balsa que nos lleve rumbo a Manta. Espero que recuerdes cuál es el camino.

—Como tú digas, señor —respondió el mercader, lanzando un profundo suspiro—. El camino es sencillo, sólo debemos seguir el curso del río, no queda muy lejos.

Túpac volvió el rostro y miró al mercader. Le sorprendía que todo le pareciera tan cerca.

—Mercader... —dijo Túpac en tono discreto—, ¿quién es esa joven, la del cabello largo que tiene unas argollas de oro?

—Ella y su hermano fueron hechos prisioneros por los chibchas y lograron escapar, señor. Dijeron que están aquí desde hace muy poco tiempo. Ella es muy hermosa, ¿verdad, señor?

—¿Son esposos? —preguntó el inca, ignorando la apostilla.

—No, señor. Por aquí no existe esa costumbre. No se casan entre hermanos. No pertenecen a la nobleza —agregó el mercader, respetuoso.

—Ah... —Fue todo el comentario que hizo Túpac.

Con un gesto dio permiso para que el mercader se retirase y siguió observando a la joven, evitando ser demasiado obvio. Luego de un rato, mandó buscar a Otorongo para trazar los planes definitivos de su asentamiento en Pasto.

Mandaría traer gran cantidad de constructores para que edificaran un pueblo similar a los que formaban parte del imperio y, sobre todo, para que construyeran un camino desde Quito hasta Pasto. Túpac sabía que su gente había vencido toda clase de obstáculos al construir el Cápac Ñan, atravesando zonas tan agrestes como las que ellos habían cruzado. Si fuese necesario, se construirían puentes colgantes, o abrirían montes cavando túneles, Madera había en abundancia y roca también, aunque un poco porosa, diferente de la que estaban acostumbrados a usar, pero siempre supieron utilizar el material disponible para sus propósitos.

Una vez avanzados los trabajos de los caminos, enviaría mitimaes para que implantaran las costumbres incaicas.

También debían construir un templo al dios Inti. El mercader había hablado de una mina de oro por las inmediaciones. Debían ocuparse del trabajo en las minas... En cuanto a las piedras verdes, esperaba que con el tiempo pudieran encontrar los lugares donde se hallaban aquellas famosas piedras. Dejaría allí una importante guarnición de soldados. Otorongo se haría cargo.

Su hermano notó el interés que despertaba en Túpac la joven de las argollas. Se atrevió a preguntarle si le gustaría verla de cerca. Túpac no hizo sino un pequeño gesto de asentimiento, sin demostrar apenas interés. De un momento a otro se había refugiado en sí mismo; sentimientos que hacía mucho tiempo creía haber dejado atrás se empezaban a alojar en su pecho y tenía miedo de ellos. Vio alejarse a Otorongo y dirigirse hacia la joven. Les dio la espalda y entró en la habitación que habían levantado para él. Una gran tienda con el piso cuidadosamente limpio de pedruscos y hierbas, cubierto por mantos de alpaca. A un lado, una gruesa manta le serviría de cama. Se sentó sobre uno de los ricos tejidos y se dispuso a esperar la llegada de la mujer, reprimiendo su ansiedad. Aún no sabía cómo se entendería con ella, él no sabía hablar chibcha, el mercader le había enseñado sólo unas pocas palabras.

Oyó ruido fuera y apareció su hermano con la joven. Otorongo se descalzó y, una vez dentro, puso una rodilla en el piso y obligó a la mujer a hincarse ante su hermano. Hizo gesto de cerrar el cortinaje de la tienda al retirarse pero Túpac se lo impidió.

—Deja la entrada abierta, hermano.

La joven seguía arrodillada, con la cabeza baja. Túpac decidió probar suerte en runa simi.

—Puedes mirarme. —La joven no hizo movimiento alguno que indicara que había entendido.

—Puedes mirarme —repitió Túpac, en arawak.

Para su sorpresa, la joven levantó el rostro. El desconcierto por su reacción aumentó al ver el rostro de la muchacha. Le parecía estar viendo a Sumaq. Llegó a pensar que los dioses se la habían traído de regreso, su mismo rostro perfecto de enormes ojos negros, su cuerpo grácil, tan diferente de las mujeres andinas que estaba acostumbrado a poseer. No daba crédito a lo que veía, trató de calmarse y, volviendo a la serenidad que correspondía a su rango, le preguntó con voz suave:

—¿Me entiendes?

La respuesta fue inesperada.

—Sí, señor.

—Siéntate y conversemos —dijo Túpac en el mismo tono suave y calmado.

La joven obedeció y se sentó frente al inca sobre una de las mantas que cubrían el piso. Sus movimientos eran delicados, su mirada reflejaba temor, respeto, o tal vez algo de rabia e impotencia. Aquella joven había huido de sus captores y en ese momento se encontraba de nuevo cautiva.

—Hablas arawak... Yo aprendí esa lengua cuando era muy joven... —Túpac no encontraba la manera de empezar una conversación con ella. —¿Cuál es tu nombre?

—Imktúa, señor.

—¿Tienes familia?

—Sólo a mi hermano. Mis padres y el resto de mis parientes fueron asesinados por los chibchas.

Túpac se puso de pie y tomó de la mano a la joven para alzarla, en un inusual gesto de cortesía ante alguien que no perteneciera a la nobleza.

—Eres muy joven... ¿Qué edad tienes?

—Diecinueve años, señor —respondió ella, haciendo un imperceptible gesto de desagrado al sentir la mano del inca levantarle la barbilla.

Túpac sintió su rechazo, el simple gesto le recordó los aciagos momentos vividos con Sumaq tantos años atrás, que conservaba indelebles en su corazón. Retiró la mano del rostro de Imktúa y, después de mirarla, dijo con suavidad, conteniendo su frustración:

—Puedes irte, Imktúa. Ve con los tuyos.

La muchacha se arrodilló ante el inca, bajó la cabeza hasta tocar el piso con la frente y se retiró con rapidez.

Al ver su huida, lo invadió una profunda tristeza. El amor que había creído olvidado volvía a hacer palpitar su corazón, esta vez por alguien que parecía el fantasma de su amada.

Al cabo de unos momentos salió de su tienda; los últimos rayos de sol esparcían su luz fantasmal tras los picos nevados que rodeaban el valle. Túpac encaminó lentamente sus pasos hasta el Angasmayu y se detuvo para ver correr sus aguas brillantes, que reflejaban los postreros rayos. Se quitó la túnica y se zambulló en sus gélidas aguas. Estuvo allí un buen rato, nadando contra la corriente hasta agotarse. Al salir, temblaba de frío. Su sirviente lo envolvió con una gruesa manta y lo acompañó a su tienda donde la cena ya estaba servida.

Otorongo observó con extrañeza la escena, no comprendía por qué su hermano no aprovechaba la ocasión para solazarse con la joven. Nadie se lo hubiera reprochado, todos sabían que Túpac era rígido en extremo con las reglas que él mismo imponía respecto a no tener mujeres mientras estuvieran en campaña, pero aquello no era precisamente una guerra. Se limitó a encogerse de hombros y no inmiscuirse. Túpac se mostraba demasiado rígido en algunos aspectos. A veces le parecía que no disfrutaba realmente de las mujeres sino que ejercía su potestad porque su cargo así lo requería.

Había sido una larga y agotadora travesía. Con el crepúsculo, el campamento quedó en silencio. Sólo los rezagos del humo de las fogatas parecían tener vida, mientras el sonido de los grillos y el croar de las ranas invadían la noche.

XIV

Túpac miraba el paisaje agreste alrededor, una infinita tonalidad de verdes que se abría como un ramillete ante sus ojos. Tal vez el único obstáculo, pensaba, sería el difícil acceso a aquella región de ensueño. Se preguntaba si valdría la pena fijar Pasto como límite nororiental del imperio. ¿Estarían los mitimaes preparados para una existencia tan alejada del Cuzco? Era la primera vez que se hacía esa pregunta. Había mucho trabajo por delante; empezaría por hacer un reconocimiento del poblado construido por los esclavos que huyeron de los chibchas. Preservaría lo que fuera útil, arrasando lo demás, y dejaría sentada la base para un ayllu. Dio media vuelta y se dirigió hacia el grupo de sinchis que lo aguardaban. Debía reunir a los habitantes, sus nuevos runas, para explicarles con claridad lo que esperaba de ellos.

Su intención era partir de Pasto lo antes posible, regresar a Quito y de allí a Tumibamba para planear su vuelta definitiva al Cuzco.

—Prepara una escuadra de soldados para que me acompañen; iré al asentamiento de esa gente, quiero ver en qué condiciones está antes de partir —dijo Túpac a su hermano.

—¿Regresarás ya a Tumibamba?

—Así es. Y de allí a la capital. Aquí no recibo noticias, el sistema de chasquis aún no funciona como debe. No puedo estar mucho tiempo alejado del Cuzco.

—Supongo que me dejarás aquí —comentó Otorongo.

—No encontraría a otro mejor para esta empresa, hermano. Además, sabes hablar arawak. Serás gobernador de las tierras de Pasto. Antes de partir haré público tu nombramiento. Procuraré que sea por corto tiempo, buscaré a quien te sustituya, pero te necesito aquí ahora.

—¿Cuántos hombres te acompañarán?

—Los de siempre, veinticinco a lo sumo. Pero llevaré un contingente de soldados hasta la desembocadura del río Angasmayu. Después de construir las embarcaciones necesarias los enviaré de regreso.

—Te llevarás a Bahatu y Fahatu...

Túpac miró a su hermano, captando la ironía de la sugerencia.

—Hermano, me traen suerte. Si no fuese así, ten la seguridad de que los dejaría.

Acompañado por su escolta, caminó el trecho que lo separaba del poblado. Un lugar ideal para edificar una ciudad, situado en una planicie no muy lejos del río, él no habría encontrado un sitio más idóneo. No existía peligro por la crecida del río y se encontraba cerca de la zona boscosa. Hechas con juncos y pedazos de madera, las chozas más parecían refugios que viviendas. Su disposición completamente al azar sin orden de ninguna clase lo convenció de que allí no había nada que conservar. Permitió a los antiguos moradores recoger sus pertenencias y mandó quemar todo. Los mismos habitantes, junto a sus hombres, empezarían la construcción de un pueblo al estilo incaico.

Fue hacia una zona despejada y se puso en cuclillas, sostuvo en un puño la tierra y la deslizó entre sus dedos. Era muy áspera, parecía polvo blancuzco, y no se equivocaba, pues en aquella región abundaba la piedra pómez. Debían buscar un mejor lugar para los cultivos de maíz. Tal vez en las laderas de la montaña en dirección a occidente, pensaba Túpac. Allí los vientos serían desviados por la propia cordillera. Con el sistema de andenes y el agua de las numerosas lagunas alimentadas por el deshielo —que se encontraban en forma escalonada, con cascadas entre unas y otras— se podría preparar magníficos terrenos de cultivo. Con ellos y la ciudad que edificaría en la planicie lograrían domeñar aquellas lejanas y ásperas tierras con alto contenido de azufre. Se puso en pie, escupiendo la tierra que se había llevado a la lengua para probarla. Al levantar la vista vio a Imktúa que, no muy lejos, lo observaba.

Continuó inspeccionando del lugar, seguido por sus hombres. La cordillera era verde por un lado y rocosa por el otro, con grandes salientes de piedra, imponente como los mismos Andes de su tierra natal. Los saltos de agua, especialmente el que surgía de una gruta dentro de la montaña, caían espumeantes y su estruendoso sonido se oía lejano desde donde él se encontraba. Estaba satisfecho de haber llegado a tan prometedora región; si lograban construir una vía hacia Quito, sería el acceso perfecto para el punto más lejano del imperio.

Túpac regresó al poblado y reconoció en uno de los trabajadores al hermano de la joven Imktúa. Era tan apuesto como ella, parecían pertenecer a una clase diferente del resto de los esclavos huidos. Al igual que su hermana, tenía aretes de oro en los lóbulos de las orejas. Una pequeña argolla también de oro colgaba de su nariz. Se acercó a él y le preguntó:

—¿Cuál es tu nombre?

El joven fue obligado por los guardias a arrodillarse ante el inca y bajar la cabeza. Túpac le ordenó levantarse y el joven lo hizo, pero siguió con la mirada en el piso.

—¿Cuál es tu nombre? —repitió en arawak.

—Carahki, señor.

—Puedes mirarme —concedió Túpac, haciendo un gesto a sus guardias para que no le impidieran hacerlo— ¿Por qué te encuentras aquí?

—Escapé de los chibchas, señor. Ellos quemaron mi pueblo y mataron a mi familia.

—¿Estás solo aquí? —preguntó Túpac, poniendo a prueba la sinceridad del joven.

El joven Carahki se quedó en silencio.

—¡Responde!

—Estoy con mi hermana.

—Veo que llevas adornos de oro, ¿era costumbre en tu pueblo que todos los llevasen?

—No, señor, a nosotros nos debían respeto. Mi padre era el cacique. Por eso lo mataron y nosotros nos vimos obligados a huir, pero nos apresaron. Tuve suerte y una noche pude escapar con mi hermana. Los chibchas querían llevársela a su tierra.

—No tienes por qué preocuparte, Carahki. Te daré la posición que te corresponde. Acompáñame.

Túpac hizo una seña a sus guardias para que dejasen que el joven caminara a su lado. Fueron hasta un toldo de gruesas pieles sujetadas por troncos. Túpac se sentó en la tiana que allí estaba dispuesta. Inmediatamente el joven se arrodilló ante él.

—Siéntate, Carahki. —Túpac señaló el piso y el joven se sentó con las piernas cruzadas—. Rendirás cuentas a mi hermano el sinchi Otorongo, sólo seguirás sus indicaciones y cuidarás de que se cumplan sus órdenes. Los protegeremos de los chibchas, tenemos un ejército poderoso. Nosotros no acostumbramos esclavizar a nadie, pero es nuestra política tener como principal prioridad el trabajo y la obediencia. Mientras cumplan las reglas será fácil para todos y nosotros haremos de este pueblo una ciudad como las del imperio. Les enseñaremos a cultivar la tierra para que no falte el alimento y sus necesidades estarán cubiertas, siempre y cuando cumplan con la mita. El sinchi Otorongo te explicará todo con detalle. Ya ves que mis hombres también trabajan, dando ejemplo de obediencia y dedicación; espero lo mismo de todos. No son mis esclavos, son mis runas y mi deber es protegerlos.

—Entiendo, señor, y te estoy agradecido por el cargo que me otorgas. Espero cumplirlo cabalmente —respondió Carahki,

—¿Sabes de otros que hayan escapado de los chibchas? —preguntó Túpac con interés.

—Creo que sí, señor, pero la región es vasta e intrincada y no nos hemos atrevido a salir de este lugar por temor a ser descubiertos por los guerreros chibchas. He oído de otros grupos que, al igual que nosotros, viven escondidos.

—¿Serías capaz de encontrarlos? Podrías servir de guía al sinchi Otorongo...

—Creo que sí, señor. Estoy a tu servicio para lo que requieras.

—De ser necesario, ¿pelearías de nuestro lado?

—Soy un guerrero, pero yo solo no puedo hacer mucho. Nuestros hombres fueron tomados por los chibchas de manera sorpresiva. Lucharé a tu lado cuando llegue el momento, señor.

—Puedes retirarte, Carahki, hablaré con el sinchi Otorongo para que esté al tanto y te indique tus nuevas funciones. Recuerda que el anciano, por su edad, merece respeto y consideración.

El joven se retiró después de una respetuosa reverencia, mientras cavilaba que el inca no era tan malo como ellos habían temido en un principio. Un incipiente orgullo empezaba a asomarse en él; después de todo, había sido nombrado jefe por el propio inca; ¿o había dicho encargado...? Lo que fuese, era mejor que lo que había sido: un paria sin pueblo ni familia. Aquella noche, le contó a Imktúa la conversación con el inca.

—Hermana, no debes preocuparte, creo que él no está interesado en ti.

—¿No? —preguntó ella con sorpresa.

—No te mencionó en ningún momento. Él reconoce que fui hijo de un cacique. Estoy tras su hermano en importancia. Dijo que podría servir de guía para encontrar a los que se encuentran diseminados por esta región.

—"Somos" hijos de un cacique —corrigió Imktúa—. Entonces..., ¿qué cargo ocuparé yo?

—No me lo dijo, pero supongo que, como mi hermana, tendrá alguna deferencia... Eso creo, no conozco sus costumbres.

—Por lo pronto, estoy libre de sus requerimientos. Es un alivio —comentó Imktúa.

—El inca recalcó que ellos no acostumbran esclavizar a nadie, ni hombres ni mujeres. Además, con todo su poder y riqueza, debe tener a sus pies a las más bellas mujeres del imperio.

—Entonces no tengo de qué preocuparme —respondió ella. El tono airado extrañó a Carahki, que miró a su hermana y la vio alejarse rápidamente en dirección al río. Movió la cabeza, pensando que jamás la entendería.

Un día después, Túpac anunció que su hermano el sinchi Otorongo sería el gobernador de la provincia de Pasto y que de ahí en adelante todos le debían respeto como representante del inca. Carahqui fue nombrado públicamente jefe de la provincia de Pasto, bajo las órdenes de Otorongo. El anciano del pueblo haría de intermediario con los demás, en los asuntos de menor importancia. Y todos debían aprender a comunicarse en runa simi.

Agradecidos por la forma en que habían sido tratados, sus nuevos runas pidieron permiso para agasajarlo con una fiesta. Con la venia de Otorongo fueron de cacería y regresaron con varios cerdos salvajes, o sahinos, como ellos los llamaban. Después de limpiar el grueso pelaje y sacarles los intestinos y demás órganos, los ensartaron con estacas y los pusieron a cocer, girándolos lentamente sobre el fuego que ardía a una distancia de casi un metro. El calor de la fogata iría cocinándolos lentamente. Como era costumbre, los pobladores y los soldados que no estaban de guardia se reunieron sentados en círculo alrededor de cada una de las fogatas, soportando en estoica espera el apetitoso aroma mientras los sahinos se cocinaban.

Fahatu y Bahatu, emocionados por estar presentes en una fiesta que les hacía recordar las de sus islas nativas, tomaron sus tambores y empezaron a tocar al estilo de las islas Tuamotú. Pronto Fahatu dejó de tocar y al son contagioso del tambor de Bahatu empezó a bailar la frenética danza de su pueblo. Muchos de los soldados presentes que habían estado en Auachumbi empezaron a bailar con Fahatu, mientras otros acompañaban a Bahatu con sus flautas y quenas, dejando atrás el sonido lastimero y melancólico propio de aquellos instrumentos. Seguían las indicaciones de Bahatu, que con sus enormes y expresivos ojos iba indicando cuándo y cómo poner énfasis a la música. Algunas de las mujeres del poblado se animaron a bailar, contagiadas por el rítmico sonido del tambor, y pronto casi todo el pueblo estaba realizando toda clase de movimientos acompasados, incluido el joven Carahki que disfrutaba de ello después de mucho tiempo de angustias. Tomó la mano de su hermana animándola a bailar y ella empezó a mover las caderas al compás del tambor. Era tal la gracia y ritmo de sus movimientos que poco a poco la dejaron bailando sola con Fahatu, satisfecho por haber encontrado una pareja de baile apropiada en aquellas tierras.

Túpac observaba desde la cercanía de otra hoguera el baile de Imktúa. Deseó más que nunca hacerla suya, pero se contuvo, pues odiaba sentirse rechazado por una mujer. Estuvo mirándola por largo rato hasta que perdió la cuenta del tiempo, sentado con sus hombres más leales, compañeros de aventuras y tan conocedores de su carácter que advertían el fuego que despedían sus ojos. Por ello sabían que no movería un dedo para tener a la mujer contra la voluntad de ella.

Después se puso de pie y se dirigió a su tienda, dejando a sus hombres seguir con los festejos, mientras sentía en su espalda la mirada de Imktúa. Si ella deseaba despertar su deseo ya lo había conseguido, pero él no volvería a llamarla. Ella debía dar el siguiente paso.

Luego de liberarse de la túnica y la vincha, se descalzó y se acostó en su lecho con el rostro de Imktúa en la mente. Ya no lo comparaba con el de Sumaq. Un largo suspiro entrecortado escapó de su pecho y cerró los ojos tratando de dormir. Tenía un arduo día por delante. El sonido de los tambores fue quedando atrás y Túpac se sumergió en un profundo sueño que duró hasta entrada la mañana. Otorongo se presentó indicándole que estaban los veinticinco hombres listos para partir, al igual que los otros soldados, los mercaderes y, por supuesto, Fahatu y Bahatu.

Túpac decidió llevar consigo a algunos pobladores de la zona porque, como conocedores del terreno, podrían serle útiles y también para que conocieran el imperio y aprendieran las costumbres, de manera que al regresar pudieran dar fe del bienestar que se vivía en él. Ordenó a su hermano que reuniera a los pobladores para que ellos mismos decidieran quiénes irían con él. Para su sorpresa, pues no esperaba que fuesen tantos, Otorongo regresó con siete hombres y tres mujeres, entre las cuales se encontraba Imktúa.

Llamó aparte a su hermano.

—Supongo que no la obligaste...

—No, Túpac..., señor.

—No deseo que ella venga. Ve y díselo.

Otorongo lo observó, extrañado. No comprendía qué sucedía con Túpac. Se alejó meneando la cabeza, y dirigiéndose directamente a Imktúa se lo dijo.

—Lo siento, mi señor no desea que tú vayas.

—Pero..., permite que hable con él.

—Es mejor que no insistas.

Imktúa se quedó petrificada en el sitio. Hizo ademán de ir a la tienda del inca pero Otorongo se lo impidió. Entonces, implorando arrodillada, le suplicó que dejase que le hablara.

—Sólo deseo disculparme, te lo suplico, déjame ir a hablar con tu señor.

—Espera aquí —dijo Otorongo, fastidiado por la insistencia de Imktúa, y volvió a la tienda Túpac.

—Hermano, hay un imprevisto.

—¿Qué sucede? —preguntó el inca mientras terminaba de vestirse. En realidad no llevaba mucha ropa encima; cuando estaba en campaña y la caminata era larga, lo único que acostumbraba llevar puesto al igual que el resto de sus hombres era un taparrabo.

—Esa mujer no admite que la dejes aquí. Desea ir a toda costa y no hay manera de convencerla. Creo que la encerraré si sigue insistiendo. Me parece que estamos siendo demasiado benévolos con esta gente.

—¿Quiere venir con la expedición? —preguntó Túpac. En realidad no le sorprendía demasiado. Era una mujer y, como tal, impredecible.

—Me dijo que desea hablar contigo, que quiere disculparse.

—Está bien, dile que venga. —Se dio cuenta de que aquella mujer era peligrosa. Se conocía a sí mismo y sabía que entregar sus sentimientos a alguien que no lo amase traería un sufrimiento que no deseaba.

—Como digas, Túpac.

Otorongo volvió donde estaba Imktúa para transmitirle el mensaje. Se sentía ridículo, él no era un chasqui.

—Anda y ve a hablar con tu señor. Y no olvides arrodillarte sin levantar la vista —le dijo secamente. Dejó que la mujer fuera sola.

Túpac vió la sombra sobre la tela de su tienda y supo que la joven estaba allí.

—Puedes entrar, Imktúa —invitó Túpac con suavidad.

—Señor..., perdóname por comportarme de forma impropia cuando fui presentada ante ti la primera vez —dijo arrodillada mirando al piso—. Yo no sabía que eras un buen hombre, pensé que...

—¿Creíste que deseaba tomarte? ¿Fue eso?

—Sí, señor.

—¿Y no sabes que puedo hacerlo sin necesidad de que consientas? Y ahora..., ¿qué es lo que deseas? Estuviste provocándome toda la noche, Imktúa, pero yo no soy hombre que se rinda ante una mujer. Si deseas que yo te tome, pídelo.

157

De lo contrario, aléjate. No deseo mujer que sienta repugnancia de mí.

Imktúa sentía que el rostro le ardía mientras seguía agachada, pues el inca no le había dado permiso para levantarse.

—Puedes mirarme —dijo con calma.

—Perdóname, señor —repitió Imktúa.

Túpac volvió a perderse en la oscuridad de aquellos inmensos ojos, y tuvo miedo.

—Deseo ser tuya..., señor.

Túpac una vez más le puso un dedo bajo la barbilla y levantándole la cara le preguntó:

—¿Eso es todo...? Si así lo quieres, así será.

Se desató el taparrabos y esperó a que ella se desvistiera. Pudo contemplar la belleza de su cuerpo, acarició su sedosa piel y sus instintos fueron despertados por el aroma que ella despedía. Olfateó su cuerpo lampiño como lo haría una fiera en celo; no era un olor a flores ni a frutas, era algo más incitante, por primera vez desde que buscara en otras el olor de Sumaq, se olvidó de aquel perfume y se embriagó con aquel otro, un aroma que llenaba sus pulmones y lo transportaba a otros mundos donde sólo existía una mujer que lo deseaba tanto como él a ella; el aroma del deseo, que borró de su mente la imagen incólume de su recordada Sumaq. Se separó de Imktúa, tomándola de los hombros para mirarla a los ojos. Entonces, en un instante, pudo verla como realmente era: una mujer ambiciosa, calculadora, con ansias de poder aprovechando su belleza. No era lo que él quería de una mujer. El sexo no era suficiente; nunca lo había sido. ¿Cómo pudo compararla con Sumaq? Por lo menos, ella había sido sincera. Ante la mirada atónita de la muchacha, volvió a amarrar su taparrabos. Antes de salir se giró hacia ella, que había quedado desnuda de pie en medio de la tienda.

—Vístete, Imktúa, y ve con los tuyos. Es una orden. No viajarás conmigo.

Cuando Otorongo lo vio salir se acercó para despedirse.

—Túpac, hermano, que Inti te acompañe. ¿Te llevarás a la mujer?

—No. —Fue su breve respuesta—. Hermano, te dejo a cargo

de todo. Esta es una tierra rica en oro y eres el gobernador. Manda construir el templo a Inti y un palacio para que residas en él, en representación de la grandeza del imperio. No me defraudes, no confíes en la aparente pasividad de esta gente; apenas estén terminados los pucarás, instala en ellos a los soldados más expertos, que no nos tomen los chibchas, o cualquier otro invasor, desprevenidos. Una vez en la costa, construiremos las balsas que nos llevarán a Manta. Imktúa se queda. No la he tocado —aclaró, al ver la interrogante en el rostro de Otorongo.

Fue un gran desencanto para Imktúa. Y también para su hermano, quien se vio en la necesidad de seguir cuidando de ella, lo que nunca había sido fácil. Había imaginado que el inca tal vez se enamorase de su hermana, pero era cierto que él tenía a su disposición las mujeres más hermosas de su reino. Deseaba que su hermana consiguiera un marido que se ocupara de ella. Mientras tanto, lo tendría que hacer él.

Túpac y su gente siguieron sin contratiempos la ruta a lo largo del río, hasta el delta del Angasmayu. Al llegar a la costa construyeron enormes balsas de treinta metros de largo cada una, similares a las que los llevaron a Auachumbi. Contaba con hombres expertos en la fabricación de balsas y canoas y él mismo ayudó en la construcción de las embarcaciones. Eso era lo que sus hombres admiraban de él. No se limitaba a dar órdenes y ser tenido como un dios sino que, por el contrario, cuando se encontraba en proximidad y confianza con sus hombres más leales, rompía el protocolo y era uno más de ellos.

Sabiendo que su libertad estaba cerca, el mercader merodeaba nervioso cerca del inca. Después de pensarlo mucho, tomó valor y se arrodilló frente a él.

—Señor..., espero que recuerdes tu promesa.

—La recuerdo, mercader... Muchos han sido los momentos que hemos pasado juntos y, aunque no todas tus historias fueron ciertas, reconozco que siempre me llevaste a las tierras prometidas. Es momento para que retomes tu camino.

—Gracias, señor sapa inca... Tu nombre será conocido allá donde yo vaya y tu reino, admirado como el más rico y poderoso. Sí, señor.

—Prefiero que no hables mucho de mi reino, mercader —advirtió Túpac, al tiempo que pensaba que era inútil decírselo. Ese hombre hablaba demasiado y lo que no sabía, lo inventaba—. ¿Dónde está tu hijo? —preguntó.

—Está con mi hermano, señor.

—Ve y diles que vengan.

—Como ordenes, mi señor.

El hombre fue al encuentro de sus parientes y regresó con ellos. Su rostro reflejaba preocupación, nunca sabía qué nueva idea tendría el Inca.

—Ven, acércate, Cuhuapachi —invitó Túpac dirigiéndose al pequeño—. Durante toda la campaña te has portado como un valiente, quiero obsequiarte esto. —Se quitó del cuello una cinta de cuero tejido de la que pendía un tumi de oro y lo colgó al cuello del chiquillo—. Es para que recuerdes la época que pasaste con los incas. Si algún día regresas, sólo muestra este tumi y tendrás acceso al inca. —Acarició su cabeza suavemente, mientras veía el rubor de satisfacción que cubría el rostro del niño.

—Gracias, mi señor gran sapa inca, hijo de Inti —dijo Cuhuapachi, imitando lo que había escuchado tantas veces de labios de su padre. Se arrodilló y besó los pies de Túpac.

El Inca, enternecido por su actitud, lo tomó por los hombros y lo levantó. Le dio un abrazo y se lo entregó a su padre.

—Eres libre de ir por esas tierras de Inti, mercader... Que Huiracocha les acompañe.

Fue la última vez que vio al mercader y su familia. Ellos partieron dichosos rumbo al Este. Al ver al niño, Túpac recordó a su hijo y pensó que tenía muchos asuntos pendientes en su vida. Regresar al Cuzco para recuperar el tiempo perdido fue a partir de ese momento su próxima meta. No más conquistas, se dijo. Dejaría que su heredero se ocupase de ellas.

Días más tarde, Túpac llegó al puerto de Manta y de inmediato se trasladó con su comitiva hacia Tumibamba. Después de organizar toda la infraestructura necesaria para la ampliación del Cápac Ñan hasta Pasto, tomó la irrevocable decisión de trasladarse al Cuzco de manera definitiva. No podía estar alejado tanto tiempo la capital del imperio, era demasiado peligroso. Le habían llegado de su tío Chaclla noticias de que Topa Cápac, a quien había colmado de honores, tierras y riquezas, estaba tramando una rebelión en su contra.

La noticia de su deslealtad lo entristeció porque debía tomar medidas drásticas. Su padre le había aconsejado que el mal había que cortarlo desde la raíz, y no lo había hecho. Las pruebas en contra de su hermano eran irrefutables: Topa había formado su propio ejército en Yanacunu. Pero, aun así, Túpac quiso verificarlo por sí mismo y se dirigió con sus hombres a ese lugar donde comprobó, para su amargura, que era cierto. Hizo prisioneros a todos los que estaban involucrados en el levantamiento y los llevó al Cuzco.

Después de un año de haber dejado la capital del imperio, fue recibido con festejos, pero aquél era un regreso diferente. Llevaba como prisioneros a su propio hermano y a un ejército rebelde. Antes de decidir qué hacer, habló con él en su palacio, el Calispuquio Huasi.

Con rabia y humillado, Topa Cápac se arrodilló ante su hermano y sin mirarle a la cara esperó su sentencia.

—Topa, ¿por qué lo hiciste? Te di más poder que a ninguno de nuestros hermanos, ¿cómo pudiste pensar que lograrías engañarme?

—Hermano, siempre estuviste apartado del Cuzco. Hay gente insatisfecha por ese motivo; tú pareces preferir el norte. Utilicé mi cargo para ir contra ti pero no te odio.

—Estoy fuera del Cuzco porque conquisto las tierras que engrandecen el imperio, deberías estarme agradecido.

—Pero llevas mucho tiempo viviendo en el norte. Tú perteneces al Cuzco —replicó Topa Cápac, levantando el rostro y mirándole directamente a los ojos. Su mirada reflejaba odio, a pesar de haberlo negado.

—Tú no puedes dar órdenes al inca y lo sabes. Ya es la segunda vez... —Túpac miró a su hermano y supo lo que debía hacer. Hizo una seña a dos de sus guardias y ordenó que lo llevasen a un calabozo.

Topa Cápac se puso en pie y se dejó llevar. Sabía que su destino estaba marcado.

—Reúne a todos los traidores, serán condenados a muerte, al igual que el que acaba de salir —dijo Túpac a su más cercano sinchi.

—Sí, señor.

Chaclla, que había permanecido en silencio en el gran salón dorado del palacio de Túpac, se acercó y le dijo:

—Sobrino, la coya Mama Ocllo desea hablar contigo.

—Dile que venga.

No era el mejor momento para hablar con ella. Aún no la había visto desde su llegada y esperaba que no empezara otra vez con sus habituales quejas. No estaba en condiciones de soportarlas, pero guardó para sí sus pensamientos y, tratando de parecer amable, esperó.

—Señor, mi querido y grandioso Túpac Yupanqui... —Fueron las primeras palabras de la coya, haciendo el ademán de agacharse.

Túpac se apresuró y antes de que ella se postrara la agarró de la mano. Era demasiado gruesa para hacer movimientos tan forzados. Seguía teniendo la cara redonda como la luna; lo único agradable en ella era su sonrisa y en esos momentos no la mostraba.

—Querida Ocllo, me contenta que me des la bienvenida, pero acabo de llegar y asuntos muy preocupantes requieren...

—De eso quería hablarte, mi señor Túpac —cortó la coya.

—¿Sí? ¿Qué sabes tú de eso? —preguntó Túpac intrigado.

—Fui yo quien dijo al tío Chaclla que se preparaba un levantamiento.

Había captado la atención de Túpac.

—Explícate. Te escucho.

—Una de las mujeres de Topa es pariente y amiga de una de tus esposas. Al enterarse de lo que estaba tramando tu hermano, quiso vengarse de él y se lo contó a tu esposa Sipaku, ¿la recuerdas? —preguntó con cierta ironía la coya.

—Claro que la recuerdo, a ella, y a todas —respondió sonriendo, Túpac. Era aquella pequeña sonrisa la que amaba Ocllo. Él se acercó y acarició su cara, dándole un beso en la mejilla.

La mujer se sonrojó; a pesar de tantos años, seguía sintiendo lo mismo que el primer día.

—Bien —continuó, tratando de que Túpac no notase su rubor—, tu esposa Sipaku me lo dijo apenas se enteró y yo se lo conté al tío Chaclla.

—Y yo te lo agradezco, mamita, pero ahora debo cumplir una tarea odiosa. Mandaré ejecutar a todos los habitantes de Yanacuna por haber participado en la sublevación.

—De eso quería hablate. No los mates, te lo suplico, hay muchos inocentes que no tienen culpa, fueron obligados a sublevarse bajo las amenazas de tu hermano.

—No puedes pedirme eso, sentaría un precedente muy peligroso. Aun mi hermano debe morir. Deben morir todos los que se alcen en mi contra.

—Con la muerte de los sublevados es suficiente, Túpac, a los demás puedes enviarlos como servidores a otro lugar. Esas muertes mancharán tu reputación, todos te consideran un hombre bondadoso.

—Esta bien, mujer... —respondió Túpac después de pensarlo.

—¡Oh, mi amado Túpac! —exclamó Ocllo aliviada. Tú sabes que yo jamás haría algo que te perjudicase.

—Lo sé, mamita. Es verdad... Pero, dime, ¿por qué deseaba vengarse esa mujer de mi hermano? —Túpac no quería dejar cabos sueltos.

—Ella es muy celosa y tu hermano, un mujeriego. No respeta a sus esposas y, además, a ella la avergonzaba en público. A Topa le gusta mucho la chicha. Nuestro hijo Titu Cusi estaba muy apegado a él, temo que haya adquirido algunas de sus malas costumbres.

—Titu..., ¿dónde está? —preguntó de pronto el Inca.

—En el Yachayhuasi. Es el alumno más inteligente —dijo la coya con orgullo—. Sería bueno que dejaras tus viajes y conquistas por un tiempo y te dedicases más a la formación de tu hijo. El te admira pero no te conoce, porque la mayor parte del tiempo sabe de ti sólo por las noticias de los chasquis.

—Tienes razón, mamita, me quedaré en el Cuzco. El imperio es ya bastante grande. Dejaré las conquistas para mi sucesor. Ahora debo hablar con mi gente de confianza para que preparen las ejecuciones —concluyó con tristeza.

Éstas se llevaron a cabo en la plaza Hauscaypata, frente a

todos los habitantes del Cuzco. Sería recordado por mucho tiempo, un ejemplo claro para los que tuviesen malas intenciones contra el inca.

«Todos los habitantes de Yanacuna serán dispersados a lo largo y ancho del imperio. De ahora en adelante serán sirvientes de la nobleza y se les conocerá como yanaconas», ordenó Túpac.

XV

La calma volvió al imperio después de los acontecimientos de Yanacuna. Titu Cusi, ya de catorce años, se perfilaba como un joven inteligente y voluntarioso. Túpac estaba orgulloso de sus conocimientos; según los amautas habían dicho, era un buen alumno, uno de los mejores del yachayhuasi, pero a su padre le preocupaba su carácter irascible. Notaba que su comportamiento era demasiado altanero, acostumbrado a que sus mínimos caprichos se vieran cumplidos. Comparaba su infancia con la que él había tenido y en parte se sentía responsable por haber pasado tanto tiempo alejado de su familia. Fue uno de los motivos que determinaron su decisión de permanecer en el Cuzco, pues era consciente de que debía preparar a un sucesor. De sus hijos era el que más destacaba, pero Túpac hubiera querido que fuese más comprensivo, un poco más amable, cualidad que no lo demeritaría en nada si llegaba a ser inca. Ser magnánimo era una cualidad indispensable en un monarca y Titu no parecía serlo. Trató de acercarse a su hijo pero al paso de los días, entre ellos no había afinidad, su hijo se comportaba ante él con corrección pero no existía el fuerte vínculo que había unido a Túpac con su padre, el gran Pachacútec.

Después de un tiempo en el Cuzco, mandó al tío Chaclla a buscar a Kapulí; la instalaría en su palacio de Chincheros. Sabía que eso ocasionaría habladurías pero era su prerrogativa y haría uso de ella. La inminente llegada de Kapulí despertó gran expectación entre las mujeres del palacio. Empezaron los cuchicheos y corrillos, todas deseaban conocer a la que había cautivado a su señor durante tanto tiempo.

La mañana de la llegada de Kapulí al Cuzco, Túpac se hallaba reunido con un enviado de Otorongo y había ordenado que no les interrumpieran. Las noticias no podían ser mejores: los mitimaes se habían instalado y la mina de oro en Pasto estaba empezando a producir. No se enteró de la llegada de Kapulí que, acompañada del tío Chaclla y un considerable séquito, causó gran revuelo en la capital; andas lujosas, en una de las cuales viajaba ella, seguidas por gran número de

165

yanaconas y auquénidos cargando sus pertenencias atravesaron la ciudad y la multitud, a pesar de sus esfuerzos, no pudo saber en cuál de ellas viajaba la mujer misteriosa cuya belleza se había hecho legendaria.

En las puertas del Calispuquio Huasi la imponente humanidad de la coya Mama Ocllo recibió el cortejo. Cuando el anda tocó tierra, salió de ella una mujer de alta estatura cuya gracia no satisfizo para nada a la coya. Kapulí se inclinó en señal de respeto y Ocllo ordenó con impaciencia que levantase el rostro. Los ojos color miel de Kapulí se clavaron en los suyos y empezó a comprender por qué su marido había preferido a aquella mujer durante tanto tiempo. Las demás mujeres también se acercaron curiosas por conocer a la esposa preferida del inca. La coya la llevó a sus aposentos. Por ser la esposa principal, se sentía con autoridad para examinarla sin recato.

—De manera que tú eres la famosa Kapulí...

—Sí, señora, ése es mi nombre —contestó ella con cautela. Temía que aquella mujer supiera algo de su lejano y oscuro pasado. Buscó con la mirada al tío Chaclla pero se había esfumado.

—Eres famosa, sí... —comentó Ocllo, mostrando descontento—. Por ti, mi amado señor ha vivido lejos mucho tiempo. —Examinó sin pudor de pies a cabeza a Kapulí tratando de encontrarle defectos. Tocó con curiosidad su larga cabellera que caía en forma de preciosos remolinos. Para su desgracia, tuvo que reconocer que la mujer, a pesar de no ser tan joven como algunas de las esposas secundarias, era hermosa.

—¿A qué familia perteneces? —preguntó de improviso la coya.

—A una antigua familia del reino de los moches —intervino Túpac, entrando en la habitación.

Apenas lo vio, Kapulí se puso de rodillas, mostrando su respeto, ante la mirada de la coya. Aquel gesto atrajo la simpatía de Ocllo, se dio cuenta de que era una mujer educada que, a pesar de saberse la predilecta del inca, no hacía uso de un trato de favor.

—Puedes levantarte, Kapulí —ordenó el inca con su

suavidad acostumbrada. Tío Chaclla te indicará el camino hacia mis habitaciones.

Kapulí se retiró después de hacer una profunda venia a la coya y siguió a Chaclla, que había aparecido como por arte de magia en el umbral.

—Recuerda que también te debes a tus otras esposas —reconvino Ocllo.

—Mamita, deja que yo maneje a mis mujeres. No me presiones.

—Túpac, tienes a tus esposas muy abandonadas; si pasas más tiempo con una que con otras pronto empezarán a discutir.

—Mama Ocllo, ¿acaso no te trato con respeto? Tú eres mi esposa principal y madre de mi hijo, el futuro inca. Permite que yo sea feliz a mi manera. Llevaré a Kapulí a Chincheros, no deseo que se mezcle con las demás. Ven, siéntate aquí, a mi lado —dijo Túpac y, pasándole un brazo por los hombros, la atrajo hacia él—. Ella no significa ningún peligro para ti, te tengo mucho cariño, mamita, tú lo sabes.

La abrazó con fuerza y la besó en los labios, algo inesperado para Ocllo, quien después de mucho tiempo supo lo que era volver a estar en los brazos de su marido. Aquella tarde hizo el amor con su amado Túpac, al que había aprendido a aceptar como era, con ese aire nostálgico y su pequeña sonrisa que la desarmaba.

La coya le tomó simpatía a Kapulí pues consideraba que, gracias a ella, su marido había vuelto a poseerla. Y en efecto, así había sido. Fue instalada en Chincheros, el palacio de descanso del inca, a treinta kilómetros del Cuzco, donde era visitada con frecuencia por él. Túpac tenía su residencia permanente en el Calispuquio Huasi, desde donde ejercía sus funciones administrativas, pero le gustaba pasar varios días en compañía de la serena Kapulí. Fue una época tranquila, la paz y el sosiego parecían reinar en el imperio. Las conquistas se habían afianzado con fuertes lazos de reciprocidad, siguiendo la costumbre. El reino de Quito estaba en calma y los cañaris, siempre disconformes, aparentemente no tramaban rebeliones. En el sur las noticias eran similares, sólo un foco intermitente de rebeldes de vez en cuando surgía en el altiplano pero era fácilmente apaciguado por las guarniciones de los pucarás instalados en estratégicos puntos fronterizos.

Transcurrieron tres años apacibles, durante los cuales Túpac no pudo lograr el ansiado acercamiento a Titu Cusi. En tiempos de paz difícilmente se podía alcanzar el compañerismo y la entrega de los tiempos de guerra y, pese a que sabía que su hijo lo admiraba, pues notaba que trataba de imitarlo, notaba que era un sentimiento superficial. Por momentos Túpac lo veía comportarse como los actores que en las grandes fiestas del imperio narraban las epopeyas heroicas de los antepasados. Pero él sabía que no bastaba con imitar sus gestos, ni emular su éxito con las mujeres, porque aun ese detalle, en apariencia trivial, provenía de una manera de ser que era intrínseca a sí mismo. Era necesario que su hijo adquiriera experiencia propia si quería llegar a ser el próximo sapa inca.

Encargó a su hermano Huamán Achcachi la inspección de los terrenos del norte; Titu Cusi debía ir con él.

—Hermano, irás con Titu.

—Como tú digas, Túpac, pero ¿la coya está al tanto?

—¿Por qué lo preguntas?

—Porque ya sabes cómo es ella con tu hijo.

—Justamente quiero que él se despegue de sus faldas. Es necesario que conozca por sí mismo la grandezca del imperio, por si algún día llega a ser el inca.

Huamán lo miró con extrañeza.

—Siempre creí que eso no estaba en discusión.

—No te asombres, hermano. Sabes que el mejor de los hijos es quien detentará la mascaipacha. Nada ha cambiado, Huamán, por eso necesito tu ayuda. Quiero que Titu se aleje de las malas influencias de la corte, ya sabes a qué me refiero...

—Túpac, no creas que yo influyo en su comportamiento.

—Lo sé, hermano, no te estoy culpando de nada. Es la vida fácil que siempre ha tenido, es su extremado apego a su madre, son las mujeres; y me han dicho que también la chicha.

—Te juro, Túpac, que yo no sé nada. No permitiría que mi sobrino...

—Por eso te hago responsable de mi hijo durante la incursión al norte. No quiero que Titu se dedique a placeres y orgías, te encargo su seguridad, pero también su aprendizaje. Quisiera ser yo quien viajara con él, pero he pasado mucho tiempo fuera y aquí hay mucho que hacer.

—Lo haré, hermano. Haré de tu hijo un verdadero guerrero.

Fueron las palabras que quedaron grabadas en la mente de Túpac: «Haré de él un verdadero guerrero». No era esa la función de un tío, y mucho menos con un joven como Titu. Tal vez hubiese sido mejor que fuese conmigo, pensó con remordimiento. Pero su intención había sido alejarlo del entorno familiar, de la coya, de la seguridad y la comodidad del Cuzco. Confió en Huamán, era un hombre recto, batallador; con él, Titu podría desarrollar sus ímpetus guerreros. Su hijo había estudiado el arte de la guerra, pero sin haber tenido oportunidad de practicarlo; tampoco tenía un carácter formado en aquella rígida observancia de las reglas y la austera forma de vida de sus antecesores. Pero aprenderá..., pensó.

Titu Cusi admiraba a su padre pero le era difícil mostrarse cercano a él. Había escuchado acerca de sus grandes conquistas y deseaba emularlo. Era el ejemplo a seguir. También en el terreno amoroso eran muchas las historias que corrían. Le hubiera gustado pasar más tiempo a su lado pero era obvio que su padre prefería estar en Chincheros cuando no estaba dedicado a sus ocupaciones en el Cuzco.

Su tío Huamán le había dicho que su padre deseaba verlo y, como eso sucedía en escasas ocasiones, su corazón latía con fuerza. Caminó presuroso hasta la loma donde el inca se encontraba observando con atención quién sabía qué.

—Señor... —dijo hincándose a sus espaldas.

Túpac se volvió con prontitud.

—Álzate, Titu —adelantó su mano y lo ayudó a ponerse de pie.

Contempló su rostro lleno, tan parecido al de la coya, con el mismo gesto en la ceja derecha que tan bien conocía cada vez que había tormenta.

—¿Me llamaste, padre?

—Quiero hablar contigo, hijo. Como sabes, el imperio pasa por momentos tranquilos, pero nunca se puede confiar. La gente del norte es casi tan rebelde como la del altiplano. A estos los tengo controlados porque están cerca; en cambio, los del norte... Tres años es mucho tiempo para que permanezcan tranquilos, algo han de estar tramando. Irás tú en representación mía. Pero no irás solo, he encomendado a tu tío Huamán Achcachi tu seguridad. Parte del ejército imperial te acompañará, junto con las guarniciones que ya están en Quito y Tumibamba.

Titu guardó silencio. La emoción le impedía contestar. Túpac vio su rostro impasible y pensó que su orden no era bien acogida. Su hijo tragó saliva y por fin se decidió a hablar.

—Gracias, señor. Haré lo mejor que pueda. —En ese momento deseó más que nunca abrazar a su padre, decirle cuánto lo amaba y admiraba, pero sentía como si una cortina invisible se alzara entre los dos.

—Sé que harás lo correcto, Titu, es lo que espero de ti. Es lo que todos esperamos de ti. —Lo tomó del hombro y sintió que su hijo se estremecía. Retiró su mano—. Puedes irte, Titu, la marcha será mañana temprano.

—Sí, señor. —El joven se inclinó casi hasta el piso, bajando la cabeza para que su padre no viese sus lágrimas. Luego se dio vuelta y se fue veloz.

Túpac lo siguió con la mirada hasta que se perdió abajo, en la entrada de palacio. ¿Por qué era tan huraño? Hubiera querido abrazarlo como su padre tantas veces lo hizo con él. Pero apenas lo tocó sintió su rechazo. Ojalá algún día, tal vez con el tiempo...

Para Titu ir al norte sería una gran aventura; la primera vez que iría tan lejos, sin la constante mirada protectora de su madre o de su difunto abuelo. Deseaba en lo más profundo de su corazón demostrar a su padre que era capaz de hacer bien las cosas y, si fuese necesario, lucharía. ¡Cómo deseó que esos cañaris revoltosos atacaran! Él sabría ponerlos en su lugar.

Ocllo lloró durante días por la ausencia de Titu, temía que fuese víctima de los rebeldes que Túpac había dejado en sus conquistas pero, a medida que las noticias que recibía de los chasquis fueron tornándose monótonas, su preocupación amainó. «Saludos a mi madre, la coya Mama Ocllo, todo está bien, pronto estaré de regreso»; «Madre: no te preocupes, tío Huamán cuida de mi seguridad»; «Espero dar a mi padre buenas noticias». Cada mensaje era más escueto, y cada vez Ocllo notaba sus cambios de actitud. Los mensajes dejaron de ser frecuentes, ahora quien más los recibía era Túpac. Pero era imposible preguntarle nada. Él guardaba un silencio hermético al respecto, por lo que la coya presentía que la situación podría ser grave.

—«Sapa inca Túpac Yupanqui, la revuelta de los cañaris ha sido aplacada. Dejaré Tumibamba, iré a Quito, tío Huamán vendrá conmigo» —dijo el chasqui.

Túpac sabía que en un par de horas otro mensajero vendría con más noticias, pero la noticia lo llenó de orgullo y eso bastaba.

—¡Túpac! ¿Cómo permitiste que mi niño fuese a luchar contra esos bárbaros? —gritó indignada Ocllo.

—¿Por qué escuchas a escondidas? Si quieres saber algo, pregúntame. ¿Acaso no te enteraste de que Titu salió victorioso? No te preocupes mamita, nuestro hijo tiene sangre de los Yupanqui en las venas. Las noticias llegan pronto, dentro de poco sabremos más —la tranquilizó.

—No te perdonaré si le sucede algo malo, él no está acostumbrado...

—Es necesario. Si desea ser inca debe aprender.

—Es tu heredero. Será el próximo inca de todos modos.

—No es así, Ocllo y tú lo sabes. Debe demostrar que es el mejor, por eso lo envié al norte.

—Ya veo... Ese Cápac Guari te está rondando demasiado, su madre es una chismosa.

—Cápac Guari es un joven atento, serio. Su madre no tiene nada que ver en eso.

—Chuqui Ocllo está corriendo la voz de que su hijo será el próximo inca.

—Tonterías —dijo Túpac haciendo un gesto con la mano.

Era cierto que Cápac Guari solía pasar tiempo junto a él, era uno de sus hijos más apegados, tenía casi la misma edad de Titu. Chuqui, su madre, era hermana de la coya. Habían contraído matrimonio a instancias de su padre para asegurar descendencia digna de sucesión. Y había surtido efecto, pues tuvo tres hijos con ella.

—Entonces ¿por qué eres más cariñoso con él que con Titu?

171

—Es Titu quien no me quiere a su lado. Las veces que he intentado acercarme a él he sentido que me rechaza.

—Te teme, pero te ama; yo lo sé. Titu te admira demasiado, tiene miedo de no llegar a ser como tú.

Un yanacona pidió permiso para que entrase un chasqui.

—Mensaje para el sapa inca de Titu Cusi: «Victoria total. Los revoltosos se han retirado a la selva, han muerto o han caido prisioneros. Espero instrucciones».

—«No quiero prisioneros. Son peligrosos y deben morir. Recibe la admiración de tu padre, el inca» —dijo Túpac dirigiéndose a otro chasqui que esperaba—. ¿Te das cuenta, mamita? Nuestro hijo está cumpliendo con mis expectativas, verás como será un digno sucesor.

—¿Qué te costaba ser más cariñoso? «Recibe la admiración de tu padre» —imitó peyorativamente la coya. —Creo que Titu merece algo más que eso.

—Todo será diferente cuando vuelva, lo prometo. Por ahora las cosas están así —se limitó a decir Túpac.

Durante el tiempo que Titu Cusi estuvo en el norte, Cápac Guari se acercó más al inca y Chuqui Ocllo empezó a abrigar esperanzas de que tal vez el soberano se decidiera nombrarlo Hatun Auqui, aunque para entonces parecía decidido que Titu Cusi sería el sucesor. Chuqui Ocllo era muy ambiciosa. Solía hablar despectivamente de Kapulí porque era «seca», ya que no le había dado a Túpac ningún hijo.

Kapulí sabía que no tener hijos le restaba poder. Nunca formaría parte de una panaca real; no tendría el privilegio de pertenecer a la selecta casta de la nobleza incaica, sabía que cuando Túpac muriera ella podría ser expulsada de la casa real. No podría seguir viviendo en la misma casa donde guardarían su cuerpo momificado rindiéndole pleitesía como si estuviese vivo, ni podría acompañarlo en las grandes festividades junto a sus otras esposas, cuando el gran Pachacútec y Túpac Yupanqui presidieran el Inti Raymi sentados a lado del nuevo inca. Y ella no podría relatar su vida, la que vivió a su lado, ni sus victorias, ni sus conquistas. Kapulí supo entonces que cuando Túpac muriera, ella se iría con él.

El viaje al norte fue para Titu su iniciación como guerrero y la noticia de su victoria contra los cañaris le proporcionó respeto entre sus hermanos, pero el evento más importante, que en el futuro marcaría su vida, fue que su tío Huamán Achcachi y él se hicieron inseparables. Era la camaradería y compañerismo que crece a consecuencia de los peligros en los campos de batalla, día tras día, de compartir miedos, alegrías y victorias. Era la clase de acercamiento que hubiera deseado Túpac con su hijo, pero que no había logrado. No le agradaba que Huamán Achcachi fuese tan cercano a Titu, en cierta forma se sentía relegado y pensó remediar el entuerto dedicándole a su regreso mucho más tiempo. Su idea era hacer un reconocimiento en persona a los cuatro Suyos. Pero también contaba Cápac Guari, un joven que había demostrado tener capacidad como administrador, serio, con don de mando y con facilidad asombrosa para aprender. ¿Qué hacer? No podía dejarlo de lado. Adoptó una decisión salomónica: los llevaría a ambos.

Al regreso de Titu, después de la fiesta de bienvenida, habló con él y le explicó sus planes. El muchacho sintió con satisfacción que su padre empezaba a tratarlo con mayor cercanía. Un mes después de su llegada, empezaron los preparativos para el largo periplo, en el que irían acompañados por una parte del ejército.

En los días previos al viaje que emprendería con sus hijos, Túpac trazó un mapa sobre la arena, en la explanada donde acostumbraba planear sus estrategias de guerra junto a sus sinchis.

—El Tahuantinsuyo es muy extenso, tanto, que para recorrerlo en su integridad necesitaremos cuando menos un par de años. El más grande, y al mismo tiempo el menos poblado, es el Collasuyu. Empieza en el sudeste del Cuzco, pasa por la región del Collao, el altiplano, cruza por la costa el largo desierto de Atacama del reino de los chilis, y llega al oeste hasta el río Maule, para terminar internándose en el este, hasta Tucumán. —Señaló un punto lejano en la arena con la vara.

—¿Por qué es el menos habitado? —preguntó Titu.

—Porque el reino de los chilis empieza con una extensa franja de un terreno completamente seco, no existe vida allí. Pero es la única vía para llegar al río Copayapu y alcanzar el

Maule, una zona rica en minas y tierras de cultivo. Más allá están los araucanos, guerreros temibles que conocen muy bien su terreno.

—Creo que una vez batallaste contra ellos, ¿no es así, padre? —preguntó Cápac Guari.

—Fue hace mucho tiempo. Pero también tenemos terrenos lluviosos muy ricos en vegetación exuberante: el Antisuyu. —Túpac volvió a señalar la arena con la vara—. Empieza al nordeste del Cuzco y se extiende hasta la selva por la cabecera del río Paucartambo, un afluente del Urubamba, donde están los machiguengas y, más al norte, los chachapoyas; colinda con el Chinchaisuyu y las tierras del norte.

—Conozco Chachapoyas, pasé por allí a mi regreso al Cuzco —comentó Titu—. Es una zona de jungla lluviosa, la ciudad está fortificada, es muy hermosa —terminó diciendo con suficiencia, mientras observaba con disimulo la reacción de Cápac Guari.

—Lo sé, Titu; en esa región acostumbran utilizar lanzas y flechas envenenadas, las que ahora utiliza uno de nuestros regimientos —explicó Túpac. Hizo en la tierra un trazo largo hacia el norte del mapa. —Todo esto es el norte, hasta aquí, el Chinchaisuyu. —Dibujó con la vara unos montes y señaló al otro lado—: Pasto. Una provincia bastante alejada, donde el tío Otorongo gobierna en mi nombre. Un lugar precioso —dijo recordando las cascadas, el río Angasmayu, la abundancia de caza... y a Imktúa.

—¿Iremos a Pasto?

—No lo sé aún, hijo. El Capac Ñam llega, pero sigue siendo toda una expedición. Tal vez...

—Pero los chasquis vienen desde allá —afirmó Titu.

—Es más fácil que pocos hombres hagan el recorrido, créeme, Titu. Un ejército requiere mucho espacio, los chasquis designados a esa zona son muy fuertes y resistentes pues tienen que recorrer más de dos kilómetros por turno. No hay buenos refugios donde pernoctar... Y aquí tenemos el Contisuyu —prosiguió, dibujando con la vara una zona al suroeste del Cuzco. —Abarca el terreno de los Chinchas, que fueron unos de nuestros primeros aliados, y los Nazcas, una antigua cultura de la que apenas quedan vestigios. Y los cuatros Suyos parten, como saben, del Cuzco.

—«El ombligo del mundo», el Tahuantinsuyo o cuatro Suyos —aclaró Cápac Guari.

—Recorreremos el imperio y regresaremos al Cuzco cada vez que sea necesario. No es bueno dejar la capital mucho tiempo —sentenció Túpac.

Túpac y sus hijos recorrieron los amplios territorios del Tahuantinsuyo en una empresa que les llevaría casi tres años, regresando al Cuzco cada vez que la ocasión lo permitía. Visitaban cada uno de los pueblos y permanecían en ellos un tiempo. La admiración de Titu Cusi por su padre se acrecentaba a medida que conocía el reino que pensaba gobernar algún día. Sabía que mantener la paz y el orden entre los pueblos conquistados sería una tarea difícil ya que en algunos casos eran tan lejanos y áridos como el camino en el desierto de Atacama. O tan inaccesibles como la ruta hacia Pasto.

Durante aquellos años, Túpac adiestró a sus hijos en el arte de la diplomacia, el trato con sus hatunrunas, así como en el aprendizaje de todas las lenguas que se hablaban en el Tahuantinsuyo; también en el respeto a las normas implantadas por él en el ejército. Túpac Yupanqui era considerado un líder, ejemplo de valentía, disciplina y compañerismo en batalla, pues fueron muchas las ocasiones en las que había salvado la vida a algunos de sus soldados, combatiendo con el enemigo al lado de sus hombres. Con esas actuaciones había ganado el respeto y lealtad de sus tropas, lo que a Titu Cusi le parecía muy difícil de igualar. Cápac Guari, en cambio, sentía que tenía el valor y la disciplina necesarios y se hallaba muy motivado para hacer que su padre se sintiera cada vez más orgulloso de él.

Aquel primer viaje que el joven Titu Cusi hiciera con su tío Huamán Achcachi a Tumibamba marcó un hito en su vida. Quedó prendado del lugar e interiormente se hizo la promesa de que, al ser coronado sapa inca, regresaría y ocuparía el palacio de Tumibamba. Pero había algo que lo preocupaba: su hermanastro Cápac Guari interponiéndose entre él y su padre. Aunque quedaba mucho tiempo por delante. Túpac contaba para entonces cuarenta y cinco años y se conservaba en muy buen estado físico. Todos sabían que estaba lejos el día en que cediera la mascaipacha.

El imperio había alcanzado su máxima expansión bajo su reinado. Una de sus mayores obras eran los depósitos de víveres. Mandó construir gran cantidad de estructuras de piedra que servían para almacenar ingentes cantidades de grano y otros alimentos. Tenían diferentes nombres, pero genéricamente se las llamaba pirhuas, estaban situadas en lugares estratégicos, donde se controlaba la distribución de los productos almacenados en ellas. Las mayores estaban en las cabezas de provincia como Quito, Tumibamba, Cajamarca, Vilcashuamán, Chincha, Paramonga y Kuélap, entre otras. Una inmensa red de pirhuas que garantizaba el abastecimiento y cubría todo el territorio. Tenían alto grado de sofisticación ya que su ubicación de escogía dependiendo de la naturaleza de los productos. Sus conductos de ventilación, la inclinación de los pisos para el manejo del grano y la orientación de las puertas eran factores que redundaban en la mejor conservación de los productos almacenados. Durante su gobierno se construyeron cerca de veinte mil pirhuas. Estos almacenes, el Cápac Ñan y la red de chasquis jugaron un papel primordial en las conquistas.

Uno de los tantos cacicazgos que visitó Túpac en compañía de sus hijos fue el de Chincha. Los chinchas siempre habían gozado de un trato privilegiado por ser los primeros en anexarse al imperio. El viejo cacique le tenía reservada a Túpac una sorpresa: su hija Pilpintu, la menor de todas. Una virginal doncella de quince años que le fue entregada en una ceremonia, vestida con un colorido traje de plumas que ella mostraba orgullosa, extendiendo los brazos. Hacía honor al significado de su nombre, pues parecía una bella mariposa.

Túpac no le prestó la atención que cabría esperar tratándose de un regalo tan preciado, pues estaba dedicado a sus hijos recorriendo el imperio. Ordenó que la trasladasen a la ciudad del Cuzco y allá quedó ella, en el Calispuquio Huasi, bajo la estricta supervisión de la coya Mama Ocllo y el resto de las mujeres de Túpac, durante los siguientes años. A su regreso, el inca no recordaba tener una concubina con el nombre de Pilpintu, actitud nada extraña proviniendo de él. La joven se sintió humillada al ver que no requería su presencia y se convirtió en la burla de las demás mujeres. En cierta ocasión, la coya Mama Ocllo relató el asunto a Kapulí como algo que le causaba gracia y Kapulí sintió compasión por Pilpintu, ofreciéndose a invitarla a Chincheros para que fuera presentada al inca nuevamente.

A su regreso al Cuzco, Túpac tenía una imagen mejor formada de sus hijos, había aprendido a valorarlos y ambos jóvenes rivalizaban entre sí para obtener su atención. Titu se había convertido en un joven de recia personalidad, aunque su carácter definido desde muy joven no había variado mucho; seguía siendo tan dominante como antes. Cápac Guari era más parecido a Túpac en su manera de ser, suave, tranquilo y muy ordenado, meticuloso hasta un extremo exasperante, era el encargado de llevar con los quipus las cuentas durante los años que estuvieron en campaña. Siempre sabía con exactitud cuántos chasquis habían partido determinado día, la cantidad de grano en existencia, el número de soldados disponibles, cuántos días se había tardado en llegar a tal o cual sitio, siempre tenía la respuesta correcta. Virtud que exasperaba a Titu, siempre dado al desbarajuste y a arreglarlo todo dando órdenes. A Túpac le hubiera gustado más que uno de ellos tuviese ambas cualidades, pues Titu demostraba arrojo y valentía, y Cápac Guari honestidad, calma y buen uso de la razón.

Pilpintu, ya de diecinueve años, empezó a frecuentar el palacio de Chincheros con la anuencia de la coya y se ganó la confianza de Kapulí. Gracias a ella, Túpac recordó el regalo de su viejo amigo y accedió a recibirla. Pilpintu, que esperaba ser muy apreciada por el inca debido a que era bastante más joven que Kapulí, sufrió un cruel desencanto cuando Túpac la relegó después de haberla tomado. Kapulí seguía siendo su esposa favorita y Pilpintu no podía soportarlo. Había sido criada con la idea de que estaba reservada para el inca y la realidad era muy diferente de cómo la había imaginado. Pasaron los meses y, a pesar de vivir en el mismo palacio, no era requerida. Se suponía que, cuando menos, debería haber quedado encinta, pero no había ningún resultado de aquel primer y único encuentro, de manera que se atrevió a hablar con Kapulí.

—Señora..., es necesario que interceda ante mi señor Túpac —dijo Pilpintu con el tono lastimero al que Kapulí ya se había habituado.

—Últimamente nuestro señor está demasiado atareado, pequeña Pilpintu.

—No estoy esperando hijo de él. Debería estar preñada pero mi señor es demasiado flojo, no me llama, ¿Podrías recordarle que yo también soy su esposa?

—Querida Pilpintu, no eres su esposa, eres una concubina; pero te entiendo, quieres un hijo. Aunque nuestro señor es bastante distraído..., A sus esposas y concubinas del Cuzco no las toca, ni siquiera a la coya.

—¿Y por qué duerme contigo todas las noches? —preguntó Pilpintu.

—Por costumbre —respondió Kapulí con paciencia. Le divertía la ingenuidad de Pilpintu.

—No está bien que un hombre con tantas esposas duerma sólo con una.

—Tienes razón Pilpintu, hablaré con él para que te reciba, quédate tranquila, a lo mejor la próxima vez saldrás preñada. Por lo menos tendrás esa suerte.

Aquella noche, Kapulí tuvo una conversación con Túpac.

—Mi señor Túpac, te recuerdo que en este palacio está viviendo Pilpintu, ella extraña tu presencia, reclama que no está encinta.

—¿Pilpintu?

—¿No piensas recibirla? —preguntó Kapulí mientras veía la pequeña sonrisa que asomaba en el rostro de Túpac.

—Si es lo que ella desea... A ti no te importa, ¿verdad?

—¿A mí? —preguntó a su vez Kapulí sorprendida.

—Te pregunto si te importa que yo me acueste con ella.

—Señor..., tú eres el Inca, yo aceptaré todo lo que tú desees.

—Deja de contestar con evasivas. Te pregunto si te importa que yo posea a otras mujeres.

—Sí me importa, pero no debo ser egoísta con tus placeres, señor, mi deber es hacer de ti un hombre feliz.

—Y me haces feliz, Kapulí, sólo deseaba saber qué sentías al verme tomar a otra mujer.

—Creo que lo mismo que pudieras sentir tú, señor, si la

mujer que amas perteneciera a otro hombre.

Túpac sintió como si le hubiera fustigado un látigo. Se incorporó y mirando a Kapulí fijamente, le preguntó:

—¿Qué sabes tú de eso?

—Señor..., no entiendo tu pregunta.

—Te pregunto de dónde sacaste esa historia.

—¿Qué historia? —preguntó ella con desconcierto. Túpac comprendió que era sólo él quien pensaba en aquellos lejanos acontecimientos. A pesar del tiempo transcurrido aún la tenía tan presente que le parecía ver fantasmas en comentarios inocentes.

—Nada, no es importante. Pilpintu no me agrada. Hay algo en ella que no me gusta —agregó pensativo, volviendo a la conversación.

—Sin embargo, señor, es muy bonita y joven; debería quedar embarazada para que te deje tranquilo.

—Quiero que sepas algo: no deseo que sufras por verme con otras mujeres. Cuando estoy con otras, pienso en ti, Kapulí.

Kapulí bajó los ojos. Túpac nunca le había dicho algo semejante. Jamás hubiera imaginado que él la tuviese tan en cuenta. Sentía que el corazón le iba a explotar de felicidad. Túpac contemplaba la turbación de la mujer que había sido su compañera por tantos años, pensando que nunca había apreciado realmente tenerla. Por primera vez, él había abierto una rendija en sus cerrados sentimientos, resguardados durante tantos años del dolor de enamorarse. Veía a Kapulí con un sentimiento cercano al amor y admiraba en ella sus hermosos ojos dorados y su cuerpo suave y tibio. Esa noche apasionada, Túpac le prometió a Kapulí que tomaría a Pilpintu para que lo dejara en paz.

XVI

Poseer a Pilpintu significaba para Túpac un verdadero sacrificio. No obstante su juventud y su indudable belleza, su pequeño cuerpo no le inspiraba deseo. Túpac debía hacer un esfuerzo para tomarla, era algo que iba más allá de lo físico. Nunca le permitió desnudarse por completo, pues no sentía curiosidad por conocerla, y las pocas veces que había estado con ella fueron momentos sólo dedicados a la procreación. Le era absolutamente indiferente. Nada igual le había sucedido antes, ni con la coya, cuya voluminosa figura era compensada por el cariño y la complicidad que siempre los había unido. Esperaba que la joven quedase preñada para no verse en la penosa tarea de volver a tomarla.

Pilpintu sentía el rechazo del inca. Sabía que si no fuese por Kapulí, él jamás la hubiera tocado. Empezó a odiarlos a ambos. Sufría encerrada entre los muros del palacio de Chincheros, mientras veía al inca y a Kapulí ir cada noche juntos a sus aposentos. Maldecía su suerte, y no se conformaba con ser una concubina olvidada. Se prometió a sí misma que ella no sería como todas las que vivían en el Calispuquio Huasi.

La joven, conocedora de los secretos de los chinchas, sabios en la curación de males y enfermedades del cuerpo y del espíritu, desde pequeña había observado con atención la manera como su madre y su abuela manipulaban las plantas y había aprendido, con bastante más aplicación de la que su familia había supuesto, el uso de las yerbas usadas por ellas. Decidida a dar una lección a los que la hacían infeliz, puso en marcha un plan macabro.

Con el pretexto de recoger flores recorrió los alrededores de Chincheros, esperando encontrar lo que necesitaba. Encontró un pequeño arbusto de aya hacha. Más lejos, otro de aya wayta, cuyas hojas tienen la propiedad de causar mareo si se inhala su pestilencia. En su tierra, era conocida como "la planta del muerto" por su olor a carne putrefacta. Un poco más lejos, casi oculta por la sombra de unos peñascos bañados por un riachuelo, dio con las hojas de una planta familiar para ella llamada kunturpa rikran por sus enormes hojas, que semejaban las alas de un cóndor. Sus frutos negros y dulces provocaban efectos narcotizantes que mezclados con las plantas apropiadas se convertían, además, en un potente veneno. La joven fue recogiendo algunas de estas plantas y las puso en una bolsa de tela, que ocultó entre sus ropas. Con sus valiosos hallazgos entró a palacio tratando de pasar inadvertida, con tan mala suerte que se encontró de bruces con el propio inca. Al verlo, se arrodilló y puso la frente en el piso. Túpac hizo un gesto de desagrado por el olor fétido que desprendía el cuerpo de Pilpintu y, sin cruzar palabra, se alejó rápidamente en dirección a las andas que lo esperaban para llevarlo al Cuzco. Un poco mareada por el efecto de las yerbas, la joven se puso de pie con dificultad y fue a su habitación; las colocó de inmediato en un lugar seguro. Cuando se secaran, las molería y el olor desaparecía.

Pilpintu tuvo tiempo para preparar su plan. Por esos días había ocurrido un lamentable suceso. El tío Chaclla había muerto y Túpac permaneció en el Cuzco más de un mes, efectuando las ceremonias fúnebres que correspondían a un personaje de la importancia de Chaclla Ocllo. Kapulí también pasó unos días en la capital por el mismo motivo y regresó a Chincheros antes que el inca, que, ajeno al oscuro propósito que albergaba Pilpintu, cavilaba acerca de las palabras del Huillac Uma. El sacerdote, para entonces un anciano, había leído las hojas de coca como en ocasión anterior lo hiciera el otro viejo adivino ya difunto: «No veo futuro para el imperio, tampoco para ti. Debes tomar la decisión correcta al escoger tu sucesor, y hacerlo pronto. Al elegir, hazlo con la cabeza, no con el corazón».

Y Túpac sabía que las hojas de coca no se equivocaban, no lo hicieron cuando años atrás le aconsejaron «limpiar su casa» y no debía haber razón para que mintieran ahora. Nombraría príncipe heredero a Cápac Guari, dejando de lado las aspiraciones de Titu Cusi. Antes de partir a Chincheros se reunió con su hermano Huamán Achcachi, su mano derecha.

—Hermano, he decidido nombrar mi heredero, será Cápac Guari.

—¿No te parece prematuro? Tú eres un hombre joven,

cuando nuestro padre te nombró, él era mucho mayor que tú —arguyó Huamán, conteniendo su indignación. Había estado seguro de que el sucesor sería su sobrino preferido, Titu Cusi.

—El fallecimiento del tío Chaclla me ha hecho pensar que no somos eternos y que la muerte acecha en cualquier momento —contestó cabizbajo Túpac.

—¿Y Titu Cusi? Todos creímos que sería tu sucesor...

—Cápac Guari me ha demostrado que será un buen inca. Titu Cusi no ha logrado comprender que con la grandeza de ser el sapa inca también se adquieren deberes que creo no le serán fáciles de cumplir. Le falta disciplina y su comportamiento no es el que debe tener un gobernante. Hermano, si algo me sucediera te encargo de que se cumpla mi deseo. Dentro de poco haré oficial el nombramiento.

—¿A qué se debe esa prisa? No veo motivo... —insistió Huamán.

—Es necesario —se limitó a decir Túpac.

—No sabes guardar orden en tu casa, Túpac —sentenció su hermano.

—¿Por qué dices eso?

—Sé que la madre de Cápac Guari está más que interesada en que su hijo llegue a ser inca. El próximo sapa inca debería ser el hijo de la coya.

—Hermano, no acepto que me digas eso. Chuqui Ocllo no tiene absolutamente nada que ver en mi decisión. Soy yo mismo que a lo largo de estos años ha observado el comportamiento de ambos. No sabes cómo me duele la decisión que voy a tomar pero lo hago pensando en la pervivencia del imperio. Titu no ha dejado su afición a la chicha y cada vez será peor, es un vicio que nubla su juicio y reblandece su voluntad.

—Creo que cuando la coya lo sepa, tendrás problemas, ya tienes suficientes problemas con tus otras mujeres... No quiero ni pensar en la reacción de Mama Ocllo cuando se entere. Aún no has aprendido a poner orden en tu casa —repitió.

Túpac quedó un buen rato pensativo. Sabía que debería enfrentar algunos contratiempos pero el Huillac Uma había sido claro y no deseaba dejar nada al azar. Su hermano guardaba silencio. De pronto, reaccionando desde algún punto perdido en su mente, Túpac contestó.

—No sé por qué siempre dices eso. No veo cómo hacerlo, las mujeres son tan... impredecibles. Mira a Pilpintu, a pesar de saber que no me gusta sigue empecinada en estar conmigo.

—Es una bella mujer, Túpac, ¿qué tiene de malo?

—No lo sé... Hay algo en ella que me inspira desconfianza y cuando siento algo así por una mujer no puedo entregarme.

—Pero... ¿quién dice que debes entregarte a ellas? —preguntó Huamán con vehemencia—. Se toman y se dejan, tú escoges a la que más te guste y las demás deben quedarse tranquilas. Hermano, ya veo cuál es el problema: me temo que das demasiada importancia a tus mujeres. Yo no permito que ellas me molesten, lo aprendí bien de nuestro padre Pachacútec: si alguna se alborota no vuelvo a tocarla. Es la única forma de mantener en paz mi casa.

Túpac sonrió al pensar en esa posibilidad. No se creía capaz de cambiar, al menos no en ese aspecto. Hizo un leve gesto con la mano y despidió a Huamán antes de encaminarse a las puertas de palacio para dirigirse a las andas que esperaban para trasladarlo a Chincheros.

La coya iría con él, pues deseaba hablar con Pilpintu, y a Túpac le pareció que sería una magnífica oportunidad para tratar con ella acerca de Titu. Mientras las andas se ponían en movimiento, Túpac recordó a Bahatu y Fahatu. La muerte de Chaclla lo hizo salir precipitadamente hacia el Cuzco y no pensó en llevarlos. Los echaba de menos; se había acostumbrado a ese par de melanesios de anchas sonrisas que lo acompañaban a todos lados y hacían sonar sus tambores a la entrada de cada pueblo.

Fahatu y Bahatu eran los encargados de mantener las armas del inca en perfecto estado. También se ocupaban en la fabricación de tambores, que hacían a la perfección, pero se tomaban tanto tiempo en encontrar la piel apropiada, y otro tanto en ponerla a secar al punto exacto para poder sacar el sonido perfecto, que cada tambor tardaba más en estar terminado que si hubieran ido a buscarlo a la propia Auachumbi. A pesar de todas sus rarezas, Túpac se había acostumbrado a ellos. No deseaban casarse, aunque dejaron preñadas a unas cuantas después de las largas celebraciones religiosas que se acostumbraba dar en el imperio, cuando las mujeres del pueblo, desinhibidas por la chicha, los buscaban más por curiosidad que por otros motivos. Vivían en el palacio, como recuerdo de sus lejanas aventuras. Ellos por su parte, sentían adoración por el inca, al que llamaban "taita yaya", y por su esposa Kapulí, a quien cada vez que tenían oportunidad llevaban flores del campo. No habían perdido sus atávicas costumbres de considerar las flores como el regalo más apreciado. Por extraños motivos, los sentimientos de su amo también se reflejaban en ellos: si algo o alguien no gustaba al inca, a ellos tampoco. En esta discriminatoria particularidad estaba ubicada Pilpintu. La antipatía que sentían era recíproca. Ella tampoco los quería.

En tanto que el inca se encontraba en el Cuzco, Fahatu y Bahatu merodeaban por las cercanías del palacio en Chincheros, ocupados en lo que mejor sabían hacer: nada. Estaban echados sobre la yerba viendo el tiempo transcurrir cuando avistaron a Pilpintu. Les pareció que ella deseaba hacer algo sin que los demás se dieran cuenta. Observaron que se alejaba hacia un lugar solitario, donde extrajo de entre sus ropas unas yerbas secas, las extendió sobre una roca plana y empezó a molerlas con otra piedra hasta desmenuzarlas por completo en el improvisado batán. Les pareció extraño que ella lo hiciera fuera del palacio en lugar de hacerlo en la cocina, como sería lo normal. Regresaron a palacio y fueron directamente a hablar con Kapulí, que días antes había regresado del Cuzco.

—Señora Kapulí —dijo Bahatu, quien era el que llevaba siempre la voz cantante.

—Dime, Bahatu, te escucho.

—Pilpintu está en el campo moliendo yerbas. La vimos los dos.

—¿Y qué yerbas eran esas?

—No sabemos. Pero es raro Pilpintu vaya al campo a hacer eso —dijo Bahatu en su extraña manera de usar el runa simi.

—¿Por qué dices que es raro?

—Ella puede hacer aquí. Además, Pilpintu huele raro —agregó Bahatu, haciendo un mohín con su ancha nariz.

—Sí. Tiene olor raro —recalcó Fahatu haciendo idéntico mohín.

Kapulí sonrió al verlos. Para ella aquellos dos eran unos personajes peculiares. Cayó en cuenta que cuando se referían a algo como «me huele raro» hablaban de mal olor.

—Así que Pilpintu apesta —aclaró.

—Su cuarto, sí. Huele muy mal. Muy mal —enfatizó Bahatu.

—Hablaré con ella. Tal vez sería bueno que se diese un baño...

—Nosotros hablar con taita yaya, ¿sabes cuando vuelve, mi señora?

—Regresa hoy. Pero no creo que deban importunarlo con esas tonterías.

Ambos negros se miraron y asintieron. Después de inclinarse hasta el piso, salieron a esperar a Túpac.

Aguardaron pacientemente su llegada sentados lejos de la entrada principal, hasta casi el atardecer, cuando divisaron la comitiva del inca. La presencia de la coya los cohibió de ir a darle la bienvenida y acordaron esperar el momento oportuno pero Túpac y Ocllo, después de saludar a Kapulí, se retiraron a conversar a uno de los salones. Los melanesios se mostraban inquietos, presentían que debían advertir a Túpac de algo que para ellos era importante y como cosa rara, pues no era su costumbre, se atrevieron a interrumpir.

Mientras Túpac trataba de encontrar las palabras apropiadas para decirle a la coya que había tomado la decisión de dejar fuera de la sucesión a Titu Cusi, los negros le hacían señas y morisquetas infructuosamente desde la entrada del salón, pero Túpac no hacía caso, a medida que la coya iba entrando en cólera por la falta de respeto de «ese par de negros», como ella los llamaba, hasta que no aguantó más.

—¿¡Cuándo comprenderán que no deben interrumpir a su soberano!? —profirió cortante.

A Túpac el asunto le hacía gracia. Pero no dijo nada, pues no debía restar autoridad a la coya. Los negros se arrodillaron asustados poniendo la frente en el suelo mientras Bahatu murmuraba:

—Perdón, señora soberana ama coya, pero es muy importante. Muy importante.

—Dime, ¿qué puede ser tan importante?

—Pilpintu huele mal —dijo gravemente Bahatu.

—¿Qué? —preguntó Mama Ocllo, sin comprender de qué se trataba.

—Pilpintu huele muy mal. Muy mal —repitió Bahatu— y ahora la vimos moliendo yerbas en el campo.

—Y yo que pensé que tus mujeres eran unas chismosas... —dijo la coya dirigiéndose a Túpac—. ¿Cómo puedes soportar esta falta de respeto?

—Tranquilízate, mamita, déjame hablar con ellos. Tal vez no se expliquen bien.

—Levántense —ordenó Túpac en lengua polinesia— y ahora, díganme qué se traen entre manos.

—Taita yaya, Pilpintu salió del palacio en una actitud muy sospechosa y se dirigió al campo, donde sacó de sus ropas unas yerbas y empezó a molerlas en una piedra, creemos que debía guardarlas en su cuarto, que huele muy mal.

—¿Eso es todo? ¿Por qué les preocupa tanto eso? —preguntó intrigado Túpac, al tiempo que le venía a la memoria la vez que se topó con Pilpintu cuando salía para el Cuzco.

—Porque pensamos que a lo mejor está tramando algo, taita yaya. Ella no es buena, nada buena.

—Entonces, háganme un favor: espíenla, y si ven algo nuevo, me avisan. ¿Está bien?

—Sí, taita yaya. —Ambos hombres se inclinaron y se perdieron de vista.

—¿De qué trata todo eso?

—Ellos están preocupados por mí. Saben que Pilpintu no me gusta, por lo tanto a ellos tampoco. Además, dicen que la vieron en el campo moliendo unas yerbas que huelen muy mal.

—Hablaré con ella. Ya es tiempo de que la lleve conmigo al Calispuquio Huasi, esa joven mujer tuya en verdad es muy extraña.

—Me harías un gran favor...

—Lo importante es que esté preñada, así por lo menos se sabrá que la tomaste y no tendremos problemas con los chinchas. Su padre te la obsequió como muestra de su gran amistad.

—Cierto, mamita, pero ¿qué puedo hacer? No es posible

devolverla. Sólo espero que esté encinta y acabe este asunto de una vez por todas.

A Túpac le pareció que sería inoportuno informarle de su decisión acerca del nombramiento del sucesor, así que dejó el asunto para otra ocasión, cuando las cosas estuviesen más calmadas.

Aquella tarde, la coya Mama Ocllo habló con Pilpintu.

—Señora, no estoy haciendo nada malo. Sólo molía unas hierbas que son para quedar preñada, en vista de que tu señor esposo es muy desganado y casi nunca me toca.

—¿Cuáles son esas yerbas?

—Amapanki y canchalahua. Las debo moler cuando sequen para tomarlas después de hervirlas —contestó Pilpintu con sangre fría.

—Ninguna de esas plantas huele mal. Ellos dijeron que tu cuarto olía muy mal. No sabía que la amapanki era buena para eso. No estarás haciendo preparados extraños en contra del inca...

—No, señora, jamás me atrevería, mi cuarto no huele mal, puedes ir tú misma y comprobar. Son los negros los que huelen mal.

—Te equivocas. Ellos son los individuos más limpios que conozco. Creo que debo llevarte al Cuzco.

—Pero no estoy embarazada. Por favor, señora, déjame esta semana aquí, luego iré a donde tú digas, así no esté encinta. Al menos deja que mi medicina surta efecto. Amo a mi señor inca, señora.

—No. Mañana partirás conmigo al Cuzco —ordenó la coya. Prepara tus cosas.

Pilpintu fue a su cuarto y con rabia empezó a preparar sus bártulos. Aquella misma noche llevaría a cabo su plan. La coya se acordaría de ella.

Usualmente Kapulí se encargaba de cocinar los platillos preferidos de Túpac, una costumbre que había adquirido desde cuando vivían en Tumibamba. Esa tarde, Pilpintu entró en la cocina y se ofreció a ayudar.

—Señora Kapulí, deja que te ayude, pues mi señora Mama Ocllo se encuentra aquí y deseo que quede atendida como se merece.

—Gracias, Pilpintu, pero mis yanaconas lo harán; ve y trata de que ella se encuentre cómoda.

—A mi señora le gusta mucho el picante. Cuando yo vivía en el Cuzco ayudaba en la cocina...

—Está bien, hija. Ve llevando la comida: este cocido es para tu señor, aquél, para tu señora Mama Ocllo. —Señaló Kapulí, mientras se daba vuelta para remover el ulluco, uno de los platos favoritos de Túpac.

Pilpintu se acercó a la comida destinada al inca y vertió con disimulo el contenido de un pedazo de tela que llevaba oculto, luego echó suficiente ají con huacatay, revolviendo el cocido afanosamente. Estaba segura de que el picante disfrazaría cualquier sabor extraño.

—¿Por qué echas ají directamente al alimento de tu señor?

—A mi señor Túpac le gusta mucho el ají, señora Kapulí. Deseo que se sienta bien atendido —respondió Pilpintu—. Además, el picante renueva los ánimos, tal vez así se anime y me tome esta noche... ¿Sabes que mi señora desea llevarme al Cuzco con ella? —dijo la joven, tratando de desviar la conversación.

—Está bien, ve y sírvele su comida, luego regresa y llevarás el resto —ordenó Kapulí con una sonrisa comprensiva. La pequeña Pilpintu le inspiraba lástima. Sabía que Túpac no estaría con ella precisamente esa noche.

La cena transcurrió sin contratiempos. La coya como siempre se excedió en la comida, cayó de inmediato en su sopor acostumbrado y se retiró a su habitación a descansar. Túpac y Kapulí fueron a la suya y Pilpintu en su cuarto no podía reprimir la ansiedad. Por momentos pensaba que su preparado no había sido efectivo, pues le parecía que el inca estaba normal, y al mismo tiempo empezó a invadirla el pánico. Pero al recordar las miradas de deseo que lanzaba el inca a Kapulí, se alegró de que esa noche fuese la última. Todos la acusarían, pues era ella quien preparaba sus alimentos.

Mientras veía a Kapulí desnudarse, Túpac sintió que la deseaba más que nunca. Sus curvas, acentuadas por sus carnes llenas, a pesar de los años conservaban su sensualidad intacta. Sus serenos ojos dorados se transformaban en fuego apasionado cada vez que, como esa noche, se acercaba a él buscando cobijo en su cuerpo. Túpac la acarició en un preludio amoroso en el que ambos se entendían a la perfección. De pronto sintió que algo no estaba bien. Se hizo a un lado y se recostó en el suave acolchado de algodón. La habitación daba vueltas; un frío intenso le hizo tiritar y un dolor fuerte como una puñalada se incrustó en su estómago obligándolo a doblarse como si le faltase aire. Kapulí se incorporó con rapidez y acercó su rostro al de él, pero tuvo la impresión de que Túpac no alcanzaba a distinguirla.

—Túpac, ¿qué sucede, mi amor? Habla, por favor, ¿sientes dolor?

Pero él no contestó. Solo tenía una idea fija en la mente. Las palabras de los melanesios: *pensamos que a lo mejor está tramando algo, taita yaya. Ella no es buena, nada buena. Huele mal, muy mal, estaba moliendo yerbas...*

—Kapulí... Pilpintu me ha envenenado... Llama a la coya, por favor..., debo hablar con ella.

—¡Oh, mi señor! ¿¡Cómo es posible!?—

Kapulí pasó por su cabeza una túnica y salió al pasillo.

—¡Despierten a la coya y traigan a Pilpintu! ¡¡Ahora!! —gritó Kapulí—. ¡Que vengan Fahatu y Bahatu! ¡Mamacona!, ve y prepara algún remedio, tu señor está muy enfermo, le duele el estómago. Creo que ha sido envenenado... Tú, llama al sacerdote. ¡pronto! —ordenó a uno de los guardias que se habían aglomerado frente a la entrada de la alcoba.

Kapulí se sentó al lado de Túpac, que yacía sobre el lecho transpirando profusamente. Por momentos parecía tener alucinaciones; decía palabras incoherentes, mencionaba a un tal Koullur y a una mujer llamada Sumaq.

—Esperé muchos años para verte, Sumaq... pero no pensé que Koullur estuviese contigo... ¡Huiracocha, no me dejes solo, no permitas que todo empiece otra vez!

Túpac estaba pálido, el poderoso veneno estaba surtiendo efecto. Tenía la mirada perdida, como si intentara mirar a alguien con dificultad. Por unos segundos pareció recobrar la razón.

—¿Por qué tarda la coya? Cápac Guari, deseo que venga, él debe ser mi sucesor... Kapulí, escucha: mi hermano Huamán lo sabe... El imperio... —Sintió que sus pulmones iban a explotar, no podía respirar.

De pronto, dejó de luchar, su rostro lentamente se hizo a un lado y quedó exánime.

—Túpac, mi amado señor, no estarás solo... —dijo llorando Kapulí—, yo iré contigo, juntos desafiaremos todo. Espérame, Túpac...

Kapulí extrajo un filoso cuchillo entre las armas de guerra de su marido y se cortó con fiereza las venas de ambas muñecas; luego se encajó el puñal en el pecho. Abrazada al cuerpo de Túpac, acompañándolo a lo que él tuviera que enfrentarse, se desangró hasta morir.

Así los encontraron la coya y el sacerdote. Para entonces, ya todo el palacio estaba conmocionado. Los guardias de Túpac acudieron ante los gritos de los melanesios que tenían agarrada a Pilpintu de las trenzas y la arrastraban por los pasillos mientras ella juraba y perjuraba que no tenía nada que ver con la muerte del inca. Pero nadie la creyó. La sujetaron y amordazaron para que dejara de gritar. Los temibles y fieros guerreros de Túpac lloraban como niños al ver muerto a su amado inca. Un chasqui partió con la mala nueva al Cuzco. El sacerdote se acercó y olió la boca de Túpac; confirmó que había sido envenenado.

La coya Mama Ocllo ordenó encerrar a Pilpintu. Después se ocuparía personalmente de ella. En esos momentos sólo podía dar rienda suelta al dolor que sentía; su amado Túpac se había ido dejándola abandonada, ya nunca más vería su pequeña sonrisa y aquellos ojos que reflejaban sus sentimientos, su bondad y la gentileza que todas conocían.

Poco tiempo después el palacio de Chincheros bullía de gente; Titu Cusi, las esposas y concubinas del inca, los parientes... y el regente Huamán Achcachi, que se hacía cargo de la situación, mientras Cápac Guari, oculto entre las sombras de palacio, lloraba en silencio la muerte de su padre.

Huamán convocó a los sacerdotes, y entre todos convinieron que Kapulí fuera momificada como correspondía a la esposa de un inca. Pertenecería a la panaca real del Calispuquio Huasi. El Huillac Uma pidió ser sacrificado, sabía que las hojas de coca habían hablado la verdad, el imperio peligraba y su vida también. Huamán no cumpliría los deseos de Túpac. Su principal interés consistía en preservar la casta de los Yupanqui. La madre de Cápac Guari juraba a gritos que el inca le había prometido que él sería el próximo inca, sellando de esta manera el destino de su hijo. La primera orden que dio el tío de Titu fue detener a Cápac Guari; lo mantuvieron celosamente custodiado, haciendo caso omiso de los gritos de la mujer, que finalmente también fue encerrada. Huamán Achcachi sabía perfectamente que no debía dejar cabos sueltos.

La era de Túpac Yupanqui había llegado a su fin. Terminaba con él una casta de incas. Se cumplía la profecía del Huillac Uma. La expansión del Tahuantinsuyo empezada por Pachacútec, y que debía durar muchos siglos más, fue truncada por la muerte temprana de un guerrero excepcional, valiente, ávido aventurero, que no reparó en los peligros para emprender expediciones que pudieran aportar grandeza a su reino. Y cuando la noticia de su muerte se extendió por el imperio, todo su pueblo lo lloró como a ningún otro inca. Su figura, preservada por la memoria de sus runas, fue recordada como se le conoció mientras estuvo con vida: Túpac Yaya, El Resplandeciente, Padre de todos los hombres, por ser el señor que tanto los amaba y tanto bien les hacía. También lo denominaban como El Grande y El Justiciero. Fue más querido que Pachacútec. Su reinado duró veintidós años.

XVII

Recostada sobre unas mantas en su habitación a oscuras, la coya había vuelto a caer presa de su antigua melancolía. Días de llanto, en los que el arrepentimiento se mezclaba con el dolor, al recordar las infinitas veces que en silencio había reprochado a Túpac no amarla como a Sumaq, ni haberla deseado como a Kapulí. Comprenderlo no valía ya de nada, y odió con todas su fuerzas a Pilpintu, la desdichada que le había arrebatado a su amado, dejando al imperio sin riendas. Sabía que Titu sería algún día inca, pero en esos momentos... era todo tan precipitado. Envidiaba a Kapulí, por lo menos estaba al lado de su hombre; en cambio ella, la madre del próximo emperador debía estar al lado de su hijo. Y él era tan joven... Cerró los ojos y vinieron a su memoria acontecimientos pasados; había transcurrido tanto tiempo desde que Sumaq desapareciera de sus vidas. Supo desde entonces que Túpac jamás la olvidaría, porque no había otra forma de permanecer indeleble a lo largo del tiempo que la muerte. Así como cuando murió Huayna, aquel niño que ella tanto había odiado y que salvó la vida de su pequeño Titu. Lo había recordado cada día desde entonces. Y ahora, Túpac... La coya se incorporó con dificultad. Una idea vino a su mente, tan clara como los rayos del sagrado Inti que empezaban a iluminar otro día triste. El próximo inca del imperio se llamaría Huayna Cápac. Haría honor al pequeño héroe, al tiempo que pensaba que era justamente lo que su hijo era: joven. El más joven de todos los incas. A su inolvidable Túpac le hubiera gustado.

Esperaba que el hombre que había enviado a su hermano Otorongo trajera el encargo; habían transcurrido seis días y era la época de migración de las tambochas, cuando se volvían asesinas. Nunca pudo olvidar lo que Otorongo contó el día que regresó al Cuzco después de varios años: «La tierra de los pastos es feroz —decía—, son hormigas asesinas, parecen avispas sin alas, de tan grande como tienen la cabeza. Migran una vez al año y cuando se mueven por la selva los animales salen huyendo; a ellas sólo las detiene el agua. Algunos curanderos las usan para suturar heridas con sus fuertes tenazas. Una vez que muerden la herida juntando los bordes, les cortan la cabeza». Otorongo siempre contaba historias extraordinarias.

Mientras ella recordaba, Pilpintu permanecía en cautiverio, férreamente vigilada por soldados de confianza, advertidos de no hablarle a riesgo de perder sus vidas, aunque en ese caso, no valían las órdenes ni el gran poder que tenía la coya. Era suficiente saber que la prisionera era la asesina del inca.

Huamán Achcachi desobedeció los deseos de su difunto hermano e hizo valer el poder que Túpac le había otorgado como segundo al mando en el imperio, acelerando la toma de poder de su sobrino. Y mientras la momia del gran Túpac Yupanqui era resguardada en el Korikancha por sus más fieles guerreros, la nobleza cuzqueña, los caciques y gobernadores del imperio, después de venerar y demostrar su sufrimiento por tan dolorosa pérdida, estaban convocados a la coronación de Titu Cusi Huallpa, que a partir de entonces sería conocido como el sapa inca Huayna Cápac. Ese mismo día contrajo matrimonio con una ñusta proveniente de la casa de los Yupanqui, llamada Cusi Ramay, la nueva coya. Y el Cuzco, al igual que en ocasiones anteriores, vistió sus mejores galas en medio del luto, cubriendo sus techos con multicolores plumas de aves selváticas, que hacían contraste con los severos muros de piedra de sus robustas construcciones y el oro de las cenefas de sus palacios. El Tahuantinsuyo no debía quedar sin inca mucho tiempo. Y cuando el más alto sacerdote colocó la mascaipacha sobre su testa, Titu Cusi supo que su turno había llegado.

Desde el primer día, Huayna Cápac inició su reinado con ímpetu juvenil. Ordenó la construcción de su palacio, al que llamaría Amaru Cancha, y deseoso de demostrar que era capaz de ser un buen gobernante empezó a organizar un viaje al Chinchaisuyo, la zona de los quitos y cañaris que tanto le había gustado. También quería conocer Pasto, podría hacerlo como siempre había soñado: llevado en andas de oro y con un enorme séquito de yanaconas y soldados. Sólo lo contrariaba no poder contar con los tambores de los melanesios, pues ellos formaban ya parte de la panaca real del Calispuquio Huasi.

Pidieron ser sacrificados para acompañar a su amado inca.

La tristeza de la coya se acentuaba, y en medio de su monomanía se aferraba a la presencia de Huayna.

—Titu, querido hijo...

—Ya no me llames más Titu, madre —le corrigió Huayna.

—Está bien hijito, sabes cuánto te amo y cuánto te amó tu padre... No deseo que te alejes de mí. Si vas a esas tierras del norte, presiento que no te veré en mucho tiempo. No vayas ahora, te necesito a mi lado —dijo la coya, suplicando con la mirada.

Huayna notó que su madre no estaba bien. Se veía acabada, su aspecto lucía desaliñado, las canas que tanto cuidaba de teñirlas con los preparados en los que era experta estaban a la vista, acentuando su vejez.

—Mamita, no me iré aún, no temas perderme —dijo apaciguando su ánimo—. Pero no me digas que mi padre me amó. Si lo hubiera hecho, no habría preferido a Cápac Guari. Mi padre no me amaba, él me odiaba —respondió Huayna con dureza.

—No digas eso, todo fue una gran mentira de aquella concubina miserable, gracias a Huiracocha la mataron.

—No, madre. Mi tío Huamán me dijo que mi padre por su propia boca le había hecho conocer su decisión. Él quería a Cápac Guari como sucesor. ¿Cómo crees que me siento, mamita? Después de haberle demostrado que yo soy un hombre valiente, él prefirió a Cápac Guari... ese desgraciado bastardo.

—¿Tu padre deseaba eso? —La coya bajó la cabeza, reflexiva. ¿Por qué no se lo diría a ella? Alzó la vista y se dirigió a Huayna—. Hijo, no guardes rencor en tu corazón, tu padre fue un buen hombre, un gran sapa inca.

—No es necesario que me lo recuerdes. Constantemente todos lo hacen, no quiero que me comparen con él, yo soy Huayna Cápac, no soy Túpac Yupanqui. A propósito, ¿Por qué decidiste que mi nombre fuese Huayna? —preguntó de improviso.

—Siempre me gustó ese nombre, significa "joven". Y es lo que eres ¿verdad? Eres el más joven de los incas. Además, ¿recuerdas a Huayna?, él te salvó la vida.

Una sonrisa asomó al rostro de Titu y sus facciones cambiaron notablemente. Pero de inmediato volvió a aparecer su semblante inmutable. Se dio vuelta y miró la lejanía.

La coya se asustó de lo que vio. No era el niño dulce y cariñoso que siempre había sido con ella y con su abuelo Pachacútec. Tuvo miedo de que su hijo supiera que su nombre había sido usado antes por su padre, para llamar así al hijo de la mujer que tanto había amado. Empezó a creer que tal vez su amado Túpac habría tenido razón al no desear que Titu fuese el próximo inca. Cápac Guari había sido tan respetuoso y serio, juicioso, muy parecido a Túpac. ¿Qué habría sido de él? Después de dudarlo, se lo preguntó.

—Hijito... Huayna, ¿qué hiciste con tu hermano Cápac Guari?

—Mejor no preguntes, madre —respondió Huayna, girando el rostro hacia ella.

Era una mirada dura; tan vacía, que la coya sintió encoger su corazón. Prefirió no seguir indagando, empezaba a sentir miedo de ese hijo que desconocía. También sentía temor de que tal vez fuese de ella de quien hubiese heredado malos sentimientos. La imagen de Pilpintu volvió a su memoria. Las tambochas enviadas por Otorongo habían cumplido su cometido.

Días antes, la coya había recibido un contingente de cincuenta llamas. Venían desde Pasto con un cargamento macabro: doscientas enormes vasijas bien cerradas portando miles de furiosas tambochas; según dijeron los hombres que las entregaron, algunos habían muerto tratando de atraparlas. Por indicación de Otorongo, mandó construir una fosa profunda llenándola de agua alrededor de un gran montículo de tierra, donde Pilpintu fue amarrada desnuda a una gruesa estaca clavada en el suelo. Las vasijas conteniendo las hormigas salieron de los envases de arcilla que fueron rotos a pedradas desde el otro lado del foso y se abalanzaron hambrientas sobre el cuerpo de Pilpintu. Mama Ocllo observó impasible cómo una mancha rojiza cubría a Pilpintu, mientras de su cuerpo convulso se desprendía la piel dejando ver sus entrañas mientras aún estaba con vida. No escuchó grito alguno porque se cuidó de coserle la boca, sólo casi al final, cuando ya no existían labios, creyó escuchar un débil gemido, pero pensó que tal vez había sido su imaginación, ya que su cuerpo estaba destrozado. Casi acabó con un aríbalo de chicha ella sola, viendo desaparecer a la infeliz, y si no fuese por su yanacona más cercano, que se había quedado a pesar de sus órdenes, ella también hubiese terminado tragada por las hormigas, porque en medio de su borrachera empezó a cruzar la fosa. Todavía recordaba el terror en su mirada...

Huayna empezó su gobierno enfrentándose a la sombra de su padre, sabía que todos esperaban que superase sus hazañas, pero la realidad era que el imperio era ya tan extenso, que aun para su antecesor había empezado a ser difícil gobernar. No acometería más conquistas, debía preservar el imperio y la única forma de hacerlo era manteniendo la paz en el Tahuantinsuyo. Para complacer a su madre, hizo a un lado sus deseos de ir al norte; pero después de pasar un tiempo recorriendo las cercanías del Cuzco, partió al sudeste con un gran contingente de soldados y constructores, y escogió el lugar donde se fundaría «el granero del Inca». Aconsejado por su tío Huamán, empezó la ejecución de las obras en el valle de Cochabamba situado en las faldas de la cordillera del Tunan; la idea era crear un inmenso centro de distribución en esas ricas tierras, territorio de los charcas, con quienes llegó a un arreglo muy conveniente. Los charcas recibieron un trato preferencial; fueron seleccionados como sus guerreros predilectos, se sumaron al ejército imperial como lo habían hecho con el ejército de su padre, y los civiles fueron liberados de toda faena a excepción de la producción de maíz.

Poco después partió hacia el reino de Chili, pasando por Poconá. Estuvo en la región largo tiempo, en territorios tan alejados que el descuido había hecho presa en ellos, pero Huayna estaba decidido a llevar el incario a su máximo desarrollo, incrementando en gran medida los terrenos de cultivo que tanta falta hacían para la cada vez más creciente población. Nunca pudo convencer a los araucanos de sumarse al Tahuantinsuyo, aquel pueblo feroz y aguerrido prefirió vivir en tribus, libre de las obligaciones que les llevaría pertenecer a un poder extranjero, como ellos llamaban a los incaicos. Huayna los admiraba, hubiese querido tenerlos al lado de los charcas, formarían un ejército invencible, tanto como para luchar contra los aztecas. Había tenido noticias de que ese reino, al otro lado del mar al norte de Manta, era muy rico en oro y tan poderoso como el incaico. Algún día... —pensaba—, algún día conquistaré a los aztecas.

El paso de los meses fue aplacando el resentimiento que guardaba por su padre; recordaba todo lo que le había enseñado en la campaña por el norte y, a pesar de no aceptar lo que él siempre sintió como un rechazo, quería respetar su memoria y amarlo como él lo hizo con su abuelo Pachacútec. Intentaba imitar en todo a Túpac, sin embargo existía una importante diferencia: a Huayna le seguía gustando la chicha, y con el pretexto de que no estaban en campaña, dejó que sus soldados relajasen la férrea disciplina de los tiempos de su padre.

A su regreso al Cuzco llegó un chasqui enviado por el gobernador de Quito, Chalco Mayta.

—Señor sapa inca Huayna Cápac, traigo un mensaje de Quito —dijo el chasqui.

—Levántate y habla.

—Hay levantamientos en el norte, mi señor, los cañaris y los quitos se han unido, han juntado otras tribus y han alborotado a la gente de los pueblos; amenazan con tomar Quito y Tumibamba. También hay problemas con los pastos; el gobernador Otorongo solicita ayuda porque los quillacingas se han sublevado.

—¿Es todo? —preguntó Huayna impaciente.

—Es todo, mi señor.

—Puedes retirarte —ordenó Huayna, con su acostumbrado tono áspero.

—Esa zona siempre ha sido complicada, Huayna —comentó Huamán, pensativo.

—Partiremos de inmediato. Daré órdenes para que empiecen a formarse los ejércitos en todos los ayllus. Se nos unirán a medida que pasemos. Habrá que darles a los rebeldes una lección definitiva. Llevaré a la legión de los charcas conmigo.

—Es lo más aconsejable.

—Chalco Mayta fue nombrado en tiempos de mi padre,

siempre lo consideré un hombre débil.

—Ya es un hombre viejo, Huayna.

—Habría que enviar guarniciones de soldados a Quito para que resguarden a Chalco Mayta. Tío Huamán, dispón que se haga lo necesario mientras llegamos al norte.

Sería la primera vez que Huayna como sapa inca encabezaría una campaña militar. Muchos de los nobles runruyoc auquis, compañeros de su padre, se alinearon a su lado, pero existía una diferencia insalvable. Huayna no era Túpac. Y allí donde su padre hubiese ido a pie, al lado de sus hombres, Huayna gustaba de ser llevado en andas de oro por sus fuertes rucanas, rodeándose de una comitiva tan rimbombante como fuese posible.

—Señor sapa inca... —dijo uno de los runruyoc auquis más nobles del imperio— no es buena idea que un viaje tan extenso lo hagas sobre andas. Tu padre no acostumbraba en tiempos de guerra...

—Sé cómo acostumbraba desplazarse mi padre —interrumpió Huayna cortante—, yo soy diferente. Es necesario que el pueblo sepa la importancia del sapa inca, igualmente, nuestros enemigos deberán tomar en cuenta que soy el representante del dios Inti.

—Como tú ordenes, señor —atinó a contestar el noble runruyoc auqui. Después de una profunda reverencia se retiró, evitando que el inca captase su mirada de desprecio.

Al enterarse de la muerte de Túpac Yupanqui, el príncipe Hualcopo había vuelto a iniciar una sublevación, apelando a las fuerzas de la Confederación Quiteña una vez más. En Tumibamba, tierra de los cañaris, se registraban guerrillas combatientes de huancabambas, bracamoros y ayabacas bajo el mando de Hualcopo, que para las guarniciones incaicas empezaban a ser difíciles de controlar. Más al norte, en la tierra de los quitos, también había problemas. Sorpresivamente, Hualcopo murió y le sucedió en el poder el príncipe quiteño Cacha Duchicela, un hombre de temible reputación; tenía una pierna paralizada, consecuencia de una lesión en batalla, pero ello en lugar de restarle fuerzas, le daba más bríos. Su primera orden fue atacar Quito.

Mientras Huayna hacía el recorrido hacia el norte, los

chasquis llegaban a su comitiva con noticias unos detrás de otros: «Las guarniciones incaicas piden ayuda» «La ciudad de Quito está tomada» «Tumibamba ha sido sitiada».

El ejército del norte no daba abasto para controlar todos los focos guerrilleros que actuaban simultáneamente; la situación estaba llegando al límite. Y todo ello, sin contar con los problemas en Pasto.

Huayna Cápac había logrado consolidar a lo largo del Cápac Ñan ciento cincuenta mil hombres. Cuando el ejército incaico llegó a las cercanías de Tumibamba, desplegó sus fuerzas en un extenso campamento y reunió a sus sinchis con la intención de planear la estrategia. Recordaba que su padre decía: «Nunca debes presentar batalla sin estudiar todas las posibilidades» y aquella era su primera batalla como inca. Sabía que debía hacerlo bien, mejor que su padre. No dejaría vivo a ningún quiteño ni cañari. Pero en esos momentos llegó un chasqui con noticias de las atrocidades que estaban cometiendo los hombres de Duchicela contra la población incaica; estaban asesinando a los mitimaes, hombres, mujeres y niños. Huayna montó en cólera y dejó de lado la estrategia. Sin esperar más, se dirigió a Tumibamba y mandó al frente a la legión de los charcas, quienes arrasaron con los huancabambas, bracamoros y ayabacas. Huayna era llevado en andas, y en medio del fragor de la batalla varios rucanas fueron heridos de muerte y lo dejaron caer. Para su humillación, lo socorrieron los sinchis de su padre.

El inca mandó reventar los ojos y cortar las orejas a los quitus sobrevivientes, y así como estaban, ciegos y sangrantes los envió hacia Quito como escarmiento. Pero Cacha Duchicela, con todas las tribus que conformaban la confederación quiteña, salió al paso y presentó batalla en la misma Tumibamba. Se llevó a cabo el más feroz combate que se hubiera conocido, y esta vez Huayna Cápac a la cabeza de sus hombres, acabó con la confederación a orillas del lago Imbabura. Fue una lucha sangrienta, cruel y, tal como él había prometido, definitiva. Ordenó buscar donde fuera al príncipe Duchicela que, gravemente herido, fue encontrado en la espesura de la selva junto a su hija Paccha y ambos fueron llevados ante él. En ese momento Huayna tomó una decisión.

Sería su estrategia.

—Príncipe Duchicela, no quise que esto terminase así —dijo Huayna de manera gentil, al hombre que agonizaba.

—No te queremos, no queremos a tu gente... tenemos nuestro reino. Déjanos en paz.

—No es posible. Pero te propongo un trato. Tomaré por esposa a tu hija Paccha y la convertiré en reina. No hemos hecho eso ni con nuestras propias esposas, tendrá más poder que una coya. ¿Qué dices? .

—Lo que yo diga no tiene ya importancia. Veo que has tomado tu decisión.

—Los tuyos necesitan tu aprobación, si deseas paz para tu pueblo y que tu hija sea su reina, te doy mi palabra de que la trataré con respeto. A ella y a tus súbditos, en adelante: *nuestros* hatunrunas.

Duchicela miró el rostro impasible de Huayna. Comprendió que no tenía salida, y con el último aliento hizo un ligero ademán, miró a su hija dando su aprobación y murió. Ella empezó a llorar a gritos, insultó a Huayna, amenazó con matarse, juró que nunca se casaría con el invasor de su pueblo y asesino de su padre. Huayna ordenó que la mantuviesen vigilada.

El lago Imbabura se llamó desde entonces Yahuarcocha, debido al rojo de la sangre de sus aguas. El propio Huayna le dio ese nombre. Después de verificar las bajas en su ejército y devolver la normalidad a las ciudades levantadas en armas, quiso apaciguar los ánimos de los quitos y cañaris, rindiendo homenaje póstumo al príncipe Duchicela, con todos los honores correspondientes a su rango y, ante la mirada incrédula y desconcertada de los sobrevivientes de la confederación quiteña, dio la noticia de su matrimonio con la princesa Paccha, haciéndoles saber que había sido el último deseo de su padre.

—Huayna, creo que no deberías prometer algo que no puedes cumplir —dijo Huamán contrariado.

—¿A qué te refieres, tío?

—Eso de nombrar reina a la hija de Duchicela, y decir que tendrá más poder que una coya...

—Todos me comparan con mi padre, y cuando actúo como

él lo hubiera querido, no está bien. ¿Qué más quieres de mí?

—Tu padre no hubiera querido eso.

—Él me enseñó que había que tratar al enemigo con benevolencia. Duchicela se levantó contra mí y fue muerto en batalla, no lo asesiné. Los problemas con esta región han de terminar algún día, es un desgaste inútil de fuerzas y de hombres. Paccha Duchicela es hija de un príncipe proveniente de la familia de los shirys. Ellos reinaron aquí antes que nosotros, ¿se te ocurre una idea mejor para devolverles su importancia? Cuando Paccha sea mi esposa, yo seré un inca shiry, seré respetado por quiteños y cañaris, mis hijos serán descendientes de sus reyes y nadie, ¿me oyes bien?, nadie osará hacerme frente. Creo que es la única manera de preservar la paz en el imperio.

Huamán miró el rostro impenetrable de su sobrino y lo admiró en silencio. Nunca hubiera creído que su astucia llegase tan lejos.

—Sobrino, reconozco que tienes razón. Ahora estoy seguro de que el imperio está en buenas manos.

Hizo una profunda venia en señal de sumisión.

—Enderézate, tío —dijo Huayna con una sonrisa. Le satisfacía saber que empezaba a ganar el tan ansiado respeto.

La princesa Paccha fue llevada al palacio de Tumibamba y alojada en una habitación digna de una reina, después de ser aseada y vestida con ropajes nuevos, fue presentada al Inca. Huayna supo que había tomado la decisión correcta en cuanto la vio. Paccha era la mujer más hermosa que conocía. Al principio le había parecido una mujer greñuda y desarrapada, pero en ese momento apreció que era alta, de facciones agradables y mirada inteligente. Su cuerpo lleno y sus ojos claros conquistaron el corazón de Huayna. Una vez ante él, ella se arrodilló para saludarlo.

—Paccha, no tienes que hacerlo —dijo Huayna, apresurándose a ayudarla a incorporarse.

El roce de sus manos con las de ella tuvo un mágico efecto. Paccha lo miró a los ojos y no pudo evitar sonreír. Fue simultáneo. Entre ambos jóvenes surgió un amor que jamás pensaron que pudieran sentir, dadas las adversas circunstancias que rodeaban sus vidas cuando se encontraron por primera vez a orillas del lago Imbabura. La ceremonia del matrimonio se llevó a cabo esa misma semana a la usanza incaica y también siguiendo los ritos sacramentales de los shirys norteños. Finalmente, Huayna había logrado la unificación anhelada y tanto incaicos como quitos celebraron la boda con gran algarabía. Pero los problemas aún no terminaban.

El cacique quiteño Pintag, uno de los más valerosos soldados del ejército de Cacha Duchicela no se rindió ante el ejército de Huayna Cápac y fue a ocultarse en las montañas con aproximadamente mil hombres, desde donde dio inicio a constantes hostilidades contra las tropas incaicas. Huayna, harto de tener que enfrentar a tan reducido número de combatientes, dio la orden de rodearlo y hacer que se rindiera por inanición. Después de un tiempo, el cacique fue capturado.

Uno de los soldados informó a Huayna que tenían a Pintag, y el inca que, a pesar de todo, admiraba su valentía, decidió ofrecerle la libertad con algunas condiciones.

—Pintag, es así como te llamas, ¿verdad?

—Ese es mi nombre.

—Deseo liberarte. Has demostrado ser un hombre valeroso, y quiero recompensarte, a pesar de todos los males que has causado a mi ejército.

—¿Por qué habrías de hacerlo? —inquirió Pintag, con una altivez que empezaba a molestar a Huayna.

—Soy el inca, pero también soy el shiry de tu pueblo, me debes lealtad. Podría haberte ejecutado, pero quiero iniciar mi reinado en paz. Te ofrezco liberarte siempre y cuando aceptes mi gobierno y te comprometas a no causar más problemas.

—No señor. No te considero mi shiry. Eres un invasor y no soy hombre de tratos con el enemigo. Haz de mí lo que debas hacer.

—Piensa bien en lo que te ofrezco. ¿No tienes familia que te espera, acaso?

—Todo lo que era mío lo tienes tú —contestó inmutable Pintag— lo único que me quedaba es esta tierra, que también te la has apropiado; no tengo nada.

Huayna observó la fatalidad que emanaba de aquel hombre delgado, pálido y a pesar de ello de una fuerza interior pocas veces vista.

—Te perdonaré la vida a pesar de tu insolencia. Pero habrás de quedar prisionero.

Un soldado lo retiró de la presencia del inca.

Huayna era el vencedor y como tal se sentía magnánimo con su enemigo. La actitud de Pintag le había parecido comprensible ya que, en tales circunstancias, tal vez él mismo habría actuado igual. Pintag se negó rotundamente a recibir alimentos y agua y al cabo de varios días murió. Ante aquella valerosa actitud, Huayna decidió rendir homenaje de héroe a sus restos y, como dudoso premio por sus hazañas después de muerto, mandó despellejar su cadáver y construir con su piel un tambor, el cual se tocaría en las fiestas ceremoniales incaicas. Se rumoreó que Pintag había estado locamente enamorado de la reina Paccha y que eso había movido a Huayna, pero así era él, mientras los militares que antes habían acompañado a su padre observaban horrorizados su comportamiento.

XVIII

Los problemas que enfrentaba Otorongo en Pasto tenían su origen en el ejército paralelo formado por Karahki. Después de años al servicio del inca, el sinchi Karahki había desertado de las filas del ejército imperial. Llevando consigo a su hermana, se refugió en los territorios selváticos aledaños a la ciudad de Pasto. Se le sumaron todos los quillacingas que pertenecían a las tropas de Otorongo y los hombres provenientes de las tribus que escapaban de los chibchas. El descontento arrancaba de diferencias, según Karahki, irreconciliables. Nunca terminaron de aceptar la insana costumbre de trabajar bajo las normas incaicas; extraían oro de la mina, pero no les pertenecía por ser propiedad del sapa inca, y cumplir con la mita les parecía una carga insufrible. A cambio, recibían ropas, las cuales ellos mismos habían hecho, alimentos, que ellos mismos habían cultivado, y seguridad, de la cual ellos también se ocupaban junto a los soldados incaicos. Pero lo que más les molestaba era ser tratados como hombres de menor categoría, pues estaban por debajo de la nobleza y los mitimaes.

Después de servir al mando de Otorongo, Karahki se liberó del yugo imperial convirtiéndose en un caudillo que al frente a sus hombres había costado la vida de decenas de soldados incas. Emboscados en los alrededores, de vez en cuando lanzaban ataques de guerrilla para hostigar a las fuerzas de Otorongo. Karahki pensaba tomar Pasto, pero los refuerzos imperiales llegaron antes de lo previsto, cuando ellos aún estaban fabricando flechas y lanzas.

Los informes que Huayna había recibido le hicieron pensar que un pequeño grupo de rebeldes se había levantado contra Otorongo; no creyó necesario movilizar el grueso de su ejército, el cual, además, consideraba necesario mantener en Quito y Tumibamba debido a los recientes acontecimientos. Decidió ir a pie, no en andas, porque después de lo ocurrido en batalla cayó en cuenta de que en tiempos de guerra era mejor pisar el suelo. El camino hacia Pasto en nada se parecía a aquel que su padre hiciera años atrás. Para entonces, ya existía una ruta bastante accesible, aunque siempre peligrosa, por circunstancias incontrolables, como el clima y las tormentas ocasionadas por los cambios de temperatura debidos al volcán. Bordeando precipicios y cruzando puentes colgantes de alturas inimaginables, logró llegar con un ejército de tres mil hombres a Pasto. Otorongo vio con preocupación que las tropas imperiales que acompañaban a Huayna no eran tan numerosas como requerían las circunstancias, ni siquiera cuando él llegó a aquellas tierras con su hermano había contado con tan pocos hombres.

Otorongo, que no había tenido oportunidad de tratar con Huayna sino cuando éste aún era niño, se hizo las inevitables comparaciones. Huayna era un hombre corpulento, de hablar pausado y voz rauca. La mirada vacía de su rostro inmutable de grandes cuencas le daba una hosca apariencia. No se parecía a Túpac, a quien le había sido difícil disimular sus sentimientos. A pesar de conservar el rostro lleno y casi agradable de su madre, la coya Mama Ocllo, Huayna tenía la apariencia de un hombre insensible. Pero, guardándose para sí sus apreciaciones, se inclinó ante él, como las circunstancias indicaban, esperando que fuera el inca quien le dirigiese la palabra.

—Tío Otorongo, puedes levantarte. Explícame lo que está sucediendo —apremió Huayna.

—Señor..., tenemos un grave problema: los quillacingas comandados por un hombre que era miembro de nuestro ejército están en pie de guerra.

—¿Miembro de nuestro ejército? ¿Era un incaico, acaso?

—No, señor, se había sumado a nuestras filas por su propia voluntad, pero después de años de servicio leal y valiente, de un día para otro decidió ir contra nosotros.

—Las cosas no suceden así. —Fue la breve respuesta de Huayna—. Debió de estar aprendiendo nuestras tácticas militares para utilizarlas contra nosotros. ¿Qué cargo desempeñaba?

—Era un sinchi —dijo Otorongo un poco avergonzado.

—¿Un general? ¿Cómo es posible que sea un sinchi alguien que no pertenezca a la nobleza incaica?

—El inca Túpac Yupanqui dijo que como era hijo de un

cacique, le diera toda mi confianza... Su comportamiento siempre fue intachable.

—Mi padre, el inca Túpac Yupanqui, no está. Yo soy diferente, no admito equivocaciones. Espero que tu error no nos cueste caro —comentó Huayna secamente.

Otorongo pasaba por momentos penosos. Nunca había sido tratado así por Túpac, le avergonzaba que aquel jovenzuelo le increpase delante de sus hombres. Su hermano jamás lo habría hecho.

Huayna Cápac se comportaba como un buen estratega, pero carecía de sentimientos. Todo en él parecía calculado al milímetro: sus movimientos, sus pensamientos, no confiaba en nada ni en nadie. No tenía hombres leales a su lado, como los tuvo su padre, no era amistoso ni daba pie a que su gente lo fuera con él.

Al enterarse de las batallas libradas por Huayna Cápac en Quito y Tumibamba, al otro lado de la cordillera, y las consiguientes carnicerías, los hombres de Carahki se atemorizaron. Muchos se retiraron y prefirieron ir hacia el norte, aunque tuvieran que encontrarse con los chibchas, a tener que enfrentar a tan sanguinario enemigo, pero Carahki no se dio por vencido y enfrentó al ejército incaico con los hombres que le quedaban. Como era de esperarse, ambos bandos sufrieron bajas, pero más los de Carahki, a quienes se les agotaron los suministros y las armas, y fueron arrasados fieramente por el propio Huayna Cápac y pasados a cuchillo después de haberse rendido. El inca tomó prisionero a Carahki y lo mantuvo vivo, con la intención de dar al día siguiente una lección ejemplar a los que quisieran levantarse en el futuro.

Para Otorongo y los militares más antiguos era una nueva manera de combatir. Aquello no tenía nada que ver con la política de expansión por medio de convenios y anexiones. Era simple y llanamente una guerra de exterminio. Por otro lado, el comportamiento del joven inca era muy diferente del que se esperaba de un gran inca apusquipay, general de los ejércitos imperiales, debido a que Huayna Cápac era aficionado a las celebraciones donde se libaba chicha estando en campaña. No durante la batalla, pero sí por las noches, cuando se reunía con sus runruyoc auquis y sus parientes, y la chicha le daba mejor ánimo y lo hacía más sociable. Se volvía casi agradable. La compañía de mujeres tampoco era considerada un tabú en tiempos de guerra como antaño, sino todo lo contrario. Huayna pensaba que eran un premio, un aliciente para sus soldados y allegados. Aquella noche, después de la victoria, se llevó a cabo una gran fiesta en la que participaron todas las mujeres jóvenes de la provincia, lo quisieran o no. Carahki desde su celda escuchaba las risas y gritos destemplados de los hombres y los llantos de las mujeres. Lloraba de impotencia al tiempo que extrañaba la presencia de aquel inca que en nada se parecía a éste, según decían, su hijo. Se alegraba de que su hermana ya no fuese una jovencita y de que no estuviese por allí. ¡Quién sabe cuál habría sido su futuro! Carahki pensaba con amargura que durante años había guardado resentimiento contra Túpac porque nadie quiso tomar a Imktúa como esposa después que él la rechazara, pues la consideraban tabú. Y él, Carahki, se vio obligado a cargar con las veleidades de su hermana y su carácter díscolo, alejándolo de cualquier posibilidad de conseguir esposa.

De pronto, en medio del ruido lejano de la fiesta, sintió un movimiento al otro lado de la celda donde él se encontraba. Estaba amarrado de pies y manos con unos bejucos a una argolla clavada en la roca, las mismas lianas retorcidas con las que se construían los puentes colgantes. Vio una sombra cruzar la entrada y sintió unas frías manos tapándole la boca. Supo que era su hermana. Usando una lanza, Imktúa cortó las ligaduras y ambos desaparecieron en la oscuridad de la noche, pasando por encima del cuerpo de un soldado que supuestamente debía estar custodiándole y que en ese momento estaba muerto. Otros más se entontraron en su camino, pero estaban profundamente dormidos. Carahki miró a su hermana y ella, con una sonrisa maliciosa, le indicó con un dedo sobre los labios que se mantuviese en silencio. Era obvio que había ejercido los encantos que aún conservaba para distraerlos y embriagarlos con chicha. Carahki abrazó a su hermana y ambos huyeron del lugar en dirección al norte, donde ella había logrado encontrar a los desertores y los había convencido de que debían regresar a luchar al lado de su hermano. Sorprendentemente, aquella inútil y pesada carga que significaba Imktúa para Carahki, se había transformado en una mujer valiente y arrojada. Esa misma noche, los quillacingas y bracamoros regresaron y arrasaron al ejército incaico que, en medio de su embriaguez y lujuria, no atinaba a comprender qué era lo estaba sucediendo, borrachos de chicha como estaban los soldados, y el pánico se apoderó de ellos al ceer que los rebeldes muertos habían resucitado para vengar a sus mujeres.

Únicamente Otorongo y sus leales defendieron fieramente a Huayna Cápac, que en ese momento se encontraba completamente ebrio y dormía desnudo con las mujeres que le sirvieron de compañía. Otorongo pertenecía a la casta militar adiestrada por Túpac Yupanqui, y él y sus soldados aún conservaban las costumbres de abstinencia mientras estuvieran en guerra.

Al desperta, Huayna se encontró con la sorpresa de que era prisionero de los quillacingas comandados por Carahki. Otorongo, rodeado por los rebeldes, que estratégicamente y a la usanza inca se habían ocupado todo el pueblo, no pudo evitar que el jefe rebelde entrara a la estancia de Huayna Cápac.

—He hecho prisioneros a todos tus soldados prisioneros —dijo sin más, dirigiéndose al Inca, sin arrodillarse ni hacer reverencia alguna. Huayna permaneció en silencio—. Mataste a mis hombres a pesar de que se rindieron —agregó Carahki, mirando el impasible rostro de Huayna—. Yo aprendí de los guerreros incaicos el valor y el honor, también la bondad...

Huayna seguía en silencio. Miraba fijamente a aquel hombre que hablaba como si hubiera conocido a su padre.

—¿Eres hijo del gran sapa inca Túpac Yupanqui? —preguntó Carahki.

—Así es.

—Entonces, no has aprendido nada. Tu padre jamás hubiera hecho lo que hiciste. Él era un hombre que respetaba a los ancianos y no tomaba por la fuerza a las mujeres.

—Yo no soy mi padre —dijo Huayna.

—Debería matarte y lo haría ahora mismo —advirtió Carahki—, pero no lo haré. Lo único que deseo es que te lleves a tu gente, no queremos pertenecer a tu imperio, podemos vivir libres y sin tu ayuda. Si te dejo con vida, ¿me darás tu palabra de inca que no volverás para vengarte?

El silencio de Huayna empezaba a exasperar a Carahki.

—Está bien. Permíteme llevarme a mis hombres y a los mitimaes que deseen volver conmigo. No volveré a Pasto. Pero deja que sea yo quien dé la noticia a mi gente –dijo finalmente

—Espero que me estés diciendo la verdad. Creeré en tu palabra.

Dicho esto, Carahki dio media vuelta y se retiró. Otorongo había escuchado toda la conversación.

Esa misma tarde, Huayna Cápac y sus guerreros se retiraron de las tierras de los pastos. Contrariamente a lo que había pensado, casi todos los mitimaes que habían sido enviados a la zona decidieron quedarse allí, así como el ejército que había servido con anterioridad a su padre, y que ahora comandaba su tío Otorongo. Éste no deseaba regresar con aquel inca desconocido que, según sus propios soldados contaban, era insensible y sanguinario. Lo más probable sería que los mandase matar. Fue una derrota humillante para Huayna Cápac, aunque él no lo hizo ver así ante su gente, pues les explicó que se trataba de un «arreglo» al que había llegado para preservar la paz del incario. Nunca más regresó a aquella zona, que además de estar bien resguardada por soldados elite incaicos, con los conocimientos dados por su propio padre, era tan lejana e inaccesible y no le daba mayores beneficios al imperio. Nunca pudieron encontrar las enormes minas de oro de las que tanto se hablaba, sólo la de Juanampú, donde la cantidad de oro era ínfima. Por otro lado, consideraba muy difícil una verdadera integración con el resto del Tahuantinsuyo.

Los quillacingas se quedaron con las tierras que por derecho les correspondían, siendo esta vez los incaicos, bajo el mando de Carahki, los que se anexaron a su cacicazgo. Otorongo pasó a ser su mano derecha y general de su ejército, y contrajo matrimonio con Imktúa, que al fin dejó atrás el estigma de haber sido rechazada por el inca Túpac.

Huayna Cápac regresó a Quito y después pasó largo tiempo en el Chinchaisuyo, donde mandó reconstruir la ciudad devastada por la guerra y edificó en Tumibamba hermosos palacios, especialmente uno en las faldas del volcán Tungurahua, donde una laguna se volvió famosa por sus orgías, en las que las mujeres más hermosas de aquellas tierras competían por participar.

Huayna llevó el imperio a una época de franco esplendor, prosiguiendo la obra de su padre. Construyó caminos, pirhuas, tambos y muchos templos. A pesar de su carácter poco comunicativo, supo conservar la paz en el Tahuantinsuyo. Irónicamente, aquella tranquilidad contribuyó en gran parte al comienzo de la decadencia del gran imperio incaico. La reconquista de Quito significó el inicio de la ruptura con el Cuzco, debido a la importancia que él le daba, tanta que escogió esa zona para pasar largas temporadas, ignorando la primacía que siempre tuvo la capital. Sus hijos cuzqueños, Ninan Cuyuchi y Huáscar, casi no lo conocían y tampoco estuvo presente en los funerales de su madre, la coya Mama Ocllo.

Sin la invencible y austera casta militar de los anteriores reinados, educada en la abstinencia, la privación y el trabajo, el ejército incaico había perdido vigor. Los guerreros ya no comían maíz crudo ni viandas sin sal, ni se abstenían de mujeres y alcohol durante las conquistas. Los runruyoc auquis no realizaban trabajos de mano, ni se esforzaban en ser los primeros en las filas. De las clásicas ceremonias instituidas por Túpac Yupanqui para obtener el título de rurnruyoc quedaba poco. Tanto fue así, que los cayambis, un pueblo rudo y casi desconocido, resistió al ejército incaico y lo hizo huir por primera vez. Para someterlos, Huayna tuvo que usar métodos jamás antes usados por los incas: saqueo de poblaciones, asesinatos de mujeres y niños, incendios, destrucción...

La unidad del imperio se imponía por la fuerza. Se dejó de lado la persuasión, los pactos, la integración. El odio de los pueblos vencidos originaba constantes alzamientos que eran sofocados con saña y, como castigo, poblaciones enteras eran trasladadas a la fuerza para evitar levantamientos, lo que logró aumentar el descontento de los hatunrunas, a quienes ya no les bastaba el temor supersticioso para mantenerse sometidos. El inca Huayna Cápac no era admirado, era temido por todos, y a pesar del ejemplo recibido de sus antecesores, no ocultaba su tendencia a la sensualidad, al fausto y a la bebida.

En el Cuzco empezó a crecer el resentimiento, se sentían abandonados por su soberano, quien daba más importancia a la capital del norte, donde el inca shiry reinaba en medio del desenfreno. Las noticias que llegaban eran preocupantes: un ejército corrompido que no se ocupaba de las conquistas, en el que los sinchis se quedaban las tierras conquistadas para arrendarlas a terceros y acumulaban riquezas... En la conciencia de Huamán Achcachi, ya anciano, pesaba el declive del imperio, se arrepentía de no haber escuchado a su hermano, el gran Túpac Yupanqui, días antes de su muerte, pero sus lágrimas no tenían valor alguno.

Según las costumbres incaicas, Huayna tenía muchas esposas secundarias y gran cantidad de concubinas. La mayoría de ellas vivían en Quito o en Tumibamba. La prole del inca era tan numerosa que llegó a contar con casi doscientos hijos. Su esposa principal, la coya Cusi Ramay que residía en el Cuzco, le dio un único hijo: Ninan Cuyuchi, heredero al trono por derecho de sucesión. Una de sus esposas cuzqueñas era la madre de Huáscar. En el norte tuvo muchas mujeres que pertenecían a la nobleza, entre ellas la princesa Nary Hati, hija del cacique de Panzaleo, descendiente directo de los ati puruhares, que fue la madre de Rumiñahui. Pero su hijo más querido fue el que tuvo con la reina Paccha: Atahualpa.

Huayna Cápac amaba a su hijo Atahualpa, se sentía orgulloso de él, de su apostura, de sus facciones finas, de sus grandes ojos que constantemente miraban todo con curiosidad e inteligencia, y lo llevaba consigo en sus viajes. Le dio una educación diferente; los sabios y amautas le daban clases particulares y no permitió que el pequeño Atahualpa asistiera al yachayhuasi como el resto de los hijos de los nobles cuzqueños, pues no deseaba separarse de él por largo tiempo como lo hiciera su padre cuando él era niño. Rumiñahui, mayor que su hermanastro Atahualpa, le daba lecciones de guerra enseñándole el uso de las armas y era quien ejercía de ejemplo.

A pesar de que Huayna nunca hablaba a Atahualpa de su abuelo Túpac Yupanqui, Rumiñahui le inculcó admiración por el legendario inca. En el norte, muchos ancianos lo recordaban y Rumiñahui, a pesar de pertenecer a una noble familia quiteña, le contaba las historias que se tejían en torno al fenecido inca que un día se embarcó desde Manta hacia lejanos mares. Rumiñahui seguía las costumbres de los ejércitos de Túpac Yupanqui, se comportaba como aquellos soldados, antes de Huayna Cápac: espartano en sus gustos, dedicado al orden y la disciplina, inculcó en su pequeño hermano las virtudes de un guerrero de excepción.

Nacido de una princesa quiteña, Atahualpa fue criado lejos del Cuzco, de sus instituciones y costumbres; era un extraño que no merecía la confianza de la ciudad imperial y de sus ayllus ancestrales. A medida que el tiempo transcurría, Atahualpa, ya un hombre, era reconocido por todos como un varón de hermosa apariencia, de estatura más alta que la mayoría de los andinos y rostro de facciones nobles. Afortunadamente, había heredado los dones de su abuelo Túpac Yupanqui.   Era suave en el hablar, tranquilo y comedido. No era dado a la bebida, a pesar del ejemplo recibido de su padre.

Mientras tanto, en el Cuzco, la coya Cusi Ramay era quien realmente gobernaba, y esperaba que algún día lo hiciera su hijo Ninan Cuyuchi.   Prácticamente ignorados por el Inca, que había fijado su residencia en Tumibamba, el descontento entre los nobles cuzqueños crecía día a día. Pero la muerte se ensañó en la hermosa ciudad del Cuzco y una extraña epidemia acabó con muchos de sus habitantes. Una de las víctimas fue Ninan Cuyuchi, el heredero del imperio incaico.

El inca Huayna Cápac recibió la noticia del fallecimiento de su hijo y de otros familiares en la capital del imperio. Aprovechó la coyuntura para marchar al Cuzco y asistir a los funerales, pues deseaba aplacar el descontento existente entre los nobles cuzqueños por su prolongada ausencia. Y así, a pesar de sentirse muy a gusto en el norte, mandó preparar una gran comitiva: muchas andas engalanadas para los principales nobles de Quito, y la suya, enorme, con treinta y dos rucanas, cubierta de oro. A lo largo del camino, mujeres y hombres vasallos del inca vitorearían a la caravana con cantos y bailes que anunciaran la llegada del soberano a cada ayllu.

—No es oportuno que un sapa inca viaje con tal algarabía. Es un viaje a los funerales de su hijo... El Cuzco está de luto —dijo uno de los emisarios cuzqueños, dirigiéndose al anciano Huamán Achcachi.

—Lo sé y comprendo tu inquietud. Pero Huayna tiene que complacer a los nobles que viajan con él. Además, ya conoces su forma de pensar.

—Una extraña maldición se cierne sobre el Cuzco. La misteriosa enfermedad está matando a muchos runas, los sacerdotes dicen que es un castigo de Inti para que el sapa inca regrese definitivamente.

—Yo también espero que eso suceda. La situación en esta zona no amerita que él se quede más tiempo, por eso que viaja con gran parte de la nobleza; piensa quedarse en el Cuzco —asintió Huamán Achcachi.

Partio Huayna de Quito con la pompa a la que estaba acostumbrado, pero cuando llegó a Tumibamba un malestar se adueñó de su cuerpo. Empezó a sentir debilidad, y le invadió una gran calentura. Llamó a los sacerdotes, que ejercían el papel de sanadores, y ellos, preocupados por no ver resultados con sus emplastos y hierbas, solicitaron ayuda al gran sacerdote de Pachacamac.

Los chasquis llevaron el mensaje al sacerdote del dios Pachacamac, y trajeron con la misma rapidez la respuesta: debían exponer al gran sapa inca al sol y con sus rayos curativos la enfermedad se alejaría. Eso fue lo que hicieron y, para consternación de todos, el inca empeoró. Su cuerpo empezó a cubrirse de pústulas que pronto le desfiguraron el rostro.

—Mi querido Ati —dijo Huayna, dirigiéndose a Atahualpa con el cariñoso diminutivo que siempre usaba—, no me quedan más fuerzas... me temo que el dios Inti me espera.

—No, padre, estoy seguro que te repondrás —afirmó Atahualpa con vehemencia, arrodillado al lado de su padre.

—Ninan, quien debía sucederme, murió antes que yo... Debo elegir entre tu hermano Huáscar y tú, y he de apurarme antes de que muera sin nombrar sucesor.

—Yo asumiré lo que decidas, padre, obedeceré tus órdenes.

—Lo sé, mi querido Ati... pero no deseo dejarte a un lado. Sé que vendrán tiempos difíciles, ¿qué será de tu madre? Debes prometerme que no lucharás en contra de tu hermano Huáscar.

—Haré lo que digas, padre.

—Sabes que te he criado con cariño, asume pues la responsabilidad y vela por tu madre y por esta tierra que te vio nacer. Llama a los nobles quiteños, a los emisarios cuzqueños y a los parientes: quiero dejar constancia de mi voluntad —dijo Huayna con su voz gutural, acentuada por la cercanía de la muerte.

Su rostro surcado de arrugas, deformado por la edad y la cantidad de pústulas consecuencia de la enfermedad, no parecía humano. Sólo sus ojos, dentro de las enormes cuencas, parecían conservar el vestigio de su mirada que, a pesar de la cercanía de la muerte. Únicamente cuando tenía frente a sí a Atahualpa se podía atisbar un asomo de humanidad en ella.

Una vez reunidos frente a él, Huayna Cápac, con las pocas fuerzas que le quedaban, dictó su testamento:

—Mi dios Inti me llama y no he de desairarlo. Ninan Cuyuchi, mi legítimo heredero, también se fue con mi padre. Escuchen bien mi voluntad: habiendo vivido largo tiempo en ésta, mi tierra quiteña, y siendo shiry por parte de mi esposa, la princesa Paccha, estas tierras, hasta Cajamarca, le corresponderán a mi amado hijo Atahualpa. A mi hijo Huáscar, cuzqueño y heredero de la nobleza incaica, le dejo para su buen gobierno y engrandecimiento el imperio desde Cajamarca hasta el reino de los chilis y Tucumán. Dependerá de ellos, si desean juntarse y gobernar como uno solo... Mi cuerpo ha de ser llevado al Cuzco y guardado en mi panaca del Amaru Cancha, pero quiero que saquen mi corazón y sea conservado en esta tierra que tanto amé... Esta es mi voluntad.

Un pesado silencio reinó en los aposentos del inca. Se daban cuenta de que aquella decisión sería la causa inevitable de la división del Tahuantinsuyo. Hasta entonces todos sabían que el imperio no estaba en su mejor momento, pero de ahí a repartirlo legal como estaba haciendo el moribundo Huayna Cápac había mucha diferencia. Atahualpa se acercó a su padre y, sin importarle las llagas que cubrían su cuerpo, lo abrazó con cariño. Por un momento trató de decirle que tal vez debía esperar a mejorarse para tomar una decisión tan importante, pues pensaba que la enfermedad lo hacía delirar, pero se encontró con la fría y dura mirada de su padre. Supo que él sabía lo que decía. Momentos después, el sapa inca Huayna Cápac cerró los ojos para siempre.

Los nobles runruyoc auquis fueron mudos testigos de aquella última decisión y sólo atinaron a mirarse unos a otros. Ellos, que habían pensado regresar a la capital del Tahuantinsuyo como acompañantes del séquito del sapa inca, ahora regresarían con su cadáver y una peligrosa última orden: la partición del imperio.

XIX

Muchos años después de que los mercaderes se despidieran de Túpac Yupanqui en la desembocadura del río Angasmayu, los dos hombres y su hijo tuvieron oportunidad de conocer extranjeros venidos de lugares lejanos, tanto o más aventureros que ellos mismos. Testigos excepcionales de sucesos extraordinarios, supieron que, según contaban los arawaks de la costa oriental, después de la llegada de un tal Cristóbal Colón ya nada había sido igual. Pasados unos años, un grupo de extranjeros encabezado por un hombre llamado Rodrigo de Bastidas anduvo por la zona de los misquitos.

Los mercaderes se acercaron a los extranjeros, quienes tuvieron un trato bastante amigable con ellos. Al cabo de poco tiempo ya hablaban el idioma traído de las tierras al otro lado del mar, donde, según contaban, existían grandes reinos. Prueba de ello era la cantidad de extraños objetos extraños que traían: espejos, jarras transparentes, tubos cuyas bocas despedían fuego, naves asombrosas y lo más extraordinario de todo: la rueda. Los barbudos blancos se movían en hermosos animales que no sólo montaban; también servían de carga y como animales de tiro de lo que ellos llamaban carretas, que se desplazaban con gran eficacia debido a que tenían ruedas.

Pero no todo era beneficioso. Los naturales de aquellas tierras, que al principio habían recibido con entusiasmo la llegada de los extranjeros y sus consiguientes novedades, se dieron cuenta de que los hombres blancos tenían demasiada ambición. Cada vez llegaban más, y cada vez eran más las exigencias. Los nativos dejaron de aceptar espejos y cuentas de vidrio de colores, y exigieron respeto. Y empezaron los problemas. Aquellos que decían provenir de las Hispanias, dejaron de ser amables y los que no estaban de acuerdo con ellos se convertían en sus esclavos.

Los mercaderes sabían por experiencia que era preferible evitar la confrontación cuando no había cómo ganarla, de modo que buscaron la confianza de los españoles debido a que conocían la geografía de la zona como la palma de su mano y sabían hablar casi todas las lenguas de la región y fueron contratados como guías. Fue así como conocieron a un hombre llamado Vasco Nuñez de Balboa y le ayudaron a atravesar Panamá desde la costa oriental hasta la occidental. Al llegar, el hombre parecía haber perdido el rumbo, pues se proclamó descubridor del «Océano Pacífico», como si las aguas del mar de Mamacocha nunca hubiesen estado allí. Los mercaderes se asombraban de la gran ignorancia que acompañaba a esa nueva gente, que constantemente se decía descubridora de lugares que para ellos siempre habían estado a la vista, en el mismo sitio. La única diferencia era que todo empezaba a tener nuevos nombres. Hasta los habitantes eran llamados «indios». Los españoles, con sus armas poderosas, a pesar de la resistencia encontrada se fueron apoderando de las regiones que pertenecían con anterioridad a misquitos, cunas, arawaks y caribes.

Pasaron los años y el mayor de los mercaderes murió. Su hermano, el que acompañó al inca Túpac a Auachumbi estaba ya muy viejo y enfermo. Su hijo Cuhuapachi era un hombre que rondaba los cincuenta; pronto se quedaría solo, ya que nunca se había casado debido a su profesión. Ser mercader le impedía estar en un mismo sitio mucho tiempo, excepto la larga temporada que pasó en el Cuzco junto a su padre y su tío. Por supuesto, mujeres durante su vida no les habían faltado. Tan cierto era aquello que él mismo Cuhuapachi era producto de uno de aquellos amoríos, con una moza que conociera su padre durante una de sus travesías, con tan mala suerte que cuando visitó las mismas tierras por segunda vez, se encontró con la sorpresa de tener un hijo de un año, y a su madre moribunda. Cuhuapachi fue recogido por su padre y adoptado por su tío. Ahora su padre intentaba decirle unas palabras que él, a pesar de conocer más de quince lenguas, no entendía. Estaba desvariando y hablaba en todas al mismo tiempo, o en ninguna.

—Padre, explícame qué es lo que deseas, no logro comprenderte... Haré lo que me pidas.

—Esa gente blanca no es buena —dijo por fin con claridad su padre—, no les des información acerca de lo que conocemos, únicamente préstales servicio como traductor o guía... pero no les cuentes nada de lo que conocemos del imperio del sur —agregó con dificultad.

—Está bien padre, como tú digas. Pero el señor Pascual está sumamente interesado en saber cómo se llega a Virú. ¿Por qué tuviste que hablarles de Virú? —reprochó con suavidad Cuhuapachi.

—Porque no sabía entonces cómo eran —dijo su padre con gravedad y quedó en silencio.

—Ese hombre todos los días viene a hacer preguntas, debemos mudarnos de tierra... —Padre, ¿me escuchas? —gritó alarmado Cuhuapachi.

—Sí, hijo... te escucho, estoy muy cansado... déjame dormir. Cuídate de Pascual de Andagoya, no es de fiar. Alerta a Túpac, es nuestro amigo.

—Padre, el inca Túpac murió hace mucho tiempo.

—No importa, alerta a Túpac... es amigo, fue muy bondadoso con nosotros. Recuerda que tienes las puertas del imperio abiertas: tienes el tumi real, él dijo que tenía su sello.

—Está bien padre, hablaré con él. —Cuhuapachi prefirió no contradecirle. Arropó al anciano que empezó a temblar sin control una vez más. Últimamente había enfermedades muy extrañas. La gente caía víctima de fiebres, o de ronchas en todo el cuerpo, llenándose de pústulas. Él mismo no se sentía muy bien. Lo extraño de todo era que a los extranjeros no les sucedía nada. Después de dejar a su padre abrigado y más tranquilo, subió a su chinchorro y procuró dormir.

Al amanecer, su padre no despertaba. Estaba frío. Cuhuapachi con el corazón encogido por el dolor se quedó inmóvil por largo tiempo, después reaccionó y lo sacó del chinchorro. Lo envolvió en unas mantas y lo enterró en la parte trasera de la choza. Muchos otros cuerpos habían sido sepultados por los alrededores, porque la enfermedad estaba haciendo presa en los nativos. Lo hizo todo muy rápido y, después de encomendarlo al dios Inti como le habían enseñado en el Tahuantinsuyo, se alejó del lugar rumbo a Manta. Debía alertar a los incas, esperaba tener acceso al actual inca Huayna Cápac o a alguien cercano a él. Buscó entre sus bienes más preciados el grueso tumi que le había regalado el inca y se lo colgó del cuello cubriéndolo con sus ropas, porque llevar oro a la vista se había vuelto peligroso.

Mientras navegaba en la balsa por primera vez a solas, Cuhuapachi pensaba que todo había cambiado demasiado en tan corto tiempo. Los extranjeros se adueñaban de cuanto encontraban a su paso. En esos tiempos, en Panamá ejercía de alcalde un barbudo llamado Francisco Pizarro, amigo de Pascual de Andagoya, que buscaba con frecuencia a su padre para sacarle información. Lo único que les interesaba era obtener riquezas. Habían esclavizado a los nativos y traían consigo una religión tan extravagante como ellos: un hombre crucificado por ellos mismos era su dios. Tanto para Cuhuapachi, como para todos los que él conocía, aquello resultaba además de asombroso, algo que no podían compartir. La nueva religión decía que aquel dios crucificado se había sacrificado a sí mismo para salvar la vida de todos los seres de la Tierra, por lo menos eso era lo que Cuhuapachi había entendido y, a la vez que había predicado el amor para sus semejantes, había sido clavado en la cruz por sus propios seguidores. «Pon la otra mejilla si tu semejante te ataca... », decían. Pero aquellos personajes que constantemente hablaban del dios que era el padre de aquel otro llamado Jesús, no hacían propias las enseñanzas de su religión, pues castigaban duramente a sus semejantes, sobre todo si se trataba de los habitantes de aquellas tierras. Y si los nativos se defendían, ellos jamás ponían la otra mejilla. Eran muy ambiciosos. Un ejemplo de ello era el alcalde de Panamá. No se conformaba con las perlas conseguidas en las islas, él deseaba conseguir oro, era lo que más le interesaba.

Cuhuapachi después de navegar desde las costas de Panamá hasta el puerto de Manta, desembarcó y dejó su enorme balsa custodiada por los lugareños. Preguntó por el inca Huayna Cápac y se enteró de que había muerto. Le contaron que había iniciado un viaje hacia el Cuzco y había tenido que regresar desde Tumibamba, porque le había atacado una extraña enfermedad. Cuhuapachi estaba muy contrariado pero, tratando de cumplir con lo prometido a su padre, se encaminó hacia Quito. No tuvo contratiempos para llegar. Los mercaderes eran los únicos que podían desplazarse sin problemas debido a que conocían los idiomas y las costumbres y, por otro lado, siempre llevaban prendidos en sus ropas gran cantidad de baratijas y toda clase de artefactos que los hacía fácilmente reconocibles.

Aún antes de llegar a Quito, cayó en cuenta de que le sería sumamente difícil tener acceso a la familia real. Se preguntaba qué hubiera hecho su padre para ser recibido, aunque él no tenía la misma facilidad de palabra. Tenía el tumi, pero hacía tanto tiempo de eso que no estaba seguro de que sirviera de algo. Sólo esperaba contar con un poco de buena suerte. Merodeando por los alrededores del palacio de Huayna Cápac, se acercó a uno de los soldados que hacían guardia y lo sobornó con un hermoso collar de perlas.

—¿Cómo puedo hablar con el hijo de tu fallecido señor Huayna Cápac?

—¿Qué deseas de él? —preguntó con recelo el guardia.

—Tengo información importante. Sé que le interesará.

—¿Se trata de su hermano Huáscar?

—Precisamente —dijo el mercader.

—Está bien —asintió el soldado— hizo un gesto a uno de los hombres y le dio indicaciones de que lo llevase ante el inca.

Una vez dentro del palacio, entraron en una habitación enorme, suntuosa, con las paredes cubiertas por tapices de hermosos colores y recamados en oro. Cuhuapachi entró con la cabeza agachada y se arrodilló con los ojos fijos en el tapiz que adornaba el suelo de piedra. Dos yanaconas abrieron unos pesados cortinajes dejando paso a Atahualpa, que estaba acompañado por otro hombre, enorme y corpulento.

—¿Quién eres y qué tienes que decirme? —preguntó Atahualpa.

—Mi nombre es Cuhuapachi. Mi padre era amigo de mi señor inca Túpac Yupanqui.

—¿De mi abuelo? —inquirió Atahualpa con desconfianza.

—Así es, señor. Mi padre acompañó a tu abuelo a Auachumbi. Después nosotros vivimos largo tiempo en el Cuzco. —Se quitó el colgante del cuello y extendió el brazo mostrando el tumi de oro—. Me lo dio tu abuelo Túpac Yupanqui.

Atahualpa lo tomó. Era un tumi original, reconoció su hechura incaica y las marcas reales.

—Me dijeron que traías una información de mi hermano

Huáscar —recordó Atahualpa, devolviéndole el preciado tumi.

—No es verdad, señor. Pero la información que tengo es muy importante para tu pueblo.

—Puedes mirarme —dijo el Inca.

—Gracias, señor —respondió el mercader.

Al observar por primera vez a Atahualpa, Cuhuapachi quedó impresionado. Tenía facciones muy agradables. Sus ojos eran claros, de mirada inteligente, de alta estatura y de cuerpo bien proporcionado. Vestía una corta túnica de blanco algodón y sobre ella un manto rojo oscuro que lo cubría parcialmente, sujeto por gruesos prendedores de oro en los hombros. La vincha y las enormes orejeras con una esmeralda en el centro indicaban la más alta jerarquía.

El hombre que lo acompañaba era aún más alto que el inca. Su rostro parecía esculpido en una dura roca, sus movimientos eran bruscos y su corpulencia lo asemejaba a una montaña.

—Mercader... siéntate. Dime lo que tengas que decirme —invitó Atahualpa.

—Gracias, señor, —repitió Cuhuapachi, y empezó—: En el norte, en las tierras de Panamá, ahora gobiernan extranjeros venidos de un reino llamado Hispania. Entre ellos, un hombre llamado Francisco Pizarro. Era el alcalde de la ciudad de Panamá, pero ahora es capitán de una expedición que busca nuevas tierras para su rey, el emperador Carlos V, que tiene su reino al otro lado del mar. Ellos son de piel muy blanca y acostumbran llevar crecido el pelo de la cara. En batalla suelen usar un ropaje de metal al que llaman armadura, para que no puedan alcanzarles las flechas. Cubren sus cabezas con unas ollas también de metal, con dos agujeros para mirar por ellos y se desplazan sobre hermosos animales llamados caballos, que saltan y corren a gran velocidad. Llegaron a Panamá en grandes embarcaciones, más poderosas que las que cualquiera de nosotros haya visto jamás, y sus armas, unos artefactos llamados arcabuces, producen gran estruendo cuando son disparados y ocasionan mucho daño. Atravesaron Panamá y al llegar a la costa opuesta construyeron enormes barcos con los que navegan por toda la zona. Los cunas fueron sometidos, así como los caribes y todos los pueblos de Panamá, y también en las tierras más allá de Pasto, donde viven los chibchas. Mi padre fue interrogado por los extranjeros y lograron hacerle decir algo que no debió. Era tan anciano y enfermo que en medio de sus delirios se le escapó información que interesó mucho al capitán Pizarro. Hace unos días mi padre murió y yo le prometí venir a advertirte para que no te tomen desprevenido.

—Y yo, que pensé que venías con información de mi hermano... —dijo Atahualpa, desencantado.

—La información del mercader no se debe desdeñar. He tenido noticias del Pasto, que gente rara estaba acabando con los chibchas. —Intervino el hermano del Inca.

—Sí, señor, ellos son peligrosos, les interesa el oro, parece que se alimentaran de él porque es lo único que buscan con desesperación.

—Rumiñahui —dijo Atahualpa dirigiéndose a su hermano—, en primer lugar, debemos ocuparnos de Huáscar. Ya viste que los cañaris se están volviendo a levantar y simpatizan con él.

Cuhuapachi comprendió por qué aquel enorme hombre se llamaba Rumiñahui. Ese nombre significaba «cara de piedra».

—Mercader, gracias por la información, me mantendré al tanto de los movimientos de esa gente. Pero ahora estamos de duelo. Mi padre también ha muerto hace poco de una enfermedad extraña.

—¿No será la enfermedad que trajeron los extranjeros españoles? —preguntó Cuhuapachi.

—¿Cómo se manifiesta?

—El cuerpo se cubre de pústulas y la gente se debilita. Hay también otro mal en el que el enfermo siente mucho frío y tiembla, pero cuando lo tocas arde de calentura.

—Mi padre, el inca Huayna Cápac, falleció con el cuerpo cubierto de llagas.

—Esas, señor, son enfermedades que traen los españoles. De algún modo se han propagado hasta tu reino. Te digo que es gente muy peligrosa. Tan fuertes, que ellos nunca se enferman.

—Ya veo, mercader...

Atahualpa se dirigía a él como en su tiempo lo hiciera el inca Túpac a su tío, pensó Cuhuapachi.

—Debes tener cuidado, señor...

—Pero... no me has dicho aún cuál es la información que tu padre no debió dar al tal Pizarro —recordó Atahualpa.

—Es cierto, señor, y te pido perdón en nombre de mi padre. Él habló del reino Virú. Sé que no es un reino, pero mi padre en medio de su delirio les dijo eso. Cuando le preguntaron por el oro, él les contestó que en el reino Virú había tanto como para llenar sus barcos. Pero mi padre no les dijo exactamente dónde quedaba, sólo les contó que quedaba al sur.

—La zona del valle Virú pertenece al reino Moche, tal vez ellos desembarquen primero por Manta... y no logren dar con la ruta —terció Rumiñahui.

—La encontrarán. Yo lo sé. Sí, señor, son muy buenos navegantes —opinó Cuhuapachi con convicción—; uno de ellos dice que descubrió el mar que pertenece a la diosa Mamacocha, y ahora tiene otro nombre: Océano Pacífico, que significa mar tranquilo.

Atahualpa y Rumiñahui soltaron una carcajada. Todo lo que contaba el hombre les estaba empezando a sonar divertido. Ellos sabían cuán «tranquilo» podía ser ese mar.

—Sí, señor. Ahora tenemos unos lugares que se llaman «Puerto del Hambre» y «Puerto Quemado» —siguió relatando Cuhuapachi, traduciendo los nombres al runa simi.

—Y ¿por qué tienen esos nombres tan raros? —preguntó Atahualpa sin dejar de reír.

—En Puerto del Hambre, Pizarro y sus hombres se quedaron sin alimentos y tuvieron que regresar a Panamá. En Puerto Quemado, atacaron los nativos y su amigo Diego de Almagro perdió un ojo, así que ellos en represalia quemaron todo y le dieron ese nombre.

—¿Se quedaron sin comida? Eso nunca nos hubiera sucedido. Nosotros tenemos pirhuas a lo largo del Cápac Ñan. ¿Cómo perdió el ojo ese hombre? No parecen muy peligrosos.

—Un guerrero le atravesó el ojo con una flecha.

Atahualpa y Rumiñahui reían sin parar. Les parecía increíble que aquellos conquistadores fueran tan descuidados.

—Es cierto, señor. Cuando llegan, empiezan a renombrar todo en su idioma. No te asombres de que también vengan por aquí y cambien de nombre a tu imperio —añadió Cuhuapachi con gravedad.

La sonrisa desapareció del rostro de Atahualpa. Mirando a Cuhuapachi le increpó:

—¿Cómo te atreves a decir eso? ¿No conoces el poder de mi reino?

—Perdón, señor, perdón... Yo sí conozco la grandeza de tu reino. Tu abuelo Túpac era un gran rey. Sus ejércitos hacían temblar la tierra cuando marchaban; yo mismo, cuando era pequeño, vi a aquellos guerreros y fui con mis parientes a la expedición al Pasto.

—¿Conociste el ejército del gran Túpac Yupanqui? — preguntó con respeto Rumiñahui.

—Sí, señor, entonces yo tenía ocho años. Mi padre era el embajador del inca Túpac Yupanqui El Resplandeciente — dijo Cuhuapachi con mal reprimido orgullo—, el ejército imperial cubría las llanuras y cuando acampaba, las tiendas se perdían en el horizonte. Los pueblos se rendían sin lucha ante tan extraordinario despliegue y cuando el ejército avanzaba con mi señor Túpac Yupanqui a la cabeza, la tierra temblaba.

—Entonces tu tío era más que un mercader...

—Por corto tiempo fue embajador, señor. Después nos fuimos hacia Panamá y hemos estado viajando por mar todo este tiempo. También conocemos el mar del otro lado, el mar de los caribes. Es cristalino y de cálidas aguas.

—¿Qué otras cosas tienes que contarme de esos extranjeros? —preguntó Atahualpa con creciente interés.

—Traen consigo sacerdotes cuya religión es tan extraña como ellos. Van por los pueblos sometiendo a los nativos ante un ídolo que cargan consigo. Tiene la forma de dos palos atravesados, lo llaman cruz, en cuyo centro existe la figura de un hombre clavado de pies y manos, dicen que es Cristo el Crucificado. Ese es su dios.

—No comprendo. ¿Un hombre crucificado es su dios? ¿Y quién clavó a su dios?

—Ellos mismos. Su propia gente lo mandó clavar. Eso fue lo que yo entendí.

Atahualpa y Rumiñahui se miraron a los ojos.

—No te comprendo. Ellos tienen un dios clavado en...

—...en una cruz, sí, señor —aclaró el mercader.

—Clavado en una cruz, por ellos... por su pueblo, ¿y ése es

su dios? —trató de razonar Atahualpa.

—No exactamente, parece que es el hijo de su dios. Señor, por lo que ellos relatan, el gran dios de los cielos mandó a su hijo a la tierra para que se criara como hombre con la finalidad de que aprendiera cómo sufrimos los humanos. Vino con la misión de «redimir» los pecados de todos los hombres.

—Explícame eso bien, mercader. ¿Qué es redimir?

—Redimir es salvar o liberar, como quien paga lo que debe, y pecados son las malas acciones que cometemos los hombres.

—¿Y cómo podría hacerlo?

—Dejándose clavar en una cruz. Esa es la enseñanza que aquellos sacerdotes constantemente repiten. Nos dicen que todos somos pecadores y debemos convertirnos a su religión, de lo contrario no seremos salvados. Ellos obligan a la gente de nuestros pueblos a bautizarse, a abandonar toda creencia que no sea en su dios; de lo contrario, son acusados de «apóstatas» y a algunos hasta los han quemado vivos. Yo mismo fui obligado a bautizarme, mi nombre cristiano es José. Tuve que consentir para que no me matasen, pero sigo creyendo en nuestro señor Huiracocha, y su hijo el dios Inti.

—Ah... de manera que esos hombres predican su religión diciendo que su dios vino a salvarnos de nuestras malas acciones, pero ellos asesinan si no compartimos sus ideas.

—Eso mismo, señor. Así es.

—Pero... ¿de qué malas acciones han de salvar a los hombres? ¿No dices que su dios ya los salvó dejándose clavar en una cruz?

Atahualpa dio un profundo suspiro y miró a Cuhuapachi, pensando que tal vez aquel mercader era muy imaginativo. Era bien conocido que los mercaderes eran cuentistas. Pero también pudiera haber algo de verdad en lo que él había relatado.

—Gracias, mercader, daré órdenes para que seas atendido adecuadamente durante tu estancia en Quito y tomaré en cuenta lo que me has contado —concluyó el inca con magnanimidad.

Atahualpa tenía muchas cosas en qué pensar. Sabía que cada vez que un inca fallecía había levantamientos en varios lugares, debido a que algunos pueblos conquistados no estaban conformes con pertenecer al imperio incaico. Según Rumiñahui, los guerreros no estaban en forma y se les debía inculcar disciplina, una tarea sumamente difícil, porque muchos de ellos habían adquirido demasiada importancia durante el gobierno de su padre y no les gustaba en absoluto perder las prebendas que habían obtenido. Afortunadamente hubo varios testigos en el momento en el que diera las últimas instrucciones acerca del reparto del imperio.

Después de la muerte de Huayna Cápac, el imperio fue gobernado por ambos, cada uno en su territorio de manera pacífica aunque siempre con la idea de armar un gran ejército. El problema radicaba en que no había muchos guerreros como los de antes, dispuestos a dar la vida por su soberano. El ejército se había convertido casi en un ejército mercenario, ese había sido uno de los graves errores de Huayna Cápac.

XX

Casi al mismo tiempo en que Cristóbal Colón se topó con el Nuevo Mundo, murió Túpac Yupanqui. Y Colón creyó que había llegado a la India. Después creyó haber llegado a Catay (China) y por último pensó que las costas pertenecían a Zipango (Japón). El hombre nunca admitió que había llegado a un nuevo continente, de modo que los primeros pobladores que encontró Colón fueron nombrados «indios» y en adelante quedaron así para los españoles.

Treinta y tres años después, en el año mil quinientos veinticinco, Francisco Pizarro era alcalde de Panamá y estaba firmemente convencido de que lo dicho por Pascual de Andagoya era cierto. Le había contado que un mercader enfermo y casi moribundo conocía un reino muy rico en el sur, llamado Virú. Pizarro se embarcó en la carabela Santiago desde las costas de Panamá con ciento doce hombres y después de una larga e infructuosa búsqueda no había logrado dar con las riquezas que en un comienzo pensaron encontrar con relativa facilidad. Desembarcaron en el Fortín del cacique de las Piedras para pasar allí la noche. Al amanecer fueron atacados sorpresivamente por los chibchas y murieron varios españoles. Diego de Almagro, su socio y amigo, partió de Panamá con setenta hombres para brindarle ayuda, pero al llegar al Fortín también fueron asaltados y en medio del fragor del encuentro, Almagro perdió un ojo. Cuando los nativos se retiraron, los españoles incendiaron el fortín y lo bautizaron con el nombre de Puerto Quemado.

Pizarro y sus hombres, en la carabela Santiago, se dirigieron entonces a Chocama, un puerto cercano. Allí se quedaron sin provisiones, tanta penuria pasaron que el mismo Pizarro lo bautizó como Puerto del Hambre. Mientras tanto, Diego de Almagro, con un parche en el ojo por haber quedado tuerto, se volvió hacia Panamá a solicitar el permiso del gobernador para iniciar otra expedición. Hasta entonces, el descubrimiento más importante había sido el encuentro con la balsa de unos nativos provenientes de Tumbes, que llevaban oro, telas y conchas. La riqueza artesanal de sus productos confirmaba las noticias que Pizarro había recibido sobre el rico reino del Virú. Pascual de Andagoya no le había engañado. Un poco más al sur pero aún en territorio chibcha, Pizarro se instaló con ochenta hombres en la Isla del Gallo, a esperar a que Almagro regresara con los refuerzos.

Pizarro no se resignaba a perder la oportunidad de conseguir riquezas. Él era un hombre ambicioso, lo había demostrado a lo largo de su vida. Contaba cuarenta y nueve años y no pensaba terminar su vida en una ciudad perdida en el Nuevo Mundo que no le brindaría más beneficios que unas tierras a las orillas del río Chagres en Panamá, las que le correspondían como regidor y alcalde. Deseaba ser un personaje importante, se resistía a terminar su vida en aquellas lejanas tierras como un simple aventurero. Sus hombres estaban decepcionados ya que, como él, habían creído que todo sería más fácil. Pero la empresa estaba resultando más larga de lo esperado, pues las distancias eran enormes, y en aquella desolada Isla del Gallo llevaban esperando ya varias semanas a que el tuerto Almagro llegara.

Finalmente, una tarde vieron un barco en el horizonte. Para Francisco Pizarro su llegada significó una mala nueva. El veedor Juan Carballo, que venía en el barco, le dio la noticia de que debían regresar a Panamá. Pizarro despachó el barco con el veedor, enviándole una enorme mota de algodón que había adquirido de los mercaderes procedentes del sur, como muestra de las grandes riquezas que se podrían encontrar si proseguía con su expedición. Pero los soldados que quedaron en tierra no estaban contentos, ya se habían cansado de las inútiles promesas de Pizarro. No obstante, los hombres mostraban una aparente tranquilidad, ya que habían enviado con el veedor un mensaje oculto dentro de la mota de algodón, dirigido a doña Catalina de Saavedra, esposa del gobernador Pedro de los Ríos:

Al señor gobernador, miradlo bien por entero, allá va el recogedor y aquí queda el carnicero.

Los soldados habían escrito la copla tras oír la amenaza de Pizarro:

—Mientras yo esté con vida, nadie volverá a Panamá.

Pizarro les inspiraba temor. Por eso, cuando a finales de

septiembre dos barcos se dejaron ver en el horizonte, hubo reacciones inesperadas. Pizarro entusiasmado, pensó que le traían más gente, pero la ovación entusiasta de la tropa le hizo sospechar lo peor. Mientras los hombres lloraban de alegría y bendecían a Pedro de los Ríos, a su esposa y a cuantos habían tenido que ver con el envío de las naves, Francisco Pizarro se sintió profundamente indignado.

Se acercó a recibir a los recién llegados y les dijo:

—Antes prefiero morir que volver sin haber descubierto la tierra que salí a buscar.

—Estoy aquí para llevarme a todos a Panamá. —Fue la seca respuesta de Juan Tafur, capitán del gobernador Pedro de los Ríos—. En esta empresa inútil se han perdido muchas vidas y el señor gobernador está al tanto de vuestro fracaso —agregó sin dar importancia a Pizarro.

Lo cierto era que al recibir la copla, ellos entendieron claramente que los soldados consideraban a Pizarro un «carnicero» y a Almagro un «recogedor». Tafur tenía orden de no conceder más beneficios para aquella alocada empresa.

Pizarro, con la manera tranquila y desapasionada que lo caracterizaba, desenvainó la espada y avanzó con ella hasta sus hombres. Trazó una línea en la arena, se detuvo y mirándolos uno a uno, se limitó a decir:

—Los que queden de este lado, regresarán a Panamá a ser pobres; los que se atrevan a cruzar la raya, irán a Virú, a ser ricos... escojan lo que mejor les parezca.

Un silencio sepulcral, acogió sus palabras. Al cabo de unos momentos de duda, se sintió crujir la arena. Trece cruzaron la raya determinados a cambiar su destino.

Nicolás de Rivera, "el Viejo", natural de Olvera, en Andalucía; Cristóbal de Peralta, hidalgo de Baeza; Antón de Carrión, natural de Carrión de los Condes; "el griego" Pedro de Candia, nacido en la Isla de Creta; Domingo de Soraluce, vasco y mercader de oficio; Francisco de Cuéllar, natural de Torrejón de Velasco; Juan de la Torre, nacido en Villagarcía de Extremadura; Pedro de Halcón, sevillano de Cazalla de la Sierra; García de Jarén, mercader ultreño y esclavista de indios nicaraguas; Alonso de Briceño, natural de Benavente; Alonso de Molina, nativo de Ubeda; Gonzalo Martín de

Trujillo, trujillano de cuna; y Martín de Paz, joven alegre y jugador cuya patria era desconocida.

La conquista quedó sellada con trece hombres valientes o temerarios, ambiciosos o aventureros: «Los Trece de la Fama» los llamaron desde entonces. Fueron en pos de riqueza y poder, siguiendo a un hombre terco, que no cejaba en ninguna de sus empresas.

Francisco Pizarro había nacido en la cacereña localidad de Trujillo, España, como hijo natural del coronel Gonzalo Pizarro y de Francisca González; a los veinte se alistó en los ejércitos españoles que luchaban en Italia contra los franceses en las llamadas campañas de Nápoles. Después, en mil quinientos dos, tras su regreso a la península Ibérica, embarcó hacia el Nuevo Mundo en la flota de Nicolás de Ovando, quien partía a la isla La Española como gobernador de las Indias. Fue el comienzo de su relación con América... El resto se convertiría en historia.

Después del episodio de la Isla del Gallo, Juan Tafur, el capitán del gobernador Pedro de los Ríos, regresó a Panamá. De los Ríos había oído hablar de Francisco Pizarro, sabía que era un hueso duro de roer. Se limitó a alzarse de hombros y mandarle un mensaje:

—Hazle llegar mi ultimátum: si en seis meses no regresa con alguna noticia concreta, yo mismo lo alcanzaré y le haré regresar. —Después de todo, pensó, cualquier descubrimiento que hiciera Pizarro bajo su gobernación sería bien visto por la Corona española.

Durante aquellos seis meses la expedición continuó navegando hacia el sur, y muy cerca de Tumbes se encontró con otra embarcación de comerciantes que transportaban grandes cantidades de finos tejidos, recipientes y adornos de oro y plata. Por ellos se enteraron de que el inca Huayna Cápac había fallecido y sus herederos libraban una encarnizada lucha por el poder.

A Pizarro no le podía haber convenido más aquella guerra. Era lo único que necesitaba para trazar su plan de conquista, sólo tendría que situarse en un bando y sembrar cizaña en el otro. Eso siempre daba resultado. Después de confirmar la existencia del reino llamado Virú del que Pascual de Andagoya le había hablado, que él llamó Perú, tomó la decisión de viajar a España para pedirle al emperador Carlos los títulos y el apoyo necesarios para la conquista.

El emperador Carlos V, hijo del archiduque Felipe el Hermoso y de la reina castellana Juana I conocida como la Loca, era heredero de tres heterogéneas dinastías: las casas de Habsburgo, de Borgoña y de Trastámara —esta última por partida doble: castellana y aragonesa—. De su abuelo paterno, el emperador Maximiliano I, había heredado los territorios centroeuropeos de Austria y los derechos del Sacro Imperio Romano Germánico. De su abuela paterna María de Borgoña, los Países Bajos; de su abuelo materno Fernando II el Católico, las Coronas de Aragón, Sicilia y Nápoles, y de su abuela materna Isabel I La Católica, las Coronas de Castilla, Canarias y todo el Nuevo Mundo descubierto *y por descubrir*. Muerto su padre Felipe de Habsburgo de una enfermedad fulminante y recluida su madre Juana en Tordesillas por su enfermedad mental, el joven Carlos V se encontró frente a la mayor responsabilidad de su época. Había asumido el trono de España a los quince años y, a pesar de ello, supo frenar los levantamientos que se produjeron en el reino, sometiendo a los nobles que se habían levantado en su contra. Francisco Pizarro llegó a España en un momento crucial, en el que lo que menos deseaba el emperador era hacerse cargo de más conquistas, delegándolas en las manos del primero que estuviese dispuesto a hacerlas en su nombre.

La suerte favoreció una vez más a Francisco Pizarro, pues en aquellos momentos la corona española problemas estaba enfrentada con Francia y con las aspiraciones de conquista del imperio otomano. Haciendo un alto en sus ocupaciones, el emperador había regresado de una incursión por el Mediterráneo oriental, sin haber conseguido acabar definitivamente con el poder del sultán Solimán I el Magnífico, ni con el pirata Barbarroja. En aquellos momentos, poco podía importarle otorgar cualquier gobernación en unas lejanas y vastas tierras, de las que sólo sabía que estaban pobladas por pueblos primitivos. Delegó en su esposa, su prima la reina Isabel de Portugal, con quien había contraído nupcias dos años antes, muchas de los asuntos a negociar mientras él se ocupaba de las cuestiones militares. Isabel tenía un sentido más práctico de la riqueza. Ella consideraba muy necesarias las conquistas de aquellos lejanos reinos donde, según parecía, el oro abundaba en cantidades nunca antes igualadas.

Los reyes de España, según lo narrado por Francisco Pizarro, entendieron que los territorios descubiertos al otro lado del oceano formaban un reino, como podía serlo cualquier otro de Europa, con las diferencias culturales derivadas de la lejanía y las circunstancias. Convinieron entonces con Pizarro que sus conquistas en aquellas tierras tuviesen un carácter religioso, otorgándole las facilidades necesarias para que fuese acompañado por sacerdotes, y pusieron especial énfasis en que el soberano del Nuevo Mundo fuese tratado como tal.

El veintiséis de julio de mil quinientos veintinueve, la esposa de Carlos V, Isabel de Portugal, firmó en calidad de regente las capitulaciones para la conquista del Perú, territorio que recibió el nombre oficial de Nueva Castilla. Estas capitulaciones facultaban a Pizarro para seguir explorando y creando asentamientos en Nueva Castilla por un plazo máximo de un año. También se le concedieron los nombramientos de gobernador, capitán general y alguacil mayor, y su propio escudo de armas, en el que aparecían elementos alusivos al Perú, como la representación simbólica de la ciudad de Tumbes y varias balsas peruanas. En diciembre, Pizarro arribó a su localidad natal de Trujillo, en España, donde se encontró con sus hermanastros, Hernando, Gonzalo y Juan Pizarro, que le acompañarían en sus futuras conquistas.

Poco después, Francisco Pizarro regresó al Nuevo Mundo rebosante de satisfacción, al tener en sus manos los documentos que le acreditaban como gobernador de las riquísimas tierras que estaba seguro de conquistar.

XXI

Después de la muerte del heredero oficial Ninan Cuyuchi, su madre, la coya Cusi Ramay fue dejada de lado. En el Cuzco gobernaba Mama Raura, madre de Huáscar. Él siempre había sido sumiso y poco aficionado a los pleitos y acciones de guerra. Con profundo resentimiento en su corazón por la poca importancia que su padre Huayna Cápac le había otorgado, su vida había sido una sucesión de momentos de inseguridad e incertidumbre. Tras la muerte inesperada de su hermano Ninan Cuyuchi, quien sí había sido educado para ser inca, su nombramiento de sapa inca de los territorios entre Cajamarca y Tucumán lo había tomado desprevenido. Si hubiera podido decidir, habría dejado que su hermano Atahualpa gobernase todo el imperio; lo que realmente le interesaba era mantener las tradiciones. Huáscar era un hombre fornido, de estatura mediana, ojos penetrantes y un poco hundidos, con los pómulos muy sobresalientes. El cabello lo llevaba rapado, como noble orejón cuzqueño. De carácter intelectual y poco religioso, en nada parecido a sus antecesores Pachacútec, Túpac Yupanqui y su padre Huayna Cápac. De su padre había recibido referencias negativas, él creía que algo tergiversadas por la lejanía, aunque era fácil obtener noticias de sus excesos en tierras norteñas.

En la capital del imperio, el Cuzco, se conservaban los principios que el gran Pachacútec había establecido como reglas generales: dedicación al trabajo, a la honradez, al amor por el dios Inti y Huiracocha y la preservación de las antiguas buenas costumbres de honrar todas las fiestas a sus dioses. En el Cuzco no se cometían desmanes, ni se permitían las orgías como las que Huayna Cápac llevó a cabo en Quito y Tumibamba, bien porque los incaicos del sur fueran más reservados que su contraparte norteña, quienes siempre estaban alegres y de buen humor, bien porque realmente les importaba respetar sus costumbres. Lo cierto es que los incaicos estaban satisfechos de que su inca fuese un hombre como Huáscar, tranquilo y educado, aunque en algunos aspectos no cumplía los requisitos exigidos a su cargo, ya que evitaba asistir a las ceremonias religiosas, a las que los sacerdotes daban tanta importancia. Cuestionaba lo divino, le gustaba la astronomía, no por superstición sino por lo que significaban los astros en el espacio infinito que se extendía ante sus ojos.

Tampoco tenía interés en asistir a fiestas ceremoniales o a los eventos que la nobleza incaica organizaba para afianzar los lazos con los caciques conquistados. En buena cuenta, cualquier interrupción a sus pensamientos, o a su habitual concentración, significaba una terrible contrariedad.

Una mañana en la que Huáscar descansaba en uno de los hermosos jardines del palacio, mirando el cielo como si buscase algún astro invisible, fue interrumpido abruptamente por su madre.

—Huáscar, ya es tiempo de que reclames las posesiones de las ricas tierras del norte. Es lo que tu padre hubiera querido y tu abuelo Túpac también —insistió una vez más.

Huáscar, mirándola de la manera pasiva acostumbrada cuando se dirigía a ella, se limitó a responder con una pregunta.

—¿No crees que deberíamos dejar todo esto en sana paz y armonía? Hace casi dos años que mi padre murió y todo está tranquilo, ¿para qué buscar problemas?

—Huáscar, hijo, tu hermanastro, el bastardo Atahualpa, es poseedor de una gran porción del Tahuantinsuyo que nos pertenece, tú eres cuzqueño, perteneces a la nobleza inca.

—Y él pertenece a la nobleza quiteña —respondió Huáscar— ese territorio le pertenece por herencia. No me hables de hijos bastardos, mamita, yo mismo soy un bastardo. ¿O acaso tú fuiste su primera esposa? Al menos Atahualpa es el resultado de una princesa y el inca.

—No eres un bastardo. Eres noble, y yo soy ahora la coya —aclaró Mama Raura—. Fui esposa de tu padre, no lo olvides. Llevas en tu sangre la casta de los Yupanqui.

—Y también Atahualpa. Pero ¿de qué me sirvió eso? Mi padre nunca me amó como a él, siempre lo tuvo a su lado, no recuerdo que mi hermano haya vivido en el Cuzco como yo, ni que mi padre hubiera querido separarse de él para que siguiera estudios en el Yachayhuasi, siempre tuvo amautas privados. Él lo amaba y quiso dejarle aquellas tierras.

—Huáscar, no comprendes nada. Todos empiezan a pensar que eres un cobarde, que no deseas enfrentarte a Atahualpa por miedo a perder. Tenemos aquí un ejército imperial más preparado que el de ellos, porque tu hermano heredó un ejército en decadencia, sin las buenas costumbres cuzqueñas. ¿A qué le temes?

—También tenemos Cochabamba, que es el lugar más importante del imperio, y las fortalezas que mi abuelo Pachacútec mandó edificar, y ciudades a las que no se puede igualar ninguna de las del norte...

—¿Acaso conoces alguna ciudad de allá, Huáscar?

—No.

—Entonces no puedes afirmar nada. Simplemente no puedes ir allá, *porque no es tu reino*. Si fueras sapa inca de todo el Tahuantinsuyo, podrías ir y venir a tu antojo.

Un silencio largo siguió a las palabras de su madre. Huáscar en el fondo sabía que ella tenía razón. Le molestaba no poder disponer de todo el imperio y también que lo tildaran de cobarde. Él era pacífico, pero no cobarde. Tal vez su madre tuviera razón al decir que las tropas imperiales del Cuzco estaban mejor preparadas que las de su hermano. Si lanzaba un ataque al Chinchaisuyo y no resultaba bien no perdería mucho. Se quedaría con lo que hasta ahora tenía y al menos nadie diría que no hizo nada. Se puso de pie y encaminó sus pasos hacia el interior del Amaru Cancha, el palacio que fuera de Hayna Cápac, pues Huáscar aún no tenía palacio propio.

Después de pensarlo, urdió un plan con su madre. Enviaría un mensajero a Atahualpa diciéndole que debía renunciar al cargo de emperador shiry y que le entregase aquellos territorios. Huáscar sabía perfectamente que su hermano jamás accedería a tan disparatada petición, pero le serviría de pretexto para iniciar una guerra. Para respaldar aquellas pretensiones y demostrar que hablaba en serio, preparó sus ejércitos y los envió al norte bajo las órdenes del sinchi Atoco.

El mensaje fue recibido por Rumiñahui, hermanastro de Atahualpa.

—Hermano... creo que tenemos una guerra en ciernes.

—No me digas que Huáscar me declaró la guerra.

—Te pide que renuncies al cargo de shiry, ni siquiera te reconoce como inca del norte.

—Debe estar loco si cree que voy a acceder a su absurda petición.

—Y me acabo de enterar que nombró a un tal Chapera como sustituto de nuestro cacique Chamba que murió hace poco. Tú sabes que los cañaris siempre están en pie de guerra, esto les servirá de pretexto para levantarse una vez más.

—¿Qué se traerá Huáscar entre manos...?   —Le parecía insólito lo que acababa de escuchar.

—La tribu cañari, que tantos problemas nos ha dado siempre, se ha puesto de su lado. Esa es una declaración de guerra —terminó diciendo Rumiñahui.

Mientras, el general cuzqueño Atoco daba protección con su ejército al nuevo cacique Chapera, tomando posesión de la ciudad de Tumibamba y del territorio de los cañaris, con la venia de éstos. Finalmente Huáscar había tomado la decisión que con tanto anhelo había estado esperando la nobleza cuzqueña. La guerra estaba declarada.

Atahualpa reunió a sus generales Quisquis, Calcuchímac y por supuesto a Rumiñahui.

—Deseo antes que nada que se sepa que yo no busqué esta guerra. Prometí a mi padre que no lucharía contra mi hermano —aclaró Atahualpa— pero debemos defendernos si ellos nos atacan. —Dirigiéndose a Calcuchímac preguntó—: ¿Cuántos soldados y tropas tenemos? ¿Están dispuestos para entrar en batalla? Si están lejos, los necesito aquí lo antes posible.

—Señor, muchos de ellos están en Manta, de donde hemos tenido noticias de que llegaron unos extranjeros que el pueblo acogió con beneplácito y al parecer, aquella gente se dirigió hacia el valle Virú.

—¿Virú? —preguntó con sorpresa Atahualpa. Le vino a la memoria como un destello la conversación con el mercader hacía un par de años—. ¿Qué aspecto tienen esos extranjeros?

—Son muy blancos, su rostro está cubierto de barbas y montan animales enormes, según dicen, veloces y grandes. Sus barcos...

—Ya —interrumpió Atahualpa—. Ya lo sé. Sus barcos son mayores y poderosos que cualquier embarcación que hayamos visto antes y sus animales se llaman caballos. Sus armas son arcabuces que despiden truenos.

—Señor, ¿cómo lo supiste? —preguntó sorprendido el sinchi Calcuchímac.

—Después hablaremos de eso. Por ahora debemos ocuparnos de Huáscar y de su general Atoco. Debemos terminar con esta insensata guerra antes de que el imperio cambie de nombre.

Los hombres se miraron entre sí sin comprender nada, e hicieron un gesto de asentimiento. El único que sabía de qué hablaba Atahualpa era Rumiñahui. Los sinchis Calcuchímac y Quisquis reunieron a todas sus tropas en la planicie de Turubamba, y Calcuchímac les soltó una inesperada arenga que dejó sorprendido al mismo Atahualpa:

¡Peleen como varones, en defensa de sus tierras, de sus vidas, las de sus padres, madres e hijos... Nadie ande en adelante sin armas. Prepárense hermanos, con varonil denuedo, no a morir, sino a vencer; no a huir, sino a avanzar... porque el que es cobarde, en su mismo escondrijo halla la muerte, y el que es valeroso con hacerle frente, la espanta!

Después de los vítores y entusiastas gritos de guerra de costumbre, partieron dirigidos por Calcuchímac hacia el puente del río Ambato, llegando hasta Mocha, donde encontraron al ejército enemigo que avanzaba encabezado por el sinchi Atoco en dirección a Quito. El combate se inició de inmediato; sangriento y prolongado. Las tropas quiteñas sufrieron tal descalabro, que emprendieron la retirada dándose a la fuga. Atahualpa recibió la noticia de la humillante derrota de Mocha y acudió allí, donde reunificó a las tropas que pudo y fue con ellas hasta Llatacunga. Encontró a Calcuchímac y le ordenó que detuviese la huida y que se enfrentara a Atoco, tal como él había dicho en la arenga a sus soldados.

Desesperado, Atahualpa reunió a los soldados que venían de la derrota de Mocha reprendiéndoles por su falta de valor, y animándolos para la siguiente batalla. Se reunió en Ambato con Calcuchímac, que se lanzó con furia contra el enemigo. Después de un día entero de batalla, al llegar la noche, la victoria fue declarada por los quiteños. Tomaron prisionero al sinchi Atoco y al cacique Chapera, igualmente fueron tomados prisioneros otros jefes y soldados. El campo de batalla quedó regado de muertos de ambos bandos. Después de los enfrentamientos Atahualpa regresó a Quito, donde mandó ejecutar al traidor Chapera, mientras que Atoco, bajo tortura, declaró lo que necesitaba saber Atahualpa para defenderse de Huáscar. Luego lo mandó matar.

Huáscar se enteró de la derrota sufrida por su ejército sin grandes muestras de pesadumbre. Pero pronto se apoderó de él una intensa furia y después de mandar reunir nuevas tropas de elite del Cuzco, puso al mando de ellas a su hermano Huanca Auqui quien de inmediato marchó hacia Tumibamba. Al llegar a las cercanías de la ciudad, unos emisarios enviados por Atahualpa pidieron hablar con él; le manifestaron que su shiry amaba y deseaba la paz. Pero el intento no valió de nada. Los jefes cuzqueños estaban decididos a eliminar al inca shiry quiteño Atahualpa.

En vista de la negativa, Atahualpa avanzó al frente de su ejército y ocupó el puente del río Tumibamba antes de la llegada de Huanca Auqui. Lo que empezó como una escaramuza se convirtió en un formidable combate que duró dos días y terminó con Atahualpa como prisionero, a pesar de que los incaicos tuvieron más bajas. La desolación invadió el espíritu de los quiteños, empezaban a cobrarse los estragos de la falta disciplina que había caracterizado aquellos años de holgura y desenfado. Creían que su inca shiry sería eliminado. Atahualpa fue encerrado en un tambo ubicado en Tumibamba, antes de, al amanecer del siguiente día, ser llevado al Cuzco a comparecer frente a su hermano Huáscar.

Rumiñahui desesperado, intentó una estrategia. Logró convencer a una jovencita de doce años llamada Quella para que fuese a visitar a Atahualpa a su prisión. La joven consiguió el permiso sin despertar sospechas, debido a que pertenecía al pueblo cañar. Logró llevar disimuladamente una barra de plata y cobre entre sus vestiduras, dejándola en manos del inca. Con aquel instrumento después de un enorme esfuerzo, Atahualpa logró soltar sus amarres y socavó una salida por uno de los muros de bajareque del tambo. Escapó en la madrugada sin ser visto por sus enemigos. Rápidamente, según el mensaje que le llevó Quella, se dirigió al cerro Molleturo, lugar donde se habían reagrupado sus soldados tras la derrota, y donde el hermano de Huáscar, el general Huanca Auqui, los tenía sitiados. Sorprendentemente, Atahualpa logró escabullirse entre las filas enemigas y después de atravesarlas corrió hasta donde estaban sus soldados.

No podían creer que fuese Atahualpa quien venía hacia ellos. Algunos llegaron a pensar que tal vez era su espíritu, pues pensaban que estaría ya muerto, pero en efecto, se trataba ni más ni menos que de su inca shiry Atahualpa, que corría entre los arbustos que rodeaban el cerro. Empezaron a vitorearlo y, en vista de aquello, a Atahualpa se le ocurrió decir que el dios Inti lo había liberado convirtiéndolo en una serpiente, para poder escapar por un estrecho agujero. La tropa creyó que los dioses estaban de su lado, mientras su hermano Rumiñahui observaba con una sonrisa de complicidad. La jovencita Quella se hallaba bien resguardada en un lugar seguro. El ejército de Atahualpa con ánimos renovados se dispuso a vencer al enemigo.

Entrando el día, se reinició el combate. Los quiteños, animados por la divina presencia de Atahualpa, lucharon con tal furia que rompieron el cerco y salieron a la llanura desbaratando la ordenada formación de las tropas cuzqueñas, que al verse perdidas emprendieron la retirada hacia Tumibamba. Los sinchis Calcuchímac y Quisquis reorganizaron el ejército y, luego de unos días de descanso, emprendieron la marcha sobre Tumibamba, esta vez de forma ordenada y marcial, al propio estilo de los runruyoc auquis cuzqueños.

Huanca Auqui, el general cuzqueño, reagrupó a sus tropas en las afueras de la ciudad de Tumibamba, y esperó la arremetida de los quiteños, que comandados por Calcuchímac y Quisquis batallaron fieramente. El resultado fue una victoria para los quiteños y la huida de las tropas de Huáscar. Atahualpa entró triunfante en Tumibamba, la capital cañari. Ciego de ira por la traición de la que había sido objeto, dio órdenes de exterminar a todos los habitantes del pueblo incluyendo a las mujeres preñadas, a quienes mandaba abrir el vientre. Así, fueron asesinados salvajemente, ancianos, mujeres y niños. Después, se dirigió a Tumbes y también allí cometió atrocidades con sus pobladores, por haberse plegado a las órdenes de su hermano Huáscar.

Huáscar montó en cólera al recibir las noticias de la derrota en Tumibamba. Jamás se hubiera imaginado que su hermano tuviera un ejército tan bien preparado. Pero su indignación llegó al límite cuando Huanca Auqui le dijo que Atahualpa había logrado huir después de estar preso.

—Huáscar, hermano, creo que Atahualpa en efecto se convirtió en serpiente, como dicen sus soldados.

—¿No será que una serpiente en forma de mujer entró en su celda? —preguntó con ironía Huáscar.

—Yo... di órdenes para que lo mantuvieran incomunicado, deseaba traértelo para que tú mismo dispusieras de él, pero debía estar en el frente, teníamos cercados a los quiteños... —respondió Huanca Auqui cabizbajo.

—Lo hubieras matado allá mismo. No acepto esta derrota —dijo Huáscar terminante, para quien aquella guerra se estaba convirtiendo en algo más que un simple pretexto para que lo dejaran tranquilo.

—Deja que sea yo quien solucione esto —pidió Huanca Auqui—. Te lo suplico. No quiero que la gente me considere un cobarde.

—Ve y resuélvelo. Yo tampoco deseo que aparezcan por aquí los quiteños.

Huanca Auqui se retiró amargado. En los ojos de su hermano Huáscar había visto reflejado el desprecio por su derrota. Le demostraría que él era un valiente soldado, digno sucesor de Huayna Cápac, y no como él, Huáscar, que se quedaba cómodamente en su palacio en el Cuzco. Preparó a su ejército elite y cayó sorpresivamente sobre los quiteños que guarnecían la frontera, derrotándolos. Se dirigió de inmediato a una ciudad cercana llamada Cusibamba.

Atahualpa, que había regresado a Quito, se indignó por aquel ataque inesperado.

—¿Acaso esto no va a terminar nunca?

—Parece que tu hermano Huáscar ha decidido acabar con tu reino, hermano —respondió Rumiñahui.

—Lo más grave de todo es que tenemos extranjeros merodeando por el imperio, y el cretino de Huáscar parece no darse cuenta de ello.

—Así es. Ya debemos acabar con esta descabellada guerra. Debemos vencerlos o unirnos para combatir contra el verdadero enemigo —cavilaba en voz alta Rumiñahui.

—Hermano, te pongo al frente del ejército. Utiliza toda tu habilidad para terminar con los guerreros de Huáscar, pues necesitamos ocuparnos de los extranjeros antes de que nuestros ejércitos se vean diezmados —ordenó Atahualpa.

Rumiñahui acató la orden y dio media vuelta alejándose de palacio, mientras Atahualpa pensativo observaba la puesta de sol. No podía dejar de pensar en los españoles. Ya habían incursionado en Manta y, según decían, habían llegado hasta el valle de Virú, donde fueron muy bien atendidos por la capullana de aquella ciudad. Aparentemente los runas se sentían muy atraídos por los españoles. ¿Por qué no pondría más atención a lo que me dijo el mercader?, se preguntaba Atahualpa. Tal vez había algo de cierto cuando dijo que era posible que el reino cambiase de nombre.

Cuando Francisco Pizarro llegó a Tumbes contempló con estupor los desastres ocasionados por los recientes enfrentamientos entre los hermanos Huáscar y Atahualpa. A pesar de que había sido advertido, jamás imaginó que la barbarie llegase a esos extremos. Los indios lloraban a sus finados, en la atmósfera se respiraba hedor a sangre y a muerte. Él y sus hombres se vieron rodeados de nativos que los miraban como salvadores; unos clamaban venganza, otros culpaban a Huáscar, mientras gran parte de ellos daba evidentes muestras de descontento por la forma como el imperio se había dividido. A pesar de estar en el norte, Pizarro encontró a muchos sureños que decían pertenecer a las huestes incaicas legítimas del Cuzco. Por medio de un joven indio llamado Felipillo que acompañaba a los españoles desde tiempo atrás y hablaba español, Pizarro pudo entender la situación y después de un par de días, para su sorpresa, el representante del cuzqueño Huáscar, un hombre llamado Huamán Mallqui, se puso a sus órdenes para combatir a Atahualpa.

Pizarro y sus hombres se enteraron por los espías cuzqueños que el shiry inca iría a Cajamarca, a un lugar de recreo llamado Los Baños del Inca en su camino hacia el Cuzco. Pizarro se adelantó y, acompañado por un nutrido contingente de incaicos armados, se dirigió a la ciudad de Cajamarca. A medida que atravesaban la costa en dirección sudeste, más hatunrunas se sumaban a sus filas, en la creencia de que ellos ayudarían a traer la paz al imperio. Las intenciones de Huamán Mallqui eran claras y se las había manifestado: era necesario acabar con Atahualpa y recuperar el poderío cuzqueño antes de que él mismo fuese coronado sapa inca. No era precisamente partidario de Huáscar, en todo caso eran muchos los nobles que provenían de la línea de la casa de los Yupanqui, de los Ocllo, y de otros ilustres antepasados, había dicho Mallqui, y cualquiera de ellos podría ocupar el trono antes que un Shiry norteño como Atahualpa. Pizarro, como hombre de experiencia, sabía que Mallqui se avenía más a sus propios intereses que a lograr la paz, como le había querido hacer creer.

Ajeno a esas maquinaciones, Atahualpa seguía atento a la batalla contra las tropas cuzqueñas comandadas por su hermano. Rumiñahui resultó victorioso y los cuzqueños se vieron obligados a retroceder hasta Huancabamba, y no pararon hasta llegar a Cajamarca, donde encontraron el refuerzo de diez mil chachapoyas, que aprovecharon el momento para hacer su propia guerra. Los incaicos reorganizaron sus fuerzas y en Cochahuailla, situada entre Huancabamba y Cajamarca, chocaron una vez más los ejércitos de Atahualpa y Huáscar. En aquel combate el genio militar de Quisquis se puso de manifiesto y la derrota de Huanca Auqui fue contundente. No le quedó sino retirarse en dirección al Cuzco.

A pesar de que no deseaba luchar más contra Huáscar, estas fueron sólo las primeras batallas para Atahualpa. El imperio se vio convulsionado por cruentos combates, perdiéndose en ellos miles de vidas. En el colmo de la exasperación, Huáscar insultó a su propia madre y a su esposa. Las acusaba de haberle impulsado a la guerra; a los cañaris y a los quitos que vivían en el Cuzco de ser espías de Atahualpa. En su desesperación al ver tantas batallas perdidas, mandó asesinar a todos los quitos que vivían en el Cuzco, así como también hizo víctimas de su furor a los cañaris que, desde tiempos de su padre, guarnecían el lugar. Por último, hizo un reclutamiento general de refuerzos y nombró a Mayta Yupanqui en reemplazo de Huanca Auqui. Mayta Yupanqui salió con sus tropas del Cuzco, resuelto a detener a Quisquis y Rumiñahui. Su derrota fue peor que la de su antecesor, sus tropas se desbandaron en incontenible fuga.

Enardecido por las derrotas, Huáscar decidió al fin salir él a combatir comandando sus tropas. Salió vencedor en las batallas de Angoyaco y Tovaray, pero salió perdedor en las de Chontacajas y Quipaipán, lugar donde finalmente fue hecho prisionero. La noticia de su apresamiento corrió rápidamente entre las tropas cuzqueñas, los soldados dejaron de oponer resistencia porque vieron la causa perdida y se batieron en retirada. Atahualpa recibió con satisfacción la noticia y se dispuso a marchar hacia el Cuzco para ser nombrado legalmente sapa inca de todo el Tahuantinsuyo.

El Cuzco estaba ocupado por los generales quiteños de Atahualpa, cuya venganza por sus muertos fue tremenda. Exterminaron a casi todos los parientes de Huáscar, los sacerdotes, las vírgenes del sol y los nobles de la corte imperial, por supuesto, también los jefes del ejército y los altos funcionarios del gobierno. Los pocos que lograron escapar se diseminaron entre los diferentes ayllus y pueblos cuyos parajes no eran bien conocidos por los norteños. Huáscar fue conducido preso a la fortaleza del valle de Hatunmayo y sometido a ultrajes.

Pero la venganza de los quitos triunfadores no quedó ahí. Las tropas de ocupación llegaron a extremos de barbarie, profanando las momias de los emperadores, con excepción de la de Huayna Cápac; destruyeron todos los símbolos cuzqueños del poder, sacaron del Calispuquio Huasi la momia del gran inca Túpac Yupanqui y la quemaron ante los ojos aterrorizados de los pobladores cuzqueños, creyendo eliminar así cualquier intento de rebelión contra Atahualpa quien, en su ausencia, fue proclamado por sus generales como único sapa inca y señor de todo el Tahuantinsuyo ante una multitud convocada en la llanura de Quivapay, cerca del Cuzco.

Atahualpa inició su viaje en dirección al Cuzco, llevado en andas de oro y con toda la parafernalia del caso. En el camino la comitiva se detuvo para reposar unos días en Cajamarca, en los Baños del Inca. Estaba rodeado de sus mujeres y parientes de la nobleza quiteña, así como de un grupo de soldados; el grueso de su ejército estaba en el Cuzco para esos momentos. A su lado estaba el sinchi, Rumiñahui, comandante de las tropas reales.

A su llegada a los baños un chasqui llevó la noticia: los extranjeros ocupaban la ciudad de Cajamarca. Hacía tiempo que estaban viajando por el imperio desde el norteño puerto de Manta, cerca de donde fundaron la ciudad de San Miguel, pasado Tumbes, y gran cantidad de hatunrunas y ayllus estaban de su lado, acompañando al cortejo del capitán Francisco Pizarro. También iba con ellos un joven que se llamaba Felipillo que les servía de intérprete.

Atahualpa escuchó con preocupación aquellas noticias. Pensativo, habló con Rumiñahui.

—Hermano, creo que ya empezaron a cambiarnos los nombres. Debemos impedir que ese puñado de extranjeros acabe con nosotros. ¿Cuántos hombres tenemos?

—No muchos. La mayoría está en el Cuzco dominando la zona, sólo tenemos a nuestros guardias de honor, los que siempre te acompañan, y un grupo de soldados, casi todos maltrechos por los recientes combates.

—¿Dónde se encuentra Huáscar? —preguntó sorpresivamente Atahualpa.

—En el valle de Hatunmayo, a buen recaudo e incomunicado —replicó vivamente Rumiñahui—. Está a cargo de Calcuchímac.

—Temo que los cuzqueños pacten con los extranjeros para librarse de mí. Es probable que lo hayan hecho ya, si no, ¿cómo podrían andar como en su casa Pizarro y sus hombres?

—Tienes razón. Debemos hacer algo, alistaré las tropas que tenemos para que estén alerta y preparados para recibir un ataque. Pero no son un puñado de españoles como ellos quieren hacernos creer, han llegado en dos grandes embarcaciones, así que supongo que deben ser más... Y tienen gran cantidad de incaicos a su favor. Nos enfrentamos a un poderoso enemigo...

XXII

Francisco Pizarro había llegado a la ciudad de Cajamarca la fría tarde del quince de noviembre de mil quinientos treinta y dos, tras un largo y azaroso viaje desde la costa. De inmediato, ordenó a sus tropas ocupar los grandes aposentos situados en torno a la plaza principal de Cajamarca, cuya edificación más prominente era el Palacio de la Serpiente, residencia de Atahualpa cuando se encontraba en la ciudad. Bajo la mirada indiferente de Huamán Mallqui y el resto de los incaicos, Pizarro se alojó en el palacio y sus tropas ocuparon los demás lugares destinados a la realeza. Una vez que tomó posesión del sitio, llamó a Hernando de Soto, el más joven e inteligente de sus capitanes, ordenándole dirigirse al lugar donde estaba Atahualpa para presentarle sus saludos. También debía expresarle que deseaba que fuera a verle y que ofreciera su amistad y «alianza contra sus enemigos».

El capitán de Soto partió con un grupo de quince soldados a caballo hacia los baños termales donde se encontraba el monarca y éste, que ya había sido avisado por sus hombres de la llegada de los extranjeros, se aprestó a esperarlos. Cuando de Soto llegó a la puerta de los baños, aparecieron como por arte de magia veinte soldados ataviados como si fueran a entrar en batalla, con sus corazas de cuero acolchadas de algodón y sus cascos de caña hueca, prohibiéndole el paso. El indio Felipillo se adelantó y dijo en runa simi a uno de los soldados:

—Dile a tu señor que el capitán Hernando de Soto ha venido a rendirle homenaje, que viene en paz.

Un soldado quiteño llevó el mensaje a Atahualpa. De Soto bajó de su cabalgadura y ordenó a sus hombres que hicieran lo propio. Momentos después les era permitida la entrada al sitio de recreo.

Atahualpa se encontraba en un salón rodeado de las más hermosas mujeres de su corte. Dos soldados flanqueaban la entrada al recinto.

Hernando de Soto fue obligado a dejar sus armas y descalzarse antes de entrar a la habitación donde se encontraba Atahualpa y, aconsejado por Felipillo, se arrodilló ante el inca, con la vista fija en los ricos tapices que cubrían el piso de la estancia.

—Así que tú eres Felipillo... ¿Cómo encontraste servidumbre entre esta extraña gente? —preguntó con desprecio el inca.

Felipillo arrodillado, con la mirada en el piso, no atinó a responder.

—Puedes mirarme —dijo Atahualpa.

—Señor... yo sólo vengo a facilitar tu entendimiento con estos invasores —respondió en runa simi.

—Dile al invasor que puede mirarme.

Felipillo así lo hizo y Hernando de Soto hizo el intento de ponerse de pie.

—Sólo dije que podía mirarme.

El muchacho tradujo rápidamente lo dicho por el inca, impidiendo que de Soto se levantase.

El capitán levantó el rostro y se encontró con la mirada de Atahualpa. Era una mirada tranquila, de ojos grandes, su apariencia no tenía nada que ver con lo que él había visto antes.

—Dime a qué has venido —preguntó Atahualpa.

Hernando de Soto por intermedio de Felipillo dijo todo lo que había ido a decir.

—Vengo en representación de mi capitán Francisco Pizarro, enviado del rey de España, para ofreceros sus saludos y para invitaros a que vayáis a conocerlo a Cajamarca. También vengo a ofreceros en su nombre una alianza contra el enemigo.

—¿Tu capitán me invita a visitarlo en mi propio palacio? Dile a tu jefe, enviado por tu rey y señor, que venga él si desea hablar conmigo. Les he permitido que ocupen Cajamarca porque quería saber hasta dónde llegaría su osadía —aclaró Atahualpa—. No acostumbro recibir órdenes y mucho menos a través de subalternos, pero le agradezco su ofrecimiento de alianza contra el enemigo. Eres bienvenido. Siéntate, come estas ricas viandas y toma la chicha que te ofrezco. Tus hombres pueden esperar fuera, también serán atendidos.

—Gracias, señor... inca —respondió Hernando de Soto.

Atahualpa sonrió al advertir la cara de asombro del joven

capitán. Hernando de Soto apreciaba en grado sumo la hermosura de aquel indio. Su atractiva sonrisa mostraba sus dientes, blancos y perfectos, que contrastaban con el tono cobrizo de su piel. Impulsivamente se quitó el anillo recuerdo de su madre y se lo ofreció como muestra de amistad y de respeto. El inca miró el anillo, le agradeció, y lo colocó en una bandeja de oro que tenía a su lado.

Mientras su joven invitado tomaba un kero de chicha, Atahualpa notó una inquietud en las afueras del lugar donde se encontraban. Era el hermano de Francisco Pizarro; Hernando Pizarro, *el viejo,* como le decían por su experiencia. Ordenó que le dejasen entrar. Hernando Pizarro también fue obligado a descalzarse al igual que lo hiciera el primero. Pizarro lo había enviado para saber el motivo del retraso. Estaban nerviosos, temían que hubieran sido tomados prisioneros, pero lo que encontró cuando llegó fue el banquete que se estaban dando los quince soldados que le antecedieran. Entonces comprendió que no había qué temer y pidió hablar con el soberano.

Una vez cumplido el ritual del saludo de rodillas, Atahualpa le hizo ponerse de pie, por tratarse de un hombre mayor. Al igual que el otro Hernando, se identificó a través de Felipillo, lo que llevó a una curiosa pregunta por parte del inca:

—¿Todos acostumbran llamarse Hernando?

Aquello causó tal gracia entre los dos Hernando que contagiaron a Atahualpa y empezaron a reír los tres, mientras Felipillo intentaba traducir lo que unos y otros decían, acrecentando la hilaridad de los hombres. Rumiñahui, que siempre se mantenía detrás de Atahualpa, tampoco pudo controlarse y soltó tal carcajada con sus enormes pulmones que los españoles quedaron en silencio.

—Dile a tu hermano Francisco Pizarro que estaré atento a su llegada, pero deberá hacerlo pronto, pues salgo en unos días para el Cuzco. Mientras tanto, sean bienvenidos a mis tierras.

Dando por terminada la visita, Atahualpa por primera vez se puso de pie, obligando de esta manera a hacer lo mismo a todos los que se encontraban en el recinto. Rumiñahui sobresalía como un peñasco.

De regreso a la Plaza de Cajamarca, Hernando De Soto y Hernando El Viejo fueron directamente al cuartel de Pizarro.

—Decidme todo respecto al indio —fueron las primeras palabras impacientes de Francisco.

—Bien, en primer lugar... no es un indio más —recalcó su hermano.

—¿No? —preguntó con curiosidad Pizarro.

—Aparentemente no dispone de mucha gente, por lo que pudimos observar. Aunque es posible que pida refuerzos a Quito o a donde acostumbre tenerlos. Por otro lado, os diré que no piensa venir. Desea que seáis vos el que vaya a verle.

—¿Yo? —dijo Pizarro mostrando indignación.

—Sí. Vos. Tenéis que comprender que él es en este momento el emperador, rey o gobernante de estas tierras, no es propio que él venga a veros estando vos en su reino. Es racional que desee que seáis vos quien vaya. Creo que es lo mejor. Nosotros podríamos cercarlo. Tenemos armas y tenemos gente... su misma gente. Todos creen que venimos a liberarlos del yugo del inca, cualquiera que sea —dijo Hernando Pizarro.

—Tenéis razón. Debemos trazar un buen plan. Yo iré a visitarle para evitar sospechas; luego, cuando él tome el camino hacia el Cuzco, podremos rodearlo y atacar.

—No parece peligroso —objetó el joven capitán de Soto.

—No os engañéis, ya visteis lo que hicieron con aquellas poblaciones en Tumbes y los otros caseríos.

—Pero su comportamiento con nosotros fue bastante amigable —añadió el joven capitán, que había cobrado simpatía por el inca.

—Porque ése es el juego. Él quiere engañarnos... y nosotros engañarle a él. ¿Qué aspecto tiene?   —preguntó   con curiosidad Pizarro.

—Es muy bien parecido, y sus mujeres... son realmente hermosas. El lugar donde están es conocido como Los Baños del Inca. Creo que son pozas de aguas termales con poderes curativos, al parecer tienen la insana costumbre de bañarse muy a menudo. Cuando entréis a verle deberéis descalzaros, arrodillaros y permanecer sin mirarle el rostro. Es su costumbre.

—Ya veremos en qué terminará ese indio —dijo despectivamente Pizarro.

Mientras tanto, en los Baños del Inca Atahualpa y Rumiñahui también hacían planes.

—Hay algo que no me gusta nada. Esa gente parece demasiado amigable. ¿Qué querrán decir con eso de «alianza contra el enemigo»? ¿Creerán que yo no sé que están aliados con *mis* enemigos? —comentó el primero.

—Vamos a seguirles el juego. Necesitamos tiempo para reorganizar nuestro ejército. Ya he enviado chasquis hacia el Cuzco ordenando que nos envíen tropas. Las más preparadas.

—No confío en los chasquis, alguno podría traicionarnos.

—Es posible, pero no tenemos alternativa. Por lo pronto, aquí estamos resguardados, conocemos la zona, tenemos eso a nuestro favor.

Atahualpa lanzó un profundo suspiro. ¿Es que nunca terminarían los problemas? Huáscar no escuchó sus deseos de paz... o no se lo habían dicho sus emisarios. Todo era una locura. Veía desmoronarse el imperio y empezaba a creer que, a pesar de todo lo que hiciera, tal vez fuese imposible evitarlo. Y sabía que no era únicamente por los españoles. Algo mucho más profundo se revolvía en los intestinos del Tahuantinsuyo. El descontento por los últimos años de guerra civil, la elevación de la mita, la repartición que su padre hiciera del imperio, quebrantando las leyes impuestas por sus ancestros y, para colmo, un ejército desgastado en luchas fratricidas. Los hombres más valiosos, muertos por ellos mismos. Si contase con el ejército invencible de su abuelo Túpac Yupanqui..., pensó con amargura.

—Está bien, no nos queda otro remedio que esperar. Envía tras el chasqui a gente de tu estricta confianza.

—No tenemos muchos, y los necesitamos aquí.

—Bien, bien... —terminó diciendo Atahualpa, mientras sus pensamientos regresaban a su hermano Huáscar.

Y Huáscar pensaba en él, en ese mismo instante. Encerrado en una estrecha celda de piedra, no tenía cómo escapar. Maldecía su suerte y recordaba los momentos en que se dejó llevar por los consejos de sus parientes. Nada hubiera sucedido si él no hubiera empezado aquella desgraciada guerra que sólo había traído sangre y destrucción. Y los españoles... aquellos barbudos que supuestamente habían dicho a su gente que se alinearían a su lado en contra de Atahualpa, no llegaban. Huáscar empezaba a dudar de todo y de todos. En medio de la oscuridad recordaba los buenos tiempos cuando sólo se dedicaba a dirigir el imperio desde el Cuzco. Sus costumbres, su palacio en construcción... Todo, todo lo perdería irremediablemente si no venían pronto a liberarlo.

Pero Francisco Pizarro no deseaba perder tiempo. Al día siguiente se presentó ante Atahualpa. Temía que el inca actuara en contra de ellos. Ya sus hombres estaban bastante nerviosos. De manera que acompañado por su hermano Hernando y el indio Felipillo partió hacia Los Baños del Inca, donde fueron recibidos por la guardia de Atahualpa. El inca en esos momentos se encontraba en su poza, recuperándose de las tensiones de hacía poco y también calmando su espíritu, tal como Pachacútec lo hiciera en su época, pero por otros motivos. De manera que cuando llegaron los dos hermanos Pizarro tuvieron que esperar a que el inca decidiera si les hacía llegar hasta donde él se encontraba.

Atahualpa hizo un gesto y las dos jóvenes sumergidas con él en la poza se retiraron. Ordenó a uno de los soldados que llevasen ante él a los extranjeros que aguardaban.

Francisco Pizarro y su hermano Hernando se acercaron a la poza del inca con la cabeza agachada y fueron conminados a arrodillarse, gesto al que Hernando empezaba a habituarse. El inca se dirigió a Felipillo.

—Diles que pueden levantarse y mirarme.

Los dos hombres se pusieron de pie y Atahualpa con un gesto magnánimo les invitó a compartir la poza. El vapor de las calientes aguas inundaba el ambiente.

—Os agradezco profundamente la invitación, pero la declinamos. —Fue la respuesta de Francisco.

Le pareció que el clima no acompañaba y además no eran muy dados a bañarse. El capitán observó por primera vez a Atahualpa que, sentado en la poza, estaba cubierto por las aguas hasta la cintura. Recorrió con la vista las bandejas y vasos dorados conteniendo fruta y algún líquido, que descansaban en la orilla de la poza. ¡Eran de oro, sin duda!, pensó, tratando de disimular su ansiedad.

Atahualpa ordenó a su yanacona servir bebidas a sus invitados y se quedó mirando a Francisco. Éste, impresionado por la imponente presencia del inca, que mostraba su musculoso torso cobrizo y los brazos surcados de gruesas cicatrices, carraspeó visiblemente incómodo. No esperaba encontrarle en aquellas circunstancias. Atahualpa hizo una seña y su yanacona le alcanzó unos lienzos con los que lo ayudó a envolverse al salir de la poza. Se dirigió a una caída de agua fresca donde enjuagó su cuerpo desnudo de las aguas sulfurosas. La estatura del inca, descalzo, igualaba a la de ellos. No esperaba encontrarse con semejante indio que, a pesar de no vestir sus habituales ropajes, lucía imponente. Envuelto en su manto, Atahualpa se dirigió al salón donde había recibido a Hernando Pizarro la primera vez, se sentó y ordenó a su yanacona que dijera a los extranjeros que podían pasar.

—Eres bienvenido, ¿cómo te llamas? —preguntó Atahualpa.

—Es el enviado de su majestad, el emperador de todas las Españas, y de todo el mundo. El capitán gobernador Francisco Pizarro —dijo diligentemente Felipillo.

—¿Gobernador? —preguntó el inca. ¿Gobernador de dónde? Felipillo consultó con Pizarro.

—Soy gobernador de Nueva Castilla —dijo escuetamente, para evitar problemas.

—¿Y qué te trae por estas tierras?

—Hemos venido en son de paz, ofrecemos nuestra ayuda para los momentos aciagos que está viviendo vuestro pueblo —recalcó Pizarro.

—¿Qué clase de ayuda?

—Ponemos a vuestra disposición nuestras fuerzas y conocimientos para que podáis tomar posesión de vuestro reino.

—¿Y qué ganas tú con eso? —preguntó el inca.

—Una alianza del reino de mi emperador con el vuestro. Podríamos sacar mucho provecho con la unión de los dos imperios.

Atahualpa guardó silencio. No creía en nada de lo que decía el barbudo. Francisco Pizarro pensó que se había tragado el cuento.

—Agradezco la gran estima que tienes por mi reino —dijo el inca con parsimonia— pero acabo de vencer a mi rival y debo partir al Cuzco para tomar posesión de mi cargo. Cuando lo haya hecho, podremos hablar acerca de una alianza.

—Entonces creo que debo retirarme, os agradezco que me hayáis recibido —dijo Pizarro y dio por terminada la visita hincándose ante él, al igual que su hermano.

Rumiñahui estaba preocupado, para él los extranjeros eran una grave amenaza.

—Hermano, creo que deberíamos hacer algo más que esperar. Esos hombres son muy peligrosos.

—Lo sé. No creas que me engañan, sé que han pasado por ahí fundando ciudades en nombre de su rey. Eso sólo se hace cuando se conquista un territorio. Hermano, presta mucha atención a lo que voy a decirte: el Tahuantinsuyo se está desmoronando. Es la hora de unirnos, no podemos mantenernos separados ni aun con mi hermano. Si Huáscar se entera de la verdadera intención de los extranjeros dejará de lado su odio y rencor, y se unirá a nosotros. Estoy dispuesto a dejar el trono a su favor si logramos unirnos. No hay otro camino. Los pueblos sin dirigentes son pueblos abandonados a la deriva, y el tal Pizarro se está aprovechando de ello. Debes ir adonde está Calcuchímac y hablar con Huáscar.

—No voy a dejarte solo aquí, Atahualpa.

—Es una orden. No tenemos otro camino. Debes hacerlo, de lo contrario estaremos perdidos. Dile a mi hermano que me perdone. Que si yo pudiera ir personalmente, lo haría, pero no deseo levantar sospechas. Que olvide todo el daño que nos hemos hecho, explícale que necesitamos unir nuestras fuerzas contra un nuevo enemigo, que no crea en sus mentiras, lo único que ellos desean es apoderarse de nuestro oro, he visto cómo miran con gran avidez nuestros objetos.

—No me va a escuchar... —dijo apesadumbrado Rumiñahui— después de lo que sucedió en el Cuzco...

—¿Qué sucedió? —preguntó alarmado Atahualpa.

—Después de capturar a Huáscar, los generales y soldados quiteños cometieron muchos vandalismos, sacaron de su panaca la momia del sapa inca Túpac Yupanqui y la quemaron.

Atahualpa se cubrió el rostro con las manos y se quedó así por un momento. Después con los ojos llenos de ira increpó a su hermano.

—¿Por qué hicieron tal ultraje? ¿Por qué nadie me informó? ¡¿Me tengo que presentar en el Cuzco sobre semejantes blasfemias!?

—Iba a decírtelo, hermano... señor, pero quería arreglar todo primero. Los soldados se desbandaron, yo no estuve allá para...

—Ahora comprendo muchas cosas... Sé por qué el pueblo me odia. ¡Oh, Huiracocha!, yo también cometí muchas infamias en contra de mi propio pueblo... Huáscar no nos va a escuchar... pero es la única salida. Debemos intentarlo, nada se pierde, de lo contrario todo acabará de todos modos. Anda, habla con él y dile que yo no estaba enterado de lo que ocurrió en el Cuzco. Debes convencerlo, ofrécele el poder si es lo que quiere. Y si a mí me ocurriese algo aquí, ve directamente a Quito, no regreses. Ocúpate de armar un ejército con la antigua confederación quiteña, ve a Pasto si es necesario, habla con los quillacingas, pastos, arawaks, panzaleos, con todos los que tengas que hablar, no permitas que estos extranjeros nos dominen. Mientras, yo haré tiempo para que el imperio se arme. En tanto yo me mantenga aquí, los españoles no avanzarán al Cuzco. Habla con Quisquis y Calcuchímac, diles que se pongan al servicio de Huáscar, y si él no se siente capaz, que lo asesoren... ¡Ah, cuántos soldados muertos, cuánta falta nos hacen ahora! —se lamentó Atahualpa. Un nudo en la garganta le impedía respirar y el remordimiento empezaba a hacer estragos en su conciencia.

Francisco Pizarro, entretanto, tejía sus propios planes. Mandaría con Felipillo unos obsequios a Atahualpa, trataría de ganarse su confianza o la de sus allegados, debía enterarse de qué era lo que estaba tramando. No creía que se quedara impávido ante la evidente conquista de sus tierras, él no era del tipo de indio que se tragara el cuento de que ellos habían llegado como enviados de Huiracocha como otros habían creído... No podía decirle que eran libertadores, justamente al que ejercía de yugo de los pueblos incaicos. Además, aquel indio parecía inteligente...

Hernando Pizarro por su lado, sentía admiración por Atahualpa, lo que no podía disimular ante su hermano. Al igual que el joven Hernando De Soto, había caído bajo la cautivadora personalidad de Atahualpa. Les daba vergüenza ser hipócritas con él, pero debían ceñirse a los dictámenes de su capitán.

Al día siguiente, el indio Felipillo llevó a Atahualpa unos obsequios enviados por Francisco Pizarro: una camisa bordada y un hermoso vaso de cristal. Después de entregar la encomienda se quedó merodeando por los alrededores, conversando con la gente del entorno de Atahualpa quienes, acostumbrados a verlo por allí, le habían tomado cierta confianza. De ese modo, Felipillo se enteró de la partida de Rumiñahui para el valle de Hatunmayo, al parecer llevando un mensaje del inca. Rápidamente fue con la noticia a Pizarro y éste a su vez envió a un grupo de incaicos detrás de Rumiñahui para que averiguasen el contenido de dicho mensaje. No sería difícil, teniendo en cuenta que los cuzqueños conocían mejor esa zona que el mensajero. En poco tiempo Pizarro había logrado aglutinar gran cantidad de detractores de Atahualpa, que lo odiaban porque lo consideraban responsable de los desmanes del Cuzco. El mismo Pizarro estaba asombrado del rencor que parecía arrancar Atahualpa en sus adversarios, los sentimientos eran tan fuertes que no tuvo que convencerlos, eran ellos los que se ofrecían para derrocar al que consideraban un tirano.

Atahualpa recibió los regalos de Pizarro con desconfianza, como todo lo que provenía de él. Sabía que aquello era parte de alguna trampa que estaba tramando el español. Pasaban los días y no tenía noticias de Rumiñahui. El tiempo también actuaba en su contra, porque su proclamación oficial como sapa inca estaba pendiente. Hasta que la mascaipacha estuviera en su testa colocada por el Huillac Huma en la capital del imperio, no tendría las riendas del poder en sus manos. Después, si su hermano aceptaba la unión, abdicaría a su favor si era eso lo que el pueblo quería, pero mientras tanto el imperio no debía estar sin gobernante; eso daría ventaja a los españoles. Confiando que Rumiñahui llevaría a buen fin su misión, Atahualpa decidió proseguir su marcha hacia el Cuzco con el contingente que lo acompañaba. Felipillo, el indio merodeador, también se enteró de eso y fue corriendo con la noticia a Pizarro, quien a su vez mandó decir a Atahualpa que le hiciera la gracia de pasar revista a sus tropas. «Quería rendirle homenaje en su viaje hacia el Cuzco y se sentiría muy honrado si él se dignaba poner sus ojos en ellos. Además, en Cajamarca había todo un pueblo que quería rendirle pleitesía».

XXIII

Todo un pueblo quería rendirle pleitesía... fue lo que retuvo la mente de Atahualpa. Con su perspicacia adormecida por el orgullo de sus recientes triunfos, Atahualpa accedió. Levantó el sitio en Los Baños del Inca y se dirigió a la plaza de Cajamarca, una boca de lobo donde sólo se podía acceder por una estrecha entrada. Y de ahí al Cuzco, para su coronación. Pensaba que quizás lograría la ansiada unificación incaica.

Desde lo alto de una torre un vigía anunció a Pizarro que en la colina de Cónoc se levantaba el campamento de Atahualpa. Entonces Pizarro puso en marcha su plan. Dispuso la colocación de infantes, arcabuceros, ballesteros y jinetes lejos de la vista del inca. Cuando su cortejo penetrase en la plaza, el prior de los frailes, Vicente de Valverde, se acercaría a Atahualpa seguido por el intérprete, Pizarro se adelantaría a recibirlo, en el momento adecuado daría la señal: «¡Santiago y a ellos!», y empezaría el ataque. El propio Pizarro se guardó para sí hacer prisionero al inca.

A la salida del sol del fatídico día, el inca Atahualpa era trasladado por treinta y dos *apus* del ayllu imperial en una enorme litera techada con preciosos mantos tejidos y flecos de oro. Oro era lo que relucía a la luz de aquella mañana que marcaría el destino del imperio. Delante de él iban yanaconas limpiando el camino de cualquier pedrusco que dificultase el paso, mientras doncellas escogidas regaban el suelo con olorosos pétalos de flores. Nada era suficiente para su divino inca, sus runas consideraban un privilegio que él les dirigiese una mirada, y Atahualpa, vestido con sus ropajes reales, sentado en la *taakuna* real, temerariamente desarmado, esperaba que los runas que estaban en Cajamarca lo adorasen como al legítimo hijo de Inti. Deseaba lucir ante los extranjeros el oro amado por ellos, sin sospechar la trampa, ni siquiera cuando el sol Inti se ocultó entre las nubes y empezó a llorar.

Atahualpa llegó a la plaza de su querida ciudad de Cajamarca, cuyas estrechas puertas le fueron abiertas. Tras el inca entraron los nobles de su séquito, en otras literas, con sus mujeres y parientes.

Sólo la ligera llovizna y la soledad vinieron a su encuentro.

—¿Dónde están los extranjeros? —preguntó Atahualpa a los que lo seguían.

Como respuesta a su pregunta, Vicente Valverde, el fraile dominico capellán de las tropas españolas, avanzó hasta el inca con un crucifijo en una mano y la Biblia en la otra, seguido por Felipillo. Le habló sobre la pasión y muerte de Jesús y proclamó a su dios como el único verdadero. Exhortó como buen inquisidor al hijo del Sol descendiente de Huiracocha para que abjurase de su salvaje idolatría y abrazara la religión cristiana, mientras Felipillo trataba de seguirle el paso, traduciendo sus palabras lo mejor que sabía, o añadiendo de su propia cosecha lo que ignoraba. El cura Valverde prosiguió con su perorata, mientras su hábito empapado se pegaba de su prominente barriga y las gotas de lluvia se escurrían por su rostro regordete. Movía los brazos agitando la cruz y en la efervescencia del momento se olvidó de que su deber era convertir al indio de la mirada impasible. Se dedicó a glorificar a su poderoso soberano español, al que Atahualpa debía sumisión, «porque el Papa, sucesor de San Pedro, le había regalado todas las tierras de los indios». Fueron tantos los despropósitos de su discurso, y tan confusa la traducción de Felipillo, que sus palabras no tuvieron ningún significado coherente a los oídos de Atahualpa, quien con los ojos brillantes respondió con desprecio:

—Yo soy el primero de los reyes del mundo y a ninguno le debo acatamiento, tu rey debe de ser grande porque ha enviado criados suyos hasta aquí pasando sobre el mar, por eso te trataré como a un hermano. ¿Quién es ese otro rey o dios del que me hablas, que ha regalado al tuyo tierras que no le pertenecen? El Tahuantinsuyo es mío. Además, me parece ridículo que me hables de ese dios al que los mismos hombres que él creo han asesinado. ¿Con qué autoridad te atreves a decirme las cosas insensatas que me has dicho? Deberías estar de rodillas ante mí...

—Con la que me da este libro sagrado —respondió Valverde, extendió el brazo y tendió la Biblia al inca.

Atahualpa tomó el libro y lo observó con curiosidad.

Después de darle un par de vueltas no sabía de qué se trataba. Valverde alargó la mano para ayudarle a abrirlo y el soberano le retiró la mano de un golpe, con desdén. No le estaba permitido a nadie tocarlo. Después de otro intento abrió el libro bendito, y como no encontró nada que le impresionase lo arrojó despectivamente a cinco o seis pasos de él. El fraile horrorizado, corrió hacia Pizarro.

—¿No veis lo que sucede? ¿Por qué sois tan comedidos con este perro lleno de rabia? ¡Salid, que yo os absuelvo!

Pizarro dio la señal convenida.

—¡Santiago y a ellos! —gritó con fiereza.

El sonido de la explosión de los mosquetes unido al estruendo de los arcabuces acalló las trompetas. Los acompañantes y soldados del inca sobresaltados por el descomunal estrépito hicieron un amago de retroceso, mientras los incaicos que supuestamente rendirían pleitesía al inca empezaron a inundar la plaza sacando a relucir sus lanzas y sus flechas disparándolas contra el séquito de Atahualpa. Los soldados españoles aparecieron con sus relucientes armaduras para llevar a cabo el triste mérito de acabar con sus vidas y los hombres de Atahualpa, atónitos y aterrorizados, llegaron a pensar que se trataba de antiguos dioses. De pronto una voz retumbó en medio del desastre.

—¡El que estime en algo su vida que se guarde de tocar al indio! —gritó Pizarro. Y se colocó delante del inca cubriéndolo con su cuerpo.

El caos era total, las fuerzas que acompañaban a Atahualpa pugnaban por salir de la plaza para salvar a su Inca y, al no encontrar por dónde, derribaron a fuerza de hombres uno de los muros. Miles de indios cuzqueños familiarizados con los ruidos de las nuevas armas atacaban a los atahualpistas con verdadera saña. Irónicamente, la única sangre española vertida en esa jornada brutal fue la Francisco Pizarro, quien recibió un tajo por proteger con su cuerpo al Hijo del Sol.

Atahualpa fue hecho prisionero por el mismo Pizarro. Hernando, su hermano, no se atrevió a mirar a los ojos al inca. Pidió que el prisionero fuera tratado como merecía su rango, que se le preservaran los derechos y que permaneciera en el Palacio de la Serpiente de Cajamarca, en su propia alcoba. Pizarro casi a regañadientes aceptó. Pero se trasladó a una alcoba contigua para velar por su seguridad. También dispuso que los allegados de Atahualpa que habían sobrevivido lo acompañasen, y que pudieran visitarlo sus numerosas concubinas.

Atahualpa estaba desolado. Vino a su mente Rumiñahui... Debió escucharlo. ¿Qué querrían de él los extranjeros? ¿Por qué no lo habían matado? Eran preguntas sin respuesta. Humillado por la derrota, deseaba estar solo. La vergüenza de saberse prisionero no debía exponerla ante nadie. Acostumbrado a las posturas rígidas y verticales, no comprendía la actuación de los españoles. Una guerra es una guerra, y una prisión es... una prisión. Un prisionero de guerra debía ser ejecutado a no ser que se quisiera negociar con él.

Esa misma noche, Pizarro se presentó en los aposentos de Atahualpa acompañado de Felipillo.

—Señor inca —dijo al entrar, esta vez sin arrodillarse y mirándole directamente a los ojos—, no debéis preocuparos, no deseamos haceros daño. He venido a invitaros a una cena esta noche en vuestro honor.

Mirándolo despectivamente, Atahualpa guardó silencio. Pizarro azuzó a Felipillo para que repitiera la invitación, pensando que no había entendido.

—¿Así me pagas el haberte permitido estar en mis tierras? Has matado gente de mi pueblo y me tienes prisionero, ¿qué clase de invitación es esta? —replicó el inca.

—Nosotros no os hemos atacado, fue vuestro propio pueblo quien lo hizo. Nosotros estamos protegiendo vuestra integridad.

—No fue eso lo que yo vi. Tenías preparada una trampa, ya veo que deseas aprovecharte de la situación por la que mi reino está atravesando, pero ése es problema nuestro, no tuyo, no tienes por qué defenderme. Te aprovechas de mi gente con engaños —respondió Atahualpa, molesto al notar que Pizarro pensaba que era un cretino.

—Está bien, no negaré que es verdad lo que decís. Pero vos sabéis de conquistas, nosotros representamos a nuestro emperador y su orden fue agregar a su imperio las nuevas tierras que encontremos.

—Son extranjeros y fueron bien recibidos en mis tierras, pero quieren cambiar nuestras ideas por absurdas mentiras, como las de aquel hombre que se atrevió a decirme esa sarta de tonterías con sus ídolos en la mano.

—Él es el representante de la Iglesia Católica y Romana. Su palabra es la verdad, representa nuestras creencias, que son las únicas y verdaderas.

—¿Y quién lo dijo? ¿Un hombre crucificado por sus propios creyentes? ¿O un dios que envió a su hijo para que fuese asesinado?

Pizarro se asombró de las palabras del indio. ¿Quién pudo haberle contado acerca de la crucifixión y todo lo demás? Empezó a mirarlo con respeto. Era indudable que Atahualpa era inteligente.

—Deseo que esta noche nos acompañéis a cenar, podéis llevar con vos a quien queráis —repitió Felipillo a solicitud de Pizarro.

—Dile a *tu* capitán Pizarro que hoy no deseo comer. Mi cuerpo necesita ayunar para purificar mi corazón. Dile también que no deseo gente a mi alrededor. Quiero estar solo —ordenó el inca. No miró a Pizarro, dio la orden a Felipillo y les dio la espalda, atisbando por la pequeña ventana. Esperaba que Rumiñahui hubiese logrado convencer a Huáscar.

Pizarro dio media vuelta y se retiró sin despedirse.

Atahualpa pasó esa noche y todo el día siguiente sin probar bocado. Estaba abatido, sentía sobre sí la caída del imperio; debía hacer tiempo y no sabía cómo. No podía apartar de su mente los rostros de los extranjeros, en especial el del cabecilla llamado Francisco, el que decía ser «gobernador», y así, pensando y tratando de conseguir una solución, se le ocurrió una idea. Negociaría su propio rescate. Había notado que los ávidos ojos del español no se podían apartar de los objetos y utensilios de oro, al parecer era lo que más importaba a todos ellos. Si deseaban oro, oro tendrían, y no sólo oro, también plata, aunque era un poco más difícil de obtener y trabajar, también serviría para su rescate. Tal vez fuese la única oportunidad que tendría de quedar libre.

La noche siguiente volvió Pizarro con el intérprete. Esta vez, Atahualpa fue más receptivo. Francisco le formuló la misma invitación, la cual Felipillo repitió una vez más como un loro.

—Acepto tu invitación —dijo el inca condescendiente, más como deferencia que como agradecimiento por haber sido invitado. Tanto fue así, que provocó en Pizarro una respuesta no calculada.

—Gracias, señor... Espero que disfrutéis de nuestra compañía. Os aguardo a vos y a todos vuestros parientes, incluyendo por supuesto a vuestras esposas.

—No. No deseo que ellas estén presentes. Sólo algunos de mis parientes me acompañarán.

—Serán avisados con prontitud —dijo Pizarro vivamente.

—Espero que me será permitido usar agua para mi aseo. No acostumbro tomar mis alimentos sin haberme lavado antes.

Pizarro se lo quedó mirando sin comprender a qué se refería. No se le veía sucio, un poco desaliñado tal vez, pero no olía mal. Tratando de ser amable, le ofreció cortésmente una muda de ropa. Atahualpa agradeció, pero declinó la oferta.

—Quisiera que viniera mi yanacona. Él podrá proporcionarme la vestimenta apropiada, te lo agradezco, de todos modos. En cuanto al agua...

—Por supuesto, entiendo, no os preocupéis, seréis atendido como acostumbráis.

Una vez aseado y acicalado, Atahualpa hizo aparición en el salón del banquete. Era la primera vez que veía una mesa. Él conocía de sillas pero nunca se hubiera imaginado que algo parecido, sin respaldo y mucho más largo, pudiera ser tan útil. Fue conducido con pompa por el propio Pizarro al lugar de honor, junto a él. Tres nobles quiteños estaban presentes, al principio un poco intimidados, pero después, al ver a su shiry inca con fortaleza y orgullo, recuperaron poco a poco su posición y trataron de comportarse a la altura de las circunstancias. La cena transcurría tranquila, frente al inca estaba Hernando Pizarro y un poco más allá, Hernando de Soto, el joven que le obsequiara la sortija que Atahualpa lucía en uno de sus dedos. De Soto, al advertirlo, se sintió muy honrado. Admiraba a aquel joven rey digno a pesar de las circunstancias, con una majestad y hermosura poco comunes, que en aquellos aciagos momentos se hallaba cabizbajo, con la mirada puesta en la comida que tenía delante, y que no parecía sentirse bien. Pizarro también lo notó, y preguntó por medio de Felipillo:

—¿Os sentís mal, señor? No debéis estar triste, no os deseamos ningún daño.

—No me siento mal. Pero no me acostumbro a la idea de ser prisionero. Pensaba que la situación sería al revés —respondió Atahualpa, con la simpleza y honradez de quien no acostumbra mentir.

Los dos Hernando se miraron. Para el inca no debía ser fácil, pensaron. Por otro lado, era cierto que había algo que enfermaba a Atahualpa: el hedor que rodeaba a los extranjeros. Un olor extraño, a sudor, a suciedad, a grasa, a falta del aseo más elemental. Todos reunidos en aquel salón despedían humores poco familiares para el inca. Veía cómo la gente de Pizarro, éste incluido, agarraba con voracidad casi animal las piezas de alimento para llevárselas a la boca, como si fuesen lo últimos bocados que tomasen en su vida, y en los pelos alrededor de sus bocas y rostros chorreaban la grasa y aquella bebida roja que llamaban vino. Tenían apariencia salvaje. El inca sentía náuseas. Bebió una copa de vino y al rato sintió un efecto muy parecido al de la chicha. Después de probar unos cuantos bocados de carne de llama, cocinada de una forma diferente a como él estaba acostumbrado, y de dar un mordisco a una mazorca de maíz, hizo ademán de levantarse. Aunque acostumbrado a no mentir sino a ser directo, esta vez prefirió no decir lo que pensaba. Sólo dijo que deseaba retirarse. Fue después de un tiempo que el joven capitán de Soto se enteró por boca del propio inca que le molestaba en demasía el olor que ellos despedían.

Acompañados del intérprete Felipillo, de Soto y Hernando Pizarro trataron de mantener con el inca algunas conversaciones pero después de tres meses, Atahualpa empezó a utilizar el español y no hacía falta intérprete. Ellos ejercían de pacientes maestros, a la par que se iban enterando de la nobleza y carácter del joven soberano que por momentos parecía demasiado impasible ante su situación. Su expresión hierática le concedía una majestad que Hernando El Viejo sabía reconocer y admiraba. Obviamente no era pasividad. Se encontraba frente a un rey, tan noble como podría serlo su emperador. Atahualpa con el corazón enfermo de angustia, esperaba que su hermanastro Rumiñahui hubiera dado con Huáscar y le hubiera convencido para luchar juntos, pero no tenía cómo enterarse de nada. Sólo deseaba que Rumiñahui, al enterarse de que él estaba cautivo, se hubiese dirigido a Quito tal como habían acordado.

Los días se sucedían sin ningún cambio; el inca seguía preguntándose el motivo por el que aún lo mantenían con vida, mientras veía con congoja que todo empezaba a retomar el ritmo habitual. Excepto por la prisión a la que estaba confinado, lo demás continuaba como si no hubiera sucedido nada. Horas de tragedia y desazón para Atahualpa. En su mente aún urdía la propuesta que le haría a Pizarro pero esperaba el momento oportuno.

Las relaciones entre los españoles y los indios empezaron a hacerse más profundas; se inició el mestizaje de la única forma en que conocen los hombres. Gonzalo y Juan Pizarro, hermanos menores de Francisco, se emparentaron con las ñustas más hermosas de la casa del inca. Las indias del pueblo, aquellas de sonrisas difíciles y caricias fáciles, subyugadas por el color y los exóticos rasgos de los extranjeros se entregaban con docilidad. Las mujeres del inca no fueron tocadas a pesar de no faltarles deseos de hacerlo. Los españoles descubrieron el sabor de la papa, el boniato, el maíz y los placeres de la chicha, mientras los frailes bautizaban a diestro y siniestro cambiando los nombres de los indios, en tanto que el cura Valverde reunía a su alrededor a los antiguos runas del imperio para contarles la trágica historia evangelizadora de la leyenda cristiana, que con la traducción de Felipillo adquiría ribetes mágicos, primeros visos del sincretismo de los pueblos del Nuevo Mundo.

En la familiaridad cotidiana, Atahualpa confirmaba que los extranjeros preferían el oro a las artes finas, como las bellas mantas y tapices de lana. El oro con el que se hacían los vasos para la chicha de los incas, los adornos de las mujeres y las ofrendas a Huiracocha ý al gran Inti. Una vez que pudo hacerse comprender en castellano, empezó a hablarles del que adornaba sus aposentos, del oro de los templos y del de la casa de las vírgenes del Sol, y gozaba viendo cómo se incendiaban sus ojos de codicia.

—Llenaría de oro una sala de este tamaño a cambio de mi libertad —dijo un día, dando un vistazo con naturalidad al aposento real donde se encontraba—. La llenaría de cántaros, objetos de los templos y adornos de las mujeres nobles. Y dos habitaciones más las llenaría con toda clase de objetos de plata. Hasta aquí —añadió, y alzó el brazo señalando en la pared, tan alto como pudo.

El silencio invadió la sala donde se hallaban. Asombrado por las dimensiones de los aposentos a los que hacía referencia Atahualpa, incapaz de calcular lo cuantioso del tesoro, Pizarro desconfió. El inca lo miraba imperturbable y prosiguió conversando con Hernando de Soto, que también se había quedado boquiabierto. Sin muestras de haber notado su reacción, Atahualpa continuó su relato acerca de las hazañas de Túpac Yupanqui, haciendo mención de vez en cuando a las riquezas acumuladas a través de los tiempos y a las minas que ellos poseían.

—Hay minas de oro cerca de aquí, en Anyamarca. Y templos por todo el imperio cuyas paredes están cubiertas de oro. Para nosotros eso que a ustedes tanto les gusta sólo nos sirve de adorno. Nos gusta más la lana de vicuña, ese es nuestro principal tesoro.

Pero ellos ya no le escuchaban, no les interesaba saber cómo trabajaban la lana de vicuña ni cómo daban colorido a sus tejidos; en sus oídos únicamente retumbaba una palabra: oro.

Sin poder soportar más la curiosidad, preguntó Pizarro:

—¿En cuánto tiempo seríais capaces de llenar estas habitaciones de oro?

—¿No te interesa más la lana de vicuña? No volverías a pasar frío con ella. En los acllahuasis hay tejedoras expertas que dan un colorido...

—No estamos interesados en los tejidos de vicuña. Nos hablasteis de llenar tres habitaciones de oro y plata —interrumpió Francisco. El inca lo miró con calma sin mover un músculo del rostro. Intimidado, el español esperó.

—Ah... es eso —dijo Atahualpa impávido—. En dos meses.

—¿Habláis en serio? —preguntó Pizarro, escéptico.

—Es la palabra del inca —recordó Atahualpa—, sólo tengo

que dar la orden y el oro que tanto te gusta será traído desde los confines del imperio.

—Perdonadme, pero creo que es muy poco tiempo —adujo Pizarro vacilante.

—Tengo un sistema de mensajeros que puede llevar una noticia de un extremo a otro del Tahuantinsuyo en cuestión de pocos días: los chasquis. Mi reino está surcado de caminos, como te habrás dado cuenta. El Cápac Ñan alcanza los lugares más lejanos —repuso Atahualpa sin ocultar el orgullo que sentía.

—Es cierto y debo reconocer que tenéis un sistema vial muy adelantado, tal vez más del que nosotros tenemos en España. Pero ¿cómo sé que en efecto nos entregaréis el oro?

—Tus propios hombres pueden ir por él. En la costa, en Pachacamac, hay un templo lleno de objetos de oro. Los incaicos que están contigo te lo podrán confirmar.

—Si os dejo en libertad a cambio del oro, ¿qué haríais? —preguntó Pizarro con desconfianza.

—Me retiraría a mis tierras del norte. Te dejaría el camino libre hacia el Cuzco. ¿No es acaso lo que quieres?

—Pero si con ayuda de vuestros mensajeros chasquis planeaseis un levantamiento en contra de nosotros, de nada nos serviría el oro... —reflexionó Pizarro.

—¿Me crees un necio? ¿Acaso no sabes que sé que me mandarías matar? Me encuentro en prisión, por si no lo recuerdas.

Pizarro por un momento volvió a la realidad. Se había dejado llevar por sus deseos incontrolables de riqueza, después de todo no era más que un aventurero, al igual que los otros. Decidió en ese instante sellar el trato y Atahualpa empezó a vislumbrar una posibilidad de salvación.

XXIV

Después de despedirse de Atahualpa, la ruta que tomó Rumiñahui hacia el valle de Hatunmayo, donde se encontraba apresado Huáscar, no fue el Cápac Ñan porque sospechaba que los extranjeros mandarían seguirlo. Caminaba junto a los seis soldados que lo acompañaban y, con el pecho encogido por la angustia, paso a paso se alejaba del lugar donde había quedado su hermano Atahualpa, a quien temía no volver a ver jamás. Presentía que algo siniestro estaba a punto de ocurrir, sólo deseaba que cuando le expusiera a Huáscar el plan de Atahualpa, pensara más en la unificación de las fuerzas del imperio que en viejos rencores personales. Cruzó montes y quebradas y pernoctó en lugares deshabitados, tratando siempre de permanecer ocultos. Rumiñahui y sus hombres, viajando siempre al sur, empezaron a internarse en el territorio de Huáscar. Ellos no habían visto antes los precipicios abismales y los rocosos paisajes andinos que ahora les rodeaban; acostumbrado al verdor de sus montañas, gradualmente Rumiñahui se iba sintiendo triste. Le preocupaba, además, confundir la ruta y perderse en aquel entramado de gargantas y crestas que desconocían. Al cabo de unos días el paisaje se fue suavizando y el verdor del valle del caudaloso río Huancamayo, más la seguridad de que nadie los seguía, lo reconfortaron. Pero se equivocaba. Alertados por Felipillo, algunos incaicos conocedores de la zona vigilaban todos sus movimientos y esperaban que los condujera al lugar donde estaba apresado su soberano Huáscar. Ellos creían firmemente que Pizarro estaría de su lado, lo había demostrado atacando despiadadamente a las huestes de Atahualpa en la Plaza de Cajamarca y haciéndolo prisionero.

Rumiñahui y sus acompañantes empezaban a bajar hacia el valle cuando sorpresivamente fueron interceptados por unos guardias. Al instante se dieron cuenta de que eran atahualpistas, debido al deje norteño de su runa simi, y éstos a su vez reconocieron al gigante Rumiñahui. Fueron conducidos al lugar donde se encontraba Calcuchímac. Rumiñahui expuso rápidamente el plan de Atahualpa y pidió hablar con Huáscar.

Calcuchímac, sonriendo amargamente, le hizo saber las últimas noticias.

—Nuestro shiry inca Atahualpa fue hecho prisionero por los españoles. Estoy reuniendo fuerzas para ir a rescatarlo. No te has enterado porque viniste por las montañas.

—¿Cuándo ocurrió? —inquirió Rumiñahui con el corazón en la boca, sabiendo que la pregunta era inútil. No importaba cuándo, su hermano ya no era libre. Debía cumplir con la orden de partir hacia Quito, como ordenó Atahualpa si algo así ocurriese.

—Hace varios días. Huáscar lo ignora. Si crees que aún es necesario hablar con él, ve y díselo tú mismo.

—Lo haré. Son órdenes de Atahualpa.

Calcuchímac lo llevó adonde estaba Huáscar. La reducida habitación sin ventanas estaba en penumbra, cercada por guardias por temor a que escapase. Inusitadamente, el gigante Rumiñahui se puso de rodillas ante él y le besó los pies. Permaneció con la frente en el piso hasta recibir la orden de levantarse del propio Huáscar que, extrañado por tal comportamiento después de haber sido sometido a las peores afrentas de parte de sus captores, vio en ello una esperanza.

—Señor soberano inca Huáscar. Traigo un mensaje muy importante de mi hermanastro, el inca shiry Atahualpa.

—Levántate y habla, te escucho.

—Los extranjeros se están adueñando de nuestras tierras, ya están en Cajamarca, en su recorrido desde el puerto de Manta, han fundado varias ciudades y planean invadir el imperio. Han logrado reunir con engaños una inmensa cantidad de tus partidarios, haciéndoles creer que si luchan a su lado en contra de tu hermano Atahualpa, ellos los liberarán de su yugo y te hará inca de todo el Tahuantinsuyo, lo cual no es cierto.

—¿Por qué dices que no es cierto? Tal vez sea verdad que vienen a ayudarme; en tal caso, no veo por qué debo seguir escuchándote.

—No es cierto, porque lo mismo le dijeron a tu hermano Atahualpa. El mismo Francisco Pizarro fue a hablar con él y le ofreció «una alianza contra de sus enemigos», lo cual no es otra cosa que ayudarle a luchar en contra de ti.

—¿Cómo sé que dices la verdad? —preguntó Huáscar con indiferencia.

—Antes de ser apresado por los españoles me pidió que viniese a verte y que tratara de convencerte para que uniesen fuerzas en contra de los extranjeros. Me dijo que te dijera de corazón que estaba arrepentido de los desmanes ocurridos en el Cuzco, que olvides las rencillas y los rencores, que es la hora de unirse para no ser invadidos.

—Él ya es un prisionero, ¿de qué me serviría unirme a un prisionero? —razonó Huáscar.

—Él no desea el poder. Me dijo que te hiciera saber que, si aceptabas unir fuerzas para la lucha contra los españoles, serías tú el único inca del imperio. Lo importante es que los dos ejércitos, el del norte y el del sur, se unan para combatir, porque de lo contrario ni él ni tú tendrán nada. Mi hermano y señor está ya condenado a muerte, estoy seguro de ello, no temas nada de él porque ya no es un peligro para ti; los extranjeros son el peligro.

Huáscar guardó silencio. Si lo que Rumiñahui decía era cierto, debía empezar a planear una estrategia para luchar en contra de los extranjeros. Pero por otro lado, también debería rescatar a Atahualpa de manos de Pizarro. Y no estaba seguro de querer tenerlo libre.

Fuera del recinto, Calcuchímac esperaba impaciente el resultado de la reunión con Huáscar. Deseaba empezar a reorganizar las fuerzas, pues sabía que había muchas bajas. De un ejército de doscientos mil soldados que había llegado a tener el imperio en tiempos de Túpac Yupanqui, quedaron ciento cincuenta mil en tiempos de Huayna Cápac y, además, los desmanes y la falta de disciplina habían reducido su efectividad, sin contar con las numerosas pérdidas de las batallas de hacía poco tiempo. Serían cerca de cien mil soldados, calculó, quizá unos pocos más... Habría que reclutar nuevos hombres.

Huáscar por fin se decidió a hablar.

—Tienes razón —respondió después de sopesar la propuesta—. Creeré en la palabra de Atahualpa. Debemos dar a conocer a todos mis seguidores y a los quiteños que ahora peleamos en un mismo bando.

—No esperaba menos de ti, señor —respondió Rumiñahui con los ojos brillantes por la emoción.

—Dile a Calcuchímac que venga —ordenó Huáscar.

Rápidamente éste acudió.

—De ahora en adelante lucharemos unidos contra los extranjeros. Debemos ser cuidadosos para que no lo sepan los españoles, por el momento. Ahora debo regresar al Cuzco.

—Señor, con todo respeto, creo que no deberías exponerte aún porque hay muchos que no saben que estamos unidos; podría ser peligroso. Con tu hermano Atahualpa preso, si te mataran el Tahuantinsuyo quedaría en manos de los españoles. Creo que lo mejor será quedarnos en esta fortaleza, resguardados por la vegetación y los montes que hacen difícil el acceso. Debemos convocar aquí a tus principales seguidores y que sean ellos los que reúnan las tropas.

—Tienes razón —convino Huáscar. El viejo general tenía experiencia y no parecía que tramara algo en su contra.

—Por favor, señor —dijo Calcuchímac haciendo una profunda reverencia al que antes fuera su prisionero—, permíteme llevarte a un aposento digno de tu grandeza y perdóname si te falté el respeto en alguna oportunidad. Eran tiempos de guerra.

Huáscar se dejó conducir sin hacer ningún comentario. Estaba aliviado por haber recuperado la libertad, pero sentía sobre sus espaldas todo el peso del imperio.

Rumiñahui no formaría parte de las guarniciones incaicas por el momento; viajaría al norte a preparar un ejército, y para ello estaba dispuesto a apelar a la extinta confederación quiteña si fuere necesario, una tarea harto difícil si tomaba en cuenta que debía convencerlos para luchar al lado de Huáscar, su antiguo enemigo. Pensaba en la paradoja de que tal vez los españoles pudiesen al fin lograr la reunificación del imperio... La vida daba vueltas demasiado rápido.

La cuadrilla que había seguido a Rumiñahui se encontraba apostada en lo alto de la montaña observando con atención todo lo que ocurría abajo. Vieron cuando su inca Huáscar salió de un torreón de piedra redondo, seguido por Rumiñahui y el que parecía otro personaje importante, que era Calcuchímac. No lo trataban como un prisionero, al paso de Huáscar todos se inclinaban como si fuera el soberano y no un cautivo. Aquello les hizo recapacitar. Después de discutirlo, decidieron arriesgarse y bajar a hablar con su señor.

Acompañados por unos guardias, los cuzqueños fueron llevados ante Huáscar, quien ya se hallaba a cargo de la nueva situación. Al ver que eran tropas enviadas por la nobleza cuzqueña, Huáscar se emocionó.

—¿Cómo dieron con mi paradero? —preguntó.

—Seguimos a Rumiñahui desde Cajamarca. Nos envió Pizarro, para saber dónde estabas, porque sospechaba que ellos irían en tu busca.

—De manera que ahora el jefe de los extranjeros sabe dónde me encuentro... —comentó el Inca.

—Aún no, señor, pero pronto lo sabrá. Dice que ellos son nuestros libertadores, que pronto acabarán con tu hermano el bastardo y entonces el reino será tuyo.

—Y después de que eso suceda, ¿qué harán los extranjeros?

—Pues... se irán, supongo —dijo el que había tomado la palabra.

—¡Están mintiendo, ofreciendo a uno y a otro bando el poder para que nos matemos entre nosotros! Lo que ellos desean es quedarse con nuestras tierras y riquezas. Atahualpa fue apresado y posiblemente lo maten. Ahora yo estoy a cargo del Tahuantinsuyo. Rumiñahui irá hacia el norte para unir las fuerzas de Quito bajo un solo ejército. Hay que ir al Cuzco para reunir las fuerzas de los runruyoc auquis cuzqueños. Olvidemos las afrentas del pasado, que nosotros también actuamos en contra de los quiteños. Es el momento de unirnos. Ahora no estoy prisionero, pero me quedaré aquí para no ser visto por partidarios de los españoles.

—Señor... nosotros debemos regresar a Cajamarca para informar a Francisco Pizarro de lo que hemos encontrado, de lo contrario empezaría a sospechar que existe una confabulación.

Huáscar observó detenidamente a los hombres que tenía frente a él. ¿Y si mandara matarlos? Se ahorraría muchos problemas, pues no tenía certeza de que ellos estuvieran de su parte.

—Háblame de los extranjeros. ¿Cómo son?, ¿a qué han

venido? —inquirió ávidamente Huáscar.

—Son barbudos, de piel blanca, sus vestimentas son diferentes a las de nosotros, montan animales que llaman caballos, los cuales obedecen sus órdenes y son muy veloces y también partcipan en la lucha. Sus armas retumban como el trueno. Cuando los españoles combaten visten un ropaje de metal muy lustroso, desde la cabeza hasta los pies, siendo imposible atravesarles con flechas o lanzas. Dicen que vienen en nombre de Huiracocha para eliminar a nuestros enemigos, son tan poderosos, señor, que creo que es cierto, pues no se enferman nunca.

—¿Y cuál es su lengua?

—Hablan español. Se hacen acompañar de un muchacho llamado Felipillo, originario de nuestras tierras pero ha pasado mucho tiempo viajando con ellos. Debe de ser un mercader que recogieron en Tumbes y les sirve de intérprete, porque le enseñaron su idioma.

—Si son dioses que vienen a salvarnos, deberían hablar nuestro idioma, el runa simi —adujo Huáscar.

—Ellos llaman quechua al runa simi, porque dicen que es la «lengua que chilla». Para los españoles el quechua es «el lenguaje de los hombres», mientras ellos, los huiracochas, hablan "el lenguaje de los dioses". A los runruyoc auquis los llaman "orejones"

—¿Ellos son los huiracochas? ¿No será que los mismos incaicos los llamaron así? ¡Oh, qué oportunistas esos atrevidos barbudos! Huáscar miró a los soldados con esceptiscismo. Los extranjeros se valían de toda clase de artimañas. Temía que los hombres que tenía enfrente también hubieran sucumbido ante ellos. —¿Qué es lo que piensan contarles cuando regresen?— preguntó finalmente.

—Que no te hemos encontrado, que perdimos de vista a Rumiñahui durante la noche. Diremos que él escapó y abandonó a Atahualpa.

—Veo que han aprendido a mentir muy bien... —ironizó Huáscar.

—Señor, son las circunstancias...

Huáscar no confiaba ya en aquellos hombres. No confiaba en nadie, presentía que sería muy difícil emprender una guerra contra los extranjeros. Irónicamente, en aquellos momentos sólo confiaba en los generales quiteños Rumiñahui y Calcuchímac. Se sintió muy solo. Su casa del Cuzco ya no existía, las *panacas* de sus ancestros estaban destruidas, sus mujeres, desperdigadas quién sabía por dónde y sus soldados, comprados por las mentiras de los españoles. Llegó a la conclusión de que Atahualpa debía de estar en iguales o peores circunstancias, puesto que el pueblo se había levantado en su contra al lado de Pizarro. Decidió acabar con la vida de los hombres que habían ido a verlo. Que los extranjeros pensaran lo que quisieran.

Después de muchos días de espera, Pizarro se dio cuenta de que los cuzqueños enviados tras Rumiñahui no regresarían y dedujo que tal vez existía algún reducto de insurrección en algún lugar del vasto imperio.

XXV

Pizarro no podía dormir. Sus largas travesías, penas y humillaciones estaban tocando fin. ¿Cumpliría el indio su promesa?, se preguntaba, incrédulo. Un cuarto lleno de oro y dos más llenos a rebosar de plata... Le parecía que todos sus sueños por fin se hacían reales. Enviaría una quinta parte a la corona española según lo acordado con la reina y el resto sería repartido entre él y Almagro, ya que Hernando de Luque, su tercer socio en la conquista, había muerto hacía un año. Pero tendría que repartir el tesoro con los hombres que lo acompañaban, no podía dejarlos fuera... Además, estaban sus hermanos y también el joven Hernando de Soto, su mejor capitán... Y así transcurrió toda la noche. Sin haber visto aún el primer gramo de oro ya disponía, insomne, cómo y a quién entregaría tal o cual cantidad.

Para el joven Hernando de Soto el asunto presentaba un matiz diferente. Se sumó a la campaña cuando Francisco Pizarro se estableció en la isla de Puná, en el norte. De Soto era un aventurero, tenía ansias de riquezas más que de poder. Si por él fuera, se apoderaría de todo el oro de los indígenas y se retiraría a vivir como un hombre rico en España. No le interesaban los planes de conquista que animaban a Francisco Pizarro. Además, con el tiempo había llegado a tomarle afecto a Atahualpa, a quien Pizarro se refería despectivamente como «el indio».

Para Hernando Pizarro la situación estaba clara. Ellos habían llegado a invadir tierras que ya tenían dueño. Lo de fundar ciudades siempre le había parecido algo temerario pero, ya que su hermano había obtenido las famosas Capitulaciones de los reyes de España, no era conveniente defraudar al emperador Carlos V. Sin embargo, como hombre respetuoso de la monarquía, pensaba que Atahualpa el inca shiry —como lo llamaban sus allegados— también era un rey, por lo que se debía respetar sus derechos. Jamás creyó que aquellas tierras fueran tan extensas, lo que había escuchado acerca del Nuevo Mundo siempre le parecieron habladurías exageradas. Cuando Francisco llegó a Cáceres pidiéndole que lo acompañase en la expedición, aceptó por no tener otra cosa que hacer. Él no era un bastardo, llevaba consigo desde su nacimiento su adhesión a las normas y buenas costumbres españolas de respeto a la corona, algo que a Francisco traía sin cuidado, pues él no creía en nadie ni respetaba nada. El ascendente que Hernando ejercía sobre el resto de sus hombres era lo que más lo motivó a buscar su ayuda, y en especial porque era un feroz combatiente, experto en el uso de las armas. En cuanto a sus otros dos hermanos, Gonzalo y Juan, eran simples peones. Harían lo que él les ordenara.

Al día siguiente de una noche de insomnio para algunos, para complementar su ofrecimiento y abrumar a sus carceleros, Atahualpa insinuó un viaje a la tierra de los yungas, donde se hallaba el mayor templo de la costa, el de Pachacamac. Un dios en el que los de su estirpe no creían y que solamente habían aceptado por respeto a las divinidades de las regiones agregadas al Tahuantinsuyo.

—¿Pensáis que os permitiré salir de aquí? —interpuso vivamente Pizarro, dejándose llevar por su visceral ambición.

—No es necesario que yo vaya. Si deseas oro, puedo enviar a mis mensajeros a por el curaca y el sacerdote de Pachacamac. Ellos te confirmarán lo que digo.

Sin perder tiempo, un chasqui salió con el mensaje en dirección a la costa. El mensaje era repetido con la rapidez a la que los chasquis estaban acostumbrados. La respuesta fue sorprendentemente rápida. Pizarro y su gente estaban asombrados de la capacidad organizativa de los indios. Cuando el cacique y el alto sacerdote estuvieron en presencia del Inca, éste dijo dirigiéndose a los españoles:

—El dios Pachacamac no es un dios, porque es mentiroso. Cuando mi padre Huayna Cápac estuvo enfermo en Quito, mandó preguntar qué debía hacer para sanarse y él respondió: «Sáquenlo al sol». Así se hizo, y murió. Cuando mi hermano Huáscar le preguntó si triunfaría en la guerra que sostenía conmigo, dijo que sí. Y triunfé yo. Cuando llegaron los españoles, le consulté y me aseguró que yo vencería, pero perdí. ¡Un dios que miente no es dios! No merece un templo lleno de oro.

Pizarro envió a Hernando a Pachacamac con un grupo de

soldados. Al tiempo, el viaje serviría para indagar si hubiera preparativos para alguna sublevación, pues el ánimo de Atahualpa le parecía demasiado seguro y tranquilo. Hernando el viejo inició un viaje lleno de peripecias, donde no halló indicios de insurrecciones de ningún tipo. Los pobladores lo recibían con simpatía y gustosamente ayudaron a preparar un rebaño de llamas, que regresó a Cajamarca cargado con el oro del templo de Pachacamac.

Pizarro no volvió a dudar de la palabra del inca. Aceptó con agrado que fuera él mismo quien diera los mensajes a los chasquis, que partieron en dirección a los cuatro Suyos con la orden de enviar oro para el rescate de Atahualpa.

Las noticias se regaron a la misma velocidad con la que los chasquis actuaban, es decir, casi de inmediato, y llegaron hasta Huáscar. Él, comprensivamente, aceptó la llamada de auxilio que le enviaba su hermano, permitiendo que se llenasen cargas ingentes de oro y plata. Mientras tanto Calcuchímac trataba de reclutar la mayor cantidad posible de hombres, pero se topaba con el muro infranqueable del odio de los cuzqueños, que no querían ni oírle. Tuvo que valerse de intermediarios para llevar a cabo tan enojosa tarea. Por desgracia, no encontró mucha gente dispuesta a llevar a cabo el esfuerzo que requería unir los ejércitos antes enemigos, para derrotar a los españoles. El principal escollo lo encontró en la gente más allegada a Huáscar, en especial en Túpac Huallpa, otro hermano que también deseaba el poder. Quisquis, el sinchi de Atahualpa que había quedado en el Cuzco, tampoco pudo reunir refuerzos contra los españoles. Huáscar, mientras tanto, esperaba impaciente en el valle de Hatunmayo hasta que, a sugerencia de Calcuchímac, preparó su regreso al Cuzco. Con su presencia confiaba unificar las voluntades que al parecer estaban cada vez más a favor de los españoles. La gente del pueblo creía firmemente que los extranjeros los salvarían del yugo imperial. Ya no pensaban como runas, empezaban a despertarse los primeros sentimientos libertarios y veían una clara oportunidad en la ayuda de Pizarro.

Uno de los acontecimientos que ayudaron a desencadenar los hechos que determinarían la última decisión de Pizarro fue la llegada de Almagro a Cajamarca. Traía consigo un gran contingente de hombres, caballos, armas y cañones. Enterado de la oferta hecha por el inca, se apoderó de él la fiebre del oro. Pero no tomó en cuenta que los demás soldados también querían su parte de ese botín. Empezó el primer conflicto entre españoles en tierras de Nueva Castilla, pero lo dejaron a un lado al saber por boca de los propios incaicos que en Huamachuco se estaba preparando una gran rebelión para liberar a Atahualpa. Hernando de Soto fue comisionado para investigar los hechos. Mientras tanto, las estancias estaban ya casi abarrotadas de oro y plata, y el inca seguía preso y más vigilado que nunca, a pesar de tener para entonces una relación bastante fluida con Pizarro. Tanto, que le dio a una de sus hermanastras, llamada Intip Cusi, como concubina. Después de bautizada se convirtió en «Doña Inés», una atractiva mujer de carnes prietas que mansamente se entregó al español. Fue su contribución para mantener las buenas relaciones y preservar la vida de su hermano.

Partió pues el joven de Soto con la misión de cerciorarse de la veracidad de las rebeliones incaicas. Al llegar a las cercanías del valle de Hatunmayo divisó un grupo caminando a orillas del río, cargando provisiones en dirección al sur. Huáscar iba con ellos, lo supo por un cuzqueño de su confianza que, emocionado por ver a su inca con vida, lo dijo en el idioma quechua que de Soto empezaba a dominar.

—Capitán…, creo que en ese grupo que va a la orilla del río está mi señor...

—¿Quién? —preguntó de Soto distraído.

—Mi señor Huáscar.

De Soto lo tomó por un brazo y le habló en un susurro.

—No digas nada. Deja que sea yo quien hable con él, y no te arrodilles ante tu señor, pues correría peligro.

El cuzqueño entendió. Era de los pocos que no odiaba a Atahualpa y, por otro lado, de Soto era su amigo, el único español que lo trataba con respeto. Soto sabía que si Pizarro se enteraba de que Huáscar estaba libre, pondría en peligro la vida de Atahualpa. Pizarro intentaría pactar con Huáscar, como parecían desearlo muchos de sus seguidores, y Atahualpa ya no sería útil, simplemente lo matarían.

Caminando con desenfado al lado del cuzqueño se alejó del

resto de la cuadrilla de españoles, y se acercó al grupo que iba siguiendo el río.

—Señor..., no temáis —dijo, dirigiéndose a Huáscar en quechua. Observó el ademán hostil de uno de sus acompañantes. Era Calcuchímac—. Sólo quería comprobar que estáis con vida No os deseo mal, si vos no confabuláis contra nosotros.

La respuesta de Huáscar fue elocuente:

—¿Cómo podría armar un ejército, si mi gente está repartida en tres? —Una triste sonrisa ablandó sus duros rasgos, mientras dejaba que el extraño español se alejase.

Huáscar presentía que, en cualquier caso, aquellos extranjeros tenían todas las de ganar. Él no había logrado aglutinar las fuerzas necesarias para combatir contra un enemigo cuyas armas eran tan poderosas. Iban camino al Cuzco disfrazados de hatunrunas.

Calcuchímac desesperado, pidió permiso a Huáscar para ir donde estaba preso Atahualpa; Huáscar, comprensivo, le permitió que fuera.

—Es necesario que informe a tu hermano que estás de acuerdo en unir fuerzas, señor... —dijo mansamente Calcuchímac. Por un momento Huáscar sintió envidia del amor que despertaba su hermano. Su fiel sinchi prefería que lo tomasen preso con tal de ver a su soberano. Calcuchímac dio alcance a Hernando de Soto, y le pidió que le llevase con él adonde se encontraba Atahualpa.

De regreso a Cajamarca de Soto dio rápida cuenta de su viaje a Pizarro: no existían conspiraciones, se había topado con unos cuantos indios desperdigados que no ofrecían peligro y al único quiteño que había encontrado huyendo de los cuzqueños era a Calcuchímac, que quería ver a su inca shiry aunque por ello fuera hecho prisionero.

Pizarro había recibido el pago del rescate. Un cuarto lleno de objetos de oro y dos de plata. Sin embargo, no cumplió su palabra, en lugar de liberado, Atahualpa fue encadenado y trasladado a una prisión, fuera de sus aposentos reales. Cuando Calcuchímac pidió hablar con su shiry tuvo que interceder Hernando el viejo, porque Pizarro se opuso en primera instancia.

En la prisión de paredes de piedra oscura y tan poco acogedora como una tumba se hallaba Atahualpa, encadenado en un rincón, sentado en el frío suelo. Sólo un débil rayo de luz se filtraba por una rendija, y fue así como Calcuchímac encontró a su amado inca. El fiel sinchi entró inclinado por el peso del ritual, la emoción que sentía le hacía temblar las rodillas y, al distinguir a su shiry en aquellas condiciones, unas lágrimas rodaron por sus mejillas. Se hincó ante él, besándole los pies.

—Si yo hubiera estado aquí con los puruháes y caranquis, otra sería la historia —dijo abatido.

—Hablemos en arawak —murmuró Atahualpa, temiendo ser escuchado, mientras abrazaba a Calcuchímac en el piso—. Dime, ¿Huáscar está de acuerdo en unirse a los quiteños? —preguntó con ansiedad.

—Sí, mi señor. Hemos estado todo este tiempo tratando de unir las fuerzas pero ya nadie desea pelear. Logramos reunir unos cientos de soldados, que están en Huamachuco, a la espera de entrar en acción. El español que me trajo, el joven, es buen amigo, no quiere que se sepa que tu hermano está libre, prefiere que todos piensen que sigue preso por tus hombres.

—¿Y Rumiñahui?

—Está en Quito, organizando la resistencia. Dijo que fueron órdenes tuyas en el caso de que te apresaran.

—Es cierto. Pero yo espero recuperar mi libertad. Pronto me uniré a Huáscar para que el pueblo vuelva a creer en nosotros.

Calcuchímac lo escuchaba en silencio, sabiendo que él mismo no creía en sus palabras.

Por su lado, Hernando de Soto informaba con más detalle a Pizarro acerca de la inspección que llevara a cabo.

—Encontré a un grupo de indios que dijeron que Huáscar está apresado por los atahualpistas; dicen que hace ofertas de toda clase a cambio de su libertad, pero todo el imperio está del lado de Atahualpa y creo que sólo a él reconocerán como su señor verdadero —terminó diciendo el capitán, pensando que de aquella manera salvaría la vida de Atahualpa.

Él no creía que el shiry inca en libertad pudiera ser peligroso. Le había confiado que deseaba retirarse a sus tierras del norte. Y él, Hernando de Soto, deseaba retirarse a España una vez concluido el reparto del oro y no estaba interesado para nada en vivir por aquellos rumbos ni en fundar nuevos pueblos.

—No comprendo, si sabíais donde estaba ¿por qué no fuisteis por él y lo trajisteis? —La furia de Pizarro era evidente.

—Eran muchos y conocían su terreno y por otro lado, es mejor que nos quede un as en la manga.

—¿Qué queréis decir?

—Tal vez nos sirva si los demás piensan en algún momento que Atahualpa lo mandó matar, ¿comprendéis? Pero encontré al gran sinchi Calcuchímac, sumiso y obediente, esperando la merced de ver de nuevo a su rey prisionero —dijo cambiando el tema.

Pizarro no respondió. Con aire distraído hizo un gesto y lo llevó aparte.

—Tenemos problemas con el reparto del oro. Debemos fundirlo para que sea equitativo. De ninguna manera dejaré que Almagro se apodere de la parte de Hernando de Luque. Él no hizo gran cosa para obtener el tesoro. Después de retirar el quinto que corresponde a la Corona, repartiremos el botín equitativamente, conforme nuestra jerarquía y orden de mando.

Era evidente que en esos momentos Pizarro tenía en mente asuntos que le importaban más que Huáscar y Atahualpa. De Soto respiró aliviado.

—Almagro es peligroso, trajo hombres y gran cantidad de armas, tal vez piense que eso vale su peso en oro.

—No pienso regalarle nada.

—Creo que la parte de Hernando de Luque podría repartirse entre todos los que nos arriesgamos en esta empresa. Si Almagro es inteligente, y creo que lo es, aceptará.

XXVI

Veintiocho cargas de oro y dos mil de plata llevadas desde Pachacamac; ciento sesenta y ocho cargas de oro desde el Cuzco y veinte de Quito. Los españoles fundieron el oro para repartirlo. Y mezclados en el crisol fueron a parar los elaborados vasos, los cántaros, los ídolos... El oro llegaba desde el lejano reino de los chilis, en los confines del imperio, también desde el inaccesible Pasto. Se desnudaron del dorado metal los templos, los nobles, los caciques. Y mientras los sinchis arrojaban a los recogedores sus orejeras de oro para salvar a Atahualpa, la mirada de desprecio de los runas era la respuesta indolente a los esfuerzos de la nobleza quiteña y a los allegados de Huáscar para convencerlos de luchar por una causa común. Muchos años de iniquidad y crueles batallas habían agotado su amor por el imperio. Ellos sólo deseaban que los españoles libertarios trajeran la justicia anhelada, en tanto que Pizarro separaba para sí espigas de maíz de oro, y bandejas y aves con el mismo metal de los jardines dorados del Cuzco para enviarlas al rey de España, reservándose para él la litera de oro de Atahualpa.

Después del reparto, los aventureros cayeron en cuenta de que la riqueza era casi igual que la pobreza. Un par de botas costaba cuarenta pesos de oro. Y un pliego para escribir a su madre, le costó a de Soto una libra de oro, ¡toda una libra!, que pagó entre maldiciones. La primera inflación en el Nuevo Mundo.

Pizarro llenó la fórmula del pacto de rescate. Pero Atahualpa seguía preso en aquella tumba de piedra; con rabia y humillación confirmaba que había sido engañado. Los españoles advirtieron que no podían liberarlo sin que decayera la razón de ser de la conquista. Atahualpa se había convertido en un gran problema. Unos querían mandarlo a España junto con el quinto real. Otros sugerían llevarlo al Cuzco. No pocos deseaban matarlo.

Hernando de Soto, Hernando Pizarro, Pedro de Candia, Antón de Carrión, Pedro de Ayala, Juan de Herrada y otros hidalgos sostenían que era necesario enviarlo a España.

Enviarlo al Cuzco no era solución, después de estudiar los riesgos. La opción de matarlo era aconsejada por Riquelme, Diego de Almagro y los suyos; el cura Valverde susurraba a los oídos de Pizarro la muerte de Atahualpa. Hernando Pizarro el viejo, que tenía mucho peso en la conciencia de su hermano, defendía la idea de mantenerlo con vida. Almagro, que le guardaba rencor desde que estuvieran en Panamá, encontró la manera de sacarlo del juego, y para lograrlo, el tuerto ponderó con hipocresía sus méritos de honradez y distinción, eligiéndolo como el más indicado para llevar el quinto real y los hermosos obsequios a España, y que por consiguiente, se le diera una porción mayor que a los otros capitanes. Era el único empujón que necesitaba Francisco Pizarro para deshacerse de su hermano. Lo enviaría a España con el oro de los incas.

Atahualpa lo supo de boca del mismo Hernando Pizarro.

—Capitán, cuando te vayas, tus compañeros me mandarán matar. El tuerto y el gordo —por Riquelme—, convencerán a tu hermano para que me mate. Lo sé. No vayas tú, capitán... —pidió el inca con tristeza.

—No te preocupes señor. No partiré sin la promesa de Francisco de respetar tu vida.

Pero esas palabras no disiparon la desconfianza de Atahualpa. Hernando habló con su hermano y se ofreció una vez más a llevar al inca consigo a España, pero Francisco no accedió. Después de su partida, la conspiración contra el inca shiry arreció, implacable. Se esgrimieron argumentos por parte de frailes y soldados: ofensa a Dios, clamaba Valverde; traición a los indios, acotaba Almagro. Y Felipillo echaba leña en esa hoguera. Hablaba de conversaciones sorprendidas a los indios, de conjuras para asaltar a los españoles; finalmente, ante la llegada de unos cuzqueños partidarios de Huáscar, denunció la existencia de un pérfido plan para liberar al inca.

Ante una acusación tan concreta, Pizarro empezó a desconfiar de la pasividad de los indígenas. Su entendimiento basto y unilateral de soldado no concebía cómo millares de hombres en su propia tierra no tramasen algo para salvar a su rey y arrojar a los invasores de su suelo. Por último, en medio de su odio por Atahualpa, Felipillo inventó la historia:

«Atahualpa mandó matar a Huáscar». Pizarro recordó el as bajo la manga del que le hablara Hernando de Soto. Era el momento apropiado. Sin querer, de Soto había dado la clave para poder culpar al inca de fratricida, además de idólatra, polígamo y cuanta cosa el cura Valverde encontrara para hacerle parecer culpable. Pizarro lo envió a Hatunmayo para averiguar si era cierta la muerte de Huáscar, como decían los cuzqueños; de Soto partió a traer la prueba de la inocencia de Atahualpa, sabiendo que ya Huáscar no estaba en esa zona. Había caído en su propia trampa y no sabía exactamente dónde buscarlo. ¿Cómo encontrar pruebas de que estaba vivo? —se preguntaba.

Sin gente que le removiera la conciencia ni que estorbase en sus planes, Pizarro ordenó el proceso en contra del monarca del Tahuantinsuyo. Un tribunal conformado por los «jueces» Pizarro y Almagro; el secretario era Sancho de Cuéllar. A un pequeño grupo de hidalgos descontentos por la actitud asumida por Pizarro, se le permitió nombrar como defensor a Juan de Herrada. No esperaron el regreso de Hernando de Soto para empezar el proceso.

Formalmente lo acusaron de bastardo usurpador y asesino de su hermano. También, de disipar las rentas del estado al empobrecer al reino con el pago de su rescate. Y por el delito de idolatría, por adúltero, por incitación a los pueblos a rebelarse contra España... Pero el cura Valverde no podía privarse de un último discurso de odio irracional hacia Atahualpa y saltó al precario estrado acusándolo de los peores crímenes y, citando los más lúgubres textos bíblicos, pidió a gritos la muerte del salvaje, encarnación viviente del demonio porque se hacía idolatrar públicamente por su pueblo y porque practicaba descaradamente uno de los pecados más horrendos: la poligamia.

El defensor Juan de Herrada invocó en vano todas las leyes divinas y humanas a favor del inca. Fue inútil que dijera que el único que tenía jurisdicción para juzgar a un rey vencido era el propio emperador de España. Juan de Herrada defendió con vehemencia la inocencia de un hombre que vivió de acuerdo con sus códigos, sin haber podido infringir leyes ni practicar religiones que no conocía. Pero la causa estaba juzgada de antemano y Atahualpa fue declarado culpable.

En medio de la celebración en la escena montada por Pizarro, hizo aparición un grupo de indígenas azuzados por el indio Felipillo, que se acercó llorando al estrado para acusar a Atahualpa de haber mandado asesinar a su hermano en el río Anyamarca, con la escolta que lo conducía. Justo lo que el conquistador esperaba. Las actas fueron redactadas y Pizarro y Almagro condenaron al inca shiry a ser quemado vivo, a menos que se convirtiera al cristianismo, en cuyo caso le sería conmutada la pena por la muerte a garrote.

Entonces Atahualpa pidió hablar. Todos quedaron en silencio. El inca shiry se puso de pie y caminó hacia el centro. Con voz serena, sabiendo ya su destino, se dirigió a Pizarro:

—Es a ti, extranjero, a quien recibí como un amigo, que dirijo estas palabras: no he cometido más faltas que las que los españoles han cometido con mi pueblo. Yo los acuso de traidores, mentirosos, ladrones, idólatras, porque andan por ahí bautizando con un libro y una cruz... Un dios que es el símbolo del ultraje y la mentira, porque en su nombre urden toda esta mentira en contra de mí. ¿Dicen que soy polígamo? Estoy cansado de escuchar esa palabra. Sin embargo, los extranjeros han tomado todas las mujeres que han querido y no son acusados. Me han engañado y yo soy al que culpan de engaño. ¿Cómo pueden ser tan hipócritas? Y tú... —Señaló al cura—. ¿Cómo sé que no eres un polígamo? Te he visto mirando con deseo a mis mujeres... y ellas me han contado que las has acariciado cuando les persuadías tu fe. Tú, que representas a ese dios que dice que son pecados las cosas buenas, como el deseo de estar con una mujer, ¿cómo lo llamas?, ¿lujuria? Dime, cura Valverde, ¿cómo fue que viniste al mundo? ¿Acaso tu padre no deseó a tu madre?

Valverde, lívido, gritó:

—¡Blasfemia! ¡Este hombre personifica a Satanás! No tiene derecho a hablar... ¡Cállate, te lo ordeno!

—Tú no puedes ordenarme nada. Yo soy el rey de este imperio, ¡soy el emperador del Tahuantinsuyo! —contestó Atahualpa con la impavidez de quien sabe que morirá, dijera lo que dijese—. Ahora quieren quemarme vivo, para que no queden rastros de mí en esta, mi tierra, y no pueda ir a reunirme con mi dios Inti. Si de eso se trata, cura Valverde, bautízame para cumplir con tus ritos. Te lo ordeno. Prefiero morir por el garrote.

Un pesado silencio se cernió en la sala. El rostro de Valverde refulgía congestionado por la ira. Almagro, deseando que terminase aquella farsa. Pizarro, con los ojos clavados en el suelo. El defensor, con los ojos empañados. Atahualpa, de pie en medio del recinto, personificaba la imagen de la dignidad. Su hermoso rostro de mirada impasible, surcado por las primeras arrugas, reclamaba justicia, mientras en su fuero interno comprendía por primera vez a los runas del imperio.

—Es el diablo... —se atrevió a murmurar el cura Valverde. Ya nadie lo escuchaba.

—Como ya no me queda nada más por hacer en esta tierra, te hago una última petición, a ver si puedes cumplirla —dijo el inca sin hacer caso del cura, dirigiéndose a Pizarro—: Cuida de mis hijos, mujeres y parientes.

—Lo prometo —respondió Pizarro, tratando de salvar en algo su honra. Luego agregó—: No fue nuestra la culpa de que vuestro pueblo no os haya apoyado... Esta guerra la gané en buena lid.

—*Usos son de la guerra, vencer y ser vencidos...* —concluyó Atahualpa. Reprimiendo un suspiro, quedó en silencio.

Aquella misma noche, Atahualpa fue bautizado con el nombre de José Francisco mientras invocaba en silencio a Inti y Huiracocha. El cura Valverde apelaba a voces a Dios y Jesucristo, en tanto que vertía el agua bendita.

Atahualpa respiró por última vez el veintiséis de julio del año del Señor de mil quinientos treinta y tres.

La noticia de su muerte recorrió el imperio. Desolado, Huáscar por primera vez sintió miedo. Supo que era hombre muerto, y no debido a alguna batalla que tuviera que librar. Una de las acusaciones contra su hermano había sido haber mandado matarlo. Para los españoles ya era un hombre muerto. Irónicamente, confiaba más en los atahualpistas en esos momentos que en su propia gente. Habló con Quisquis, y decidieron librar una gran batalla en contra de los extranjeros cuando aquellos se encaminasen al Cuzco, pero esa misma noche fue envenenado y murió. Uno de los que le servían la comida lo hizo por órdenes de Pizarro. El español tenía una vasta red de espías. Él sabía mejor que nadie que Huáscar estaba aún vivo cuando acusaron a Atahualpa. Un triste final para Huáscar, el último de la dinastía de los grandes incas.

Los indios habían aprendido a ser comprados con promesas de poder y, después de siglos bajo el yugo del imperio, se sentían libres. Se convirtieron sin saberlo de vasallos en esclavos.

Nunca tan amado por su padre como lo fuera su hermano Atahualpa, Huáscar creció con un resentimiento alimentado por su madre, la palla Mama Raura, una mujer de carácter fuerte que opacó su personalidad. La nobleza del Cuzco reconocía a Huáscar como su inca, aunque advertía que no era el señor que hubieran deseado tener. La sucesión del trono no había sucedido como en épocas anteriores, cuando el más fuerte, hábil y competente heredaba el poder. La muerte intempestiva del inca Huayna Cápac dejó huérfano al Tahuantinsuyo y desencadenó una guerra civil a la que Huáscar fue arrastrado por las intrigas. Casi al final, Huáscar y Atahualpa comprendieron que debían unirse para combatir al invasor, pero eran muchos los errores cometidos. Los callados hatunrunas jugaron el papel más importante al inhibirse en la decisión final.

La era de los incas había terminado, pero Pizarro sabía que debía contar con el apoyo de algún representante del imperio para realizar sus planes. De manera fortuita un grupo de incaicos cuzqueños se presentó ante él con el príncipe Túpac Huallpa, hermanastro de Huáscar.

Pizarro encontró la oportunidad perfecta. Aceptó a Túpac Huallpa como inca, con la venia de los nobles cuzqueños sobrevivientes. Entonces se animó a dirigirse al Cuzco. Hacía pocas semanas que Atahualpa había sido asesinado. La misma suerte corrió el recién nombrado Túpac Huallpa, que amaneció muerto antes de llegar a la ciudad imperial, y nunca se supo quién lo había matado. Días de conjuras y maquinaciones vivió Pizarro, que empezaba a desconfiar hasta de su propia sombra. Los bandos de Atahualpa y Huáscar aún continuaban luchando una guerra intestina y él no sabía quién era quién. Poco antes de llegar al tan ansiado Cuzco, donde

Pizarro esperaba encontrar el resto del oro del imperio, se topó con los ejércitos del sinchi Quisquis, el último general de Atahualpa en tierras de Huáscar. Era el ejército que estuvieron preparando juntos, para cuando Atahualpa fuera liberado. La batalla fue cruenta y decisiva, pero los españoles no tuvieron mucho trabajo, aparte de dirigir sus cañones y arcabuces desde lejos. Fueron los propios incaicos quienes lucharon entre sí. Imperialistas y revolucionarios. Los españoles fueron simples fuerzas mercenarias.

Los atahualpistas fueron vencidos y se replegaron en dirección al norte, a Quito, donde se unieron a Rumiñahui, preparados para luchar y defender el último bastión del imperio. Mientras, Pizarro llegaba al pueblo de Jaquijaguana a mediados de noviembre. Fue recibido por Manco Inca Yupanqui, otro de los príncipes herederos de la nobleza cuzqueña. El encuentro, apoyado por partidarios del difunto Huáscar, dio como resultado que se le eligiera sapa inca, haciendo posible una confederación entre las fuerzas españolas y las cuzqueñas en contra de los atahualpistas, a pesar de la oposición de muchos funcionarios cuzqueños que habían estado a favor de la malograda unión de los hermanos Huáscar y Atahualpa. Manco Inca Yupanqui tenía sus propios planes. Confiaba en que, una vez consolidado su poder en el Cuzco, lograría quitarse de encima a los españoles. Por lo pronto pensaba hacer uso de ese nombramiento pero en poco tiempo sabría que no era tan sencillo su plan, teniendo en cuenta que las fuerzas estaban divididas y que los propios incaicos parecían preferir el bando de los españoles.

Manco Inca se portó como todo un Inca, y los españoles, al comprender que él no era un aliado, lo apresaron. Fue sometido y humillado, pero tenía una vasta red de espías y colaboradores, y logró escapar de la prisión para regresar al Cuzco y sitiar la ciudad, donde por muy poco los españoles se libraron de ser exterminados. Más adelante, derrotó a varios contingentes que acudían desde la recién fundada Lima, nombrada por los españoles: «La Ciudad de los Reyes», y hasta se atrevió a mantenerla cercada por algunas semanas, pero los invasores, tras recibir refuerzos de Ecuador, Panamá y el Caribe, iniciaron una ofensiva que le hizo retroceder hacia el

Cuzco y, poco después, internarse en la selva.

Mientras todo ello ocurría en el sur, cumpliendo la promesa hecha a Atahualpa, Rumiñahui logró reunir en Quito a cinco mil hombres. Se enfrentó al ejército de Sebastián de Belalcázar enviado por Pizarro y logró derrotarlo, pero el valor de sus hombres fue ablandado cuando el volcán Tungurahua hizo erupción y los soldados lo consideraron un mal presagio. No le quedó más remedio que reunir a los pocos hombres que le eran leales e incendiar las ciudades de Quito y Tumibamba. Despojó de todo el oro que poseían sus templos y palacios para que no fuese encontrado por los españoles, escondió el cuantioso tesoro en algún lugar perdido de los andes norteños, y, para que nadie delatase el lugar, asesinó a los que lo habían acompañado. Poco después fue atrapado por los españoles y sometido a largas sesiones de tortura con la finalidad de que les dijera dónde había ocultado el oro pero, duro como una roca, Rumiñahui resistió hasta el final. Sus verdugos lo dieron por muerto y en un descuido escapó y aún tuvo fuerzas para subir hasta la cima del volcán y arrojarse en él. El tesoro de Rumiñahui se convirtió en objeto de una búsqueda obsesiva desde entonces.

Hacia junio de mil quinientos treinta siete, Manco Inca se retiró a la difícil, estratégica y casi infranqueable región de Vilcabamba. Una resistencia larga y difícil que demandaría su atención y la de tres incas sucesivos durante los siguientes treinta y cinco años: Sayri Túpac, Titu Cusi Yupanqui y por ultimo el héroe de la resistencia: Túpac Amaru, de nombre cristiano José Gabriel Condorcanqui, quien, por órdenes directas del virrey Francisco de Toledo, terminó ejecutado en 1572 en la plaza de armas del Cuzco, para entonces transformada y sin el esplendor de la era incaica, después de haber librado una heroica batalla, la más sangrienta que tuviera lugar con las fuerzas españolas. La resistencia había por fin terminado y con ella, los restos del imperio incaico. La ciudad de Vilcabamba, tras una corta ocupación, fue olvidada. La selva la cubrió y su existencia histórica se convirtió en leyenda. Treinta y dos años después de la muerte de Atahualpa, la era incaica terminó.

No mucho después de la muerte de Atahualpa el joven

capitán Hernando de Soto regresó con una inmensa fortuna a España y se dispuso a vivir de sus riquezas. Pero su espíritu aventurero lo llevó a emprender una nueva expedición autorizada por el emperador Carlos V. Con su propio dinero, de Soto organizó una campaña hacia La Florida, territorio ya ocupado por los españoles. Se internó con una compañía de más de mil hombres en las tierras de las actuales Carolina del Sur, Carolina del Norte, Alabama y Mississipi. También llegó a lo que ahora se conoce como Arkansas, Oklahoma y el norte de Texas, pero no encontró las riquezas ni los tesoros que había soñado. Tuvo que enfrentar a los bravos indios cherokees, que no pertenecían a ningún imperio, pero que estaban muy unidos. Perdió toda su fortuna y de regreso, en la primavera del año 1542, falleció a causa de unas fiebres mientras navegaba por el río Mississipi.

Diego de Almagro no sobrevivió mucho tiempo después de tramar el asesinato de Atahualpa. No le fue muy bien después de aquello, pues el emperador Carlos V lo nombró gobernador de Nueva Toledo, como habían bautizado al reino de los chilis, territorio de mapuches, el actual Chile. Almagro tuvo que enfrentarse a los bravos araucanos, que ya habían sido alertados de la caída del imperio incaico y se armaron contra los españoles. Duras batallas tuvieron que librar Almagro y sus hombres, pues los araucanos tenían fama de ser antropófagos. Agotado después de tres años de luchas infructuosas, regresó al Cuzco para ser asesinado por los hermanos de Pizarro en una guerra civil en la que se disputaban la posesión de la ciudad del Cuzco. Murió en julio de 1538.

Francisco Pizarro no corrió mejor suerte. En septiembre de 1540, el emperador Carlos V designó gobernador del Perú a Cristóbal Vaca de Castro sustituyendo a Pizarro. Al mismo tiempo, Vaca de Castro ejercería como mediador entre éste y el hijo de Diego de Almagro, Almagro el Mozo. Un año después, antes de que Vaca de Castro llegase a territorio peruano, el entonces marqués y aún gobernador Pizarro fue asesinado en Lima por los almagristas, encabezados por Almagro el Mozo, en venganza por la muerte de su padre. Al año siguiente, el Mozo fue decapitado y su cabeza expuesta en Lima como traidor al Rey de España.

Finalmente, la profecía que hiciera el Huillac Uma al inca Túpac Yupanqui se cumplió. Las huellas del tiempo cubrieron las memorias del imperio incaico, como la maleza y la arena sus ruinas. Su historia fue a veces desempolvada por algún que otro cronista acucioso que, a falta de mejores fuentes que la tradición oral, cubrió los huecos con visiones sesgadas que dieron como resultado relatos contradictorios. Historias que dependían del bando al que se hubiese pertenecido: atahualpistas o cuzqueños, norteños o sureños, costeños o andinos, nobles o runas, mestizos o indios, sin olvidar a cristianos o idólatras... e incaicos o españoles. Pero el resurgimiento de la grandeza del Tahuantinsuyo renacería de entre sus cenizas, y tal como predijera el gran sapa inca Pachacútec: *Cada quinientos años habrá un cambio fundamental, y él formaría parte de ello, porque regresaría transformado en un nuevo Pachacútec.*

XXVII

El aire helado traído por la bruma de la mañana laceró su piel, mientras alguien encima de él trataba de cobijarlo para cubrirlo del frío. Un fuerte olor, extraño y al mismo tiempo agradable, se introdujo por sus fosas nasales, llenándolo de placentero regocijo. De pronto aparecieron unos ojos rojos como el fuego en la penumbra del recinto, que más parecía una cueva estrecha que un aposento. Un aguijonazo en el vientre le recordó que tenía hambre, mucha hambre, abrió la boca para pedir alimento y aquellos ojos rojos se acercaron y sintió que su boca se llenaba de una deliciosa mezcla. Engulló rápidamente y antes de que pudiera decir que ansiaba más, otro poco de alimento fue directo a su garganta. Ocurrió varias veces, luego le invadió el sueño y durmió.

Despertó por las contracciones de su estómago que, incansable, le recordaba que debía comer. Esta vez los ojos eran marrones; lo miraban con amor y saciaron su voracidad. Era fácil mantenerse en aquel lugar tibio al cuidado tierno de aquellos seres de peculiares ojos. Sintió el calor de un plumaje que con suavidad cubría su cuerpo desnudo y volvió a quedar dormido. Se sucedieron días y noches, dando por hecho que su hambre sería siempre saciada y que del frío sería resguardado por los entes que amorosamente cuidaban de él. El tiempo parecía transcurrir en un amable letargo y al paso de los días pudo mantenerse despierto por más tiempo. Conoció mejor a sus benefactores y vio que eran las aves que él más admiraba: dos hermosos cóndores. Dirigió la vista hacía sí; su cuerpo estaba cubierto con un plumaje ralo y disparejo que en nada se parecía al de ellos. Una situación que le pareció tan natural y curiosa al mismo tiempo que no acertaba a discernir si era realidad o sueño.

Perdió la cuenta del tiempo, los dos cóndores que cuidaban de él le traían piezas cada vez mayores y se dio cuenta de que poseía un pico fuerte al igual que ellos. Además, no podía emitir sonido alguno, pero aquello no importó. Estaba conforme consigo mismo, orgulloso de parecerse a aquellos pájaros enormes y majestuosos.

Un día sintió necesidad de enderezarse pero no había suficiente espacio, se asomó fuera de la cueva: un espectáculo grandioso de picos, montes y cimas nevadas parecía darle la bienvenida. El de los ojos rojos lo empujó suavemente, animándolo a estirar las alas, mientras lo ayudaba a acicalar sus plumas con el pico, enseñándole el cuidado que debía tener con tan delicado ornamento. Al poco tiempo él mismo cuidaba de su plumaje marrón y se atrevía a dar pequeños saltos estirando las alas para comprobar la fuerza de sus músculos. Así pasó un buen tiempo, hasta que una mañana sus amables benefactores le invitaron a lanzarse al vacío, tal como ellos hacían. Repitieron la operación una y otra vez con mucha paciencia, mientras observaban su reacción, pero él tenía temor de caer al precipicio. Aquel día no le llevaron comida. Parecía que algo había llegado a su fin. Fue decisivo. Se lanzaría al aire y que Huiracocha decidiera qué hacer con su vida.

Algunos otros jóvenes como él también iniciaban su primer vuelo y todos los adultos y cóndores jóvenes que ya sabían volar esperaban con gran expectativa que el que tenía una extraña pluma dorada en el ala derecha, el vástago de los más importantes cóndores de aquel territorio, demostrase su valentía y habilidad. No les defraudó. Sintió el viento cálido en el rostro, e instintivamente supo que su momento había llegado. Sin dudarlo se lanzó al vacío y sintió un suave tirón, extendió al máximo las alas y luego de un corto aleteo, se mantuvo planeando por largo rato. Vio en la mirada de sus progenitores el orgullo de la victoria, mientras los demás emitían un extraño cloqueo de aprobación. A partir de ese momento supo que su deseo se había cumplido. Supo quién era y a qué había regresado. Honraría la palabra que diera a los suyos: *"Cada quinientos años habrá un cambio fundamental, y él formaría parte de eso, porque regresaría transformado en un nuevo Pachacútec".*

Aprendió que debía conformarse con ser un carroñero, pues sus patas no estaban hechas para llevar cargas pesadas. No poseía garras como las del halcón. Sus patas eran más bien planas, como las de los gallos, con una espuela de adorno. Pero poseía un pico alargado y curvo con bordes cortantes, que le permitía atacar fieramente animales como los guanacos que se arremolinaban en grandes rebaños. Estaba contento con su suerte. El lugar prominente que ocupaba en los escarpados Andes correspondía a la jerarquía que estaba acostumbrado a tener, y todos parecían saber que el cóndor de la pluma dorada no era un cóndor más. En los pelados riscos de los Andes tenía sus pozas para sus baños rituales y su aseo personal. Había aprendido que debía conservar sus alas en estado óptimo, pues su vida dependía de ello. Le encantaba volar y lo hacía durante horas.

Sus poderosas alas, ya de color negro como el hollín, que contrastaba con la extravagante pluma dorada que brillaba extraordinariamente al sol, lo transportaron a lugares más allá de los Andes. Cierto día llegó a la costa y no reconoció su reino. Quedaba algún que otro vestigio del antiguo esplendor aquí y allá, pero su imperio había desaparecido. Gente extraña ocupaba el Tahuantinsuyo. Todo era diferente. ¿Qué había sucedido?, preguntaba a Huiracocha y al dios Inti. Pero estaba acostumbrado a no obtener respuesta. Ellos, llegado el momento, otorgaban; no discutían inútilmente.

Todo era distinto, ni en los habitantes de los lugares más próximos a los escarpados Andes podía reconocer a gente de su estirpe. No guardaban la orden dada por el inca de llevar trajes conforme a sus tribus, se desplazaban en cajones que arrojaban humo y el día que voló hasta la costa divisó enormes embarcaciones dignas del mejor de los imperios, pero ni ellas ni las extrañas construcciones eran ocupadas por su gente.

¿Qué debía hacer? Esta vez se preguntaba a sí mismo. Él había prometido regresar como un nuevo Pachacútec, y así era. Lo del cambio fundamental estaba ahí. Debía tener más cuidado con las palabras que dijera la próxima vez. Si es que la había.

Abajo, una danza ritual entre guanacos cortaba el silencio andino. El cóndor de la pluma dorada divisaba con claridad hasta el mínimo detalle sin esfuerzo y, mientras las hembras esperaban impasibles al ganador de la contienda, él volaba en círculos, a la espera de un desenlace fatal. Un niño sentado en una piedra era testigo de las carreras, forcejeos y resoplidos de los rivales, de pronto uno de ellos, el más fuerte, coceó al otro que perdió el equilibrio y fue a parar al fondo de un barranco. El niño bajó corriendo por un sendero escarpado y se detuvo ante el animal. Estaba muerto. Al ver que no había peligro, el cóndor de la pluma dorada bajó con delicadeza y se mantuvo a una distancia prudente. El niño hablaba solo, quejándose de la muerte de uno de los animales de su rebaño. Fue cuando escuchó su recordado runa simi que una nube de melancolía invadió su ser, un involuntario cloqueo alertó al chiquillo, que viró desconcertado y al verle tan cerca huyó cuesta arriba a reunir el resto de su rebaño y ponerlo a resguardo.

El cóndor de la pluma dorada se hizo cargo del guanaco. Lo compartió con otros cóndores amigos, conservando siempre su jerarquía. Y en la noche, mientras pernoctaba en su morada, un saliente de roca en un alto pico andino, pensaba en el niño y en las palabras en runa simi. No veía las horas para volar a su lado y volver a escuchar su dulce sonido. Día a día el solitario niño se familiarizó con su presencia. El chiquillo algunas veces le llevaba conejos y otras, algún que otro cuy, mientras no paraba de hablar, como si supiera que él podía entenderle. Y así era. Se enteró de que el niño se llamaba Pablito Álvarez, pero le decían Pepe, tenía once años y se encargaba de cuidar los guanacos, llamas y alpacas de su rebaño. Un día en el que el niño tenía su descanso, quiso guiarlo hacia su otrora más querida ciudad: Willka Picchu Pakasqa. Durante horas había recorrido muchas veces su ciudadela escondida entre la selva y las alturas, rodeada de vegetación y cubierta por árboles que habían crecido en sus terrazas a lo largo de los siglos. Estaba en estado de total abandono, no se parecía en nada a la que fue, en la época en la que él acostumbraba pasar maravillosos días de descanso en la hermosa ciudad. Al parecer, los nuevos habitantes de aquellas tierras nunca habían logrado dar con ella. A pesar de su descuido, aún lucía imponente. Y su forma de cóndor se podía adivinar a pesar de la maleza.

Mientras pensaba en todo ello, remontaba vuelo y luego bajaba hasta un lugar cercano que fuera visible para que el pequeño Pepe pudiese seguirlo. El niño, sin temor y con confianza entendió perfectamente lo que él deseaba que hiciera, y subió por un camino escarpado, bordeando precipicios con la creencia de que si resbalaba, el cóndor podría salvarlo. Afortunadamente no tuvo ese percance, pues hubiera caído irremediablemente. Llegado un momento, el camino terminó. Sólo existía un precario puente de lianas y troncos carcomidos; abajo, discurría caudaloso el río Urubamba. Pepe vio al cóndor al otro lado de la montaña. Se armó de valor y decidió cruzar el puente. Al llegar a la otra orilla, un camino estrecho indicaba que debía seguir. Anduvo por el sendero ascendente durante más de una hora, siguiendo la ruta que marcaba el cóndor. De pronto, éste desapareció de su vista y volvió a aparecer volando por la esquina donde terminaba el camino. Al llegar al borde, el pequeño Pepe vio con sorpresa que el camino no terminaba ahí, sino que doblaba por la esquina bordeando el monte y al hacerlo, se detuvo un rato para contemplar el paisaje. Desde esa altura buscó a su amigo y vio al cóndor un poco más abajo, en lo más alto de unas construcciones de piedra, cubiertas por maleza y gran cantidad de troncos caídos. Pepe decidió descansar, pues había caminado muchas horas. Después de un rato, se animó y prosiguió, bajó por un estrecho sendero, hasta dar el alcance a su amigo volador. Entendió que el ave deseaba enseñarle aquello, Pepe mostró interés en conocer el lugar para no ofenderlo, aunque estaba un poco asustado, porque el sitio le inspiraba temor. El cóndor parecía sentirse a sus anchas, con su poderoso pico movió unas ramas de un lado a otro, como tratando de limpiar el lugar; al comprender sus intenciones, Pepe le ayudó a retirar la maleza de aquella habitación enorme que carecía de techo, porque se había derrumbado con el tiempo.

Pasaron muchas horas en esa habitación de piedra. Casi al anochecer, iniciaron el camino de regreso, pero la ruta era larga, así que Pepe llegó a su casa tan tarde que su madre lo reprendió con dureza, y al tratar de explicarle que un cóndor con una pluma dorada le había enseñado una ciudad perdida entre la selva en unos montes elevados, el castigo fue inevitable. Su madre agarró el látigo y le dio de azotes para que aprendiera a no mentir y dejara de inventar historias. El padre llegó por la noche, borracho, pues era domingo, y se mostró escéptico, repitiendo el castigo. Desde aquel día, Pepe se cuidó de hablar al respecto.

Días después, mientras cuidaba a sus guanacos, don Melchor se le acercó. Él vivía en Mandorpampa y solía visitarlos. De vez en cuando lo llevaba al Cuzco, pero en aquella ocasión no le dieron permiso porque estaba castigado.

—¿Qué fue lo que hiciste? —preguntó extrañado Melchor. Sabía que Pepe era un niño de naturaleza tranquila.

—Nada. Llegué tarde a casa —dijo el niño con reserva.

—¿Dónde te metiste? Por aquí no hay mucho que hacer...

—Me fui de paseo con un amigo.

—¿Un amigo? .—La curiosidad de Melchor llegaba al límite—. No te conocía amigos...

Pepe se quedó callado. Don Melchor era buena persona, pero era amigo de sus padres, un compadre, como lo llamaban ellos. A pesar de su reticencia, sucumbió a la necesidad de contarle lo que había vivido en esas horas fuera de casa. Su pecho quería explotar de orgullo.

—Tengo un amigo, pero usted no me va a creer, don Melchor... —respondió con recelo. Miró alrededor y para su mala suerte ese día no había aparecido el cóndor.

—Cuéntame, yo te creeré —dijo Melchor en tono cómplice.

—Don Melchor, no se lo diga a mi mamá porque me volverá a castigar.

—No te preocupes, te escucho. —Melchor estaba verdaderamente interesado.

Se sentó en un verde promontorio, mientras Pepe hacía lo propio sobre la piedra desde donde acostumbraba vigilar a sus guanacos.

—Mi amigo es un cóndor que tiene una pluma dorada. Ese día quiso enseñarme su casa. Queda al otro lado del río y para llegar allá hay que caminar en subida todo el tiempo, cruzar un puente viejo y casi roto, cuevas y precipicios... Tardé todo un día pero al final llegamos.

—Tuvo razón tu madre al castigarte. Me dijo que temió que hubieras muerto. Esas alturas tienen mucho peligro. ¿Por qué no dejaste al cóndor y regresaste a tu casa?

—Él deseaba que yo le siguiera, no quería hacerme daño.

—Ya... Tu amigo, el cóndor. El que tiene una pluma dorada...

—Sí, don Melchor, ese cóndor es mi amigo.

—Yo he visto muchos cóndores y ninguno tiene plumas doradas, son negros y tienen plumas grises por encima, pero...

—Ya le dije que no me iba a creer.

—Yo te creo. ¿Cómo te entiendes con él? Porque, si son amigos, deben hablar entre ustedes...

—Al principio él no hablaba, sólo me escuchaba y yo sabía que me entendía. Pero cuando llegamos a su casa se convirtió en un rey.

—¿Su casa?

—Una ciudad enorme. Esa es su casa.

—¡Ah, Pepe! Esos pájaros viven en cuevas en los acantilados...

—Ya lo sé, pero este cóndor tiene una sola pluma dorada, brillante como el oro, en el ala derecha y mata animales con el pico, y tiene sus amigos cóndores que cuando se acercan a él lo saludan con respeto y esperan a que él termine de comer para empezar ellos. Es el rey de los cóndores. Por eso tiene una gran casa arriba de una montaña, y yo le ayudé a limpiarla.

Melchor miró en silencio a Pepe. Pensó que era un niño muy solitario... y muy imaginativo. A un sobrino, hijo de su hermana que vivía en el Cuzco, también le gustaba inventar historias. Prefirió no contradecirle y le siguió la corriente.

—Y a pesar de tener pico, pudo hablar... ¿Qué te dijo?

—Don Melchor, él se volvió un rey, un hombre grande, poderoso. Me contó la historia de su reino. Habló mucho, hasta que se hizo casi de noche y tuve que regresar.

Poco después, don Melchor se despidió de él dándole una ligera palmada sobre la cabeza y se alejó montado en su mula hasta perderse de vista. Al cabo de un rato, apareció el cóndor.

Al verlo, Pepe se puso de rodillas ante él.

—¿Por qué no viniste antes, señor? Don Melchor me hubiera creído.

El Cóndor lo miró con un ojo y luego giró el cuello mirándolo con el otro ojo. A Pepe le pareció que le estaba diciendo que no.

—Está bien, pero don Melchor es bueno. A veces me lleva al Cuzco.

El enorme pájaro pareció suspirar y soltó un siseo, al

escuchar mencionar el Cuzco. Pepe se acercó a él y se atrevió a acariciar sus alas. A su lado lucía pequeño e indefenso. Después de conversar un rato, Pepe se retiró azuzando a sus guanacos. Debía llegar pronto a su casa pues aún seguía castigado y no deseaba empeorar la situación. El cóndor tomó vuelo batiendo sus poderosas alas y desapareció entre las nubes.

XXVIII

Al lado de su inseparable amigo Clarence Hay, Hiram Bingham cabalgaba sobre una mula por la sierra peruana. Era la segunda vez que estaba en Perú, y esta vez decidido a encontrar Vitcos, una ciudad perdida de la que tuvo noticias durante su estancia en Argentina. A Hiram le gustaba explorar lugares lejanos, su espíritu aventurero lo había llevado a seguir la pista del libertador Simón Bolívar, fue así como consiguió financiación gubernamental para el viaje que terminó en Buenos Aires. Gracias a la llamada telefónica que le hiciera Alberto Giesecke, un descendiente de polacos que a los veinticinco años ejercía de rector de la Universidad del Cuzco, se enteró de que habían descubierto unas ruinas que tal vez le pudieran interesar. Y allí estaba él, esta vez acompañado por especialistas en topografía, historia, geología, ingeniería y osteología, de la Universidad norteamericana de Yale.

Una mañana lluviosa de principios de julio de 1911, Hiram y la pequeña expedición que lo acompañaba se encontraban en la ceja de la selva peruana. Iba con ellos un militar por razones de seguridad: el sargento Carrasco. El guía que habían contratado los había hecho recorrer el valle del río Urubamba, Ollantaytambo, continuaron hasta Torontoy y alcanzaron un casi desértico caserío llamado Maquinayuj. Finalmente llegaron a un lugar llamado Mandorpampa. Un recorrido de más de quince días en el que sólo encontraban la apatía de los indígenas, a quienes parecía no interesar las ruinas de sus ancestros. Nadie sabía nada, o no querían decirlo. En Perú evitaban hablar de su pasado incaico, esto incluía al gobierno, que tampoco se interesaba por expediciones arqueológicas.

Hiram Bingham, para entonces de treinta y seis años, era un hombre tozudo. Doctor en Filosofía y dedicado a la enseñanza desde muy joven, poco sabía de procedimientos arqueológicos. Su interés principal consistía en encontrar los grandes tesoros incaicos que podría haber en ciudades perdidas, y en ese momento lo que más le interesaba era encontrar Vitcos y no cejaría en su empeño hasta hallarla. Pero una cosa era lo que él quería y otra muy diferente lo que los indígenas desearan aportar a su causa. El *aquicito nomás* se convertía en largas jornadas y los hombres que lo acompañaban empezaban a dar muestras de desaliento. Una vez en Mandorpampa armaron el campamento para pasar la noche, bajo la mirada curiosa de un hombre que, sentado a la entrada de su vivienda, observaba la invasión a sus tierras. Sin atreverse a decir nada, intimidado por la presencia del militar, entró a su casa y cerró la puerta. Al cabo de un rato, sintió golpes. Abrió y vio al gringo alto y al soldado.

—Buenos días, señor —dijo el uniformado.

—Buenos días, señor —contestó Melchor.

—Soy el sargento Carrasco y aquí el señor es el doctor Hiram Bingham, ¿Es usted el dueño de estos terrenos?

—Sí, son míos.

—¿Nos permitiría usted acampar aquí? —preguntó el militar siguiendo indicaciones del gringo.

—Cómo no, señor, pueden quedarse —respondió Melchor—. ¿Andan buscando algo, o sólo están de paso?

—Los señores están buscando ruinas incaicas —respondió el sargento.

—Buscamos restos de los incas... Pagamos bien si nos dicen dónde hallarlos... —se atrevió a decir Hiram en su precario español.

—Por aquí hay buenas ruinas... —dijo sonriendo Melchor. Le hacía gracia el interés que despertaba en los extranjeros ese tipo de cosas.

—¿Sí? —inquirió con curiosidad Hiram. Sabía que no debía fiarse, ya le habían mostrado ruinas recientes sin importancia.

—Pues sí, señor, hay muchas, muchas ruinas —enfatizó Melchor. Viendo el interés que despertaban sus palabras se atrevió a invitarlos a entrar—. Soy Melchor Arteaga. Si gustan pasar a mi humilde vivienda... Puedo ofrecerles manzanilla o hierbaluisa, pronto empezará a hacer frío.

—Muchas gracias, aceptamos con gusto —dijo Hiram.

Empezaron a conversar mientras Melchor servía la hierbaluisa en unos pocillos de peltre. Quedaron en ir al día siguiente a ver las ruinas que Melchor decía que estaban cerca del lugar.

Aquella noche Melchor tuvo problemas para conciliar el

sueño. Los gringos querían encontrar restos incaicos y él en realidad no sabía adónde llevarlos. Había observado que había unas ocho personas, tal vez más, y varias carpas, lo que indicaba que los gringos esperaban encontrar algo realmente importante. Su mente lo llevó a pensar en Pepe. ¿Sería verdad lo que él le había contado acerca de la casa del cóndor? Tal vez podría pedirle ayuda.

En el campamento, Hiram conversaba entusiasmado con Clarence.

—El hombre de la cabaña nos dijo que mañana temprano nos mostraría ruinas interesantes... Tal vez encontremos la famosa Vitcos esta vez.

—Y muchos tesoros —recalcó Clarence.

—¡Ojalá! Podemos actuar a nuestras anchas, en este país a nadie parece importarle la arqueología. Al presidente Leguía lo único que le interesa es construir ferrocarriles.

—Y tiene razón, después de todo, este país es extenso y él necesita resolver los problemas actuales, no lo eligieron para estudiar el pasado.

—Espero que valga la pena, no podemos defraudar a nuestros patrocinadores —arguyó Hiram, mientras emitía un bostezo disponiéndose a dormir, presintiendo que el siguiente día sería muy pesado.

Llovió durante toda la noche y, de madrugada, tal como habían acordado, se dirigieron a la cabaña de Melchor Arteaga. Él aún dormía, había pasado buena parte de la noche desvelado en su preocupación por el compromiso. Hiram estaba impaciente por emprender la marcha, pero veía que el hombre no tenía prisa por partir.

—Está todo muy húmedo, podría ser peligroso... —dijo Melchor, excusándose.

—Hicimos un trato —recordó Hiram.

—Sí, lo sé, señor, pero el caso es que el camino es cuesta arriba y hay muchos precipicios, las trochas se ponen resbaladizas.

Hiram estaba impacientándose. Tenía apremio por emprender la marcha y el hombre no estaba cooperando.

—Te pagaré un sol si me llevas —le dijo. Y estaba dispuesto a pagarle más si era necesario.

—Está bien —respondió Melchor después de pensarlo. Un sol era más de lo que podría cobrar por cuatro días de trabajo. Entró en la casa y, luego de ponerse una gruesa chompa de alpaca, se dispuso a acompañarlos.

—¿Hacia dónde iremos? —preguntó Bingham.

—Hacia allá —respondió Melchor, señalando con el dedo hacia una región alta. La misma que Pepe le había indicado el día que le contara lo del cóndor.

Todos se encaminaron en aquella dirección. El camino escarpado y en constante subida parecía interminable, Hiram buscaba con la vista afanosamente, esperando encontrar algún indicio de la existencia de ruinas, piedras o algún resto interesante, pero lo único que encontraron fue una serpiente muerta. A medida que seguían avanzando, el clima se tornaba más templado, la vegetación más exuberante. De pronto, Melchor, en lugar de seguir por el camino trazado, dio vuelta y tras un recodo se dirigió hacia una casa que tenía unos corrales con guanacos. Tocó la puerta de sus compadres, como amistosamente llamaba a los padres de Pepe, esperando que no se opusieran a que el chico los acompañase. Al abrirse la puerta apareció la madre de Pepe.

—¡Compadre! ¡Qué sorpresa! ¿Qué lo trae por aquí? –preguntó la mujer, extrañada al verlo acompañado por unos gringos. Ellos se habían quedado a unos diez metros de la casa.

—Comadre, vengo a pedirle el favor de que me preste a Pepe. Yo le pagaré cincuenta centavos. Es para que me sirva de guía por unos caminos que no conozco bien, por donde Pepe siempre lleva los guanacos. Esos gringos quieren ver algo nuevo por aquí —dijo Melchor sin comprometer a Pepe.

—Siendo así... —La mujer estaba interesada en la paga. Llamó a Pepe y éste vino corriendo.

—¡Don Melchor! ¿Me va a llevar al Cuzco?

—No, hijo, hoy no. Ven que ahora te explico.

Ambos regresaron al camino donde Hiram y su gente esperaban. Extrañados, vieron al niño que acompañaba a Melchor.

—Pepe, quiero que le muestres a esta gente la casa del cóndor.

—No creo que deba hacerlo... —empezó a decir Pepe. Tenía miedo que su amigo no estuviera de acuerdo. Pero en ese momento vio al cóndor detrás de los gringos. Se había parado en una cornisa del monte y parecía querer decirle algo. El pájaro elevó el vuelo y luego volvió a posarse más adelante. Era una señal inequívoca. Pepe supo lo que tenía que hacer.

—Está bien, don Melchor —dijo, decidido—. Los llevaré a la casa del cóndor.

—¿La casa del cóndor? —preguntó Hiram con curiosidad.

—Es así como Pepe llama a esas ruinas —dijo Melchor por toda explicación, mientras rezaba para que Pepe supiese lo que hacía.

Una vez más la expedición se puso en marcha. Caminaron largo tiempo hasta llegar a un estrecho puente de lianas que parecía estar ahí desde que Manco Cápac fundara el imperio. El único que se atrevió a cruzarlo fue Pepe. Melchor no quiso seguir adelante. Los demás expedicionarios tampoco quisieron tentar a la suerte, se excusaron tras pretextos de toda índole. El biólogo, que había sido el más interesado, dijo que debía cazar unas mariposas que le parecían de una rara especie. Pero Hiram estaba decidido a encontrar lo que fuera que aquel niño deseaba mostrarle y cruzó. El camino se hizo cada vez más estrecho. Muy abajo, rugía el Urubamba acrecentadas sus aguas por la constante lluvia. Hiram sentía el aire cada vez más liviano.

—¿Cuánto más lejos es?

—No falta mucho, es *aquicito* nomás —respondió Pepe, mientras veía resoplar al gringo.

—¿*Aquicito* nomás? —repitió Hiram desalentado. Él sabía cuán lejos podía significar eso.

—Sí. Aquí *cerquita*, patrón —respondió Pepe, mirando de reojo al gigante gringo. El rostro congestionado de éste parecía que iba a reventar. El hombre transpiraba y estaba colorado.

—*Okey*, ya pronto llegamos, ¿no?

—Sí, patroncito.

La vegetación se hacía cada vez más densa, las orquídeas se descolgaban por los troncos de los árboles mientras los helechos daban frescor con su sombra. El paisaje lujurioso mostraba el verde en todos sus matices, pero el camino se hacía interminable, y las vueltas de la trocha por el cerro estaban mareando a Hiram. Empezó a sospechar que había sido burlado por el chico, pero su tenacidad le hizo seguir adelante. Después de más de una hora de camino en constante subida, se detuvo.

—Patroncito, no se pare ahora, ya casi llegamos...

—No puedo más. Déjame descansar.

—Está bien, *patroncito* —dijo Pepe. Estaba un poco preocupado por la apariencia del gringo. Respiraba con dificultad, parecía tener soroche.

Hiram se sentó sobre un tronco caído. Tomó varios sorbos de agua de una calabaza, mientras Pepe estaba fresco como una lechuga.

—¿Has observado el cóndor? —preguntó Hiram haciendo una seña hacia el enorme pájaro que de cuando en cuando daba vueltas sobre sus cabezas.

—Sí, patroncito. Es mi amigo. Vamos a conocer su casa.

—Hijo... yo deseo encontrar ruinas incaicas...

El niño se acercó, se situó a la altura de sus ojos y lo miró con seriedad.

—Le enseñaré las mejores ruinas del mundo —dijo.

Algo en la actitud de Pepe le inducía a creerle.

—Podemos continuar —dijo Hiram, al cabo de un rato.

Pepe siguió la trocha que bordeaba el monte hasta el final del camino. ¿Eso era todo?, ¿un embuste?, pensó Hiram. Pero de pronto Pepe desapareció en un recodo y vio que el camino seguía tras la maleza, cambiando de dirección. Aquello llamó poderosamente la atención de Hiram y, haciendo un esfuerzo, trató de dar alcance al chico. Al rodear la montaña se topó con el espectáculo más grandioso que hubiese podido imaginar. Un grupo de construcciones en lo alto de una montaña se extendía frente él, rodeado de una jungla de árboles y vegetación. Totalmente oculta por la naturaleza propia del lugar, aquella ciudad había permanecido intacta, únicamente erosionada por el tiempo y la vegetación. El espectáculo era maravilloso, las ruinas estaban rodeadas por otros montes más altos de cumbres nevadas, que brindaban un marco mágico, sobrenatural que, unido a la quietud y a la soledad de la zona, hacían de aquel lugar un sitio impresionante, majestuoso. Hiram Bingham extasiado, contemplaba el conjunto mientras Pepe trataba de devolverle a la realidad halando de su manga. Con el brazo extendido, señaló un camino que los llevaría a la entrada de la ciudad. En medio de aquella grandiosidad se encontraba el cóndor de la pluma dorada, en el lugar donde otrora habían estado sus aposentos. Abrió sus enormes alas y las batió alzando el vuelo, se elevó dando una vuelta por toda la ciudad, como queriendo dejar constancia que aquello era suyo.

Hiram se dirigió con paso vacilante hasta la entrada y empezó a caminar entre las paredes de enormes piedras de indudable estilo incaico, de entradas trapezoidales y falsas ventanas. Se atrevió a asomar la cabeza hacía abajo hasta donde se perdía el río Urubamba, que desde esa altura parecía un simple riachuelo. De pronto, muy abajo, sobre lo que parecía ser un promontorio, vio al cóndor que durante todo el camino estuvo delante de ellos, su pluma dorada en una de sus alas brillaba llamando su atención. A su lado había un árbol de jacarandá pletórico de flores moradas, que a pesar de la lejanía se podía distinguir, y Pepe que tenía una vista de lince, gritó:

—¡Mi amigo está allá! ¡Bajo el jacarandá, al lado de las tres piedras!

El cóndor entonces aleteó con sus enormes alas y remontó el vuelo, subió hasta las cumbres y bajó a velocidad vertiginosa hasta donde ellos se encontraban pasando a vuelo rasante cerca de Pepe y de Hiram, tan cerca que éste último tuvo que agacharse por la sorpresa, luego remontó entre las nubes en dirección al sol, que ya estaba en el poniente, hasta desaparecer por completo, esta vez para siempre. Había logrado su objetivo. Sabía que a partir de aquel día el imperio incaico y la grandeza del Tahuantinsuyo serían conocidos por todo el mundo. Pepe supo que jamás volvería a ver a su amigo, algo le decía que él había querido que todo ocurriese tal como sucedió. Era un atardecer del 24 de julio de 1911.

—Esta es la casa del cóndor de la pluma dorada... —atinó a decir, cabizbajo. Mientras un suspiro que llevaba alojado en su pecho pudo al fin encontrar salida. Unas lágrimas asomaron a sus ojos y el gringo, al verlo tan triste, se agachó a la altura de su rostro y, sintiendo una inexplicable emoción, dijo en un tono que más sonaba a juramento:

—No llores. A partir de ahora, todos conocerán la grandeza de tu pueblo y de tu historia.

A Pepe, que seguía cabizbajo, le pareció escuchar un rumor que el viento traía como un murmullo susurrándole al oído:

—*Regresé después de quinientos años para glorificar mi imperio, y éste perdurará por siempre...*

—¿Dijiste algo? —preguntó sorprendido Hiram Bingham.

—No, señor..., pero yo también escuché... —contestó con una sonrisa el pequeño Pablo Álvarez.

Y fue así como la grandiosa historia del imperio de los incas fue resguardada a través de los años por un niño que al llegar a la ancianidad relató al único nieto que había aprendido a escribir. El viejo manuscrito, magra herencia que recibieron sus descendientes con indiferencia, fue a parar a uno de los tantos mercados del Cuzco a cambio de unas cuantas monedas y adquirida hace pocos años por esta servidora, compradora de libros viejos, papeles y cuanto material de lectura pudiese llegar a sus manos al alcance de sus precarios bolsillos.

Si le gustó esta novela, puede buscar mis otras obras en Amazon:

EL LEGADO, misterio, intriga e historia unidos. La vida del personaje más controversial entre los allegados a Hitler: su astrólogo. El vidente Erik Hanussen. El único que se enfrentó al Führer y osó retar al destino. (Se puede conseguir en papel en librerías de Chile, Argentina, Uruguay y México)

LA BÚSQUEDA, es la historia de un niño que solo quería ser un Boy Scout, pero la vida lo transformó en un héroe. Fue prisionero de los nazis en Auschwitz y en Mathausen, pero su historia no termina ahí. Apenas comienza. Tomado de hechos de la vida real. Desde hace un año ocupa el primer lugar en EBooks en español en amazon.com Digital y en papel.

EL MANUSCRITO 1 El secreto, La novela que batió todos los récords de venta en Amazon y actualmente a la venta en todas las tiendas digitales, en los primeros lugares. Ahora bajo el sello B de Books de Ediciones B. También en formato impreso en Chile, Uruguay, México y Estados Unidos.
Un manuscrito misterioso en el que está escrita la vida de las personas es hallado por un escritor fracasado. Nicholas Blohm comprende que debe ubicar a los personajes de la novela y... se convierte en uno más.

DIMITRI GALUNOV es un niño encerrado en un psiquiátrico porque pensaron que estaba demente. ¿Quién es Dimitri? Best seller en ciencia ficción, una historia que podría ocurrir ahora en cualquier lugar.

LA ÚLTIMA PORTADA, relata la historia de Parvati, la hermafrodita. Hombres y mujeres se sienten atraídos por ella. El abandono de la espiritualidad frente a la decadencia de Occidente. Apasionante historia de amor. Bajo el sello B de Books de Ediciones B.

Acerca del autor

BLANCA MIOSI, de madre peruana y padre nisei nació en Perú y vive desde hace décadas en Venezuela. Publicó su primera novela El pacto en 2004. Otra obra suya, El cóndor de la pluma dorada, quedó finalista en el concurso Yo escribo en el 2005.

La búsqueda, (Roca Editorial 2008, Barcelona España), un relato basado en la vida de su esposo, prisionero superviviente del campo de concentración de Auschwitz, tuvo una gran acogida. Fue ganadora del Thriller Award 2007. Actualmente con los derechos literarios en posesion de la autora.

En 2009 publicó El legado (Editorial Viceversa, Barcelona, España). Un fascinante relato sobre una saga familiar basada en el personaje de Erik Hanussen, considerado durante muchos años el mejor vidente de Berlín y consejero personal del Adolf Hitler. A la venta en España, Sudamérica y ahora en Amazon en formato Kindle y de papel.

A partir de febrero de 2012 publica su novela El manuscrito 1 - El secreto (Ediciones B, con el sello B de Books y en Estados Unidos, Chile, Uruguay, México y Colombia en edición impresa). Seleccionada como la novela más vendida en Amazon España. Actualmente la editorial Beyaz Balina de Turquía tiene los derechos de traducción a ese idioma.

La búsqueda, su novela estandarte ocupa desde hace diez meses el primer lugar en todas las categorías de la lista de best sellers en español en Amazon.com.

En noviembre de 2012 fue invitada de honor por la República de Taiwán para representar a Perú el en Vigésimo Segundo Congreso AMMPE (Asociación Mundial de Mujeres Periodistas y Escritoras). Su ponencia, "La edición digital y cómo utilizar las redes sociales para promover al escritor," tuvo gran acogida por el público.

Es miembro activa del Círculo de Escritores de Venezuela y profesora de la Academia de Escritores con el curso, "Cómo escribir un best seller."

Si desea saber más sobre mí o comunicarse conmigo puede escribirme a: ***blancamiosi@gmail.com***

Página Web:
bmiosi.com

Mi página de autor en amazon:
amazon.com/author/blancamiosi

Mi blog:
blancamiosiysumundo.blogspot.com

Bibliografía

Benjamín Carrión Mora: "Atahualpa"

Biblioteca Virtual Luis Ángel Arango – Banco de la República de Colombia - María Clemencia Ramírez de Jara: "La Presencia andina del quechua en el piedemonte del Putumayo, Nororiente de Nariño y Distrito de Almaguer" y Alexander Von Humbolt: "Viaje de Pasto a Quito"

Chibcha, Wikipedia, La Enciclopedia Libre.

Diccionario del quechua ancashino de Francisco Carranza

Dr. Rubén Orellana Neira: "El Imperio Incaico"

Enciclopedia Encarta

Huamán Poma de Ayala: "Nueva crónica y buen gobierno"

Inca Garcilazo de la Vega: "Los Comentarios Reales de los Incas"

Joaquín Pibemat, Juan Martin Hilbert, Cristóbal Cebral, Kevin Richards - "Los Incas"

José Antonio del Busto: "Túpac Yupanqui Descubridor de Oceanía" y "La Conquista del Perú"

María Rostworowski: "Historia del Tahuantinsuyo" y "Guarco y Lunaguaná, Dos Señoríos Prehispánicos de la Costa Central del Perú"

Mario Navas Jiménez: "Historia, Geografía y Cívica"

Máximo Terrazos C.: "Eros peruano precolombino"

Pedro Sarmiento de Gamboa

Portal Oficial de Machu Picchu – La Municipalidad del Cuzco: "Hiram Bingham y la ciudad perdida de los Incas, Machu Picchu"

Raúl Porras Berrenechea "La Crónica India" – La Prensa, Lima, 20-11-1946: "El legado Quechua - La decadencia del imperio incaico" Indagaciones Peruanas

Sociedad Española de Criptozoología: "El ave Misteriosa de Hiva-oa", Michel Raynal.

Teresa Gisbert: Iconografía y mitos indígenas.

Thor Heyerdhal: "La Expedición de la Kon-Tiki".

Wilson García Mérida: "La verdadera fundación".